FÜR MEINE FRAU CHRISTINE,
SIE HAT MICH FÜR
DIE FLUSSABENTEUER
FREIGESPIELT.

Bibliografische Information der Deutschen Nationalbibliothek:
Die Deutsche Nationalbibliothek verzeichnet diese Publikation in der Deutschen
Nationalbibliografie; detaillierte bibliografische Daten sind im Internet über
http://dnb.d-nb.de abrufbar.

1. Auflage   Dezember 2021
© 2021   edition riedenburg
Verlagsanschrift   Adolf-Bekk-Straße 13, 5020 Salzburg, Österreich
Internet   www.editionriedenburg.at
E-Mail   verlag@editionriedenburg.at

Lektorat   Mag. Bernadette Gotthardt

Bildnachweis   Cover: © Gottlieb Eder
      Fotos Alaska und Asien: © Gottlieb Eder
      Fotos Österreich: © Marco Boeschenstein
      Zeichnungen: © Gottlieb Eder

Satz und Layout   edition riedenburg
Herstellung   Books on Demand GmbH

ISBN 978-3-99082-076-6

GOTTLIEB EDER

DER FISCHER UND DAS FREMDE WASSER

EINE LIEBESERKLÄRUNG AN DIE FEDERKRAFT DER RUTE UND UNSEREN PLANETEN

INHALT

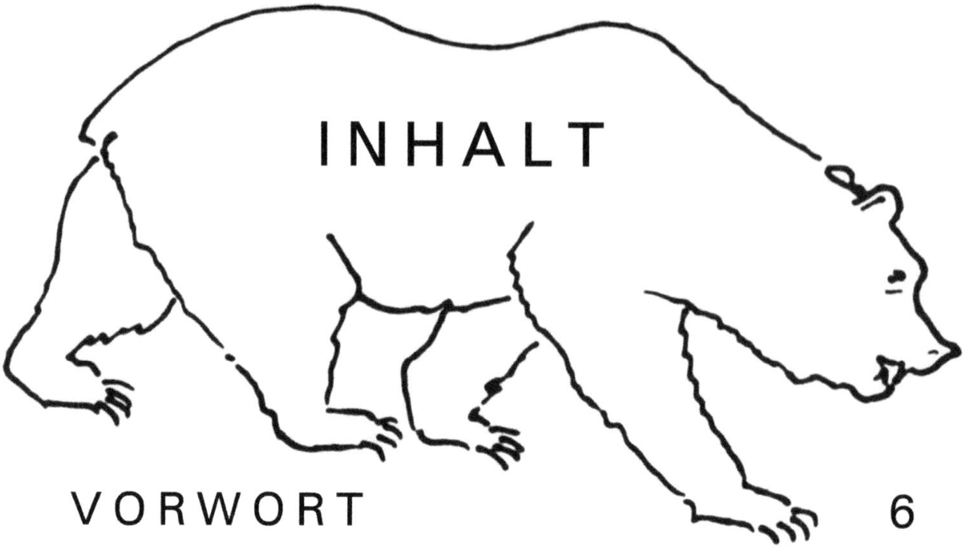

ÖSTERREICH 105

ASIEN 169

VORWORT

Lachse besitzen eine innere Uhr. Ihre Rückkehr aus den Weiten des Meeres in das Brackwasser ist meist höchst verlässlich. In Wellen steigen die Wanderfische, je nach Art und Flusssystem, zu ihren eigenen Geburtsplätzen auf.

Meine erste abenteuerliche Flussbefahrung und der Zielfisch Silberlachs entwickelten sich jedoch zum Reinfall. Der „Coho Salmon", wie die Einheimischen diesen Fisch respektvoll bezeichnen, machte sich rar in der „Susitna-Drainage". Buschpiloten, Lodgebesitzer und einheimische Guides rätselten über die erhebliche Verschiebung der sogenannten Runs: Der geringe Schneefall des letzten Jahres und die spärlichen Niederschläge seien Schuld, meinten sie überzeugend. Kein Mensch nahm seinerzeit das Wort „Klimaveränderung" in den Mund.

Jahrzehnte später wundern sich gar die Glaziologen. Weltweit ziehen sich die Gletscher zurück und der Masseverlust des „ewigen" Eises ist bereits bedrohlich. Es ist gar von „galoppierenden" Gletschern die Rede. Schneller als Nacktschnecken kriechen, gleiten manche steile Hanggletscher täglich mehr als zehn Meter talwärts.

Dem Symboltier Eisbär schmilzt buchstäblich sein Lebensraum unter den Pranken weg. Er ist ein ausgezeichneter Schwimmer. Trotzdem ist er nicht in der Lage, seine Beute – nämlich Robben oder Fische – im Wasser zu schlagen.

Die Probleme der Inuitkultur und der tierischen Polarbewohner kümmern die großen Konzerne keinen Deut. Ihre Gier richtet sich nun auf die leicht zugänglichen Rohstoffe und Lagerstätten der Region. Der Rückzug des Eispanzers in der Arktis löst geradezu einen Wettkampf aus. Die geopolitischen Spannungen verstärken sich.

Auch die Alpenregion ist keine Insel der Seligen mehr: Der Kitt zwischen den Gesteinen, der Permafrost, verliert nämlich an Bindungskraft. Mächtige Felsbrocken und Geröll folgen der Schwerkraft. Lokale Gewitterzellen und tagelanger Starkregen lösen Steinschlag und Muren aus. Die Flut reißt alles mit, was sich ihr in den Weg stellt. Verklausungen lassen die Wassermassen über die Ufer treten. Wertvoller Siedlungsraum wird verwüstet und der Schaden an Leib und Gut ist enorm.

Gegen sintflutartige Überschwemmungen sind wir Menschen machtlos. Längst halten sich die angeblichen 100-jährlichen Hochwasser nicht mehr an ihren Namen. Golfball große Hagelgeschoße zerstören innerhalb weniger Minuten die gepflegten Kulturen. Ein paar Bergrücken weiter sackt durch eine Hitzewelle gar der Grundwasserspiegel bedrohlich ab. Der niedrige Pegelstand von Bächen und Flüssen, sowie die geringe Sauerstoffsättigung des Wassers verlangen ein Aussetzen der Fischerei. Der zusätzliche Stress würde viele Flossenträger das Leben kosten.

Dürreperioden in afrikanischen Staaten und anderswo vernichten die Ernte. Verwüstet ist das Land. Das Vieh verdurstet. Kinder, Kranke und die Alten, die schwächsten Glieder der Gesellschaft, verhungern qualvoll auf Raten. Wanderheuschrecken fressen das letzte Grün.

Millionen Menschen, die an den Küsten leben und vor dem ansteigenden Meeresspiegel oder wiederkehrenden Tornados flüchten müssen, sind auch Leidtragende der hausgemachten Erderwärmung. Wirbelstürme fressen eine regelrechte Schneise in die Landschaft. Zurück bleiben Tod, Seuchen und Zerstörung. Konflikte um Süßwasser und Land sind die Folge. Nicht umkehrbar ist diese Migration.

Der Rückzug des Permafrostbodens in der waldreichen Taiga birgt neue Gefahren. Gewaltige Mengen an brennbarem Methan werden frei. Knapp unter der Erdoberfläche angesammelte Gasblasen entzünden sich schlagartig durch einen Blitzschlag. Der Wald brennt. Auf diese Weise wird das Rad der Erderwärmung weiter beschleunigt.

Doch nicht nur in den von der Sommerhitze geplagten Ländern brennt es lichterloh. Auch in unseren gemäßigten Breiten sind Waldbrände keine Seltenheit mehr. Die Löscharbeiten in schwierigem Gelände sind teils undurchführbar.

Was nützen die Versprechungen auf den Weltklimakonferenzen, wenn die Regierungen weiterhin, auf Teufel komm raus, auf die fossilen Energieträger setzen. Unvermindert hält der Raubbau von Kohle, Erdgas und Öl an. Stetig steigt die Konzentration von Kohlendioxid, dem gefährlichsten Treibhausgas, auf neue Höchstwerte. Die Temperaturerhöhung unter zwei Grad Celsius zu halten, bleibt vermutlich ein Wunschdenken.

Was dann? Wohin dann mit Alaska?

Dieses Buch beinhaltet meine wichtigsten elementaren Naturerfahrungen. Mit ihnen traten bereits vor vielen Jahren einschneidende Beobachtungen diverser klimatischer Veränderungen zutage.

Doch nicht allein über diese berichte ich in „Der Fischer und das fremde Wasser". Sondern vielmehr über die Ehrfurcht vor unserer großartigen Natur und allem, was sich im Wasser und an Land tummelt.

Den Daheimgebliebenen möchte ich somit Einblicke in fremde Gebiete ermöglichen. Und allen echten Weltreisenden die Möglichkeit, sich mit meinen abenteuerlichen Erlebnissen in der Fremde zu messen.

Gottlieb Eder

ALASKA

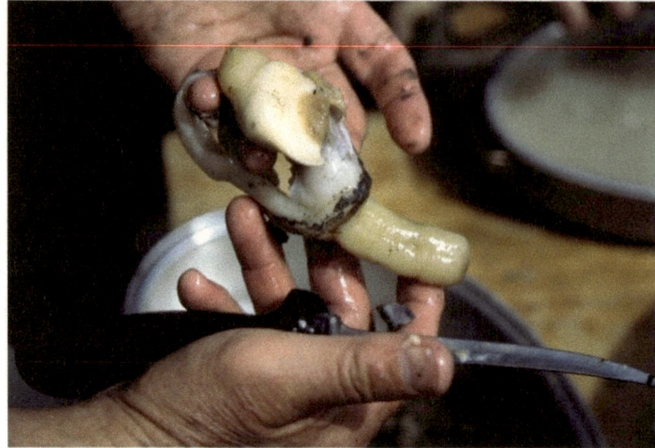

Begehrtes Muschelfleisch

*Fischereigeschäft
im Alaskastil*

Kreative Heilbuttwerbung

Abschied von der Zivilisation

*Mäander des
Alexander Rivers*

Gefrorener Strom

Elchfamilie auf Futtersuche

Hundslachsfalle Restwasser

Bärige Prankenspur

Fleischfischer erwarten im
Brackwasser die Lachse

Beluga-Lake

Tom mit seinem
ersten Silberlachs

NINILCHIK – GEHEIMTIPP FÜR FISCHER UND MUSCHELSAMMLER

Vor der engen Klotüre der Condor Boeing 767 verstellt mir der „Froschmann" forsch den Weg. Schon am Frankfurter Flughafen, beim Einchecken, ist mir der schlaksige Typ aufgefallen. Stolz wie ein Pfau stelzte er durch die Abfertigungshalle. Selbstsicher das Kinn angehoben, gehüllt in eine lässige Kluft. Am Cowboyhut mit Patina wackelt ein giftgrüner Frosch aus weichem Gummi. Groß wie ein Handteller hängt die Amphibie an der Kordel. Bei jedem Schritt wippen verführerisch die langen Schenkel mit den Schwimmhäuten zwischen den Zehen. Ungewöhnlich ist dieser Schmuck am Hut. Fischer, Jäger und herausgeputzte Vertreter lassen sich auf Grund ihres Outfits leichter einschätzen, aber ein Lurch?

Ein Sonderling scheint der Mann im besten Alter auf jeden Fall zu sein, denn auch auf dem engen Sitz des Ferienfliegers legt er seine Kopfbedeckung nicht ab. Mit Interesse habe ich sein Gehabe gemustert und ausgiebig geschmunzelt. Nun hat er mich aus der Masse der Passagiere gezielt herausgepickt. Wohl zu lange habe ich mit dem Unbekannten die Blicke gekreuzt und er verwickelt mich in ein Gespräch. Er findet in mir einen dankbaren Zuhörer. Immerhin schleppt sich der Flug über neun Zeitzonen, ehe wir in Anchorage landen. Genug Zeit zum Erzählen. Abenteuerliche Geschichten austauschen. Ratschläge hamstern. Zudem ist Stehen allemal gesünder, als im Sitzen auf die Attacke einer Thrombose zu warten. Mein erbettelter Fensterplatz bietet ohnehin nur den Ausblick auf ein dichtes Wolkenmeer. Zudem verdeckt unmittelbar vor meiner Nase ein Teil der Tragfläche die Vogelschau auf die Erde. Ausgereizt sind die Musikkanäle und das blutlose Geschwätz mit Sitznachbarn, die sich in den Schlaf flüchten. Durch viele Reihen von mir getrennt, döst mein Reisegefährte Walter mit seinem Arbeitskollegen, der sich den Alaskatraum zum ersten Male erfüllt.

Vorzüglich gelingt es mir, gezielte Fragen wie Akupunkturnadeln zu setzen. Fast immer erwische ich einen sensiblen Punkt, der die Quelle seines Mittei-

lungsbedürfnisses zum Sprudeln bringt. Rasch stellt sich heraus, dass der ledige Weltenbummler sein gutes Einkommen auf wochenlangen Reisen verpulvert. Nach Belieben frönt er seinem nassen Weidwerk. Mit Leidenschaft stellt er den kapitalsten Flossenträgern nach. Nilbarsche aus dem Assuan-Stausee, gewaltige Welse aus dem Wolgadelta oder die wilden Tarpons aus den Flats vor Floridas Küsten und natürlich alle Pazifischen Lachse, all das und noch viel mehr hat er in respektablen Größen gedrillt.

Meine geschickt verteilte Dosis an Bewunderung spornt den Mann zu Höchstleistungen an. In Rausch geredet, schlägt er fast verbale Purzelbäume. Um meine geäußerten Zweifel bezüglich Wahrheitsgehalt seiner Schilderungen gänzlich auszuräumen, fischt er ein ganzes Bündel an Beweisfotos aus seiner Jackentasche. Mit Genuss preist er jedes Bild seiner persönlichen Rekordfische. Nicht versiegen ausschweifende Kommentare über Länge, Gewicht und Fanggründe sowie die beste Zeit.

Letzten Endes lohnt sich das eher einseitig geführte Gespräch auch für mich. Denn mit meiner Wissbegierde ziehe ich dem Mann Revierbewertungen und nützliche Adressen aus der Nase. Einem Hamster gleich sammle ich die Informationen und notiere sie in meinem zweckmäßigen Tagebuch, das ich stets in der Hosentasche mittrage. Fett unterstrichen ist der heiße Tipp bezüglich eines Fischkutterbesitzers in Ninilchik, auf der Halbinsel Kenai. Der Berufsfischer nimmt gerne Gäste mit, um sein Einkommen mit diesem Nebenerwerb aufzubessern.

Bis zur Landung vertreibe ich mir die Zeit des Wartens mit Lesen in einem handlichen Reiseführer. Sinngemäß bleiben folgende Eckdaten haften: Ein riesiger Eispanzer bedeckte während der jüngsten Eiszeit vor rund 25.000 Jahren die Erde. Unvorstellbare Mengen der Wasservorräte wurden im festen Aggregatzustand gebunden und ließen den Meeresspiegel absacken. Der Geologe Gernot Spielvogel meinte gar beweisen zu können, dass die Ureinwohner Amerikas nicht nur über die berühmte Beringstraße, sondern auch über eine Art Kontinentalbrücke eingewandert seien. Eine Vulkaninselkette verband die heutigen Komandorsky-Inseln (Russland) mit den Aleuten in Alaska. Als mutige Jäger und Sammler folgten die Einwanderinnen und Einwanderer den Tierherden über Tausende von Kilometern.

An den Lebensraum hervorragend angepasst, entwickelten sich aus „Alaskas Ureinwohner" verschiedene Gruppen: Im Norden des rauen Landes fassten die „Rohfleischesser", die Eskimos, Fuß. Wagemutig verfolgten sie mit den Umiaks, wendigen, mit Fell überzogenen Kajaks, Wale vor der Küste, Robben auf den Eisschollen und gar die mächtigen Polarbären. Trotz Beherrschung der berühmten Eskimorolle musste wohl jeder Bootsunfall im Eiswasser den Jägern des Nordens das Leben gekostet haben.

Heute ist das Jagdverständnis der Inuitgeneration gespalten. Sie leben quasi zwischen zwei Kulturen. Einerseits hat die Jugend die Fertigkeiten ihrer Großeltern zum Überleben nicht erlernt, anderseits finden sie sich auf dem beinharten Arbeitsmarkt nicht zurecht. Der Verlust ihrer wahren Wurzeln treibt sie in die Fänge des Alkohols. Ihr Hilfeschrei äußert sich in Zerstörungswut und Gewalttätigkeit. Viele Abhängige finden keinen Lebenssinn und fallen in schwere Depressionen.

Auf der wie Perlen aufgefädelten Inselkette der Aleuten siedelte das gleichnamige Volk – die Aleuten. Auch sie lebten vorwiegend von den „Früchten des Meeres". Auf diesen unwirtlichen, den Wetterelementen extrem ausgesetzten Inseln lebte auch die massige „Stellersche oder Riesenseekuh". Die akribische Beschreibung durch den deutschen Arzt und Naturforscher aus dem Jahr 1741 deckt sich mit den wenigen erhaltenen Skeletten. Die Seetang fressenden Tiere erreichten eine unvorstellbare Länge von rund acht Metern und fühlten sich trotz berechneter zehn Tonnen Lebendgewicht im Wasser wohl. Der Auftrieb schmeichelt immer der Masse. Kaum entdeckt durch Berings Crew, wurden die friedlichen Vegetarier ein Vierteljahrhundert später als Fleischlieferanten von den Pelztierjägern ausgerottet.

In Millionen von Jahren hat die Evolution an den jeweiligen Lebensraum angepasste, artenreiche Pflanzen und Tiere geschaffen. Obwohl unser eigenes Leben von der Vielfalt auf dem Planeten abhängig ist, plündert, mordet und rottet der Mensch stumpfsinnig weiter. Ein Übel ist die Gier.

Die Region im Südosten des Landes bietet neben einem milden Klima vor allem üppige Wälder mit reichem Wildbestand. Unerschöpflich scheinen die Fischgründe durch den Rhythmus der Wanderfische zu sein. Nicht durch den mühsamen, täglichen Nahrungserwerb gefordert, entwickelten die Tlingit-Indianer eine hohe Kulturstufe. Neben der kreativen Gestaltung der heute noch bewunderten Totempfähle waren sie mutig genug, sich gegen die Feuerkraft aus Gewehren und kleinen Kanonen der ersten russischen Eindringlinge zu behaupten.

Im Auftrage des Zaren Peter der Große segelte der Däne Victus Bering mit verwegenen russischen Seeleuten auf der Suche nach Land und den sagenhaften Pelztieren Richtung Osten. Sie entdeckten die noch unbekannte Nordwestküste Amerikas. Auf dem Rückweg war das Boot den wochenlangen Stürmen nicht gewachsen. Es driftete weit vom Kurs ab und zerschellte an einem rauen Eiland. Die halbe Mannschaft und der Kapitän überlebten den brutalen Winter nicht, obwohl sie sich vom Fleisch der Pelzrobben und den als „Seeaffen" bezeichneten Ottern ernährten. Der Überlebenswille und die Sehnsucht nach der Heimat trieben die Bootsbauer zur Meisterleistung an. Aus den verbleibenden Trümmern des gestrandeten Wracks zimmerten sie ein seetaugliches Fahrzeug.

Beladen mit einem Berg von Fellen erreichten die Schiffbrüchigen einen Außenposten auf Kamtschatka. In Windeseile verbreitete sich die Erfolgsgeschichte der Überlebenden und Pelzjäger. Obwohl viele Schiffe mit Mann und Maus versanken, trotzten ganze Flotten den Gefahren der unberechenbaren Meeresstraße und beteiligten sich an der Ausrottung der putzigen Pelzträger.

Die Russen beanspruchten quasi als Kolonialherren die Hoheit über den Fellhandel. Überall errichteten sie Stützpunkte, bauten befestigte Siedlungen und dehnten ihren Einfluss bis weit in den Südosten Alaskas aus. Kleider machen bekanntlich Leute. Der Zar und die Blaublütigen des Hofkreises schmückten sich mit den kostbaren Pelzen der Seeotter. Mützen, Krägen und lange Mäntel – die edelsten Felle wurden mit Gold aufgewogen – gehörten zum Statussymbol der Mächtigen und Reichen. Geblendet vom zauberhaften Glanz der billigen Glasperlen, den Kochtöpfen aus dem unbekannten Eisen und den Messerklingen, ließen sich die Einheimischen von den gierigen Pelzhändlern billig über den Tisch ziehen. Die Russen machten sich die Urbevölkerung zu nützlichen Handlangern. Später, als die Population der Seeotter immer mehr durch den rücksichtslosen Raubbau zusammenbrach, misshandelten sie Frauen und Kinder der Aleuten, um ihre Männer zur Felljagd an extrem ausgesetzten Küsten zu zwingen.

Übel wurde den Tieren mitgespielt, aber auch den Ureinwohnerinnen und Ureinwohnern ging es durch die russischen Ausbeuter kaum besser. Der massive Einbruch des Pelzhandels durch die Maßlosigkeit und der Kriegsausbruch in Europa (1820) ließen Russlands Interesse an Alaska rasch schrumpfen. Aufgrund von Geldnöten verscherbelten die Russen das riesige Land zum Schnäppchenpreis an die Amerikaner. 7,2 Millionen Dollar oder umgerechnet 2 Cent pro Acre wechselten unter dem Präsidenten Abraham Lincoln den Besitzer. Bei den Acres handelt sich um eine jahrhundertealte, angloamerikanische Maßeinheit und 1 Acre entspricht rund viertausend Quadratmeter. Ein Hektar kostete somit lächerliche fünf Cent.

Parallel zur Küste des „Cook Inlet" rollen wir auf dem Sterling Highway zum Fischerdorf Ninilchik. Schlicht ausgestattet ist unser gemietetes Wohnmobil. Großartig ist die Vielfalt der Landschaft. Schmucke Neubauten vermehren sich entlang der Hauptstraße wie die Anbieter von Lachs- und Heilbuttcharter. Aber der ursprüngliche Siedlungskern am gleichnamigen Ninilchik River ist geprägt von verwitterten Schiffschuppen und vernachlässigten Blockhäusern. Rostige Blechdächer verstärken den schäbigen Eindruck. In der Wildnis zwischen den Hütten verfaulen ausgediente Fischerboote. Ausdauernde Unkräuter durchdringen die Planken oder keimen gar auf dem morschen Holz. Über dem Dorf thront auf einer Anhöhe die russisch-orthodoxe Kirche.

Im kleinen Hafen von Ninilchik liegen die Fischkutter mit Tauen gefesselt. Nur durch profillose Autoreifen oder Fender getrennt, reiben sich die Rümpfe

der Boote. Zuhauf stehen am Pier die eckigen Drahtreusen für den Krabbenfang bereit. Es stinkt nach Fisch. Unglaublich niedrig ruht der Wasserstand durch die herrschende Ebbe. Als Laie kann ich es mir schwer vorstellen, dass die Kutter überhaupt so viel Wasser unter dem Kiel finden, um das offene Meer zu erreichen. Kein Mensch lässt sich auf den Decks beim Netzflicken erblicken. Mit der Topadresse in der Hand halten wir Ausschau nach dem Kahn und dem Besitzer, der gegen moderate Bezahlung Fanggarantie auf große Heilbutte verspricht. Ein Schlitzohr soll er sein. Mit allen Wassern der Fischgründe gewaschen. Seine Erfahrung verspricht nicht nur Kaliber von Plattfischen, sondern auch einen sicheren Umgang bei Aufkommen einer rauen See. Nicht umsonst warnt die UNO auf Grund aktueller Studien, dass die Meeresfischerei – insbesondere der ertragreiche Krabbenfang im Eismeer – zu den gefährlichsten Berufen zählt. Durch die Überfischung der küstennahen Gewässer riskieren die Menschen in oft untauglichen Booten Kopf und Kragen. Mindestens siebzig Fischer verlieren täglich ihr Leben auf den Weltmeeren, wobei die Statistik nicht die Qualen durch Ertrinken erfasst.

Frustrierend wirkt die Stille. Es scheint, als ob die ganze Flotte samt der Besatzung einen ausgedehnten Mittagsschlaf halten würde. Sogar die Möwen wetzen lautlos ihren Schnabel. Einige Bussarde sitzen gelangweilt auf den Giebeln der alten Bootshütten. Ob mit vollem Kropf oder wegen der Flaute, das lässt sich nicht einschätzen. Unverrichteter Dinge und in gewisser Weise schon leicht enttäuscht, versuchen wir den Hafenmeister aufzuspüren. Dem Tower eines Kleinflugplatzes vergleichbar, blickt der Verantwortliche erhaben aus dem kaputten Fenster. Das rustikale Zimmer ist Büro und zugleich Aussichtswarte über sein bescheidenes Reich. Ob der scharfe Geruch von hochprozentigen Alkoholika stammt oder als Desinfektionsmittel aus schlecht verschlossenen Flaschen verdunstet, das wage ich nicht mit Sicherheit zu behaupten.

Meine schon in Gedanken oft durchgespielten englischen Phrasen kann oder will er einfach nicht verstehen. Immer wieder zieht er seine Schultern hoch und öffnet verständnislos seine Hände. Auch mein Bestechungsversuch mit einer Hand voller süßer Mozartkugeln verpufft wirkungslos. Wir werden einfach das Gefühl nicht los, dass unsere Not nicht wahrgenommen, sondern als Ruhestörung betrachtet wird. Herb enttäuscht durch die gescheiterte Kontaktaufnahme, ziehen wir uns aus der Hafenanlage zurück. Misserfolg soll kreative Kräfte mobilisieren, heißt es, aber wir können getrost darauf verzichten.

„Friedliche Siedlung an einem Fluss" bedeutet der Name Ninilchik. Der Begriff stammt aus dem Sprachschatz der Tanaina-Indianer. Sie haben vor der russischen Besiedlungswelle diese ruhige Bucht für den Fischfang genutzt.

Vom erhabenen Kirchplatz aus bietet sich ein Bilderbuchblick über das verschlafene Nest. Hinter den baufälligen Gebäuden windet sich der Fluss durch

das geringe Gefälle. Die herrschende Ebbe gibt einen bretterflachen, schiefergrauen Strand frei und gegenüber der Meerenge ragen die schneebedeckten Gipfel des Mount Iliamna und Mount Redoubt in den Himmel.

Menschen mit Kübeln, Spaten oder Schaufeln schlurfen wie Strandkrabben in alle Richtungen. Rein gar nichts hat ihr Bewegungsablauf mit einer Fischereimethode gemeinsam. Ihr Verhalten verblüfft uns. Suchen die Leute Lebendköder für einen heiklen Zielfisch oder gibt es Raritäten als Strandgut? Bernstein oder Diamanten passen ohnehin nicht in diese Gegend. Wir wissen es nicht. Mit Macht lockt das Unbekannte. Rasch sind wir uns einig, dass wir ihren Spuren folgen und ihnen bei ihrer Tätigkeit auf die Finger schauen.

Muschelsucher stapfen und schlittern durch den bleigrauen, schmierigen Schlick. Vorsichtige und Anfänger schürfen sich eher im trockenen Bereich durch den Boden, hingegen folgen die Kühnen beherzt dem weichenden Wasser. Schier verrückt sind die Menschen auf die berühmten „Razor-Muscheln". Schwer vorstellbar ist es schon, wenn auch die Sammler eine Angellizenz benötigen, damit sie ihr Vergnügen rechtmäßig ausüben dürfen. Einige Leute knien im Dreck. Mit bloßen Händen legen sie Verdachtsplätze frei, wühlen sich aufgeregt wie Trüffelschweine in die Tiefe. Die Konkurrenz erhöht den Druck. Wie die Perle in der Muschel wird die Delikatesse geschätzt.

Das Aufspüren, Buddeln und Graben muss wohl als Überlebensprinzip in den Genen der Naturmenschen gespeichert sein, denn sie freuen sich geradezu kindisch bei jedem Treffer. Über den Rhythmus der Gezeiten sind die Profis bestens informiert und zudem auf Grund ihrer Erfahrung sowie Ausdauer sehr erfolgreich. Zuhauf liegt die wehrlose Beute im getrübten Kübelwasser. Die größten Exemplare zeigen die Länge eines Dollarscheines. Einer getrockneten Dattel gleicht der Farbton der Schale.

Die aufkommende Flut treibt die Menschen jedes Mal wie Strandgut zurück auf das Festland, wo sie – gemütlich vor dem Wohnwagen sitzend – ihre Weichtiere als begehrte Spezialität verarbeiten. So gefragt sind die Strände um Ninilchik, dass „Süchtige" die Anreise gar über Tausende von Meilen in Kauf nehmen und ihren ganzen Urlaub in der Wohnmobilkolonie verbringen. Die Wegfreiheit der weitläufigen Strände verdrängt wohl die gefühlte Enge auf den Campingplätzen.

Vor allem Frauen erliegen der Faszination der Perlen. Andere Personen wiederum sind begeistert von der Vielfalt der Schneckenschalen und frönen ihrem Sammeltrieb während der Spaziergänge am Meeresstrand. Ammoniten, fossile Kopffüßler, genießen nicht nur als Briefbeschwerer hohe Wertschätzung. Unbeschränkte und bewunderte Verwendung findet das Perlmutt in der Schmuckindustrie und auch die kulinarischen Liebhaberinnen und Liebhaber von Schalentieren entdecken weltweit ihre Gaumenfreuden.

Seltsam ist die Tiergruppe mit den zwei Schalen auf jeden Fall. Man erkennt keine Gliederung des Körpers. Ein kalkfreies Schlossband hält wie bei einem Buch mit Hardcover die schützenden Hälften zusammen. Spezialisierte Muskeln schließen bei Gefahr überraschend schnell das Außenskelett. Langsam arbeitende Muskelfasern sind hingegen in der Lage, bei geringem Energieverbrauch ihren Schutz wochenlang unverändert dicht zu halten. Bei einigen Arten hat die Evolution den Schalenrand so ausgeprägt, dass der Durchtritt des muskulösen Ein- und Ausströmrohres, der Siphon, vorzüglich passt.

Ob das biologische Kanalsystem getrennt oder miteinander verwachsen ausgeführt ist, das hängt allein von der Art der Muscheln ab. Zweckmäßig und erfinderisch ist die Schöpfungskraft der Natur allemal.

Mit dem Atemstrom werden Kleinstlebewesen, Schwermetalle und Gifte angesaugt und als Nahrung gefiltert. Verbrauchtes Atemwasser und Stoffwechselprodukte fließen über den Siphon zurück in den unmittelbaren Lebensraum. Eine ausgewachsene Muschel ist in der Lage, rund einen halben Kubikmeter Wasser täglich zu filtern. Verseuchte Küsten – Unfälle mit Öltankern oder Bohrplattformen, Missbrauch des Meeres als Deponie oder Havarien mit Atomkraftwerken – beschleunigen nicht nur das Wachstum der Weichtiere, sondern auch die Einlagerung von Giften in den Fettzellen. Mahlzeit!

Ähnlich den Jahresringen am Querschnitt eines gefällten Baumes, lässt sich das Wachstum am Profil der Schale bestimmen. Das Erscheinungsbild der in Alaska begehrten „Razom-Muschel" entspricht etwa unserer heimischen Teichmuschel. Kein Mensch findet in unseren Breiten Geschmack an diesem Weichtier. Nur die eingebürgerten Bisamratten knacken während der vegetationslosen Winterszeit die Nahrungsreserve und hinterlassen regelrechte Schalenfriedhöfe. Auch vierbeinige Vegetarier finden in der Not Gefallen an der Fleischeslust. Eigensinnige Aquarellkünstler verwenden immer noch gerne eine Schale als dekorativen Wasserbehälter, deshalb hat sich auch der Name „Malermuschel" erhalten.

Zufrieden macht die Stückzahl der fußlahmen Beute. Gut gelaunt sitzen drei Männer auf ihren Campingsesseln vor ihrer rollenden Behausung und unterhalten sich lautstark. Hundertfach geübt und geschickt durchtrennen sie mit ihren Messern den kräftigen Schließmuskel der prächtigen Muscheln. Mein Interesse an ihrer Beschäftigung bleibt den reifen Herren nicht verborgen. Das bewusst langsame, etappenweise Annähern zeigt meinen Respekt und die Unaufdringlichkeit an. Rasch darf ich an ihrem begeisterten Urlaubsvergnügen teilhaben. Immer wieder zeigt der Wortführer des Trios mit seiner Messerspitze auf den Siphon der aufgeklappten Muschel und löst mit seinen Bemerkungen heiteres Gelächter bei seinen Kameraden aus. Mein Sprachverständnis ist zwar gering und leidet zudem unter der hohen Geschwindigkeit seines Redeflusses, aber es

bedarf keiner allzu großen Fantasie, um den Anschauungsunterricht zu deuten. Der Strömungskanal der fleischigen Muschel schaut doch tatsächlich wie ein vermurkster Penis aus.

Verbindend wirkt die lockere Art, sich zu unterhalten. Ich erfahre auch, dass die Königslachse schon in den nahe gelegenen „Deep Creek" zum Laichen aufgestiegen sind. Der schwache Jahrgang der kapitalen Wanderfische bereitet den Fischereibehörden Sorgen, deshalb haben die Organe den Fang in der laufenden Saison verboten.

Weiters, so informiert mich der Chef der Runde und Berufskollege, bringt nur ablaufendes Wasser die besten Heilbutte an den Haken. Nach einem kurzen Blick auf seine Armbanduhr meint er wissend, dass wir uns wohl einen halben Tag lang die Zeit vertreiben müssten, ehe wir mit Zuversicht in See stechen können. Kleine Boote gibt es zur Genüge, meint er grinsend, die, überladen mit Touristinnen und Touristen, von Traktoren mit gewaltigen Reifen ins fahrbare Wasser geschleppt werden.

HOPE – BUCKELLACHSE LOCKEN FLEISCHFISCHER

Am Hindernis entwurzelter Bäume scheiterte unsere Schlauchbootfahrt vor rund einer Woche. Ein wilder Fluss, weit im Westen Alaskas. Ins Verderben trieb uns die scharfe Strömung des Nebenarmes. Unvorbereitet überraschte uns eine Wehr aus querliegendem Holz. Kein Schlupfloch, kein Anlanden und kein Durchkommen. Gleichsam einem wilden Mustang warf uns der botanische Schranken ab. Samt Boot, mit Mann und Maus, blitzschnell zum unfreiwilligen Tauchgang genötigt.

Um Haaresbreite ertranken wir nach dem Kentern nicht wie Bisamratten in der nassen Falle. Allzu leicht verheddert sich die Kleidung im steifen Geäst der Sitka-Fichten unter Wasser. Knapp wird die Luft. Rasch kriecht die Kälte bis in die Knochen. Zudem erdrückt das Gewicht einer mit Gletscherwasser gefüllten Wathose jeden Schwimmversuch. Wenige Tropfen Wasser in der Lunge und vernachlässigbare Kratzer am eigenen Leib waren zu beklagen. Verschmerzbare Verluste an Fischereizeug sowie eine abgesoffene Spiegelreflex- und eine streikende Filmkamera waren der Preis für die Freiheit in der Wildnis. Mit gewissen Ausfällen ist immer zu rechnen. Feuchtigkeit ist nun mal der Tod für empfindsame Technik.

Eine schlanke Landzunge reckt sich weit in die Kachemak Bay hinaus. Haufenweise säumt gestrandetes Treibholz das sandige Ufer. Die Skulpturen ziehen den Blick an und dahinter spiegeln sich die schneebedeckten Kenai Mountains im Salzwasser. Bunte Boote stehen mit den gepflegten Holzhäusern auf Stelzen im malerischen Wettbewerb. Fast aufdringlich bieten Charterunternehmer ihre Fangboote, Ausrüstung und Crew für das Fischereivergnügen auf die flachen Fische oder Lachse an. Eine Mär sind die leicht zu fangenden Lachse im „Fishing Hole", einem künstlich angelegten See mit Besatz. Entweder ist das Loch leergefischt oder die verbleibenden Fische ste-

hen mit abgerissenen Ködern im Kiefer vergrämt am Grund. Zudem hält sich bekanntlich die Beißlust der Königslachse in Grenzen.

In Homer greifen wir nach dem Strohhalm einer halben Heilbuttausfahrt. Das Personal in den aufgesuchten Agenturen ködert uns mit Fanggarantien und dicken Fotoalben, wo Teilnehmer der Ausfahrten vor Freude beinahe den Schleim von den erbeuteten Plattfischen schlecken. Allein, der Haken an der Sache ist, dass freie Bootsplätze erst am übernächsten Tag locker zu haben sind. Das fischlose Klinkenputzen kratzt am Nervenkorsett. Es zermürbt uns. Die Zwickmühle macht anfällig für falsche Entscheidungen. Zur Eile drängt der Übergabetermin unseres Fahrzeuges. Wie simple Anfänger lassen wir uns quasi von einem Hafenmarktschreier aufreißen. Statt der üblichen Ausfahrt in aller Herrgottsfrühe will er mit seinen Gehilfen heute noch das milde Abendlicht für einen erfolgreichen Fischzug nützen. Schier geblendet von seinen Versprechungen und der Prahlerei über die allerbesten Plätze, willigen wir gerne in das Geschäft ein. Wir erhalten die begehrte Lizenz und der Typ ein Bündel Dollarscheine. Wahrlich nicht billig ist gesunder Fisch aus dem Pazifik.

Weitere Touristinnen und Touristen finden an den Argumenten des Kapitäns keine Schuppe in der Suppe. Auch sie steigen erwartungsvoll an Bord des Kutters. Zwei geschlagene Stunden brettern wir den reichen Fanggründen entgegen. Wobei ich den Verdacht nicht loswerde, dass die Kosten des Dieselverbrauches eine geringe Rolle spielen. Wir genießen den Fahrtwind und die atemberaubende Kulisse der schneebedeckten Berge entlang der Halbinsel.

Ohne gesetzten Anker dümpelt der umgebaute Fischkutter im zunehmenden Wellengang. Unauffällig überreichen einige Teilnehmer das Leihgerät mit der schweren Multirolle dem Personal. Mit kreidebleichem Gesicht und wortkarg verschwinden sie in den ruhigen Bauch des Schiffes. Vereinzelte fischende Nachbarn – das Heben und Senken des Köders über dem Meeresgrund ist ohnehin eine eher stupide Angelegenheit – klagen über Übelkeit und Gleichgewichtsstörungen. Vom Brechreiz geplagt entleeren die Armen ihren Mageninhalt an der Reling. Anschließend torkeln sie gleichsam wie schwer Betrunkene unter Deck.

Laufend wächst der Freiraum an Bord durch den Ausfall der Seekranken. Die Butte mit dem schneeweißen Fleisch haben nicht mehr die Qual der Köderwahl. Trotzdem bleibt die Durchschnittsgröße weit unter jener auf den Reklamefotos. Der Reihe nach gaffen die Helfer die geschockten Fische an, um sie nach dem Augenschein der Kunden wieder zum Wachsen zu entlassen. Keiner will die platten Zwerge abschlagen. Allmählich treibt der Sturm immer höhere Wellenberge gegen den Rumpf des Bootes. Kaum eine volle Stunde verbleibt uns Standhaften noch die Hoffnung auf das Fischerglück, ehe der Kapitän die Entscheidung zur Rückfahrt in den sicheren Hafen trifft. Recht ist den Kranken

der neue Kurs, die anderen murren in Unverständnis. Auch uns bleibt pro Mann eine Dublette verwehrt, aber schließlich trägt der Seebär Verantwortung für die Sicherheit seiner Passagiere und für den Kahn.

Am Südufer des Turnagain-Arms liegt das Dörfchen Hope. Die Gründung des Dorfkernes fällt mit den entdeckten Goldflittern und Nuggets im „Resurrection Creek" zusammen.

Aus dem schwarzen Sand des Flusses wurde Gold gewaschen, noch ehe der Goldrausch in Dawson oder Nome eine wahre Völkerwanderung auslöste. Ein paar Schüsselschwenker hatten seinerzeit die Whiskyidee, dass der Familienname des nächsten Menschen, der vom Schiff aus das Land betritt, quasi als Taufpate für die Ortsbezeichnung herhalten darf. Innerhalb kürzester Zeit wuchs die Bevölkerung auf einige Tausende an, um in gleichlaufender Geschwindigkeit des Verebbens der Funde wieder in die Bedeutungslosigkeit zurückzufallen. Im Jahre 1964 zerstörte das Karfreitagsbeben einen Teil des Ortes.

Rund zweihundert Seelen erachten das halbe Geisterdorf immer noch als lebenswerten Platz. Zur Zeit der Lachsheimkehr wimmelt es von Fischern, Pseudogoldsuchern und Schaulustigen. Viele Familien bessern ihr Einkommen durch den Tourismus auf. Zum Ausbeuten der Tagesbesucher animiert die kurze Saison. Bemerkenswert ist auf alle Fälle, dass rund ein Viertel der Häuser an eigenen Quellen hängt. Eigenständig ist ihre Wasserversorgung. Verwehrt bleibt mir leider der Kontakt mit einem Dorfschullehrer. Aber ein Einheimischer bestätigt mir, dass insgesamt fünfzehn Schüler die Bildungspflicht mit seinem Sohn erleiden.

Unweit der „Sozialhalle" – sie wurde 1902 errichtet und dient immer noch als Raum für gesellige Veranstaltungen und Gemeindeversammlungen – wartet ein gewaltiger Brunnentrog auf Glücksritter. Busweise werden die Gäste in das historische Goldgräbernest gekarrt, damit sie die ausgehändigten Pfannen im rechten Kniff schwenken. Angeleitet und motiviert werden sie von einem verwegenen Bartträger, der auf einem Quart, samt Gewehretui, zum Dienst anknattert. Ein Original ist der Typ. Trinkgeld erschleimend umrundet er seine Gruppe, die – brav wie Rindvieh an der Tränke – auf rechte Unterweisungen hofft.

Auffallend geschnitten werden die eigenen Geschlechtsgenossen. Dafür drückt sich der Kerl mit Rauschebart bevorzugt an die Frauen mittleren Alters heran. Eingestreute Witze lockern das Freizeitvergnügen auf. Oft beobachte ich schmunzelnd, wie sich der Mann fast übergriffig an die Weibsbilder presst, damit er mit seinen Pranken ihre gepflegten Hände fassen kann. Einem Tanze gleich überträgt er die Bewegung der kreisenden Schüssel auf die Frau. Nach wenigen Minuten hat die Dame den Dreh halbwegs erfasst und lässt mit Schwung den wertlosen Sand mit dem Wasser über den Tellerrand schwappen. Vorwiegend

in den Sandkübeln der Frauen stecken die glitzernden Flitter. Ihr Jubel spornt an. Die Stimmung steigt. Unbeschreiblich scheint das Gefühl, wenn ein einziges Körnchen Gold das Licht reflektiert.

Längst vorbei sind die glorreichen Zeiten des Goldrausches, dennoch zieht das organisierte und gesteuerte Waschen Fremde magisch an. Schmuggler, Gauner und Kriminelle, Pelztierjäger und Fallensteller lockte das Edelmetall einst. Ehrbare Männer verließen, vom Goldvirus gepackt, von einem Tag auf den anderen ihre Familien. Stärker als die Bindung an die eigene Sippe war der Lockruf des Goldes. Der Traum vom raschen Reichtum. Zu Fuß, auf dem Rücken von Maultieren und Pferden oder gar mit dem teuren Schiff, folgten sie den Spuren Tausender Abenteurer. John Griffith, besser als Jack London bekannt, beschrieb das Elend der Tragtiere unter der aufgebürdeten Last folgendermaßen: „Die Pferde starben wie die Moskitos im ersten Frost und verwesten haufenweise auf dem Weg von Skagway nach Bennet. Sie verendeten an Felsen, verhungerten, stürzten vom Pfad ab oder ersoffen unter ihrer Last in Flüssen. Sie blieben vor Angst wiehernd im Schlamm stecken und versanken im Sumpf."

Nicht einmal eine Patrone opferten von der Gier geblendete Menschen, um den vierbeinigen Gefährten von den Qualen zu erlösen. Mit Gewalt rissen sie die kostbaren Eisen den Tieren noch im Todeskampf von den Hufen.

Die gesetzlosen Zustände in den boomenden Goldgräberstädten kosteten vielen Glücksrittern das Leben. Unberechenbar machte die Macht des Goldes, gering war die Hemmschwelle, begraben das Gewissen. Raubmord und Totschlag standen auf der Tagesordnung. „Blutnuggets".

Zahlreiche Digger litten an Skorbut und überlebten die harten Winter nicht. Andere schlitterten in schwere Depressionen oder verfielen König Alkohol. Tausende wiederum verließen die Claims ärmer, als sie gekommen waren.

Lebensmittelhändler, Sargmacher, Geldhaie und die Saloonbesitzer sowie die Damen des ältesten Gewerbes wurden reich.

Rascher als die heimkehrenden Pinks frisches Süßwasser durch ihre Kiemen pumpen, spricht es sich bis zur Wirtschaftsmetropole Anchorage herum, dass gesundes Eiweiß leicht zu erbeuten ist. Wer im langen und dunklen Winter des Nordens Fisch verzehren will, der muss während des Laichaufstieges die Gelegenheit bei den Kiemen packen. Rege Betriebsamkeit herrscht besonders an den Wochenenden. Mit Kindern, Hund und Großmutter rücken die mobilen Stadtnomaden an, um sich am Buckellachs schadlos zu halten. Kleinvieh macht bekanntlich reichlich Mist. Und wer die täglich erlaubte Stückzahl pro Familienmitglied ausreizt, der hat am Ende der Saison keinen Platz mehr in der Tiefkühltruhe.

Im Mündungsbereich schlängelt sich der Fluss, aufgeteilt in einige Arme, durch ein flaches Areal mit Wiesencharakter. Bei Ebbe begleitet ein Trockenbach-

bett mit kopfgroßen Steinen den Lauf. Aalglatt sind ihre Oberflächen und eine ständige Herausforderung für die Sprunggelenke. Auf dieser Seite stören keine hinderlichen Bäume die Flugangler. Der Abschnitt ist ein Paradies für Anfänger. Von jeder Flut werden die kleinsten Vertreter der Pazifischen Lachsarten förmlich in den „Resurrection Creek" gespült. In Wellen treten die Lachsschwärme ihre Laichwanderung an. Der Überfluss ist die Garantie, dass kaum ein Fischer den Tag als „Schneider" beschließt. Außer ein Greenhorn in Sachen Fischerei kämpft mit den Tücken des Gerätes und verwickelt sich in die eigene Schnur.

Ich lehne am Brückengeländer, der Hope Highway schneidet das fischreiche Wasser, und genieße vom erhöhten Standpunkt aus den Blick über das Dorf, das Flussdelta und gegenüber des Turnagain-Armes die großartige Kulisse der Bergkette. Unterhalb der Brücke steht eine schlichte Schlachtbank. Ständig tauchen aus dem Schatten des Waldes Fleischfischer auf, welche aus den Buckellachsen die kleinen Filets schneiden und die Abfälle zu einer angefügten Rutsche schieben. Innereien, Kopf mit kompletter Wirbelsäule, fette Bauchlappen sowie Flossenansätze und Rippenbögen gleiten wie am Fließband in den Fluss. Möwen zanken sich um die schwimmenden Reste. Hunde schnüffeln wohl am gestrandeten Eiweiß, finden aber die Abfälle nicht begehrenswert.

Stahlblau schimmern die feinen Schuppen der Rückenpartie, wenn die Pinks aus der Weite des Meeres in ihre angestammten Flussmündungen zurückfinden. Bereits im Brackwasser kommt es zur Ausprägung des Hochzeitskleides. Wobei neben der halbmondförmigen Pigmentierung oberhalb der Seitenlinie und auf der ganzen Schwanzflosse besonders die Kieferumformung der Milchner ins Auge sticht. Die Veränderung der Kiefer geht einher mit dem Rückzug des Zahnfleisches. Grimmiger wirkt das scharfe Gebiss. Eigentlich stimmt die bildhafte Gegenüberstellung mit einem Geierschnabel nicht, denn auch das Ende des Fischunterkiefers wölbt sich nach innen und lässt somit eher an riesige Pinzetten denken.

Der Nacken wächst sich zu einem gewaltigen Buckel aus. Der unglaubliche Aufwand bezüglich des Umbaus der Körperform ist kein Verprassen der Energiereserven, vielmehr ein augenfälliges Signal der genetischen Potenz. Die Missbildung der Männchen existiert nur in unserer menschlichen Wahrnehmung, denn Irrwege sind in der Evolution ziemlich selten. Das Gehabe mit dem Buckel erfüllt den Zweck. Die betörende Wirkung auf den Geschlechtspartner ist ein klassischer Trick, um die Hormone der Weibchen in Wallung zu bringen. Auch gilt das Prinzip der Erfolgreichen. Überlegene Milchner erhalten den Vorzug. Kranke, Schwächlinge und Kümmerlinge können sich nur in Ausnahmefällen am Reigen der verschmelzenden Geschlechtszellen beteiligen.

Diese Lachsart erspart sich in der Regel beschwerliche Aufstiege. Sie laicht bereits in den Unterläufen ab. Ganz wenige Populationen verspüren den Drang

in den Erbanlagen, bis in die Quellregionen vorzudringen. Rund zweitausend Eier setzen die Rogner in Schüben, auf mehrere Tage verteilt, in den Kiesgrund ab. Mehrere Milchner übernehmen die äußere Befruchtung. Sie sorgen dadurch für eine Streuung des Erbmaterials. Nichts von Inzucht hält die Evolution.

Nach dem Laichakt schlagen die Weibchen die unmittelbar hintereinanderliegenden Gruben wieder zu. Gar ihre letzten Kraftreserven stecken sie vor dem todsicheren Verenden in das Anhäufen eines gestreckten Laichhügels. Trotz versiegender Energie bemühen sich die Lachse um eine Bewachung ihrer Nachkommenschaft. Schon zu schlapp und dem Tode nahe, haben die Rogner keinen Einfluss mehr, wenn nachfolgende Laichtiere die Kiesnester wieder umschichten.

Kaum geschlüpft, macht sich die Brut noch im selben Winter auf die Flossen, um das reiche Planktonangebot im Brackwasser zu nutzen. Nach der Umstellung auf den Salzgehalt des neuen Lebensraumes strolchen die fingerlangen Junglachse entlang der Küste. Erst im Herbst ziehen die gewaltigen Schwärme in die Tiefe des Ozeans, um sich durch die vielfältige Kostpalette zu fressen. Innerhalb eines Jahres bringen sie im Durchschnitt bis zu zwei Kilogramm auf die Waage. Erstaunlich ist nicht nur die Gewichtszunahme, sondern auch der zweijährige Lebensrhythmus. Wegen der Buckellachse reist wohl kein Europäer nach Alaska. Gleichwohl ist es interessant zu wissen, dass die gewaltigsten Runs in den meisten Flusssystemen auf die geraden Kalenderjahre fallen.

Als Gast in diesem großartigen Land steht es mir nicht zu, einheimische Anglerkollegen anzupatzen, nur um selber in einer fleckenlosen Fliegenfischerweste dazustehen. Aber es ist schon überraschend, dass an der Küste viele Leute die gefährliche Alaskafliege – ein Riesendrilling mit Bleibeschwerung um den Schenkel – durch das Wasser ziehen, um Lachse zu reißen. Als fauler Trick entpuppt sich auch das per Gesetz verordnete Fliegenfischen an unzähligen Gewässern. Eine Bleiolive am Ende der Schnur erlaubt das weite Auswerfen mit der Spinnrute. Um den Schein zu wahren, hängt an einem Seitenast eine buschige Fliege. Die kleinen Buckellachse sind so zahlreich, dass sie auch von Anfängern mit dem leichten Gerät im Handumdrehen erbeutet werden. Das klare und seichte Wasser des Resurrection Creeks verrät die im Pulk stehenden Pinks.

Eng wie die Lachse reihen sich auch die Fischer an den Pools. Sie brauchen nicht die Leine in der Luft zum Wurf beschleunigen. Ganz im Gegenteil. Nur wenige Meter von der Rolle abgezogen, das genügt für den noblen Zweck. Der Partner zum Erfolg ist die leichte Strömung. Sie befördert die Fliege Richtung Fischmäuler. Unentwegt schnappen sich die beißfreudigen Lachse die mit Federn oder Haaren getürkten Haken. Auf Grund der verwendeten unfairen Vorfachstärken ist es keine Heldentat, so einen Buckellachs schnurstracks aus dem Wasser zu kurbeln. Fremd ist mir die mit Tierleid verknüpfte Begeisterung.

Ganze Familien stehen aufgefädelt wie die Perlen einer Gebetsschnur an aussichtsreichen Stellen. Kuschelig eng, fast mit Körperkontakt, bieten sie den Fischen eine Vielfalt von Fliegenmustern zur Auswahl an.

Gewohnt, zumindest an heimatlichen Gewässern, um einen fischenden Zunftkollegen einen weiten Bogen zu schlagen, auf dass seine ohnehin dürftigen Fangchancen nicht geschmälert werden, entferne ich mich von den Fleischfischern. Nicht, um in der unbeobachteten Einsamkeit die Fischereigesetze mit Füßen zu treten oder der Kreatur den Respekt zu versagen, sondern um mir die Lust an der nassen „Wayd" zu erhalten. Ohne Stress darf ich mich der Lustfischerei auf die Buckellachse hingeben.

Nach einer kurzen Pirsch flussaufwärts entdecke ich eine reizvolle Stelle. Eine Schule von Lachsen nützt den Schatten und die Deckung eines entwurzelten Baumes, der in voller Länge quer über den Fluss hängt. Vereinzelt ragen blanke Aststummeln wie gewaltige Rechenzähne und Treibholzsammler fast bis auf den Gewässergrund. Natürlich ist mir das Hindernis als Vorfachfeind bewusst. Wickelt sich das Opfer am Haken erst einmal um das sperrige Holz, dann bringt es nur Ungemach für beide Beteiligte.

Dicht gedrängt rasten die Fische unter dem Schlagschatten. Viele finden keinen Platz und müssen als Vorhut ins freie Wasser ausweichen. Die Form der gedrängt schwänzelnden Individuen bildet in der Masse eine breite Speerspitze. Mein Ziel sind die Anführer der bewegten Mäuler. In der Luft lote ich die Länge der Schwimmschnur aus und lasse ohne Bedenken die haarige Fliege ins Wasser plumpsen. Gleichmäßig füttere ich Schnur nach, damit sie im Tempo der Strömung den Köder transportiert. Das Muster driftet genau auf die ersten Fische zu. Ich rechne mit der Neidgesellschaft und mit dem Angriff eines Buckellachses. Weder beißfaul, launisch oder gar heikel sind die Zwerge unter den Pazifischen Lachsarten. Ehe der Fisch im Reflex sein Rettungsprogramm ausschütten kann, habe ich den wilden Kämpfer schon aus dem botanischen Gefahrenherd geführt. Angeltechnisch keine Komplikationen bereiten mir die halben Portionen.

Mit geringer Hebelwirkung drehe ich den bartlosen Haken schonend aus dem Kiefer. Nicht einmal meine Hände spürt der Fisch auf seiner Schleimhaut und schwimmt nach dem respektvollen Drill leicht verwirrt in die Strömung zurück. Gemächlich reiht er sich wieder in die Masse seiner Geschlechtsgenossen ein. Wohl bereits der erste Fisch muss meine artgerechte Behandlung seinen Wandergefährten mitgeteilt haben, denn ich hätte unzählige Fische aus dem Schwarm entführen können. Aber ich brauche keinen schmerzenden Arm oder Rutenbruch, um mich in Selbstbeschränkung üben zu können.

Meine Partner haben drei Portionsfische abgeschlagen und mir als Buschkoch, freiwillig genötigt, die Filets küchenfertig geliefert. Das Vergnügen am

Beuteerwerb ist stets mit der Pflicht zum Ausweiden verknüpft. Ein ungeschrie-
benes Gesetz auf unseren Reisen. Eher grau mit einem zarten Hauch von Rosa
schaut das Fleisch aus der Bratpfanne. Verblüffend ist, dass die unterschiedliche
Hautspannung ein starkes Wölben der Portionen hervorruft, obwohl ich wie immer fertig gemischtes Fischgewürz und Zitronenpfeffer verwende. In der Not
futtert der Teufel Fliegen und wir halt Buckellachse.

CHINOOKS – KAMPFSTARKE RIESEN

Laut Karte sind wir, mein Freund Walter und ich, nur mehr eine Meile von den eingezeichneten „Rapids" entfernt. Flusskarten lügen nicht. Uns beunruhigt der eingetragene Schwierigkeitsgrad. Verteilt sind die aus dem Wasser ragenden Felsklötze auf die ganze Breite im Flussbett, wie von einem Riesen in übler Laune geworfen. Wild rauscht das Weißwasser durch den Irrgarten aus mächtigen Steinen. Zur Vorsicht mahnt der heikle Abschnitt.

Zudem schiebt sich eine bleigraue Wolkendecke bedrohlich flach über den Wald. Die Schlechtwetterfront schluckt zunehmend das Licht. Flugs verschwinden die Schatten der Bäume. Wir wollen nicht mit einem Gewitter im Nacken durch die Stromschnellen fahren, außerdem ist es höchste Zeit, nach einem Lagerplatz Ausschau zu halten. Zu oft haben wir uns schon verschätzt. Eine Befahrung entspricht nur im Prinzip dem vergnüglichen Gruseln in einer Geisterbahn. Die plötzlich auftauchenden Schauereffekte im Vergnügungspark sind nicht mit den diversen Schwierigkeiten während des Schlauchboottrips vergleichbar. Kein blinder Passagier ist der Nervenkitzel, sondern ein ständiger Gast auf Flüssen mit gehobenem Schwierigkeitsgrad. Zwingen im Abschnitt mit Weißwasser gar noch verkeilte Baumskelette zu gefährlichen Kursänderungen, dann denkt kein normal tickender Fischer an die Lachse. Nur heil durch die Schikane, ist das Ziel.

Die zu erwartende schwierige Passage durch die engen Mäander des Flusses sowie die ersten Blitze und das Donnergrollen sind Gründe genug, dass wir den nächsten Lagerplatz annehmen. Ruhig flüstert das Wasser, düster ist die Abendstimmung. Ehe die Nudeln im heißen Öl mit reichlich Knoblauch und Chiliflocken geschwenkt sind, prasselt schon die Vorhut der schweren Tropfen in die Pfanne. Obwohl wir zwei im Handumdrehen – tägliche Übung macht den Meister – das Zelt aufgebaut und fleißig wie Hamster Brennholz gesammelt haben, reicht das Zeitfenster nicht mehr aus für ein zweckmäßiges Dach aus Planen als Regenschutz. Unter diesen saumäßigen Bedingungen würde jede Gewerkschaft die Arbeit eines Buschkoches ankreiden. Auf keinen Fall wollen

wir im Zelt das verregnete Abendmahl genießen und durch den Duft die sensiblen Bärennasen zur nächtlichen Kostprobe einladen. Unbequem im Stehen verdrücken wir hastig die scharfen Kohlehydrate. Schleunigst flüchten wir vor dem heftigen Gewitter ins Zelt. Längst verstummt ist das Gekreische der Möwen, die uns auf den Lagerplätzen Gesellschaft leisten. Sie hoffen auf Abfälle. Beeindruckt von der Heftigkeit der tobenden Elemente, halten auch sie den Schnabel. Das Prasseln der Tropfen auf die Zelthaut entspricht einem Trommelfeuer. Ausgiebig schüttet es die ganze Nacht.

Die Einsamkeit in der Wildnis verstärkt die tobenden Wetterelemente. Das Ächzen der Bäume sorgt für eine nervige Geräuschkulisse bis zum Morgengrauen. Ähnlich der Peitschen schnalzen die Planen des Kuppelzeltes durch die Windböen. Unsere Ringe unter den Augen bestätigen die durchwachte Nacht im Liegen.

Trotz sorgfältiger Auswahl des Zeltstandortes hat sich dermaßen viel Wasser angesammelt, dass wir mit der halben Unterlage quasi auf einem Wasserbett liegen. Gesättigt ist der Boden wie ein Schwamm. Im Überfluss steht das Nass. Es zahlt sich immer aus, um das Wigwam herum einen ableitenden Wassergraben anzulegen und das natürliche Gefälle zu nutzen.

Dichte Nebelschwaden schweben über unserem Fluss. Die Landschaft scheint zu dampfen. Aber allmählich gewinnt die Sonne an Kraft. Zart durchflutet ihr Licht die grauen Schleier. Ausgebreitet hängen bereits unsere feuchten Sachen über Buschwerk oder schaukeln auf der frisch gespannten Wäscheleine zum Trocknen. Auch wir genießen die Strahlen wie die wechselwarmen Eidechsen auf den Steinen.

Uns Flussnomaden ist der erlebte Dauerregen der letzten Tage ein Gräuel. Wir haben keinen Bock mehr auf die Nässe. Schlafsack, Zelt und Kleider triefen vor Feuchtigkeit. Aber die Wanderfische schätzen den steigenden Pegelstand. Erheblich leichter können die Tiere die flachen Rieselstrecken meistern, die sich gerade auf geweiteten Flussabschnitten häufen.

Nach jedem Hochwasser frisst sich das Element frische Schlupflöcher durch die Wildnis. Wobei auch die nagenden Baumeister, die Biber, ihren Anteil an Stauflächen leisten. Natürlich vereiteln ihre kunstvoll angelegten Dämme so mancher Lachspopulation das Vordringen bis zu ihren Geburtsgewässern. In ihrer Not laichen sie unmittelbar am Fuße der veganen Wehranlage.

Rein zufällig, aus dem Augenwinkel heraus, entdecke ich einen Trupp weißer Vögel. Auffallend langsam suchen sie den ruhigen Flussverlauf am Uferrand ab. Plötzlich hält ein Vogel in der Luft inne, rüttelt im Stand und stürzt sich mit teilweise angelegten Flügeln senkrecht ins Wasser. Kurz darauf bricht er mit den sichelförmigen Flügelspitzen voraus aus dem nassen Element. In seinem roten Schnabel zappelt ein Fischchen. Das Flugbild des Fischbrutliebhabers und sei-

ne schwarze Kopfkappe sowie die langen Schwanzspieße machen mich ziemlich sicher, dass eine Seeschwalbenart das fischreiche Revier zum Aufziehen der Küken nützt. Diese eleganten Flieger haben den respektvollen Ruf, dass sie von den arktischen Brutplätzen entlang der Westküsten bis zu den Überwinterungsquartieren in Südamerika ziehen. Wobei die unterschiedlichen Schwarmverbände geschickt typische Windstraßen ausnützen, um Energie zu sparen.

Wir wollen uns das Jagdverhalten der Seeschwalben aus geringer Entfernung anschauen. Immer die Vögel im Blick, nähern wir uns ohne Rücksicht auf Tarnung. Unübertrefflich ist die Sehschärfe der Vogelwelt. Außerdem haben die gefiederten Fischliebhaber den Überblick aus luftiger Höhe. Trotz Teleobjektiv mit hohem Zoomfaktor müssen wir noch die Strecke eines halben Steinwurfes schaffen, damit die Motive das Bildformat gediegen ausfüllen.

Ein sattes Platschen lenkt uns ab. Überrascht bleiben wir stehen und sehen noch die Ausläufer der geschlagenen Wellen. Rasch glättet die Strömung die Ringe. Geschwind lässt uns der Anblick das Federvieh vergessen.

In der seichten und schmalen Rinne stehen wie aufgefädelt fünf Königslachse, zum Greifen nahe. Auf Grund der bereits leicht zum Geierschnabel gekrümmten Kiefer erkennen wir den Anführer des Quintetts eindeutig als Milchner. Das auffallende Scharlachrot, das Hochzeitskleid der Tiere, beweist, dass sich die königlichen Fische schon eine geraume Zeit lang im Süßwasser aufhalten. Dunkel hebt sich der wuchtige Schädel bereits vom übrigen Farbton ab. Gereift sind ihre Geschlechtszellen. Keinen Bock haben wir auf das Fleisch, denn die Qualität leidet unter der Dauer des Aufstieges. Zunehmend verlieren die Muskeln die Spannung. Druckstellen auf der Haut bleiben fast wie Dellen zurück.

Wir bilden uns ein, dass die stattlichen Lachse uns mit ihren glasigen Augen mustern. Immer wieder buckeln sie abwechselnd aus dem Wasser. Elegant wie ziehende Delphine wölbt sich ihr Körper aus dem nassen Element und verschwindet wieder. Wie ein Messer teilt die Rückenflosse ihren Lebensraum. Vermutlich ist den edlen Fischen der menschliche Kontakt erspart geblieben, denn sie sehen offensichtlich keine Veranlassung, ihren „Verschnaufplatz" aufzugeben. Der aufflackernde Jagdtrieb drängt zur Tat. Die flachen Schotterbänke längs unseres Ufers erlauben mir eine faire Chance, so einen meterlangen King mit der Fliegenrute zu bändigen.

Meiner Einschätzung nach hängen die besten Muster meiner Lachsfliegen ohnehin schon am Geäst oder Wurzelteller der Unterwasserskulpturen. Meine Handarbeit schmückt das Holz wie Strohsterne den Christbaum. Geiz ist auch beim Fischen nicht geil. Wer nichts riskiert, der fängt auch keine Schuppenträger. Ein schlappes Muster einer namenlosen Großfliege knüpfe ich an das monofile Vorfach. Die neue Qualitätsschnur mit einem Durchmesser von 0,40 Millimeter muss genügen, denke ich halblaut vor mich hin. Es braucht keine

technische Raffinesse, nur biederes Handwerk. Unbeeindruckt von unserer Nähe schwänzeln die Fische auf der Stelle.

Die geringe Entfernung zu den ruhenden Salmoniden gestattet meiner altersgemäßen Weitsichtigkeit ein unbezahlbares Schauspiel. Pures Vergnügen ist Fliegenfischen auf Sicht. Nach wenigen Leerwürfen streckt sich die Schnur auf die richtige Länge. Weit genug von den Fischaugen entfernt taucht das Haarbüschel ins Wasser. Mein unbezahlter Gehilfe ist die Strömung. Sie streckt gemächlich die Schwimmschnur mit der sinkenden Spitze und schwenkt den Kunstköder in das Sichtfenster des Anführers. Schlampig liegen ein paar Meter loser Leine vor meinen Treckingsandalen auf den Kieseln. Ein kurzer Blick bestätigt mir, dass ich nicht mit einem Fuß ungeschickt auf einer Schlinge stehe und die Leine blockiere. Überflüssig und zu gefährlich scheinen mir ein paar Klänge in der linken Hand zu sein. Ich brauche die Freiheit, um die notwendige Wirkung der Bremsscheiben – im Fall des Falles – zu regeln.

Blitzschnell laufen mehrere Dinge beinahe gleichzeitig ab. Der Milchner schwenkt ruckartig seitlich aus und schnappt sich die Belästigung vor seinem Auge. Straff gespannt ist meine Leine. Ohne mein Zutun treibt sich der Königslachs die scharfe Spitze des Qualitätsstahles ins Kieferfleisch. Durch die geringe Dehnung der Schnur pflanzt sich der Widerstand des abdrehenden Fisches fort. Ein heftiger Schlag am Rutengriff ist die Antwort.

„Ich habe ihn", schreie ich Walter begeistert zu, der noch immer mit der Reparatur seiner Wathosenlöcher beschäftigt ist. Keinen Flossenschlag lang verharrt der gehakte Milchner im Schock. Einem Torpedo gleich fegt er flussaufwärts davon. Nahe an die Oberfläche zwingt eine Rieselstrecke den Fisch. Dem Flugbild ziehender Singschwäne gleich läuft die Bugwelle keilförmig auseinander. Hin und wieder peitscht seine Schwanzflosse weiße Wirbel auf. Das Tier spürt meine lockeren Zügel, denn ich befürchte das Ausschlitzen des bartlosen Hakens. Unglaublich temperamentvoll zieht mir der Lachsmann zusätzlich die geflochtene Nachschnur vom Spulenkern. Wenig beeindruckt zeigt sich der Königslachs von der Federkraft meiner kräftigen Rute. Plötzlich besinnt er sich auf einen weiteren, genetisch gespeicherten Überlebenstrick. Er weicht der Zugkraft im Maul sowie der Fremdbestimmung aus.

Wild entschlossen wirft der Edelfisch seine Masse herum und nimmt mit der Strömung Fahrt auf. Wie ein Besessener kurble ich am Knauf der Rolle, um den Großteil der Leine wieder auf den Kern zu wickeln. Aber überlegen ist mir der Lachs mit seinem Tempo. Zu viele Meter hat er mir vorher abgenommen. Im Eifer des Gefechtes entscheide ich mich kurzweg für die gefühlvolle Handbremse am Spulenrand. Höchst unangenehm ist mir die zunehmende Reibungswärme. Nur einen Moment lang spiele ich mit dem Gedanken, mich zu bücken, um mit der Wasserkühlung der Hitze ein Schnippchen zu schlagen.

Eigentlich scheint den Artgenossen der Stress ihres Geschlechtspartners ziemlich egal zu sein. Nur geringfügig weichen sie zur Seite aus, als der Milchner mit vollem Tempo zwischen ihren Leibern durchschießt. Nur einer entschließt sich aus dem Reflex heraus, seinen Leidensgenossen eine Strecke weit zu begleiten. Vielleicht hat der Milchner schon eine willige Rognerin gefunden, die aus Leidenschaft heraus ihren Hormonen folgt. Kaum ist der Spuk vorüber, gleiten die Königslachse wieder auf ihre vorherigen Standplätze zurück.

Aber gänzlich für die Schuppen ist meine Einbildung, den König der Pazifischen Lachse durch Geschick und Nachgeben zu bändigen. Der wohlbekannte Peitschenknall beendet die gemeinsame Verbindung. Ein Sieg der Lebenskraft. Freiheit statt Leinenzwang. Nicht gewachsen war die Knotenfestigkeit meines Vorfaches seiner Geschwindigkeit und der Masse.

In Grenzen hält sich meine Enttäuschung. Es quält mich auch kein arger Verlustschmerz, eher übermannt mich ein gebührender Respekt gegenüber der Kreatur. Bewundernswert sind der Lebenswille der roten Riesenfische und ihre in den Erbanlagen gespeicherten Kniffe. All ihre im Meer angefressene Energie setzen sie ein, um sich am Hochzeitsreigen am eigenen Geburtsplatz beteiligen zu können.

„Petri Heil!", meint Walter mit einem grinsenden Lausbubengesicht und klopft mir dabei auf die Schulter. Wie von einer Tarantel gebissen zucke ich zusammen. Meine uneingeschränkte Aufmerksamkeit galt nur dem starken Lachs. Fokussiert auf eine faire Auseinandersetzung mit dem Chinook – so bezeichnen die Einheimischen mit Achtung die größte Lachsart – habe ich meinen Partner ganz vergessen. Normal ist ein gerüttelt Maß an Schadenfreude, aber sie soll nie unter der Gürtellinie ansetzen. Fehl am Platz sind beleidigte Eitelkeiten.

Um die vier Lachse in der langen Rinne nicht weiter zu vergrämen, entfernen wir zwei uns ohne Hast vom Tatort. Während unseres Gespräches beobachten wir, wie der Siegerfisch mit der bunten Fliege im Unterkiefer etappenweise wieder zu seiner Wandergruppe aufschließt. Tatsächlich nimmt er seine Stellung als Frontmann wieder ein. Neuerlich wedelt er im Rhythmus seiner Begleiter.

Ich sehe kein Problem, eine Nacktschnecke im eigenen Garten mit dem Spaten zu spalten. Auch überkommt mich kein unangenehmes Bauchgefühl, wenn ich weidgerecht, möglichst rasch und schmerzlos, einen Fisch in die ewigen Jagdgründe befördere. Notwendig ist das Töten, um anschließend das Fleisch zu genießen. Aber beim Sportfischen habe ich meine moralischen Bedenken. Tiere einfach zum reinen Sportgerät zu degradieren oder sie als Lustobjekt zu missbrauchen, um das eigene Ego zu befriedigen, das stößt mir sauer auf. Auch das sogenannte Hegefischen, im Prinzip ein reiner Etikettenschwindel, bringt in den meisten Fällen der Fischwelt keine Erleichterung. Gesetzlich genehmigt, werden mit List und Tücke die Fische in Massen erbeutet. Nach Arten getrennt,

zum Gesamtgewicht addiert und kaum einer nützlichen Verwertung zugeführt. Am Ende der Bewertung – wenn nicht schon vorher im Setzkescher von der Übermacht erdrückt oder stellenweise die Schleimhaut verloren – dürfen sie bis zum nächsten Wettkampftermin im Teich wieder schwimmen.

Es ist kein Anglerlatein, wenn Leute am Stammtisch mit Leidenschaft erzählen, dass Forellen schon mit einem Haken im Maul samt zu lang abgezwicktem Vorfach neuerlich attackieren oder der berühmte Karpfen mit Namen bereits dreimal in der Saison den Drillstress erdulden musste.

„Walter", meine ich nach einer geraumen Zeit am Lagerfeuer, „ich werde es versuchen, aber mit einer knallroten Reizfliege. Vielleicht erwische ich ihn noch einmal. Der Milchner wird wohl keine Einwände haben, wenn ich ihn vom Anhängsel befreie."

„Ich glaube nicht, dass es so einfach klappt. Aber einen Versuch ist es auf jeden Fall wert", ermuntert er mich mit leichtem Schulterzucken.

Durch Schaden und Misserfolg wird jedermann klüger. Gewissenhaft überprüfe ich, ganz gegen meine kreativen Gewohnheiten, meine Schnur auf schadhafte Stellen. Ich kontrolliere die richtige Schleifwirkung der Rollenbremse und ziehe gegen den Widerstand ein paar Wicklungen zur Probe ab. Bereits bei seiner ersten Flucht soll der Fisch ermüden und sich weit weg von Hindernissen austoben. Die Qualität des verwendeten Stahles gibt mir die Sicherheit, dass mir dieser Lachs auf keinen Fall den Hakenbogen aufbiegt. Kein Spielverderber scheint mir der Durchmesser des bereits vorher verwendeten Vorfaches zu sein, denn nun fühle ich mich hellwach und auch taktisch bestens gewappnet.

Unsere Uferseite ist auf Grund der vielen Kiesbettzungen gut begehbar. Auch liegt der Gefahrenherd des gestrandeten Baumstumpfes weit flussabwärts. Die spärliche Uferbotanik reicht nur an wenigen Stellen mit ihren Ästen ins Wasser. Einem Feldmarschall gleich bewerte ich das Umfeld und lege mir vorbeugend mehrere Möglichkeiten des Schlachtplanes zurecht.

Wenn der Lachs tatsächlich beißt und der Haken gut sitzt, dann werde ich den Ablauf des Drills bestimmen, noch ehe der Fisch begreift, was passiert. Im Handumdrehen werde ich meine einhändige Lachsrute flach zum Ufer ausrichten. Schnurstracks das Opfer in eine seichte Lache führen. Keine Chance hat der Arme, so denke ich selbstsicher, sich mit seinen Finten gegen meine angemessene Gewaltausübung zu sträuben. Nicht den geringsten Spielraum lasse ich dem Fisch, um ins tiefere Wasser zu streben. An Ort und Stelle will ich das Überraschungsmoment meines gezielten Überfalles nutzen. Bereits seine ersten wütenden Schwanzschläge treiben ihn in eine Sackgasse. Schlittert er erst mit dem halben Bauch auf den glitschigen Steinen, ist es um sein Gleichgewicht schon geschehen. Durch meinen seitlichen Zug an der Schnur und seine wilden Schwanzschläge schiebt sich der Fisch noch ein weiteres Stückchen ins schein-

bare Verderben. Natürlich weiß er nichts von meinem Plan. Keinen Schimmer hat er zudem, dass sein Leben nicht verwirkt ist, sondern er anschließend ohne menschlichen Erinnerungsschmuck seiner Bestimmung folgen kann.

Meine Spezialfliege torkelt, taumelt und sinkt – zumindest täuscht es mir die Lichtbrechung so vor – maulgerecht dem Lachsschädel entgegen. Ich bin nicht wirklich überrascht, aber mit keinem Flossenschlag würdigt der bereits von mir gepeinigte Milchner meine neue Verführung. Widerwillig versetzt er seine Körperachse und lässt ohne Energieaufwand durch den seitlichen Strömungsdruck seinen Hinterleib ausrichten. Unbehelligt treibt die Fliege am Fisch vorbei.

Damit ich auch den fast in Serie stehenden Lachsen mein Angebot schmackhaft anbieten kann, füttere ich laufend Schnur nach. Abgeschirmt von den Leibern der dicht hintereinanderstehenden Fische, purzelt die schillernde Reizfliege über die steinigen Unebenheiten des Flussbettes. Auch der vorletzte Lachs schwebt so dicht über dem Boden, dass die Spitzen seiner paarigen Brustflossen beinahe den Grund berühren. Kein Lachs frisst einen Bissen während der Kräfte raubenden Wanderschaft zum Laichplatz. Vielleicht hat ihn das glitzernde Ding an die knackigen Shrimps oder Heringe erinnert, die er während seiner fetten Jahre im Meer zu Tausenden gejagt hat? Oder er fühlt sich einfach von dem schlappen Haar- und Effektmaterial so verärgert, dass er es mit einem Beißreflex aus seiner Fischwelt schaffen möchte. Denkbar erscheint mir auch, dass der Lachs den treibenden Winzling für einen listigen Laichräuber hält. Vernichten durch Fressen scheint das Motto des Zwanges.

Nachdem bis heute die Wissenschaft den eigentlichen Grund des Beißverhaltens nicht plausibel erklären vermag, reime ich mir einfach ungeniert Denkmodelle zusammen. Meine Informationslücken werden mit Fantasie im Gehirn gestopft. Trotzdem bleiben die unglaublich vielseitigen Schritte der Evolution für mich ein spannendes Rätsel. Nicht nur dem chemischen Erinnerungsvermögen an die Geburtsgewässer, sondern auch den Verhaltensmustern der Aufsteiger zolle ich Bewunderung.

Der Schatten des schwimmenden Schnurteiles gleitet als dunkler Strich über den Boden und lenkt meine Aufmerksamkeit kurz ab. Im selben Moment neigt sich ein anderer Kraftlackel von einem Fisch leicht zur Seite und vergreift sich an meinem getürkten Köder. Aus kürzester Entfernung und im glasklaren Wasser die Szene beobachten zu dürfen, ist ein unbezahlbares Schauspiel.

Als ob der prächtige Lachs in seinem Überlebensprogramm einen Schalter umlegen würde, antwortet er blitzschnell auf meine Zugkraft. Mit der Strömung im Rücken sucht er sein Heil flussabwärts.

Standhaft erschwere ich dem Lachs den Fluchtweg durch Verschärfung der Bremskraft. Trotz meiner Gegenwehr scheint der Fisch wenig zu ermüden, denn er schleppt mit Gleichmäßigkeit Meter für Meter von meiner Rolle ab. Erschre-

ckend schnell flutscht auch das „Backing", die Nachschnur, durch die Ringe der wippenden Rute. Bis auf die letzten Wicklungen möchte ich den Drill nicht auskosten. Außerdem fühle ich mich unsicher, ob meine nachlässige Knotentechnik überhaupt der Belastungsprobe gewachsen ist. Unfreiwillig begleite ich den Fisch. Weit entfernt von einem erbaulichen Spaziergang, stehe ich am Ende der Kieszunge alsbald im saukalten Wasser.

Auferstehung feiert der Jagdinstinkt der Urahnen in meinen Genen. Rücksichtslos gegenüber künftiger Beschwerden meiner Prostatadrüse, verfolge ich den stattlichen Königslachs zu Lande und im Wasser. Auch eine mäßige Strömung spielt mit dem unsicheren Gleichgewicht eines Fischers, wenn die Wellen weit über den Hintern lecken. Zur Genüge kenne ich das Gefühl klatschnasser Unterhosen.

Leichtsinn gehört bestraft. Unbenützt trocknet weiterhin meine Wathose am Lagerplatz. Die Kälte auf den nackten Beinen ist eine gute Vorbeugung gegen Krampfadern. Krebsrot erleide ich das eiskalte Wasser. Kaum gelingt es mir, einige Meter an Schnurvorrat einzuholen, erschweren mir Untiefen und Umwege das Vorwärtskommen. Wie gewonnen, so zerronnen. Schlecht stehen die Aussichten, den edlen Lachs zu bändigen. Auf seiner Seite steht die Eintiefung des Flussbettes. Zudem hat der Fisch es beinahe geschafft, unter der astreichen Baumleiche in Deckung zu schwimmen. Gewiss ist mir der unlösbare Schnursalat. Der königliche Fisch verheddert sich im Geäst und mir bleibt die gewaltvolle Trennung. Der Verlust weniger Meter Schnur ist keinen Kummer wert, aber der Lachs ist zu bedauern.

Mein Spezi hat klarerweise schon längst mein unfreiwilliges Lachsgeleit beobachtet. Allzu laut waren meine in den tatsächlich vorhandenen Bart gemaulten Bemerkungen, wenn mir der Brocken Fisch weitere Kneipptherapien und Uferkletterei aufzwang. Walter hat meine Not erfasst. Als praktischer Mensch und Könner im Umgang mit seiner Spinnrute, überholt er mich auf dem Wildwechsel. Wie das Amen im Gebet begleiten diese Tierpfade fast jeden Flusslauf beidseitig. Hohe Pegelstände und reißendes Wasser leiten Tiere zum Aufsuchen von Furten. Praktisch niedrig halten die vielen Hufe und Tatzen die Vegetation.

Mein Freund bringt sich in Stellung. Mit dem schweren Blinker überwirft er mehrmals den ziehenden Fisch. Das wandernde Ziel erschwert den Kontakt. Schließlich gelingt es ihm tatsächlich, die Schur über den Buckel des Königlachses zu führen. Mit einem einzigen Ruck hängt das scharfe Eisen in der zähen Haut, unweit der Fettflosse.

Ausgesetzt der Zwickmühle von zwei Zugkräften und den übersäuerten Muskeln, gibt sich der Fisch allmählich geschlagen. Die Kräfte erlahmen und gebrochen ist der Wille zum Überleben. Gemeinsam drillen wir die prächtige Rognerin in eine seichte Lache und bewundern kurz den Fisch.

Einen raschen Abschluss hat die Schinderei für das Tier. Keine großen Wunden hinterlassen die bartlosen Haken. Verschont von dem Prozedere der peinlichen Längenmessung und der Feststellung des Lebendgewichtes, darf der Lachs sich so lange zwischen meinen Beinen leicht eingeklemmt erholen, bis der geatmete Sauerstoff seine Lebensgeister völlig weckt. Aus eigenem Antrieb gleitet er in die Freiheit. Er wird sich am Hochzeitsreigen beteiligen.

Um bei der Wahrheit zu bleiben, muss ich wohl gestehen, dass ich während der ersten Hilfeleistung den Lachs mit der Rute vorbeugend vermessen habe. Von der Endkappe des Kampfgriffes meiner dreiteiligen Zehnfußrute bis rund eine Handbreite über der Steckverbindung reichte das Gardemaß des weiblichen Chinooks.

PRALLHANG – GEFÄHRLICHER ÜBERMUT

In terrassenförmigen Wellen flutet der dichte Wald bis zu den kahlen Rücken der „Bonanza Hills". Sie sind der Lebensraum der kleinen Mulchatna-Rentierherde. Über die kahlen Kuppeln pfeift der Wind. Nur die Thermik schützt die Tiere vor den Quälgeistern aus dem Insektenreich, den blutgierigen Moskitos. Auch die beißenden Black Flies und die hummelgroßen Pferdebremsen beteiligen sich ungebeten am Aderlass.

Der Wechsel zu neuen Weideflächen durch die reißenden Flüsse ist sogar für die Paarhufer gefährlich. Wölfe und Bären nutzen die taktischen Vorteile. Immer wieder entdecken wir tote Ren, die mit grausig geöffneten Körperhöhlen, an Baumhindernissen angeschwemmt, verwesen. Häufig fehlt der Pansen. Eine Gewohnheit, die den Schwarzbären zugeordnet wird. Sie bevorzugen es, vor dem großen Fressen die Wiederkäuer auszuweiden. Leer sind die Augenhöhlen. Ausgehackt von scharfen Schnäbeln. Abgenagt und blank starren die Rippenbögen oder sie fehlen teilweise bis zum Ansatz der Wirbelkörper. Vom Blut gefärbtes Regenwasser steht als Lache im Bauch. Überall wimmelt es von blassgelben Maden, die das Fleisch zersetzen. Oft liegen gestreckte Dünndarmreste in Nachbarschaft des Rentieres. Das Vieh verströmt üblen Verwesungsgeruch. Der Gestank löst einen Brechreiz aus. Allenthalben entdecken wir auch bereits mumifizierte Kadaver. Büschelweise fehlt das Haarkleid. Der fleckige Grauton des Felles sowie das gebleichte Geweih – im Gegensatz zu unseren Hirschverwandten tragen auch die weiblichen Tiere ihre Waffen – tarnen sie vorzüglich vor dem Hintergrund der Baumrinde. Über die übel zugerichteten Tierleichen stolpern wir oft erst vor dem Abbruch des Lagers.

Wirklich kein Luxus sind die Entkeimungstabletten. Gut, dass wir automatisch die Pillen, mit Magnesiumbrausetabletten kombiniert, in die einfachen Plastikflaschen stecken. Starre Aluflaschen verschwenden wertvollen Stauraum auf dem Heimflug. Sie sind überflüssiger Ballast.

Biber bauen ihre Burgen gerne an Flussabschnitten mit moderater Strömung. Die Nager setzen nach der Clanvermehrung ihre Nachgeburt ins Trink-

wasser ab. Reichlich verseucht ist das Lebenselixier mit Bakterien. Rasch kann es geschehen, dass die Flussbefahrung immer wieder von erzwungenen Landgängen unterbrochen wird. Die Verwirrung der menschlichen Darmkulturen mindert vorbeugend das Lob für den Buschkoch. Schließlich lässt sich die Infektionskette weder feststellen noch beweisbar aus der Welt schaffen.

Träge rinnt der Fluss, weil das Wasser viel Platz findet. Ein rechtzeitiges Erfassen der Hindernisse gestatten die sanften Biegungen. Immer wieder sparen wir uns kurzzeitig den Paddeleinsatz und lassen uns gemütlich treiben. Die Muße erlaubt es, den Uferbereich nach Tieren zu mustern und nach Horsten des Wappenvogels Weißkopfadler Ausschau zu halten. Häufig kreuzen wir aufsteigende Königslachse. Lautlos weichen sie dem Boot aus. Unübersehbar ist im glasklaren Wasser jeder Fisch durch sein farbenprächtiges Hochzeitskleid.

Urplötzlich geht ein Ruck durch das Boot. Stets mit Unbill verknüpft ist das schleifende Geräusch am flachen Kiel. Die Trägheit der bewegten Masse schiebt uns noch eine halbe Bootslänge weiter. Dann sitzen wir unverrückbar fest. Glatt übersehen haben wir das tückische Hindernis, den Unterwasserbaum. Gerächt hat sich die Sorglosigkeit. Mit beherzter Kraft drücken wir unsere Stechpaddel gegen das Holz, aber ohne spürbaren Erfolg. Wie die Piraten turnen wir abwechselnd über unsere wackeligen Gepäcksstücke und die runden Wülste des Schlauchbootes, um durch die Gewichtsverlagerung das Fahrzeug wieder flott zu bringen. Zwischen den fruchtlosen Bemühungen kontrollieren wir den Lufthaushalt. Nicht auszuschließen ist eine frische Bootswunde durch die von den Eisschollen geknackten Äste.

Vergeblich ist die Plackerei. Unverrückbar fest sitzen wir, wie gestrandet. Dunkles und tiefes Wasser rundherum verhindert das Aussteigen. Wir spielen noch einige Rettungsversuche geistig durch, aber schließlich meint Walter: „Pass auf, ich werde mit meinem Gewicht das Raft entlasten. Ich steige auf den Baumstamm. Vielleicht gelingt es mir, das Heck in die Strömung zu drücken. Sonst müssen wir beide schwimmen und mit der langen Leine das Boot vom Hindernis ziehen."

Obwohl mein Lebendgewicht beträchtlich höher ist, habe ich keine Einwände. Schließlich ist mein Freund flinker auf seinen Beinen. Vorsichtig rutscht er auf seiner Seite über die pralle Luftkammer, um auf dem glitschigen Holz einen sicheren Standplatz für den Rettungseinsatz zu ertasten. Und tatsächlich gelingt es uns mit gemeinsamer Anstrengung, das Boot vom unfreiwilligen Ankerplatz Stück für Stück zu befreien. Ein allerletzter Schub noch und wir haben das Manöver mitten im Fluss geschafft. Walter, schon ziemlich in Schräglage, legt sich mächtig ins Zeug und rutscht aus. Zum Verdruss verfängt sich sein Fuß in einer Astgabel. Im selben Moment ist unser Boot frei und nimmt Fahrt auf. Einem Bettler gleich streckt er seine Hände, kann aber weder das Heck noch mein

gereichtes Paddelholz ergreifen. Nicht alltäglich ist ein Bauchfleck mit einer Wathose. Durch den lockeren Brustgurt flutet die Hose wie die Kammern eines U-Bootes vor dem Tauchgang. Erquickend frisch ist das Lachswasser. Spöttische Bemerkungen verkneife ich mir, schließlich kann man ein beladenes Schlauchboot mit einem kurzen Stechpaddel nicht auf Kurs halten.

Während er mir einige Bootslängen klatschnass und beinahe steif vor Kälte nachschwimmt – die Rettungswesten liegen aus Bequemlichkeitsgründen immer noch gut verpackt –, bin ich als Einzelkämpfer schier überfordert. Mit Mühe gelingt es mir, eine flache Zone anzulaufen. Freiwillig verlasse ich die „Rettungsinsel", um im knietiefen Wasser das Boot vor dem weiteren Abtreiben zu bewahren.

Wieder vereint, steuern wir eiligst ein trockenes Gestade an. Reservekleider sind in der Einöde wichtiger als eitel geführte Fanglisten. Am Feuer, dem wichtigsten Partner in der Wildnis, trocknen die nassen Klamotten über in den Boden getriebenen Stecklingen. Die umgestülpte Wathose erhält den Ehrenplatz auf dem gesicherten Paddelholz. Drehende Winde und Funkenflug sind ein Risiko. Von Rauchschwaden gebeizte Kleider betören nicht nur die sensiblen Nasen der Insekten.

Waldreich ist das Tal. Der Mittellauf des Chilikadrotna räumt sich seine Wege durch das Holz. Immer wieder hängen Nadelbäume, hauptsächlich Sitkafichten, mit ihrem Geäst wie riesige Besen oft waagrecht über oder ins Wasser. Kaum Halt bietet die unterspülte Böschung den Flachwurzlern.

An vielen Stellen der Flussbefahrung zwingen uns regelrechte Berge von angeschwemmten Holzleichen zu waghalsigen Kursänderungen, die mit einem erheblichen Stressfaktor verbunden sind. So eine „Schifferlfahrt" auf einem wilden Nationalparkfluss ist nicht immer die glückselige Befriedigung der Jugendträume, sondern stellenweise ein gefährlicher Ritt auf den bockigen Wellen. Der Holzreichtum im Fahrwasser wird zur gefährlichen Plage. Unangenehm ist das Kentern im freien Wasser, aber bei Gott kein Grund, sich zu Tode zu fürchten.

Fegt hingegen ein mächtiger Baumbesen einen Mann über Bord und verheddert sich die Kleidung im Geäst unter Wasser, dann vergisst der Bedauernswerte vorerst die tiefen Temperaturen. Verlust von Hab und Gut verlieren rasch an Bedeutung, wenn das eigene Leben oder das des Partners am wehrhaften Holz hängt. „Sweepers", die versunkenen Baumstämme, sind mir auf Grund ihrer Mächtigkeit und oft überraschenden Ausrichtung eine heimtückische Angelegenheit. Verdammt unlieb bleibt mir das abgesoffene Holz.

Ragen nur die vom Wasser polierten Felsen ans Licht, dann ist das Umschiffen der Klippen eine eher leichte Übung. Kaum gefährdet ist die Bootshaut. Erheblich riskanter sind die ineinander verkeilten ganzen Baumstämme, die regelrecht Dämme bilden. Kraftvoll drängt sich die Strömung durch die verblei-

benden Freiräume. Mit dem Einsatz von Stechpaddeln ist man dem Sog nicht gewachsen. Treten diese so genannten „Logjams" unverhofft hinter scharfen Flussbiegungen auf und reichen auf dem noch freien Fahrwasser mächtige Bäume wie Fangarme von der Böschung, dann schrillen die Alarmglocken. Schlagartig verliert die Schlauchbootfahrt den abenteuerlichen Vergnügungsfaktor. Mutige Entschlossenheit und gnädig gestimmte Naturgeister sind notwendig, um ein Unglück zu verhindern.

Wir steuern unsere Lebensversicherung Boot vorwiegend auf der linken Uferseite entlang, um ja nicht die Einmündung des kleinen „Mulchatna" zu übersehen. Dieser Zubringer ist für uns der Naturwegweiser. Eine Warnung, dass nun der Nervenkitzel, der höchste Schwierigkeitsgrad dieses Flusses, vor uns liegt, und wir endlich in die unbequemen Rettungswesten schlüpfen sollten. Die kritische Passage erfordert die Lebensversicherung.

Überraschend schnell rücken die Ausläufer der Hügelkette näher. Enger wird der Raum zwischen den Ufern. Tiefer und schneller rinnt das Wasser. Rasch schwindet die Freiheit der Kurswahl. Einige wirr ineinander verzahnte Baumleichen erfordern volle Achtsamkeit. Sie nötigen uns quer durch das Strömungszentrum auf die andere Seite.

Spürbar beschleunigen die Wassermassen. Zunehmend vermehren sich die großen Felsbrocken als üble Hindernisse. Ungestüm bricht sich das nasse Element an den Steinen. Brodelnd und gurgelnd fließt es mit weißem Schaum an den Flanken vorbei, um unmittelbar dahinter sich als Walze auszutoben. Kleinzeug aus Holz, sozusagen Holzspielzeug, zieht es entgegen der normalen Strömungsrichtung an. Saugt und schluckt es in die Tiefe, um es ein paar Meter weiter wieder auszuspucken.

Urplötzlich krümmt sich der Fluss um eine Hangnase. Er rauscht über ein erhebliches Gefälle – terrassenförmige, eiszeitlich geschaffene Moränenablagerungen bilden riesige Naturstufen – und wirft sich von einem Prallhang zum anderen. Einem bockigen Pferd gleich prellt unser Boot durch die schäumenden Stromschnellen. Unmengen an geschöpftem Spritzwasser besorgt uns die Achterbahn.

Es bleibt weder Zeit noch Gelegenheit, um vom ruhigen Ufer aus eine halbwegs sichere Durchfahrt auszukundschaften. Oder gar mit dem vorhandenen langen Seil das Boot, ohne Besatzung versteht sich, durch die ufernahen Schikanen zu lotsen. Ein Umgehen der heiklen Stellen stand vor dieser Etappe nie zur Debatte. Keiner schwitzt sich gern mit der gesamten Ausrüstung durch den Urwald. Einem trotzigen Gaul vergleichbar wirft sich die Strömung neuerlich auf die andere Seite. Wir brauchen uns keine grobe Fahrlässigkeit vorwerfen, denn rechtzeitig haben wir den Bug auf die langsam fließende Innenseite ausgerichtet. Aber der enge Radius der Flussbiegung und die kraftvolle Hauptströ-

mung erschweren uns die Flucht. Wir wehren uns aus Leibeskräften. Jeder gemeinsame Paddelschub verschafft uns nur geringen Spielraum, denn die Macht des tobenden Elementes macht den Vorteil wieder zunichte. Richtiggehend in den steilen Fuß des Hanges hineingefressen hat sich der Fluss.

Widerstand leistet nur die anstehende Felsformation. Längst ausgespült, abgetragen und verfrachtet ist das erdige Material zwischen den harten Gesteinsrippen. Unterhöhlte Uferstellen, tiefe Kolke und scharfkantiges Material rauschen in bedrohlichem Abstand an unserem Bootsheck vorbei. Manchmal quietscht das Material der Bootshaut, wenn wir wie ein Riesengummi an nackten Felsen reiben. Um Paddelbreite schleifen wir im Halbkreis an vorwitzigen Klippen entlang. Jeder steinige Kontakt mit dem Bootsende schlägt als übertragene Gegenkraft unseren Bug in die falsche Richtung. Verdammt grenzwertig ist diese Schikane. Strömungsdruck und unsere Muskelkraft halten sich gerade noch in Waage. Einen gewaltigen Trupp von Königslachsen verscheucht der rasch wandernde Schatten unseres Bootes. Sie flüchten aus der tiefen Wasserkurve ins Seichte. Oft erliege ich dabei dem Gefühl, mit dem hektischen Paddelschlag einen Lachs berührt oder gar erschlagen zu haben.

Am Ende der ausgedehnten und steilen Hangrutschung nutzen wir die erste Gelegenheit zum Anlanden. Dringend erforderlich ist es, das Fahrzeug komplett auszuräumen und auf den Kopf zu stellen. Angesammelt hat sich durch die Turbulenzen der Stromschnelle ein regelrechter See am Bootsboden. Überfordert war das Lenzventil durch den Überfluss. Äußerst unangenehm ist es, wenn die Nässe Schlupflöcher in die Kleidersäcke findet oder gar Lebensmittel vernichtet.

Wir haben den wilden Tanz ohne Kentern überstanden. Zufrieden sitzen wir auf dem Bootswulst und belohnen uns mit Kalorienbomben: Mozartkugeln. Förmlich ins Gesicht geschrieben steht uns die große Erleichterung. Der Adrenalinspiegel senkt sich. Euphorie breitet sich aus. Keine Wunden brauchen wir lecken. Weder sind Verluste zu beklagen noch wurde das Boot – zumindest nach der oberflächlichen Untersuchung – beschädigt. Nicht untätig gelähmt hat uns das unverhoffte Auftauchen der schwierigen Passage, sondern zum mutigen Handeln herausgefordert. Stolz sind wir auf die erbrachte Leistung. Trotzdem ist sich jeder bewusst, dass uns eine Riesenportion Glück oder die Bestimmung des Schicksals eine Katastrophe erspart hat.

Je länger wir uns über brenzlige Situationen des nassen Hindernislaufes angeregt unterhalten, desto öfter drängt sich der Schwarm der gesichteten Königslachse ins Gespräch. Obwohl der teilweise abgerutschte Hang kaum eine sichere Standfläche bietet, übermannt uns der Jagdtrieb. Das Meistern des schwierigen Flussabschnittes fördert die Selbstüberschätzung. Bruder Leichtsinn lockt mit Macht. Schließlich fühlen wir uns als aufgehende Helden dem

Kampf mit den Wildfängen gewachsen. Eine hohe Stabilität der Knoten und außergewöhnliche Abriebfestigkeit verspricht mir der Hersteller der monofilen Schnur. Auch nach dem härtesten Dauereinsatz – so steht es zumindest im Katalog für Fischereizubehör – ist die Verlässlichkeit gewährleistet. Zusätzlich kratzt die Tragkraft an der 17-Kilogramm-Marke. Es muss wohl nicht eigens erwähnt werden, dass wir zur Erforschung des krummen Lachspools einige schwere Blinker einstecken. Wir nehmen nur die kräftigen Spinnruten mit. Wie ein dunkler Strich zieht sich der Wildwechsel entlang der nackten Hangflanke. Loses Geröll von der Abrisskante und ständige Murenabgänge verhindern das Aufkommen einer Vegetation. Brach ist die jungfräuliche Erde der Verwitterung ausgesetzt. Wie in das Profil gefräst, gliedern Rinnen in der Falllinie das Gelände. Reichlich Platz für Sturzbäche bei heftigen Niederschlägen.

An einigen Stellen ist der Trampelweg schier eine Gratwanderung. Fehltritte können wir uns nicht leisten. Wir bleiben immer wieder stehen, um das tiefe Wasser nach den großen Fischschatten abzusuchen. Schließlich erreichen wir die richtige Stelle und sind von der Anzahl der Fischleiber überwältigt. Vom erhöhten Pirschstand aus blicken wir wie in ein offenes Riesenaquarium auf dicht gedrängte Königslachse. Sie rasten hinter mächtigen Gesteinsblöcken. Die geologischen Zeitzeugen eines Felssturzes bieten einen vorzüglichen Strömungsbrecher. Oder hat gar der vorrückende Gletscher vor unendlich vielen Lachsgenerationen einen Haufen Findlinge an dieser Stelle zurückgelassen?

Sensibel genug ist ihr Seitenlinienorgan, um jeden Unterschied des Strömungsdruckes wahrzunehmen. Zum eigenen Vorteil suchen die Wanderfische jene Ruheplätze auf, die den Energiehaushalt am geringsten belasten. Nicht nur der Mensch, sondern auch das Tier schöpft aus der Ruhe die Kraft für den weiteren Aufstieg.

Gelegenheit macht Diebe, behauptet eine Volksweisheit. Und auch wir können der Versuchung nicht widerstehen, obwohl die Voraussetzungen für einen erfolgreichen Fischzug denkbar schlecht stehen. Der ausgesetzte Ort schränkt unsere Bewegungsfreiheit dermaßen ein, dass jedes Straucheln schon einer mutwilligen Körperverletzung gleichkommt.

Wir können weder rückwärts, nach Krebsmanier, die steile Halde erklimmen, noch einen Ausfallschritt wagen, um nicht das Gleichgewicht zu verlieren. Höchstens der Fläche einer geächteten Legebatterie für Geflügel entspricht meine ausgetretene Plattform. Weder Können noch ein Trickwurf sind notwendig, nur ein kurzes Wippen aus dem Handgelenk heraus. Trotzdem scheitert der erste Versuch kläglich. Total falsch eingeschätzt habe ich das rauschende Wasser und die Tiefe, denn das Eisen trudelt viel zu hoch über die Köpfe der Fische hinweg. Der zweite Wurf, mit erheblichem Vorhalt eingeplant, bestätigt meine Lernfähigkeit nach dem Prinzip von Versuch und Irrtum.

Gebannt verfolge ich den torkelnden Tauchgang des glitzernden Köders, und schon schlägt so ein Kraftpaket von einem Lachs zu. Aber nicht ich bestimme als Herr über mein Angelgerät den Verlauf der kurzen Bekanntschaft. Ich will und kann dem Fisch auf dem schmalen Pfad nicht folgen, denn sonst würde ich mit hoher Wahrscheinlichkeit einen Sturz riskieren. Verdammt rasch hätte sich mein Wagemut im reißenden Wasser abgekühlt.

Um der Dummheit an der steilen Flanke des Prallhanges noch eine Krone aufzusetzen, wehre ich mich heldenhaft mit meinem gesamten Körpergewicht gegen das Fluchtverhalten des „Kings". Eine Ferse in den unsicheren Boden gespreizt und mit einer ungesunden Rückenlage, halte ich der Zugkraft des Fisches entgegen. In Wahrheit hänge ich an der geflochtenen Schnur auf meiner Multirolle. Nicht einmal ein paar Sekunden Zeitfenster bleiben mir, um an dem praktischen Sternrad die Bremskraft zu regeln. Hochmut kommt vor dem Böschungskontakt mit dem Allerwertesten. Der Peitschenknall des zerrissenen Vorfaches erlöst mich von dem Problem einer gefährlichen Kletterei. Den Aufprall mildert die Steilheit des Hanges. Feuchte Erde auf dem Hosenboden bleibt als Erinnerung.

Ein offensichtlicher Schwachsinn ist es, von dieser ausgesetzten Stelle aus weiter an Ehre und Gleichgewicht zu verlieren. Aber innere Stimmen quälen und drängen mich zu einem weiteren Test. Der Schmerz beziehungsweise der Schaden ist noch zu gering, um den Verstand zu läutern. Beinahe zum selben Zeitpunkt jubeln Walter und ich über einen Doppeldrill, der sich ebenfalls mit einem Paukenschlag auflöst. Unüberhörbar ist das typische Klangbild, wenn kräftige Schnüre wie Gummibänder reißen. Um einen Erfahrungsschatz reicher, kann ich authentisch bestätigen, dass kapitale Königslachse in der scharfen Strömung kaum zu bändigen sind, wenn die Bewegungsfreiheit des Fischers eingeschränkt ist. Außer der Mensch ist so gierig, dass er mit Heilbutthaken fischt und sie gleich an geflochtene Hochseeschnüre knüpft.

Auch die edle Fischerei unterliegt den Gesetzen der Physik. Ob so ein wilder Königslachs ein paar Kilogramm mehr oder weniger auf die Waage bringt, das belastet die Knotenfestigkeit des Vorfaches nicht wesentlich. Beschleunigt hingegen der Fisch am Haken mittels Unterstützung durch die scharfe Strömung auf das Doppelte, dann erhöht sich die Fluchtenergie auf das Vierfache. Entscheidend ist stets der Faktor der Geschwindigkeit. Er wächst mit dem Quadrat. Effektvoll bestätigt der peitschenartige Knall oft bereits nach wenigen Sekunden des Fischerglücks die Schwächen des verwendeten Materials. Die selbst verursachten Fehlerquellen verringern sich durch den Lernprozess. Trotzdem: Alter schützt vor Torheiten nicht.

BÄRENSPUREN – PELZIGE BOTSCHAFTEN

„Schau, ein Kopf, ein Lachsschädel liegt auf der Sandbank!", sage ich überrascht zu meinem Partner. Gleichzeitig zeige ich mit dem Stechpaddel in die Richtung. Laut genug sind meine Worte, um das Rauschen des Wassers zu übertönen. „Schweine!", ergänzt er knapp. „Wir schauen uns den Schlachtplatz an!"

Meilenfressen ist ohnehin nicht der Hauptzweck unserer Flussbefahrung. Wir drehen – gut eingespielt und mit fast blindem Verstehen – das Schlauchboot mit dem Bug gegen die Strömung. Ein geschätzter Winkel von rund fünfundvierzig Grad bringt den höchsten Nutzen. Das Gewicht von zwei Männern, die notwendige Ausrüstung für das Abenteuer in der Wildnis und eine Alu-Box voll mit Lebensmitteln belasten das Raft erheblich.

Eher träge reagiert das Boot auf Grund seiner Masse. Jedes Manöver erfordert beträchtlichen Muskeleinsatz. Stets gilt es, die Macht des Wassers geschickt zu nutzen. Sich der Kraft zu fügen ist allemal klüger, als durch Mutproben zu kentern. Kommt das System einmal aus dem Gleichgewicht, folgt ein ganzer Rattenschwanz an Schwierigkeiten. Gemächlich lassen wir uns durch den seitlichen Wasserdruck auf den Wulst nahe an das Ufer schieben. Parallel zum Uferverlauf driftet unsere Bootsnase. Hellwach halten wir Ausschau nach einer Lücke zum Anlegen. Endlich bietet sich eine Nische mit einem flachen Übergang an. Mit ein paar flotten Zügen treiben wir unser Boot in den Naturhafen.

Ziemlich steif vom langen Sitzen, steigen wir an das Gestade. Mit vereinten Kräften zerren wir unsere Lebensversicherung zur Gänze aufs Trockene. Eine Katastrophe wäre der Verlust des Bootes durch Nachlässigkeit. Sogleich machen wir uns auf die Stiefel, um den Frevel der Zunftkollegen genauer unter die Lupe zu nehmen. Pure Dummheit ist der schlampige Umgang mit Fischabfällen im Reich der Sohlengänger. Hervorragend ist der Geruchssinn der Bären ausgelegt. Rasch verlieren sie durch die unbewusste Fütterung ihre angeborene Scheu vor uns Zweibeinern.

„Die Typen haben vermutlich den Pool leergefischt. Vor dem Ausfliegen gierig Filets gesammelt", bemerkt Walter auf dem Weg zum makabren Lachskopf.

Ich nicke nur, ganz in Gedanken versunken, und male mir mit Fantasie die Szene aus. Ein Altarm, gut getarnt mit überhängendem Buschwerk, verbindet eine wunderschöne Lagune mit dem Hauptfluss Chilikadrotna. Schlicht übersehen haben wir das Verbindungsgerinne. Der jahreszeitlich beträchtlich wechselnde Wasserstand hat einen Saum aus feinen Sanden angelegt. Graue Schichten, terrassenförmig abgestuft, verbinden die unterschiedlichen Lebensräume im Halbkreis. Im Schlick verstreut stecken weitere Schädel. Das Fehlen der Wirbelsäule verwundert uns aus der Ferndiagnose heraus.

„Wahrscheinlich haben die Kerle nur die Fische ausgenommen. Einfach den Kopf abgeschnitten und ‚Wecken' gemacht?", mutmaße ich. „Länger frisch bleibt das Fleisch durch diese Methode." Stutzig macht allein die chaotische Verteilung der Abfälle. Auch sind keine Innereien der ausgenommenen Lachse zu entdecken. Zudem fehlt jegliches Anzeichen für ein verlassenes Lager oder eine Feuerstelle.

Walter dreht mit der Schuhspitze den ersten Rotlachsschädel ins rechte Licht und stößt einen kurzen Pfiff aus. Kein scharfes Messer hat den Kopf vom Körper getrennt, sondern Zähne. Zerfranst ist das Fleisch am Nacken. Unregelmäßig hängt die derbe Haut am Beweisstück und zerkratzt von Krallen ist der moosgrün schimmernde Kiemendeckel.

Nachdem wir uns innerlich für das Vorurteil gegenüber anderen unbekannten Bootsfahrern entschuldigt haben, bleibt schließlich der Verdacht an Bären hängen. Dem hochbeinigen Polarfuchs trauen wir die Fressorgie nicht zu. Die Spuren entlasten auch den grantigen Vielfraß. Sowohl Schwarze als auch Braune teilen sich das Territorium im Einzugsgebiet des Flusssystems.

Mit Sicherheit trotten Bären nicht durch ihr weitläufiges Reich, um aus Langeweile Duftmarken zu setzen oder ständig paarungsbereite Partnerinnen bzw. Partner aufzustöbern. Die Tiere strolchen umher, um ergiebige Fressplätze aufzuspüren. Reichliche Fettreserven brauchen die Allesfresser, damit die Körperfunktionen während der monatelangen Winterruhe am Leben bleiben. Ob Gras, Blütenköpfe oder kohlehydratreiche Beeren den Bären ins Maul wachsen, ob sie mit Aufwand einen kranken Elch schlagen, sich den Magen mit dem Aas eines verunglückten Rentieres stopfen oder gesunden Fisch erwischen, dies ist den Tieren vermutlich ziemlich egal. Scharf genug sind ihre Magensäfte, um auch mit hartgesottenen Bakterienstämmen aufzuräumen. Hauptsache, sie fressen sich bis zum Verkriechen in den frostsicheren Unterschlupf eine dicke Fettschicht auf die Lenden.

Verblüffend ist hingegen, dass Wölfe es gelernt haben, nur die Fischköpfe zu fressen. Aus Erfahrung wissen die klugen Tiere und bringen es auch dem Nachwuchs bei, dass die am Fischkörper anhaftenden Keime und Pilze erhebliche Verdauungsprobleme schaffen können. Lieber ein paar Lachsköpfe mehr

zerknacken, als den verseuchten Leib fressen. Lernen durch Probieren ist auch für die Tierwelt eine heilsame Methode.

Zum endgültigen Beweis stoßen wir auf eine Vielzahl von gewaltigen Fußabdrücken, die sich im weichen Boden der Flachwasserzone als Trittsiegel erhalten haben. Sie laufen wirr über den Morast und verdichten sich in der Matte aus saftigen Sumpfschachtelhalmen zum regelrechten Trampelpfad.

Trotz Watschuhen nimmt sich unser Fußabdruck geradezu schlank gegenüber den breiten „Branten" des Bären aus. Abgesetzt von der Sohle liegen die fünf Zehenballen dicht nebeneinander. Erst bei genauer Betrachtung entdecken wir die kleinen Löcher im Schlick, die von den Spitzen der langen Krallen stammen. Bären sind im Gegensatz zu den Katzen nicht in der Lage, ihre scharfen Waffen einzuziehen.

Blutig frisch sind noch manche Kiemen. Es stinkt – so bilden wir es uns ein – förmlich nach Bär. Unbehagen schleicht in Form einer Gänsehaut über meinen Rücken. Vielleicht lauert das Tier im Hinterhalt und beobachtet argwöhnisch uns Störenfriede? Vielleicht erwacht der Bär gerade aus seinem Verdauungsschlaf? Vielleicht treibt ihn der Hunger wieder zur Bucht, um neuerlich die frischen Aufsteiger mit den bewehrten Tatzen aus dem Wasser zu reißen? Und wir Dummköpfe versperren unbewusst seinen Weg zur Futterquelle. Es ist schließlich sein Revier. Nur geduldet sind wir in seinem Reich.

„Bearbells" sind gern gekaufte, kleine Schellen, die auf einem Band mit Klettverschluss aufgenäht sind. Ein klingendes Reiseandenken für Touristinnen und Touristen, aber auf Grund der sehr bescheidenen Lautstärke untauglich für den dichten Busch. Und der oft zitierte Pfefferspray ist gar nicht nach meinem Geschmack. Ich habe nicht das geringste Bedürfnis, diese chemische Waffe zu gebrauchen. Keiner kann sich im Ernstfall die Windrichtung aussuchen. Allein an der Vorstellung scheitert schon die Anwendung, dass ich in der Notsituation einem angreifenden Bären aus wenigen Metern Distanz das Mittel in seine Nasenlöcher blasen müsste. Lieber verlasse ich mich auf eine halbwegs sauber geführte Buschküche, reichlich Lärm beim Fischen und Brennholzsammeln sowie auf die schlagende Wirkung von „Schweizerkrachern". Der laute Knall stoppt die Neugier der pelzigen Besucher auf der Stelle. Auf der Hinterhand reißt es sie in die Flucht.

Laut Erfahrung der Bärenexpertinnen und Bärenexperten braucht ein Tier zum sicheren Überwintern zusätzliche Reserven von mehr als einem Drittel des Körpergewichtes. Nur so ein Polster gewährt den gesunden Schlaf. Die Evolution hat die Winterruhe als eine bemerkenswerte Überlebensstrategie entwickelt. Ohne einen einzigen Bissen fester Nahrung oder einen Schluck Schmelzwasser schaffen es die Bärinnen in ihren Höhlen, den Nachwuchs auf die Welt zu bringen und ihn wochenlang zu säugen, ehe sie gemeinsam die schützende

Schneedecke durchbrechen. Groß wie ausgewachsene Ratten sind die Braunbärenkinder nach der Geburt. Kaum ein halbes Kilogramm beträgt ihr Wurfgewicht. Schaffen sie es trotz der Obsorge ihrer Mutter nicht, bis zum ersten Winterschlaf rund fünfzig Kilogramm Lebendgewicht auf die Rippen zu fressen, dann hat der Nachwuchs schlechte Karten.

Geradezu ein Mastfutter sind für die Bären die aufsteigenden Lachse. Lebensgefährlich ist das Paradies der schwimmenden Kalorien dennoch für die Jährlinge. Strolchen erwachsene Tiere auf ihrer Futtersuche häufig als Einzelgänger durch ihr Reich, so zieht sie das große Fressen magisch an. Missmutig, launisch und gereizt benehmen sich beide Geschlechter. Aggressiv werden die besten Fangplätze verteidigt. Braucht die Führende genügend fettreiche Muttermilch für ihre Jungen, dann muss sie Lachse erbeuten. An Stromschnellen ist durch den Stau der Wanderfische der Bärenauflauf besonders lebhaft. Je nach Art und Größe der Lachsheimkehrer drücken sich die erwachsenen Tiere etwa zehn Fische täglich in den Magen. Hält der Überfluss durch weitere Aufsteigerwellen der Fische an, steigen die Bären heikel auf fettreiche Substanzen um.

Festgekrallt an einer Tatze knacken sie gezielt den Schädelknochen des zappelnden Fisches. Anschließend schlürfen sie die Kalorien aus der Hirnschale. Inzwischen verebbt der Todeskampf der Beute. Geschickt zieht der Petz beidseitig die Fischhaut vom Filet und schluckt die nährstoffreichen Lappen. Wenig begehrt ist während der himmlischen Zustände das Muskelfleisch samt Innereien. Nur die Eier der Rogner genießen Wertschätzung. An Ort und Stelle bleiben die skalpierten Kadaver liegen. Einem Schlachtfeld gleichen die besten Fangplätze. Den Möwen ist der üppige Leichenschmaus willkommen. Ihr angeborener Futterneid lässt sie trotzdem untereinander streiten. Lautstark ist das Gekreische und hektisch ihr Verhalten. Dünnt sich nach Wochen allmählich der Überfluss wieder aus, dann schätzen die Bären wieder den ganzen Fisch.

Die Mühen des Aufstieges, der Konkurrenzkampf und das Laichgeschäft enden für alle Pazifischen Lachsarten mit dem Tode. Das erbärmliche Bild der bereits im Todeskampf liegenden Tiere bekümmert keinen Bären. Großflächig überzieht ein Pilzrasen die Haut und mürbe ist das Fleisch. Beraubt ihrer Sinne, trudeln sie mit der Strömung. Angeschwemmt wie Treibholz sammeln sich ihre Kadaver in Mulden oder liegen gestrandet auf den flachen Schotterzungen. Das vergammelte Fleisch kommt den Pelzträgern gerade recht. Ohne Aufwand verdrücken sie die Leichen. Gar Aas verschmähen sie nicht, trotz ihrer hochsensiblen Nasen. Der Fischzug ist über Wochen die Basis einer Nahrungspyramide.

In dieser Bucht springen die Rotlachse als Kalorienbomben den Bären nicht gerade in das aufgerissene Maul, aber die Fische sind auf Grund der seichten Wasserführung leicht zu erbeuten. Die „Reds" schleichen immer am Ufer entlang. Neuankömmlinge ziehen als Pulk gemächlich mit dem kreisenden Wasser

ihre Runden, während ältere Trupps sich sammeln und zum Weitermarsch an Strömungskanten einstellen. Am Ende des Indianersommers schwabbelt den Bären der Winterspeck an den Hüften.

Als oberster Grundsatz im Bärenland gilt: Nähere dich nie einer Bärenmutter. Lebensgefährlich für den Zweibeiner reagiert eine gereizte Führende. Wild entschlossen verteidigt sie ihre Jungen. Es braucht einen Batzen Mut, um die Ruhe zu bewahren. Ratsam ist es, sich kleiner zu machen. Ungefährlichkeit vermittelt der geschrumpfte Mensch. Das Häufchen Zweibeiner mit dem sonderbaren Geruch beruhigt den Mutterinstinkt. Jeglicher Augenkontakt hingegen reizt das Tier.

Wildwechsel verlaufen stets beidseitig zum Ufer. Bequem ist ihre Nutzung. Verpasste und Erfolg versprechende Abschnitte lassen sich leicht aufsuchen. Elchlosung löst in mir keine besorgten Gedanken aus. Liegt allerdings Bärendreck vor meinen Füßen, dann führe ich sofort laute Selbstgespräche. Ich schwinge mich gar zum verwegenen Sänger auf. Die falschen Töne erzeugen in mir ein verständnisvolles Schmunzeln, aber einen im Mittagsschlaf liegenden Grizzly muss es schier auf die Tatzen reißen.

Enge Bärenkontakte sind stets ein hohes Risiko. Ungewiss ist der Ausgang und völlig untauglich als Mutprobe und zum Angeben am Lagerfeuer oder heimatlichen Stammtisch. Prächtig ist hingegen der Anblick eines aufgerichteten Grizzlys, wenn er in angemessener Entfernung menschliche Witterung aufnehmen kann. Für unbezahlbare Gefühlsregungen sorgt so eine pelzige Begegnung am einsamen Lachsfluss. Unvergesslich prägen sich die Bilder ein, wenn Bärenkinder festgekrallt im Fell der Mutter einen Fluss queren. Mit unglaublicher Kraft brechen die Tiere durch Buschwerk. Sie hetzen steilste Böschungen hinauf, um, nach einem letzten Kontrollblick an der Sichtkante, wie ein Spuk zu verschwinden. Nur der Respektabstand erhöht die Toleranz des Tieres. Verständlich werden die Obhut der Bärin und ihre notwendige Aggressivität, denn jedes zweite Junge schafft nicht das erste Lebensjahr. Sie verhungern, fallen Krankheiten zum Opfer oder werden von dominanten Bären zu Tode gebissen. Wobei beide Geschlechter diese kannibalische Wesensart zeigen.

Augenfällige Veränderungen hat das letzte Hochwasser hinterlassen. Wie von einem Riesenbesen in Fließrichtung gebürstet, neigen sich junge Bäume, Sträucher und rotblühendes Weidenröslein. Wasserseitig fehlt häufig die weiche Rinde. Abgefegt durch das driftende Schwemmholz. Rindenfetzen, Grassoden, Baumbärte und verheddterte Äste zeigen den Pegelstand der Flut. Abgelagerte helle Sandschichten vernetzen ruhige Uferzonen. Starkregen wird auch diese Spuren wieder ins alte Flussbett waschen. Aber diese Sitkafichte auf dem leicht ansteigenden Boden ist nicht von Eisblöcken angekratzt. Unvorstellbar wäre der Wasserstand während der Zeit des berstenden Eises. Eine gigantische

Überschwemmung müsste das ganze Flusstal in einen See verwandelt haben. Unser Interesse ist auf jeden Fall geweckt. Einer Manschette gleich fehlt die Rinde. Grob zerfetzt ist das helle Holz. Ein mächtiger Grizzly muss hier seine Visitenkarte hinterlassen haben. Aufgerichtet beißen die Braunbären in den Stamm oder krallen tiefe Risse in die Rinde, nur um der Konkurrenz ihre Größe zu beweisen. Eindruck schinden bei den potenten Rivalen und Reviermarkierung ist wohl der Zweck. Nur mit einem Sprung und ausgestreckten Händen – Wathosen taugen allerdings nicht für sportliche Übungen – erreichen wir den untersten Rand des Markenzeichens.

Obwohl mein Freund und ich im gesetzten Mannesalter stehen, überfällt uns spontan ein Lausbubenstreich. Zum Wasserablassen drängt die Blase. Wundern wird sich der Petz bei seinem nächsten Kontrollgang. Trotz seiner unglaublich feinen Nase wird die eigenartige Duftnote seinen Geruchsinn leicht verwirren. Täuschen wird sich das Tier allerdings nicht lassen, denn die animalische Note seiner Geschlechtsgenossen fehlt im menschlichen Urin. Allzu gut ist sein Geruchssinn entwickelt. Sicher erleidet das stärkste Landraubtier durch unseren üblen Streich keinen Knacks bezüglich der ausgerauften Rangordnung.

Erfahrene Wildhüter und Bärenkenner empfehlen gar als taugliches Rezept, getragene Unterhosen im Lager aufzuhängen. Der Geruch verleidet den Tieren die nächtlichen Spaziergänge in der Nähe des Zeltes. Quasi ein Tipp zur chemischen Kriegsführung. Die Körperpflege tunlichst einzuschränken und auf die Verwendung von Zahnpasta zu verzichten, sind ihre weiteren Ratschläge. Gefährdet sind besonders Frauen während ihrer Regeltage.

Hin und wieder fallen im Schlick Rutschspuren durch Vordertatzen auf, die bewusst als Markenzeichen von dominanten Tieren gesetzt wurden. Bereits im Vorfeld sollen die Signale auftauchende Nahrungs- und Paarungskonkurrenten einschüchtern. Spuren, Geruch und Gebärden regeln bärige Angelegenheiten.

Bekannt ist, dass Bären gerne breitbeinig über saftige Wiesen schlurfen. Ausgiebig wird dabei eine große Fläche mit dem Urinstrahl markiert. Die Nasen der Nachfolger verstehen die nassen Botschaften zu deuten. Kommt es dennoch zu einer haarigen Auseinandersetzung und führt die zur Schau gestellte Breitseite zu keiner Entscheidung, dann drohen sie mit weit aufgerissenem Maul dem Gegner ins Gesicht. Vielleicht ist übler Mundgeruch eine wirkungsvolle Drohgebärde? Auch mir schmeckt nachträglich das Frühstück wenig, wenn frische Bärenlosung in unmittelbarer Nachbarschaft unserer dünnen Behausung liegt. Die Hinterlassenschaft ist ein Beweis des lautlosen Besuchers während der Nachtstunden. Sohlengänger halt!

Schlagartig verliert die Erforschung des Platzes ihren Reiz. Es juckt uns nicht mehr im Geringsten, mit der Fliege den Pulk Rotlachse in der Aufweitung zu ärgern. Wir fühlen uns durchaus nicht mehr wohl in der eigenen Haut. Etwas an-

deres zu behaupten wäre glatt gelogen. Wir haben keinen ausgebildeten Hund im Boot, der angriffslustig auf Bärengeruch oder ihre Anwesenheit reagiert. Die aufgestellten Nackenhaare wären nicht zu übersehen. Sein aufgeregtes Bellen nicht zu überhören. Das ungute Bauchgefühl übermannt den Verstand und ich dränge zum Aufbruch. Meine in der Brusttasche der Fliegenfischerweste aufbewahrte Trillerpfeife und das wasserdicht versiegelte Sturmfeuerzeug gaukeln Sicherheit in Notfällen vor. Auch mein Freund verzichtet freiwillig auf ein längeres Bleiberecht. Lärmend und mit gespielter Heiterkeit verlassen wir das Reich des vierbeinigen Zunftkollegen.

Bären sind schnell wie Rennpferde. Sie sind ausgestattet mit ungeheurer Kraft und einem vorzüglichen Geruchssinn. Vorerst lässt sie ihr Instinkt auf neue Situationen – zum Beispiel campende Flussnomaden, Fischer oder Jäger – mit Vorsicht reagieren. Wiederholen sich die Begegnungen, dann verlieren die Tiere allmählich ihre angeborene Scheu.

Ein Lob der Hundenase, aber das Riechorgan eines Bären übertrifft bei Weitem deren Sinnesleistung. Stecken die Sohlengänger einmal ihre Nase in menschliche Abfallhaufen und finden sie Fressbares, dann fördert der Erfolg rasch neue Verhaltensweisen. Die intelligenten Tiere verknüpfen in kurzer Zeit Menschen, Lagerfeuer sowie Zelte mit Nahrung. Achtlos entsorgte Abfälle aus der Buschküche, Essensreste oder zu Tode gedrillte Lachse im Hochzeitskleid ziehen die Bären magisch an. Erfolgreiche Streifzüge durch verwaiste Camps prägen sich ein. Nächtliche Kontrollbesuche sind die Folge. Gezielt suchen sie wie Räuber den Kontakt. Immer dreister werden ihre Attacken. Stehlen, Rauben und Plündern wird zur Strategie.

Längst vorbei sind Ende August die hellen Nächte im Norden. Auch die abendlichen Kochfeuer verglühen ohne Nachschub an Brennmaterial. Schürt im Meer eine Haiattacke die Urangst im Menschen, so übernehmen die Bären diese Rolle auf dem Lande. Die Begegnung mit einem Sohlengänger in der Dunkelheit ist schlechthin der Stoff, aus dem meine Albträume wachsen. Meine eigene Erfahrung hat mich gelehrt, bei jedem Austreten zum Zweck des Abschlagens von Urin das Lagerfeuer am Leben zu erhalten. Es zahlt sich aus, an Erfindungen mit Vergnügen zu basteln, um die Glut durch automatischen Brennholznachschub bis zum Morgengrauen zu retten.

Eigenartig verläuft der Prozess des Denkens in meinem Hirn. Kaum verbreiten geruhsames Lagerleben und Müßiggang Entspannung, so schüttet das Unterbewusstsein symbolisch Öl ins Feuer. Längst abgelegte Erfahrungen, Berichte und Geschichten brechen an die Oberfläche. Sie erinnern an die Verletzlichkeit in der Wildnis. Ein paar hundert Meilen hat ein Berufskollege mit seinem Partner auf dem „Porcupine River" ohne gröbere Zwischenfälle gemeistert. Abgesehen von Wetterpech, Kenterungen mit dem überladenen Kajak, Nah-

rungsmittelengpass und teilweisem Fischerpech. Wenige Tage vor dem letzten Etappenziel hat der Mann – er beherrscht meisterlich die Handhabung seines Jagdbogens – ein Rentier schlecht getroffen. Mit der scharfen Klinge in den Weichteilen ist das Tier geflüchtet. Auf Grund der weidgerechten Gesinnung der Schützen haben die beiden das „angeschweißte" Ren verfolgt, um es von den Qualen zu erlösen und begehrte Fleischteile aus der Decke zu schlagen.

Während ihrer ausgedehnten und unfreiwilligen Tundrapirsch hat ein grantiger Bär ihr Camp verwüstet. Keine Lebensmittel hat der hungrige Bär im Lager gefunden und vor Frust mit seinen krummdolchartigen Klauen das Boot aufgeschlitzt. Die mitgeführten Flicken reichten bei Weitem nicht aus, um die Risse abzudichten. Nachdem auch das Zelt unbrauchbar in Fetzen hängend seine Funktion als Behausung verloren hatte, machten sich die Männer auf den beschwerlichen Weg, immer in Flussnähe.

Aus der misslichen Lage gerettet wurden die Abenteurer durch Eskimos, die zufällig mit einem Motorboot auf einem Jagdausflug waren.

MATERIALSCHWUND – DIE RACHE DER ROTLACHSE

Walter kniet sich mit beiden Füßen auf den Wulst des Schlauchbootes nieder. Gelassen lässt er Wasser von der Wathose in den Fluss rinnen. Reichlich Spritzwasser sammeln wir ohnehin bei kritischen Passagen oder durch unvermeidbare Niederschläge. Hohe Weißwasserwellen und erzwungene Kurswechsel – durch mächtige Gesteinsblöcke oder gestrandete ganze Baumleichen ausgelöst – ergießen genug Nass ins Boot. So mancher Inhalt in den erhofften wasserdichten Kunststoffsäcken ist gesättigt durch die Feuchtigkeit, die immer wieder Schlupflöcher findet.

Ich schiebe mit wenigen Schritten unser Fahrzeug in die Strömung und kraxle nicht immer elegant in das Boot auf meiner Seite. Mich trifft der Außendienst, wenn wir von der rechten Uferseite in den Nationalparkfluss stechen. Oft fällt das Flussbett unvermutet ab. Blitzschnell steht der Anschieber mit einem einzigen Tritt bis zum Bauch im Wasser. Im Nu dringt das Nass durch den losen Brustgurt ein. Rasch nimmt das Raft Fahrt auf. Sputen muss sich der Mann außer Bord, um den letzten Zeitpunkt nicht zu verpassen. Häufig hilft flink der Partner nach, packt den Armen am Arm oder an der Weste und zerrt den Rest der Besatzung ins Boot. Oft genügen wenige Meter Zeitverlust durch das unbeabsichtigte Manöver, damit sich das Fahrzeug aus dem idealen Kurs dreht. Mit der Breitseite oder gar mit dem Heck voraus sind auftauchende Hindernisse selten eine erfreuliche Überraschung.

Tief beeindruckt haben uns die umherliegenden Lachsschädel. Irgendwie sitzt uns die bärige Mahlzeit im Nacken. Immer finden wir ein Bärenhaar in der Suppe und fahren an brauchbaren Lagerplätzen vorbei. Ein jeder zählt irgendwelche Mängel auf, um eine Weiterfahrt zu begründen. Einmal passt uns der Untergrund für ein weiches Lager nicht, ein anderes Mal sind wir mit dem Angebot des Schwemmholzes als Brennholz unzufrieden. Schwimmen oder rasten vor unserem Hafen für die Nacht keine Fische, dann paddeln wir ein weiteres Zeitfenster auf dem wilden Fluss. Der eigentliche Antrieb ist die Gefahr des Bärenbesuches. Flott sind die Tiere auf den typischen Wildwechseln entlang

der Uferseiten unterwegs. Weder Hasenfüße sind wir noch Weicheier. Aber wir wünschen es uns auf keinen Fall, dass fischende Bären uns eine nächtliche Inspektion abstatten.

Ein offenes Zelt zur Beschnüffelung behagt mir wenig. Auch finde ich keinen Gefallen daran, dass sich Moskitos, Pferdebremsen und regelrechte Wolken der Black Flies unter der Zeltkuppel treffen, um während unserer Nachtruhe ihren Blutsaugerzwang auszuleben. Geradezu imprägniert sind unser Innenzelt und die Kleider durch den Einsatz des Giftsprays. Trotzdem scheinen die Antennen der filigranen Insekten sich schon daran gewöhnt zu haben. Unsere Haut schaut aus, als wäre sie flächendeckend mit Röteln überzogen. Die juckenden Pusteln verleiten zum Kratzen. Auf dem Wasser ist die Belästigung durch die Stechmücken leichter zu ertragen, aber auf dem Lande, dichtes Buschwerk im Hintergrund, sind die Viecher oft eine wahre Plage. Eine schwüle Abendstimmung und Windstille verschärfen das Leid.

Eher unscheinbar mündet unser Fluss in den Hauptstrom Mulchatna. Viele Bootslängen weit vermischt sich träge unser Klarwasser mit dem trüben Ton der neuen Wassermassen. Ohne sichere Anhaltspunkte und ohne Satellitenpeilung ist das Lesen von Landkarten ein erheblicher Unsicherheitsfaktor. Immer wieder teilt sich der Fluss in fast gleich mächtige Wasserstraßen auf, die sich in weitere Arme zerfransen. Jedes Rinnsal sucht sich das Gefälle. Hochwasser schlichtet die entwurzelten Bäume zu regelrechten Haufen auf. Sie bilden gefährliche Verklausungen.

Wir erobern eine schlanke Insel, die sich wie eine Schlangenzunge weit ins Mischwasser reckt. Erschwert ist das Wurzelschlagen der Samen durch die regelmäßigen Überschwemmungen des Eilandes. Grenzenlos ist die Freiheit der Fliegenfischerei. Kein Busch oder Strauch fängt die Fliegen beim Rückwurf. Ungefährdet strecken darf sich die Leine über die Wasseroberfläche.

Teilweise gezählt und den Rest vergleichend vorsichtig geschätzt, tummelt sich ein Schwarm von mindestens fünfzig Rotlachsen im Bereich der Strömungskante. Unübertroffen ist die Geschmacksqualität dieser Fische. Das hellrote Fleisch macht sie zu den Begehrtesten der Pazifiklachse. Hingegen findet die Verarbeitung des Rogens zum geschätzten Kaviar keinen Gefallen, weil die Eier nach der Salzbehandlung gleich einen bitteren Geschmack annehmen.

Rund drei Jahre lang fressen sich im Meer die „Red Salmons" oder „Sockeyes", wie die Einheimischen diesen Lachs bezeichnen, die Energie auf den Buckel. Planktonkrebse in Massen und kleinere Schwarmfische sind ihre bevorzugte Kost im Salzwasser. Nach den Wanderjahren im Pazifik kehren die Lachse zielsicher ins rechte Flussdelta zurück. Noch im Brackwasser erfolgt die allmähliche Anpassung an das süße Geburtsgewässer. Drückt die Flut die Laichfische einmal in das Flusssystem, dann gibt es kein Zurück mehr, sondern nur mehr ein

Vorwärtsstreben. In der Kriegsmarine bewährte Ortungsgeräte stehen seit vielen Jahrzehnten als taugliche Fischzählapparate in wichtigen Flüssen und registrieren jeden Flossenträger. Laut „Fish and Game" schlichen in dem Jahr rund 7 Millionen Rotlachse in den „Naknek River". Allein 900.000 Rotlachse sind in den berühmten „Kenai River" aufgestiegen und 4.000 täglich, hauptsächlich während der Nachtstunden, kehrten in den kleinen Klarwasserfluss „Russian River" heim. Sie verraten sich nicht wie die schweren Königslachse mit gewaltigem Platschen, quasi zur Begrüßung der angestammten Geburtsgewässer, sondern drücken sich flach am Boden entlang der Ufer. Nach schwierigen Passagen, wie Stromschnellen oder langen Rieselstrecken, legen die Fische längere Pausen zum Ausrasten ein. Dann sind die wilden Kämpfer mit der Fliegenfischerei am elegantesten zu überlisten.

In unserem Fluss messen die „Roten" durchschnittlich eine Körperlänge von 60 Zentimetern und ihr Gewicht nähert sich der Drei-Kilo-Grenze. Bevorzugt wählen diese Lachsvertreter sehr kleine Flüsse oder Quellgebiete zum Laichen aus. Außerdem sind sie die einzige Pazifische Lachsart, die auch in Ufernähe der Seen ihre Laichmulden schlagen. Etwa drei Wochen lang werden die Gelege, in einigen kleinen Gruben verteilt, von den Rognern bewacht. Während die schnellsten Aufsteiger nach der Weitergabe ihrer Gene beinahe bei lebendigem Leibe vermodern, gräbt die Nachhut das Kiesbett und die Kinderstuben schon wieder um.

Eine beachtliche Stückzahl an Eiern ist steril oder stirbt unbefruchtet ab. Begehrte Leckerbissen sind die außerhalb der zugedeckten Laichgruben liegenden Eier. Wasseramseln picken sich die Eiweißperlen. Auch Entenarten schlürfen sich ungeniert die eiweißreiche Kost in den Magen. Heimische Regenbogenforellen, Saiblinge und Äschen sind ohnehin als „Laichräuber" verschrien. Sie verfolgen die Wanderfische bis zu deren Laichplätzen, um sich mit frischem „Kaviar" zu mästen. Statistische Mittelwerte von rund tausend Eiern pro Kilogramm Lebendgewicht einer Rognerin erscheinen nur im ersten Augenblick als purer Luxus, als Vergeudung der Ressourcen.

Auf Grund der tiefen Temperaturen in den bevorzugten Laichgewässern vergehen schon einige Monate, ehe sich aus dem Keim eine Larve entwickelt, die noch am Dottersack hängt. In diesem Stadium leben sie von dem „Jausensack" am Bauch. Quasi ein Bauchladen für Selbstversorger. Nicht um den Nahrungserwerb brauchen sie sich zu kümmern, stattdessen nützen sie die Zeit, um die Beherrschung der Flossen zu trainieren. Schreitet schließlich die Entwicklung weiter voran und nimmt die Lichtintensität zu, dann verlassen die winzigen Fischchen ihre schützenden Höhlen zwischen den Steinen. Scheinbar aus jedem Loch huscht die Brut. Auf die eigenen Flossen gestellt, können sich nur die Geschicktesten vor den lauernden Salmoniden retten. Dem Tod gerade schick-

salhaft entronnen, ist das Leben auch in den flachen Wasserzonen weiterhin bedroht. Kingfischer, Verwandte unseres bunten Eisvogels, und Küstenseeschwalben stürzen sich pfeilgerade von der Warte oder aus dem Rüttelflug in die Tiefe, um mit der fingerlangen Fischkost den eigenen Nachwuchs zu bewirten. Schaffen es schließlich die Junglachse bis ins Meer, droht den Schwärmen anfangs weiter Unheil aus dem Luftraum.

Entlang der Küste und nahe an der Oberfläche unterwegs, sind sie den täglichen Angriffen der Möwen, Papageitauchern, Lummen und Kormoranen ausgesetzt. Legen die Lachse an Gewicht zu, finden auch die stets hungrigen Seelöwen an der grätenarmen Verpflegung ihre Leibspeise. Erst wenn sich die Fische in den Weiten des Pazifiks selber zum Jäger entwickeln, dann halten sich die Verluste in Grenzen. Bis die Fangflotten auftauchen!

Vielschichtige Umstände führen zu erheblich schwankenden Aufstiegszahlen. Sinken die heimkehrenden Laichfische unter einen nachhaltig bedrohlichen Schwellwert, dann regulieren die „Fischereibiologen" rasch die Fangbeschränkungen oder brechen gar den Ausfang ab. Fisch ist nicht nur gesund, sondern ein Bombengeschäft. Ökologen haben auf Grund der Exportzahlen errechnet, dass die Wanderfische mehr Dollar in die Kassen spülen als der verebbende Goldrausch.

Auch wir wollen am vorletzten Tag frische Filets erbeuten, um sie unmittelbar nach dem Ausfliegen in der Räucherei zu haltbaren Köstlichkeiten veredeln zu lassen. Das Wasser unseres Flusses Chilikadrotna mischt sich mit dem mächtigen Mulchatna. Auffallend sind der unterschiedliche Farbton und vermutlich auch der Chemismus. Für die Nasen der Lachse kein Problem. Sie wissen, welchen Weg sie zu ihrem Geburtsgewässer einschlagen müssen. Zuhauf stehen die Rotlachse in der Strömungskante. Sie haben die Wahl für den Weiterweg schon getroffen und wählen die richtige Uferseite.

Ein ruhiger Seitenarm lockt einen Schwarm zum Ausrasten an. Immer wieder schwimmen einzelne Fische durch die Rinne. Zu seicht für die atmenden Kiefer ist die lange Rieselstrecke am Ende. Mit wilden Schwanzschlägen versuchen die Mutigen einen Durchschlupf zu finden, aber der niedrige Wasserstand vereitelt ihre Versuche. Geradezu verzweifelt klatschen sie in Seitenlage mit der Finne, um sich über flache Stellen zu schieben. Alles ordnen sie dem genetischen Drang, zum Geburtsgewässer zu gelangen, unter. Mit zerkratztem Schuppenkleid und geschunden kehren sie wieder zu ihren Schwarmgenossen zurück. Lautlos für menschliche Ohren gliedern sie sich wieder in den gestreckten Fischzug ein. Das Hochzeitskleid der Roten und der Farbton des Wassers brechen das Licht in ein sattes Violett.

Wir brauchen zum Abendessen nur einen einzigen, kleinen Rotlachs. Nobel und fair mit einer bunten Eigenbaufliege überlistet. Absolut nicht wollen wir

den gewaltigen Pulk an Fischen mit unnötigen Drillphasen verärgern, schließlich sind am nächsten Morgen unsere geplanten Filets einen halben Tag frischer.

Walter, ein ausgezeichneter Hecht- und Huchenfischer an einer Lechstaustufe, bevorzugt normalerweise den gewohnten Umgang mit der kraftvollen Spinnrute. Überwältigt von der Masse der Rotlachse, baut er seine geborgte Fliegenrute der AFTMA-Klasse 8 zusammen und freut sich auf die sportliche Fleischbeschaffung. Weder Hindernisse noch unerreichbare Weiten erschweren das Vergnügen. Weit genug vor dem ersten Fisch taucht die Fliege mit einem leisen Platsch ein. Gemächlich sinkt der Kunstköder in die Tiefe. Gelassen weichen die Fische zu beiden Seiten des driftenden Federhakens aus und bilden fast eine fischleere Gasse im Wasser. Urplötzlich stößt ein verärgerter Lachs nach den bewehrten Federn und Haaren. Mit weit aufgerissenem Maul schnappt er nach der Fliege und löst den Anschlagreflex meines Freundes aus. Gebannt verfolge ich die spannende Situation. Einen Wimpernschlag zu früh reißt er die Rute hoch. Das zahnbewehrte Kiefer greift ins Leere. „Für die Fisch" ist der misslungene Anschlag.

Einem gespannten Langbogen gleich federt die „aufgeladene" Gerte die Leine steil in die Luft. Wirkungslos verpufft die Energie im Raum. Hinter dem Rücken des Werfers sackt die Schnur wie ein Fallschirm zu Boden. Statt gestreckt, liegt der Überschuss an Schnur im Muster von Schlangenlinien.

Entschlossen beschleunigt mein Partner neuerlich die Leine Richtung Lachsschwarm. Fatale Folgen hat der Krafteinsatz. Nicht der wilde Tanz eines am Haken hängenden Fisches zerreißt die Stille, die nur vom Surren der Pferdebremsen und dem Raunen der sanften Wellen gestört ist, sondern ein entsetzlich lauter Fluch. „Verdammte Scheiße!", hallt es über das Wasser, während der Spitzenteil der Fliehkraft folgt und ein paar Rutenlängen in die Weite fliegt. Temperamentvoll kurbelt Walter die Leine auf die Spulenachse zurück, um das kostbare Stück zu retten.

Just in dem Augenblick greift die scharfe Spitze des Hakens zwischen den Strahlen einer Rückenflosse. Bockig bricht der Lachs ein paar Körperlängen nach allen Wasserrichtungen aus. Nicht abschütteln kann er das Ungemach. Verunsichert von der fremden Krafteinwirkung am Buckel, wirft sich der Rotlachs in die Strömung. Mit seiner Breitseite nützt er den Wasserdruck. Verglichen mit einem King misst der Rote nur die halbe Länge und sein Gewicht, vorsichtig geschätzt, beträgt maximal ein Viertel der königlichen Fische.

Nicht zu bändigen scheint der gehakte Fisch. Aber nur eine erfolgreiche Landung des unfreiwilligen Opfers ist die Garantie dafür, dass der Rutenteil unversehrt zu retten ist. Ständig fummelt Walter am Knopf der Rolle, um die Bremsscheiben zu lockern. Instinktiv spürt der Lachs den schwachen Zug. Unwiderstehlich zieht das Opfer Meter für Meter der Nachschnur von der Spule. Es

kommt, wie es die Bestimmung ist. Ein Baumgerippe nützt das Tier zur Deckung und ist mit dem steifen Rückgrat des Griffteiles keinen Deut aus dem Hindernis zu bewegen.

Ein schmähliches Ende nimmt die Angelegenheit. Mit einem Ruck sprengt der Rote das Vorfach und befreit sich aus seiner misslichen Lage. Wahrlich mit fremden Federn hat sich der Gepeinigte geschmückt. Die Eitelkeit bringt ihm nichts, aber er hat dafür die neue Freiheit gewonnen. Geführt durch die Schlangenringe, gleitet der Spitzenteil entlang des Schnurmantels in die Fluten. Beträchtlich wurmt meinen Partner der Verlust seiner ausgeborgten Rute. Einem Häufchen Elend gleich steht er am Tatort. Kurz keimt Hoffnung auf. Sanft drückt die Strömung die Schwimmschnur Richtung Ufer, um neuerlich ins tiefe Wasser zu pendeln.

Ungläubig blickt er in die Ferne und schüttelt verdrossen seinen Kopf. Nach der verbalen Schockbekämpfung – gänzlich unangebracht sind zum momentanen Zeitpunkt Spott oder Häme – versuche ich meinen Reisegefährten mit Beschäftigungstherapie abzulenken. Günstig ist der Platz zum Einüben einiger simpler Trickwürfe mit meinen eigenen Ruten.

Als Ratgeber erkläre ich meinem Freund auch den physikalischen Ablauf des „Doppelzuges" zur Beschleunigung der Schnur. Eigentlich ist diese Fertigkeit in unserer Situation absolut nicht notwendig, denn die Fische stehen dicht gedrängt unmittelbar vor dem Reißverschluss unseres Kuppelzeltes. Weder betrachten die Flossenträger uns Zweibeiner als Feinde, noch sind sie durch unser Verhalten vergrämt.

„Walter, so eine halbe Portion fange ich auch mit deiner leichten Äschenrute", kehre ich leicht angeberisch meine größere Erfahrung in Sachen Fliegenfischerei hervor. Durch das Malheur immer noch wortkarg, lässt er einfach die sensible Gerte samt Futteral aus dem Schutzrohr gleiten und drückt sie mir in die Hände. Sie ist sein stolzer Privatbesitz und stammt vom selben Hersteller. Nach der Montage und dem Anknüpfen eines stärkeren Vorfaches stehe ich an der Landzunge, beinahe in seinen Fußstapfen. Mit einigen Leerwürfen zeige ich das elegante, aber fruchtlose Strecken der Leine. Schließlich reicht mir die Luftfischerei, denn nur die Fliege im Wasser verspricht Erfolg.

Halb zum Partner gewandt, spiele ich den Meister und lasse quasi im Blindflug die Lachsfliege in den Schwarm der Rotlachse trudeln. Noch ehe ich wieder meine Anspannung auf das Erbeuten des Abendmahles lege, spüre ich schon den Widerstand am Ende der Leine. Im Eifer des Gefechtes treibe ich, mein Fischerleben lang an weichere Ruten gewöhnt, den Haken mit einem heftigen Schlag ins Kieferfleisch des Lachses. Ein sprödes Bersten begleitet akustisch den Anschlag. Geknickt ist, vom Spitzenring aus betrachtet, das erste Drittel des Blankes. In Faserbündel aufgesplittert ist die Matte aus Kohlenstoff. Trotz

klassischem Materialbruch gelingt es mir, den Fisch zu landen. Gerettet ist das Abendessen, allein der Preis hat sich gewaschen.

Gänzlich verschwunden ist die Euphorie. Nicht so recht munden will uns das Filet. Durch den erheblichen Materialeinsatz und die geschlagenen Verluste bleibt lange Zeit ein bitterer Nachgeschmack. Heftige Diskussionen entzünden sich am flackernden Lagerfeuer. Materialfehler, rechte Wahl der Fliegen und Vorfachstärken stehen als Ausreden im Vordergrund, um die eigenen Nachlässigkeiten und Mängel zu vertuschen.

„Hast du Glück, ist es gut. Hast du kein Glück, ist es auch gut. Hast du eben Pech gehabt. War vielleicht dein Glück", meint sinnig Kurt Tucholsky. Womit der Mann recht hat, denn das Missgeschick hätte uns auch bereits am Anfang der ereignisreichen Wochen am Fluss erwischen können.

Fassungslos stehen wir eine Regennacht später am verwaisten Rotlachspool. Der Schwarm ist weitergezogen, um den Zyklus der faszinierenden Lachswanderung zu schließen.

VALDEZ –
WEHRHAFTE
KNUTSCHNASEN

Drei – Elchkuh", sage ich kurz und bündig, an meinen Freund Walter gewandt. Er sitzt am Steuer. Ruckartig reißt er seinen Kopf nach rechts und schaut durch mein Seitenfester hinaus. Er weiß, dass sich meine Zahl auf das Ziffernblatt bezieht und zwölf Uhr dem momentanen Straßenverlauf entspricht.

Dieses Tiermotiv wollen wir uns auf keinen Fall entgehen lassen. Trotz des geringen Verkehrs nützen wir erst die nächste Nische zum Halten. Schließlich sitzen auch in Alaska Betrunkene am Steuer, die den Platzbedarf eines Wohnmobils falsch einschätzen.

Überwältigend ist die herbstliche Farbenpracht des Mischwaldes. Zusätzlich aufgewertet wird der Eindruck des Indianersommers durch das Eisschild des Worthington-Gletschers. Seine Arme streckt er noch fast bis zum Talboden. Das spärliche Licht zaubert eine Mischung aus eiskalten Farben. Ein sattes Aquamarinblau betont die vielen Risse und tiefen Spalten. Nicht glatt wie Glas wirken die angerissenen Flächen. Vielmehr erzeugt der muschelige Bruch ein lebhaftes Muster. Einer breiten, mit Kunstschnee hergestellten Schiabfahrt gleich, passt sich die Eismasse dem Profil der Umgebung an.

Etwa fünf Prozent des Bundesstaates Alaska liegen unter einer Eisdecke. Die Gesamtfläche der hunderttausend Gletscher entspricht ziemlich genau der Fläche Österreichs. Nur teilweise schützen die Grate der Bergflanken den eisigen Panzer vor den zehrenden Sonnenstrahlen. Das raue, dunkle Gebirge heizt die Umgebung auf und trägt zu einer ständigen Thermik bei. Geradezu schwanger ist die Luftströmung mit einem Blumenstrauß an Düften. Besonders intensiv riecht es nach frischem Holz.

Der Rückzug der eisigen Zungen legt eine leicht geneigte Moränenlandschaft frei, die billig zum Schotterabbau genutzt wird. Nicht nach meinem Geschmack ist die Wunde in der Natur. Menschenleer ist die Gegend. Einzelne Beschwerden von Umweltschützerinnen und Umweltschützern rinnen wohl mit dem Schmelzwasser in den Pazifik. Seit 1980 nimmt die Gletscherschmelze rapide zu. Glaziologen warnen vor den langfristigen Masseverlusten und ihren

weitreichenden Folgen. Die Schwindsucht ist ein hausgemachtes Phänomen unserer Zeit. Uneinsichtig verheizen wir weiterhin fossile Energieträger. Verkehr und Industrie pusten Unmengen an Methan, Kohlendioxid und Fluorchlorkohlenwasserstoffe in die Erdatmosphäre. Diese Gase nehmen Wärme auf, die den Treibhauseffekt beschleunigen. Nur Hohlköpfe leugnen die Klimaerwärmung.

Drei Viertel unserer Süßwasserreserven entfallen auf die Polargebiete und Gletscher. Die zunehmende Temperatur ist der einzige Feind der eisigen Riesen. Gletscherseen entstehen. Irgendwann bersten die natürlichen Dämme und eine katastrophale Flutwelle fegt talauswärts. Mensch, Tier und Siedlungsraum sind bedroht. Die Trinkwasserversorgung ist gefährdet. Gar der Schifffahrt auf vielen Flüssen fehlt das Wasser unter dem Kiel. Unaufhaltsam steigt der Meeresspiegel an und zwingt die Menschheit zu gigantischen Umsiedelungsaktionen. Durch die schleichende Erwärmung der Meere nimmt die Sauerstoffsättigung ab. Je nach Art wird sich der Zug der Fischschwärme verschieben. Der Kabeljau hat sich bereits von der Ostsee verabschiedet und nimmt Kurs auf den kühleren Nordatlantik. Vermutlich trifft es künftig auch die Lachszüge.

Wir werden einfach – so stellen wir uns die Pirsch vor – die Führende im angemessenen Abstand verfolgen. Die Tiergruppe ist uns mit dem fast kitschig schönen Hintergrund einen Waldlauf wert. Passt unsere Tarnung, dann schneiden wir ihr bei der erstbesten Gelegenheit den Weg ab. In die Zange nehmen wir die Elchkuh mit ihren Jungen. Gemeinsam reisen und getrennt anschleichen, ist unser Motto.

Ich muss, vom Jagdinstinkt schon gepackt, näher an die Tiere heran. Die Probe mit den in die Luft geworfenen Blüten eines Rispengrases bestätigt mir den spürbaren Luftzug. Sicher fühle ich mich und bewege mich in angemessener Eile durch den schütteren Wald. Eine überschaubare Abkürzung noch, dann wird mir die gemächlich ziehende Familie geradezu in das optimale Schussfeld der Kamera laufen.

Aufgewachsen in einem alpinen Grünlandbetrieb mit noch Horn tragenden Rindern, fehlt mir der Respekt gegenüber der Entfernung zur Elchkuh. Sie erinnert mich von der Masse her an eine Kalbin mit dicker Lippe auf viel zu dünnen Beinen. Gefährlich täuschen lasse ich mich in der Folge vom waffenlosen Schädel des Wiederkäuers.

Domestizierte Rindviecher scharren verärgert mit ihren paarigen Hufen, wenn sie mit einer Situation gar nicht einverstanden sind. Manche zeigen ihren Unmut, indem sie den Kopf tief senken, oder werfen Grassoden gereizt in die Luft, falls sie noch Hornwaffen tragen dürfen. Mutig vertreiben Mutterkühe auf Almweiden freilaufende Hunde, wenn sie ihr Kalb bedroht fühlen. Immer wieder erwischt es sorglose Hundeführerinnen oder Hundeführer, wenn sie sich in Panik an die Leine ihres Vierbeiners klammern. Selten passieren schwere Unfäl-

le beim Verladen der unwilligen Tiere oder auf dem Wege zum Schlachthof. Im Prinzip sind die massigen Haustiere friedliche Pflanzenfresser.

Dichtes Gestrüpp und ein paar Baumstämme verstellen mir immer noch die freie Sicht mit der Kamera. Zu viel Grün und Borke ist noch auf dem Sucher und zu wenig Elch. Unbedingt näher muss ich mich an das begehrte Familienbild anpirschen. Bewusst langsam bewege ich mich vorwärts. Jeden Tritt auf trockene Äste umgehe ich. Kein unnötiges Geräusch soll die Tiere in die Flucht treiben.

„Ein Ross und eine Maus, die tragen ein ganzes Jahr aus", heißt eine bäuerliche Merkregel. Wobei die Stute elf Monate Tragzeit braucht, bis ihr Fohlen auf die Welt kommt. Elche hingegen schaffen es schon in acht Monaten. Kurz vor der Niederkunft vertreibt jede Elchkuh sehr energisch den letztjährigen Nachwuchs. Erfahrene Kühe suchen gut getarnte Geburtsplätze auf. Um den Blutgeruch des Lagers zu beseitigen, lecken die Mütter ihre Jungen trocken und fressen als reine Vegetarier gar ihre eigene Plazenta auf. Bereits nach wenigen Minuten – das Säubern und Ablecken ist eine ausgezeichnete Massage – versucht das Kalb auf die langen Beine zu kommen. Es braucht schon erhebliche Bemühungen, bis im Stehen die Zitzen zum Saugen entdeckt sind.

Im Vergleich zur Kuhmilch steckt in der Elchmilch der doppelte Nährwert. Die flüssige Kraftnahrung macht es verständlich, dass bereits nach einer halben Woche das Kalb seiner Mutter auf ungelenken Beinen folgen kann. Eile ist wirklich angebracht, denn Bären und Wölfe haben junges Fleisch zum Fressen gern. Ein großer Teil der Kälber fällt den Räubern zum Opfer. Viele Jährlinge sind den harten Bedingungen des ersten Winters nicht gewachsen.

Die bevorzugten Wasserpflanzen liegen versiegelt unter einer dicken Eisdecke. Nadeln, Äste und Rinde sind magere Energielieferanten, deshalb treibt es immer mehr Elche in die Nähe menschlicher Siedlungen. Frech haben sie schon im Sommer das schmackhafte Angebot von Blumen, Ziersträuchern, Gemüse und Obst genossen. Neuerlich hoffen sie in der Not auf billige Zusatzkost. Ungeniert wühlen Elche in den Mistkübeln der Vororte nach Fressbarem und verteidigen gegenüber den Menschen streitbar ihr neues Futterrevier.

Gewiss erleichtern die langen Beine das Vorwärtskommen im tiefen Schnee. Dem ungeachtet benützen die anpassungsfähigen Wiederkäuer zweckmäßig die geräumten Highways und verursachen auf Grund ihrer Masse schwere Unfälle. Gegen einen tonnenschweren Bullen ist ein heimischer Hirsch schier ein Leichtgewicht. Ich gehöre nicht zu den Helden, die weder Tod noch Teufel fürchten. Großen Tieren begegne ich mit artgemäßem Respekt. Aber so ein Wiederkäuer – verwandt mit unseren scheuen Rothirschen – vermittelt mir vom Anblick her nur eine geringe Gefahr. Weder scharfe Krallen noch Reißzähne im Maul hat das Vieh. Auch kann ich es mir schwer vorstellen, dass Elche mit ihren eher schlanken Beinen tödliche Tritte austeilen können.

Meine Zielgruppe hält sich nicht mit Äsen auf, sondern stelzt gemächlich ihres Weges. Vielleicht wechseln sie in ein sumpfiges Areal, um die begehrten, saftigen Wasserpflanzen zu fressen? Dank verschließbarer Nasenlöcher haben die Tiere kein Problem, auch unter der Wasseroberfläche die Tausendblätter oder Laichkräuter zu mampfen. Unverhofft bleibt plötzlich die Elchkuh stehen und sichert nach allen Seiten. Mit eigenartigen Lauten lockt sie ihre Jungen an die Seite. Vegetarier, behaupten viele Jäger, verdienen sich keinen Orden für ihren Sehsinn. Dennoch können Elche ihre Augen unabhängig voneinander bewegen. Diese Fähigkeit aller Hirschverwandten gewährt eine bestmögliche Rundumsicht. Wölfe und andere Fleischfresser haben es schwer, sich unbemerkt anzuschleichen. Sie erwischen ohnehin nur von Zecken geschwächte, verletzte oder vom Siechtum gezeichnete Tiere. Gesunde „Riesenhirsche" lehren mit gefährlichen Tritten auch Bären den Respekt und flüchten im Tempo von Rennpferden. Zudem können sich Elche auf ihren feinen Geruchssinn sowie auf ihr vorzügliches Gehör verlassen.

Aber nun glotzt das Tier forsch in meine Richtung. Ich fühle mich ertappt, halte inne und bleibe angewurzelt wie eine Hemlocktanne stehen. Lautlos schlucke ich meine Spucke. Ich spiele den völlig Unschuldigen und vermeide den direkten Blickkontakt. Im Augenblick wage ich es nicht, die Kamera in Anschlag zu bringen und das tierische Trio ins Visier zu nehmen. Bereits die geringste Bewegung oder das erste Klicken des Verschlusses könnte meine Anwesenheit verraten und mir den Erfolg vermasseln.

Irgendein Vogelkrächzen lenkt die Kuh kurz ab. Wie vom Blitz getroffen, sacke ich spontan auf halbe Zweibeinerlänge zusammen. Ein niedriger Busch gibt mir Deckung. Fliegt meine Tarnung auf, dann soll zumindest mein hockendes Erscheinungsbild Harmlosigkeit vermitteln. Eine bodenlose Dummheit ist mein Einfall. Vernünftiger wäre es gewesen, auf die Nahaufnahme zu verzichten, einen armdicken Ast aus dem herumliegenden Totholz zu ergreifen und den geordneten Rückzug anzutreten. Nun scheint sich das Blatt zu wenden. Meine Fotobeute wird zum Jäger.

Vielleicht hält mich die besorgte Tiermutter für einen Vielfraß oder einen hungrigen Wolf, der einem Jährling an das Fleisch will? Sie zieht einen Vorderlauf unnatürlich weit hoch und schlägt mit großer Entschlossenheit den harten Huf auf den Boden. In rascher Folge wiederholt sie kämpferisch ihre Tritte. Ich bin kein Raubtier, verstehe aber die Zeichen der Drohgebärden. Gebannt verfolge ich das Schauspiel und bereite mich seelisch bereits auf einen Hindernislauf zwischen den Stämmen vor. Während ich den bestmöglichen Fluchtweg sondiere, begutachte ich im Eilverfahren das Angebot von erklimmbaren Bäumen. Immerhin ist mir der Vierbeiner im Sprint weit überlegen, aber in kürzester Zeit könnte ich aus der Reichweite seiner harten Hufschläge klettern.

Ich sitze in der Zwickmühle. Verblüfft bin ich einerseits, dass die Elchkuh mit ihrem Anhang nicht das Weite ergreift, sondern sich der scheinbaren Bedrohung stellt. Anderseits bewundere ich den Mut des Tieres, das mir mit Leidenschaft den Kampf androht.

„Vergiss die Fotos und hau ab!", vermittelt mir das Bauchgefühl. Und dann drängt sich wieder die Sucht nach außergewöhnlichen Bildern in den Vordergrund. Unbequem ist mir schon längst meine Stellung in der Hocke. Nur wenige Schritte von meinem Platz entfernt steht eine lichte Tanne, deren unterste Äste mich auf eine Kletterübung einladen. Im Zeitlupentempo richte ich mich in die Senkrechte auf und schleiche, abgeschirmt vom Durchmesser des Stammes, zum ausgespähten Rettungsbaum.

Gar nicht erfreut ist die Kuh von meinem Ortswechsel. Noch ehe ich mich am ersten Ast hochziehen kann, bricht das Tier wie ein Panzer durch das Buschwerk der niedrigen Erlen. Sie hat mich eindeutig im Blick und greift geradlinig an. Der unerwartete Angriff löst in mir einen Fluchtreflex aus. Statt behände weitere Äste zu fassen, flüchte ich in einer Art von panischer Reaktion. Einem Hasen gleich schlage ich Haken. Jeder Blick zurück auf die Verfolgerin birgt die Gefahr, dass ich ein festes Hindernis ramme.

Schon nach einigen umrundeten Bäumen hat das Vieh ein Einsehen mit meiner mittelmäßigen Ausdauer und bricht jäh seinen Scheinangriff ab. Erfolgreich hat das besorgte Muttertier die Gefahr für ihre Jungen abgewendet. Den Kopf hochgereckt, führt die Kuh ihre beiden Kälber in Sicherheit. Im flotten Trab verschwindet die Gruppe in eine andere Himmelsrichtung. Trotz der Aufregung und Atemnot wird mir das Naturerlebnis zur unvergesslichen Erfahrung.

Eigentlich ist es unvorstellbar, aber wahr: In Alaska verlieren die meisten Menschen nicht durch Bären ihr Leben, sondern durch Angriffe der Elche. Während der Brunft zeigen besonders die Bullen wenig Toleranz gegenüber der Umwelt. Die Auslage einer mächtigen Schaufel reicht an die zwei Meter heran. Es braucht schon einen gewaltigen Nackenmuskel, um den Protz am Haupt durch das Revier zu tragen. Täglich schiebt das Knochengewebe etwa zwei Zentimeter Geweihmasse weiter und am Ende fällt die Imponierausstattung vom Schädel, um in der nächsten Saison wieder neu gebildet zu werden. Ein ungeheurer Energieaufwand, um die Kühe zu beeindrucken und die besten Gene erfolgreich zu verbreiten.

Elchjäger schwitzen erheblich, wenn sie mit ihrer sperrigen Trophäe von rund dreißig Kilogramm auf dem Rucksack weit durch unwegsames Gelände müssen. Viel Mühe bereiten auch das Zerwirken des Fleischberges und der Abtransport zur nächsten Schotterpiste oder gar zum gewasserten Buschflieger. Unpraktisch ist eine mächtige Schaufel im dichten Gehölz. Aber das Schlagen an Stämme bringt den Resonanzkörper zum Schwingen.

Je größer das Geweih, desto dumpfer sind die Töne. Angezogen von den akustischen Signalen, streben die willigen Kühe zur Schallquelle. Natürlich gesellen sich auch andere Bullen zum Schauplatz, um sich die Gunst der Kühe zu sichern. Oft genügt bereits das Ritual mit dem zur Schau gestellten Geweih. Das langsame Neigen und Wiegen des Kopfes ermöglicht den Gegnern das Einschätzen des Waffenträgers. Häufig endet nach der Präsentation der Knochenmasse die Begegnung ohne gefährlichen Körperkontakt. Treffen hingegen gleichstarke Bullen aufeinander, dann ist es – zumindest hat es mir ein leidenschaftlicher Jäger so berichtet – nicht ungewöhnlich, dass auf Grund der gewaltigen Hebelwirkung gar tödliche Wirbelverletzungen auftreten. Verhaken sich unglücklich die Schaufeln der Kontrahenten ineinander, dann verhungern beide Tiere.

Beeindruckt von der Darbietung des Siegers, schlagen und treten sich auch die Kühe um das erste Deckungsrecht. Ausgiebig lang und anstrengend ist das Treiben während der Brunftzeit, dafür ist der Akt mit einem Sprung abgeschlossen. Rückwirkend betrachtet, war mir das Karma wohl geneigt, denn unglaubliche Geschichten ranken sich um Angriffe auf Menschen, auf Telefonmasten und Fahrzeuge.

HUNDSLACHSE – RESTWASSER UND ÖL

Der Richardson Highway schneidet zahlreiche kleine Bäche und Flüsschen. Unsere moderate Geschwindigkeit mit dem rollenden Haus erleichtert die Beobachtung. Wobei, ich gebe es ehrlich zu, unsere Blicke dem Element Wasser zugeneigt sind und nicht der raren Vogelwelt in der Luft. An einigen überquerten Stellen haben die Bauherren nur Rohre mit geringem Durchmesser verlegt. Schwer haben es die Laichfische, zu ihren Geburtsplätzen aufzusteigen. Das Wasser braucht nicht den Fisch, um zu sein, aber der Lachs ist auf das Lebenselement angewiesen.

Einem dünnen Faden gleich rinnt das Wasser durch das lange Kanalrohr aus Eisen. Der helle Klang und das zarte Plätschern haben nichts gemein mit einer Lockströmung. Absolut keine Chance haben die Hundslachse, dieses Hindernis zu überwinden. Die enge Wölbung des Rohres vereitelt gar das Umkehren. Ihre Fähigkeit, Barrieren zu überspringen, ist in diesem Fall für die Fisch. Außerdem ist das einzige Umgehungsgerinne fast ausgetrocknet. Im seichten Rinnsal fehlt die Tiefe zum Schwimmen. Nur einen geschätzten halben Luftkilometer vom Meer entfernt, scheint die Wanderung der Tiere in einer Sackgasse zu enden. Lachse sind keine Kanalratten. Sie brauchen Wasser zum Überleben. Wir zwei schütteln entsetzt den Kopf über das schicksalhafte Restwasser, das jäh das Aufsteigen der Lachse verhindert. Keinen Einheimischen juckt das Problem. Der Überfluss macht stumpf.

Betroffen bin ich vom Tod eines jeden Laichfisches und wenn sich keine nachhaltigen Regenfälle einstellen, dann wird die Fischfalle auch für weitere Nachfolger zum Massengrab. Endstation für die nachrückenden Züge. Schwer kann ich es mir ausmalen, dass die Hundslachse noch am Anfang ihrer Wanderschaft bereits Laichgruben schlagen.

Widerwillig hüpfen ein paar kreischende Möwen vom Leichenschmaus. Ihnen passt unsere Anwesenheit nicht. Andere Vögel zeigen geringe Geduld. Oft zuckt der gestrandete Lachs im Todeskampf und die gefiederte Meute hackt schon an den Augäpfeln herum. Hin und wieder ziehen zwei Tiere mit demsel-

ben Fischfetzen im Schnabel um die Wette. Allenthalben beobachten wir den Futterneid, obwohl Nahrung in rauen Mengen vergammelt.

Lachsfleisch mit unterschiedlichem Ablaufdatum liegt in Schichten gelagert im seichten Bachbett. Die Luft ist, abgesehen vom Gestank, erfüllt vom Gekreische der zankenden Vögel. Junge Möwen ducken sich, sie bilden mit ihrem Körper eine gestreckte Linie und schreien hysterisch. Vielleicht wird durch ihr unterwürfiges Schreien die Hackordnung außer Kraft gesetzt? Reißt sich hingegen ein Altvogel einen zu üppigen Fleischbrocken in den Schnabel und kann ihn nicht sogleich in den Schlund würgen, dann kann er sich kaum vor den Neidern erwehren. Es bleibt nur die Flucht durch Fliegen. Mit wilden Manövern sucht er das Weite. Immer wieder schneiden die Verfolger den Luftraum ab. Das Spiel währt so lange, bis er genervt von den Attacken das große Stück fallen lässt. Mit anderen gefiederten Hauptdarstellern wiederholt sich das Spiel. Unverständliche Manieren bietet uns die Vogelwelt, trotz reich gedeckter Lachstafel.

Sicher sind wir in unserer Meinung, dass der mangelnde Nachschub der Schmelzwässer aus Gletschertoren sowie der insgesamt geringe Niederschlag die tödliche Lachsfalle verursachen. Ergänzt durch das sorglos verlegte Kanalrohr unter dem Highway. Die sumpfige Umgebung, eine Art Verlandungszone, schaut absolut nicht nach einem begehrten Laichplatz aus. Zu träge ist die Strömung. Reichlich feine Sedimente bedecken den Boden des breiten Baches. Schlamm verklebt die Hohlräume zwischen den Steinchen und erstickt mangels Sauerstoffzufuhr die befruchteten Eier.

Diese Stelle ist ein Massengrab ohne Bruterfolg. Verwehrt ist den Hundslachsen das Weiterkommen. Ohne das eigene Geburtsgewässer intensiv geschmeckt zu haben, hält der Tod reiche Ernte. Betroffen sind auch wir vom lautlosen Verenden, auch wenn es nur Fische sind. Gut, kein Berufsfischer nimmt sich die Zeit, jeden einzelnen Fang im Netz weidgerecht zu erschlagen. Aber auch an diesem Platz hält kein Einheimischer einen sicheren Durchlass für notwendig. Den Reigen der symbolischen Wiedergeburt hat diese Population nicht geschafft, obwohl es nur ein paar Lachssprünge zurück ins Meer wären. Wehe jedem Frevler, der einen Wurf von niedlichen Katzen in einem Jutesack ertränkt. Aber wenn Fischen ihr Element gedankenlos abgezweigt, umgeleitet oder ausgetrocknet wird, dann hält sich der Aufschrei in Grenzen. Der scheinbare Überfluss weckt selten das Bedürfnis nach Artenschutz. Wir Menschen hören nicht das Klagen der stummen Geschöpfe. Wohl sehen wir das Leid, greifen aber nicht zur Veränderung ein.

Hundslachse müssen die Ausdauer von Wölfen besitzen, denn viele in Alaska markierte Fische tauchten zur Verwunderung der Meeresbiologen auch in den Flüssen Kamtschatkas auf. Diese Lachsvertreter – auf Grund ihres fetten Fleisches gerne an Schlittenhunde verfüttert – bewältigen die längsten Wan-

derstrecken. Kaum fließt das Brackwasser durch die Kiemen, stellt auch der „Chum" die Jagd nach Heringen, Krebse und jungen Dorschen ein. Keine Arbeit hat mehr der Darm zu verrichten und wird zurückgebildet. Ohnehin wird der Platzgewinn dringend für die Reifung des Rogens benötigt. Russische Forscher haben errechnet, dass die weiblichen Geschlechtsprodukte zu Beginn der Wanderung etwa sieben Prozent des Körpergewichtes betragen. Am Ende der oft mehrwöchigen Aufstiegsphase – mit Tagesetappen von rund fünfzig Kilometern – machen die reifen Eier bereits ein Drittel des Gesamtgewichtes aus. Die Energie für diese fantastische Umlagerung schöpft der Rogner aus seinen Fettreserven. Nur den einen Zweck hat die Völlerei im Meer, dass sich die Lachse während der Wanderschaft nicht mit der Futtersuche aufhalten müssen. Mit von Eiern und Spermien prall gefüllten Bäuchen soll die Elternschaft den Geburtsplatz erreichen und den Kreislauf des Lebens erfüllen.

Vermutlich wissen die Tiere nichts von dem tödlichen Ausgang ihres genetischen Auftrages und auch die heranwachsende Brut leidet nicht darunter, nie die eigenen Eltern gespürt zu haben. Das Ankämpfen gegen die Strömung und das Überwinden von Wasserfällen, Flachwasserstrecken, die Bewältigung von Verklausungen und Biberdämmen und die oft elendslangen Wege zu den Laichplätzen lassen die Fettvorräte täglich schrumpfen. Der Betriebshaushalt für die Aufrechterhaltung der Körperfunktionen sowie der Aufbau reifer Geschlechtszellen kosten die ganze Kraft. Der ursprüngliche Fettgehalt zu Beginn der Reise verringert sich – natürlich erheblich von der Streckenlänge beeinflusst – auf ein mageres Zehntel.

Sehr heikel suchen die Hundslachse mit ihrem grimmigen Gebiss eng begrenzte Bachabschnitte auf. Nach dem Schlagen der gestreckten Gruben, eigentlich „Laichwannen", werden die Eier von einem Milchner befruchtet. In den letzten Zügen liegt bereits das Leben der Hundslachse nach der vollzogenen Außenbefruchtung. Trotzdem bewachen die Weibchen mit letzten Kräften aufopferungsvoll ihr Gelege. Der Bereich der Laichgruben wird aggressiv gegenüber Neuankömmlingen verteidigt. Mit Flossen und Zähnen schützen die Rogner ihre Nachkommen vor dem neuerlichen Aufwirbeln der Kiesel. Der ganze Aufwand verpufft ins Leere, wenn durch die Zerstörung der steinernen Schutzdecke die darunterliegenden befruchteten Eier freigelegt werden. Ist die Strömung auch gemächlich, treibt sie die Kalorienperlen direkt in die Mäuler der Laichräuber. Arktische Äschen, Saiblinge und Regenbogenforellen warten gierig auf den Kaviar.

Hundslachse vergreifen sich kampflustig auch noch im Laichgebiet an Metallködern, obwohl bereits ein intensives Hochzeitskleid sich mit Flammenmuster über die Flanken zieht. Das Band der violetten Zungen beginnt unmittelbar hinter dem grünen Kiemendeckel und wird von einem kräftigen Rot auf den

Schuppen abgelöst, um gegen die Schwanzwurzel zu in einen fast schwarzen Ton überzulaufen. Die Säume, Spitzen und Ansätze der Flossen sind bereits von Pilzrasen überzogen. So mürbe ist das Fleisch durch den Kräfte- und Fettabbau, dass jeder Haltegriff bleibende Dellen im Fischkörper hinterlässt. Bereits halbblind und lahm in der Reaktion, können sich die Dog Salmons kaum mehr auf den Flossen halten. Ständig kippen sie in die Seitenlage. Enorm anstrengend ist jedes neuerliche Aufrichten. Ihre Lebenskraft ist gebrochen. Sie trudeln von einer Grube in die nächste, schlagen sich mit stumpfen Sinnen irrtümlich auf flache Übergänge und zucken krampfhaft dem Tod entgegen.

Massenhafte Aufstiegszahlen sind nie eine Gewähr für ein gutes Hundslachsjahr. Durch das Umgraben und Zerstören der Vorgängergelege regelt die Natur den Überschuss. Unvergesslich bleibt mir die verwesende Elternschaft. Der Gestank, durch das Zersetzen der Eiweißverbindungen hervorgerufen, lässt sich nicht in Worte fassen. Meilenweit riechen die Fliegen die Opfer des gestreckten Friedhofes. Die beinlosen Maden, ihr Nachwuchs, beseitigen als wimmelnder Teppich die Kadaver. Aasliebhaber aus der Vogelwelt und hungrige Bären schlagen sich die Bäuche voll, bis nur mehr die blanken Skelettteile samt den Grätenbögen übrigbleiben. Die Leichenschwemme ist nur augenscheinlich ein bestürzendes Artensterben, aber diese Elternschaft macht Platz für eine neue Generation. Damit ist der Kreislauf des Lebens geschlossen.

Meine berufliche Neugier und die geplante Ausfahrt zum Silberlachsfischen locken uns nach Valdez. Zudem möchte ich mit eigenen Augen die Anlage der Alaska Pipeline sehen, um mir von der gewaltigen Tankreihe ein persönliches Bild machen zu können. Auch im härtesten Winter hält der warme Alaska-Strom die Bucht eisfrei. Die Hafenstadt genießt im Prinz-William-Sund diese Vorzüge.

Aus der Prudhoe Bay an der Beaufortsee sprudelt das Schwarze Gold und fließt, von zahlreichen Pumpstationen befördert, durch die Pipeline zur Kopfstation Valdez. Die Leitung, ausgesetzt dem Permafrost, ist eine technische Meisterleistung. Der Rohrstrang überwindet Pässe, läuft über schwer zugängliche Hochflächen und quert ungezähmte Flüsse.

Der überspannte Verdienst lockte harte Typen an die unwirtliche Baustelle. Viele scheiterten an der Dunkelheit der depressiv machenden Polartage, den tiefen Temperaturen bis minus 45 Grad Celsius und der Einsamkeit. Zur Beruhigung der skeptischen Fischer und Naturschützer haben die Betreiber die Tanks in massive, dichte Betonwannen unmittelbar am anstehenden Felsen verankert. Die erdbebensichere Bauweise soll das Bersten der Schweißnähte nach menschlichem Ermessen und Berechnungen auf jeden Fall verhindern. Extreme Schneelasten finden nur eine geringe Angriffsfläche durch die steile Konstruktion von Kegeldächern. Immerhin fasst so ein einziger Auffangtank rund 70.000 Tonnen Rohöl. Schlecht verträgt sich die Emulsion aus Wasser und Öl.

In zusätzlichen Behältern wird das mit Ölresten verunreinigte Ballastwasser zur Aufarbeitung und Trennung gesammelt.

Überwacht wie ein Unfallopfer auf der Intensivstation ist der gesamte Bereich, aber die Schwachstelle bleiben die rostigen Supertanker auf dem offenen Meer. Menschliche Schwächen, Zusammenstöße und Lecks sowie eine tobende See entziehen sich realistischen Übungen. Im Küstenbereich des Prinz-William-Sunds hat die Ölpest 1989 zugeschlagen. Eine unglückliche Verkettung von Faktoren führte zur Panne, behaupteten die stinkreichen Multis, um den angekratzten Ruf nicht gänzlich zu verlieren. Schmerzlich waren die finanziellen Verluste für das Unternehmen. Aber ein paar feine Drehungen an der Preisschraube für jedes Fass Rohöl lässt die Kassen wieder klingeln.

Eigentlich ist es ein purer Luxus, die in der Raffinerie zerlegten Kohlenwasserstoffketten des Rohöles hauptsächlich als Treibstoff und Energielieferant zu verbrennen. Denn unglaublich vielfältig ist die Produktpalette, die in der Wunderküche der chemischen Industrie hergestellt wird. Von Joghurtbechern, Plastikflaschen und Kanalrohren bis hin zum Isolierungsmaterial zieht sich die Bandbreite. Fußböden, Reinigungsmittel, die bunte Welt der Farben, gar Medikamente und Sprengstoffe werden aus dem fossilen Schatz erzeugt. Längst hängen wir am Tropf des Erdöls.

Das Gefieder von Hunderttausenden von Seevögeln verklebte das „Schwarze Gold". Eine tödliche Zwangsjacke. Unmöglich wurde Schwimmen, Tauchen, Beutefang oder Fliegen. Jämmerlich verhungerten die Tiere. Das Sterben tausender Meeressäuger, die Zerstörung von Brutplätzen und Muschelbänken sowie die Vergiftung von Nahrungsketten schockte weltweit die Menschen.

Völlig überrumpelt vom Ausmaß des Unfalles und schlecht auf so einen Ernstfall vorbereitet, dehnte sich der Ölteppich täglich aus. Es fehlte an wirkungsvollen Ölsperren sowie Möglichkeiten, den fossilen Schatz rechtzeitig abzusaugen. Windrichtung und Wellengang führten schließlich dazu, dass etwa zweitausend Küstenkilometer vom zähfließenden Rohöl erheblich verunreinigt wurden. Einem Leichentuch gleich legte sich die Plage der Neuzeit über den heiklen Lebensraum.

Aufgeschreckt vom Ausmaß der Verseuchung, bemühten sich die Regierung und die betroffene Ölgesellschaft um zahlreiche wissenschaftliche Gutachten, um die Katastrophe herunterzuspielen. Hoch gelobt wird die bewundernswerte Selbstreinigungskraft der Natur von den Expertinnen und Experten. In wenigen Jahren, so stellten sie damals prophetisch fest, wird das Schadensausmaß kaum mehr sichtbare Spuren hinterlassen. Diese Voraussagen sollten die Berufsfischer, Krabbenfänger und Naturschützer beschwichtigen.

Einen enormen Einbruch erlitt die kommerzielle Fischerei. Immerhin bietet sie für Tausende Menschen entlang des Sunds die Lebensgrundlage. Der Fisch

wird quasi zum täglichen Brot. Auch die negativen Schlagzeilen in der Weltpresse bremsten über Jahre hinweg den Besucherstrom. Und die Werbestrategen wurden nicht müde, den Erfolg der Reinigungsbrigaden gegenüber der verheerenden Ölpest hinauszuposaunen. Gründlich beseitigt seien die tierischen Leichen, die Teerklumpen und klebrigen Überzüge am betroffenen Küstenabschnitt, ertönte es gebetsmühlenartig. Die langsame Rückkehr der Tiere in ihren Lebensraum wird mit Genugtuung zur Kenntnis genommen. Leider täuscht der Schein, denn das Übel sitzt tiefer.

Nicht einmal mit vollem Ölbauch verließ der Tanker Exxon Valdez den Umschlagplatz der Trans-Alaska-Pipeline Richtung Süden. Kurz nach Mitternacht krachte das Schiff auf das „Bligh-Riff" im Prinz-William-Sund. Seinen Rausch schlief der alkoholkranke Kapitän gerade aus und der Dritte Offizier war seiner Verantwortung auf der Kommandobrücke nicht gewachsen. Durch das geschlagene Leck flossen rund fünfzig Millionen Liter Rohöl in den Pazifik.

Aus der schlimmsten Ölpest der Geschichte ziehen die Regierungen wenig Lehren. Offensichtlich sind das Massensterben und die Verseuchung an der betroffenen Küstenlinie zu wenig schmerzhaft, um das Umdenken zu beschleunigen. Götze Mammon hat die Entscheidungsträger und die aalglatten Lobbyisten im festen Klammergriff. Im Zuge der Klärung der verstrickten Schuld- und Haftungsfrage stellte sich weiters heraus, dass die zuständige Küstenwache auf Grund eines Radardefekts nicht in der Lage war, den Kurs des Tankers zu korrigieren.

Noch treiben sich zu viele Rosttanker auf den Weltmeeren herum. Viel Rohöl oder schweres Dieselöl wird aus beschädigten Tankern oder lecken Bohrplattformen vor den Küsten weiterhin unsere Lebensräume bedrohen. Touristinnen und Touristen werden wie Heuschrecken schlagartig in neue Hoffnungsgebiete ausschwärmen. An den Kragen geht es der Tierwelt und die ansässigen Einheimischen trifft als Unschuldige der Fluch. Der Energiehunger ist ein Moloch. Er spuckt auf die Wünsche des biederen Volkes nach Tankern mit zumindest doppelten Wänden. Ich bin kein geistiger Ökoterrorist, aber es braucht vermutlich noch eine ganze Reihe von kaputten Landstrichen, um ein nachhaltiges Umdenken auszulösen.

Noch immer liegen gewaltige Mengen an verklumptem Rohöl wie eine Dichtungsmasse zwischen den feinen Sanden unterhalb einer groben Kieseldecke. Bei Ebbe ist das Rohöl von den groben oberflächlichen Sedimenten in tiefere Sande gesickert. In den feinen Hohlräumen klebt das üble Zeug wie Straßenteer und hat den Boden versiegelt. In dem heiklen Gezeitenbereich fehlen der ständige Luftzutritt und das den Abbauprozess antreibende Sonnenlicht. Unter diesen Bedingungen ist es verständlich, dass es die zersetzenden Mikroorganismen bis heute nicht geschafft haben, diese Schichten zu reinigen.

Eine neue Generation von Wissenschaftlerinnen und Wissenschaftlern warnt mit Nachdruck vor weiteren Erschließungen in Polarregionen und vor den Küsten. Angezapfte Erdgas- und Erdölhorizonte zeigen immer ein erhebliches Restrisiko. Aber die Gier der Konzerne wischt die Bedenken mit Schmiergeldzahlungen beiseite. Die Milliardengewinne streicht immer die Gesellschaft ein, aber der gemeine Steuerzahler trägt bei Pannen den Schaden.

BELUGA LAKE – SILBRIGE STERNSTUNDEN

Saukalt sind die Nächte in Zentralalaska Anfang September. Der Temperatursturschock ist ein Wink für die Laubbäume und Sträucher. Ihr Chlorophyll, die chemische Wunderfabrik, stellt allmählich die Arbeit ein und stirbt ab. Das Blattgrün verliert die Vorherrschaft. Rasch drängt sich die bunte Palette der herbstlichen Töne in den Vordergrund. Der Trick mit dem Laubfall verringert die Angriffsfläche. Erheblich geringer werden die Hebelkraft der Schneelast und der Schaden durch berstendes Holz. Nicht nur im Wald und in der Kampfzone, sondern auch in der Tundra ist der Farbenrausch unvergleichlich prächtig. Das schräge Licht taucht die Landschaft fast in ein Flammenmeer. Mit einem Wort: Indianersommer!

Gar die weiblichen Blutsauger, die Moskitos, spüren die todbringenden Herbstfröste. Verbissen suchen sie nach unfreiwilligen Opfern. Sie brauchen das Blut der angezapften Säugetiere oder Menschen zur Reifung ihrer Eier. Rasch nimmt die Plage der Insekten ab, wenn die Nachttemperaturen in den Keller sinken und auf den Pfützen sich eine glasige Haut aus Eiskristallen bildet.

Die Überlebenden flüchten sich unter das schützende Blattwerk der Ufergalerie. Ihr schlechter Ruf hängt allein mit ihrem genetischen Plan zusammen. Keine Möglichkeit haben die lästigen Viecher sich zu entscheiden, auch sie unterliegen dem Erbzwang. Stechen, saugen, Eier legen ist ihr Lebenszweck. Nie werden diese Sechsbeiner die Reichweite der zuschlagenden Hände begreifen und riskieren weiterhin für ihre Nachkommen das eigene Leben.

Bequem ausgestreckt liege ich auf dem kiellosen Boden des umgedrehten Schlauchbootes. Isoliermatte und Daunenschlafsack schützen mich zusätzlich vor dem kalten Untergrund. Eine Plane, schon vorsorglich ausgebreitet, muss mir die nächtliche Taubildung vom Leibe halten. Ich tausche meine Schirmkappe – sie hat mir lange Zeit das Moskitonetz weit genug von der Gesichtshaut abgespreizt – gegen eine warme Wollmütze aus und niste mich auf dem Gummilager ein. Die Hände im Nacken verschränkt, warte ich auf das Lichtspektakel am Himmel. Ausgerichtet ist mein liegender Pirschstand zum Polarstern. Das

Kochfeuer glimmt in den letzten Zügen. Ohne Vorwarnung verpuffen immer wieder harzreiche Stellen. Quasi ein Minivulkanausbruch ohne ätzende Gase und Lavastrom. Glühende Pünktchen fliegen wie ein Schwarm von Leuchtkäfern in die Dunkelheit, um sich zwischen den Sternen aufzulösen.

In der Wildnis gibt es keine Lichtverschmutzung. Wunderbar funkeln die unendlich vielen Sonnen am Firmament. Dafür, zumindest bilde ich es mir ein, verdoppelt sich der Effekt von Geräuschen. Hellwach reagiert der Gehörsinn auf die Laute der Nacht. Immer wieder schreckt mich ein kräftiges Knacken von der Feuerstelle auf und reißt mich oft aus den Bildern des „Gehirnkinos". Ein Platschen im Fluss oder gar unergründliche Laute aus dem unmittelbar angrenzenden Urwald beschleunigen auf der Stelle meinen Herzschlag. Die flatternden Gaumensegel meiner Partner in den beiden Zelten sind mir nur eine bescheidene Beruhigung. Die liegende Rückendeckung ist kein Nothelfer. Schließlich sind wir im Land der Bären unterwegs. Absolut kein Bedürfnis habe ich, mich vom pelzigen Chef der Nahrungskette beschnuppern zu lassen. Allmählich schwinden die letzten Glutnester. Ich fühle mich, ich will es nicht verhehlen, von der Dunkelheit umklammert. Rabenschwarz und voller Geräusche ist die Nacht.

Aurora borealis, das Polarlicht, entsteht, wenn durch Sonneneruptionen elektrisch geladene Teilchen auf unser Erdmagnetfeld treffen. Mit unvorstellbarer Heftigkeit fegen diese Sonnenwinde – Wissenschaftlerinnen und Wissenschaftler berechnen mittlere Geschwindigkeiten um die 800 Kilometer pro Sekunde – durch das All. Nicht alle aufprallenden Atomteilchen kann der Schutzschirm unseres Planeten auffangen. Viele Teilchen dringen in die Erdatmosphäre ein. Sie regen die Luftmoleküle zum Leuchten an. Ein gewaltiges Naturschauspiel ist diese Fluoreszenz. Es zahlt sich aus, sich die Nacht um die Ohren zu schlagen, um das Phänomen der huschenden, tanzenden oder in Wellen geisternden Lichter zu bestaunen. Von zerstreuten, eher trägen Lichtflächen, strahlenförmigen Bändern bis hin zu pulsierenden Bögen und schwebenden Riesenvorhängen reichen die Formen.

Polarlichter galten im Mittelalter als schicksalhafte Vorboten. Wer kann es den Menschen, aus heutiger Sicht betrachtet, verübeln, dass sie die Lichtorgien mit Seuchen, Kriegen, Naturkatastrophen und Hungersnöten in Verbindung brachten? Ureinwohner der Polarregionen fanden für die Wunder am Himmel eine einfache Erklärung: Nur Götter, mächtige Zauberer oder die Seelen der Verstorbenen sind in der Lage, über die unendlichen Weiten des Sternenhimmels zu tanzen.

Das Warten auf das Himmelsphänomen zermürbt. Immer wieder ertappe ich mich mit geschlossenen Lidern. Standhaft wehre ich mich gegen die Anfälle des Schlafbedürfnisses. Als Beschäftigungstherapie rolle ich blöd mit den Augäpfeln in Wiederholungen und fixiere die schemenhaften Silhouetten von

unterschiedlich entfernten Baumspitzen. Um nicht, angesteckt von den regelmäßigen Atmungsgeräuschen meiner Partner, den Versuchungen des eigenen Fleisches zu erliegen, beschäftige ich mich mit der am Vortag erlebten Silberlachsfischerei. So intensiv sind die geweckten Bilder, dass mir gewisse Szenen Nervenreize auslösen. Mit Vergnügen erwische ich mich im Dunkeln, wenn mir ein wissendes Lächeln über die Lippen huscht oder betroffene Muskeln am Arm zucken.

Vielleicht ist das Träumen mit offenen Augen schon eine Vorstufe zum Schlaf? Aber ich muss gegen die aufkommende Müdigkeit, schon weit nach Mitternacht, ankämpfen, um meine Chance auf das Polarlicht zu wahren.

Kaum in Worte fassen lässt sich die grandiose Landschaft. Eine beeindruckende Kulisse bilden die Gletscher der Alaska Range, die mit ihrem Gebirgszug den großen See hufeisenförmig einrahmt. In rund vierzig Flugminuten vom Wasserflughafen Lake Hood aus ist das Paradies für Naturliebhaber und vor allem Fliegenfischer erreichbar. Buschflieger wissen um die aktuellen Runs und setzen mit ihrer Erfahrung die Leute an den richtigen Uferseiten ab.

Der Strömungsdruck des klaren Coal Creeks verdrängt auffallend weit das trübe Gletscherwasser des Beluga Lakes. Einem Spiegel gleich liegt still die gewaltige Seefläche. Immer wieder schneiden die Ankömmlinge mit ihren Rückenflossen das Oberflächenwasser. Sie buckeln im flachen Bogen durch das nasse Element oder springen vor Übermut. Das Klatschen und Platschen der eintauchenden Körper ist ein akustisches Schauspiel. Begeistert folgt mein Kopf den Schallquellen. Die verlaufenden Wellenringe bestätigen den Fisch. Oft sehe ich just einen blitzblanken Silberlachs aus dem Wasser schnellen, der wie ein Akrobat wahre Kunstsprünge vollführt. Auf seinen silbrigen Schuppen blitzt das Licht der Sonnenstrahlen.

Natürlich ist es nur eine Vermutung ohne wissenschaftlichen Hintergrund, aber das Springen der Silberlachse erscheint mir wie ein Ritual der Wiedersehensfreude. Ein Ausdruck ihres Verhaltens, um das Geburtsgewässer artgemäß zu begrüßen. Quasi ein Tanz der Schuppenträger. Die Tiere riechen es, dass nun der letzte Abschnitt ihrer Wanderung bevorsteht. Oder wollen sie einfach mit den wilden Sätzen die noch anhaftenden Meerläuse endgültig vom Körper prellen?

Den bekannten Salzheringen oder Rollmöpsen im Glas gleicht noch das Schuppenkleid dieser Lachsart. Allen Pazifischen Lachsarten eigen sind die dunkle Rückenpartie und eine zunehmend hellere Flanke, die fast in eine weiße Bauchseite übergeht. Bewährt hat sich im Laufe ihrer Entwicklungsgeschichte die geteilte Zeichnung. Feinde aus höheren Wasserschichten oder Fischliebhaber aus der Luft haben es schwer mit ihrer Draufsicht, den dunklen Fischkörper zu orten. Hingegen täuscht die Räuber aus der Tiefe der weiße

Bauch der Beute. Sie löst sich mit der funkelnden Lichtbrechung an der Elementgrenze schier auf.

Normalerweise schwindet die Beißlust beziehungsweise der Reflexbiss rapide mit der Annäherung an das Laichgewässer. Krabben, Fisch und anderes Getier stehen nicht mehr auf dem Speiseplan. Vergessen ist die Kost nach dem Schlupf aus dem Ei. Kein Interesse finden die Rückkehrer mehr an winzigen Insekten, die als Larvenform den Boden bevölkern, auf dem Wasser treiben oder sich zappelnd gegen das Ertrinken wehren. Aber vielleicht gibt es auch im Fischhirn Schnittstellen, wo Erinnerungen an die jugendliche Verpflegungssituation gespeichert sind? Quasi das Langzeitgedächtnis der Brütlinge. Zumindest besteht die Chance, dass die putzmunteren Lachse in ihr altes Verhaltensmuster zurückfallen.

Voller Zuversicht knüpfe ich mir die größte Trockenfliege aus der Dose an das Vorfach. Ausgezeichnet schwimmt das buschige Muster mit dem krausen Flügelhaar. Wurftechnisch scheitere ich anfangs an der zu großen Entfernung. Um den Abstand zu verkürzen, stehe ich alsbald mit der Wathose bis zum Bauch im saukalten Gletscherwasser. Schiunterwäsche macht über längere Zeit die Kälte erträglich.

Quer zum Fluss lege ich die machbare Länge der Schnur ab und ziehe, während ich mit der Rutenspitze die schaukelnde Großfliege begleite, Wicklung für Wicklung von der Spule ab. Der Schnurbauch entzieht sich auf Grund der abtreibenden Länge meiner Kontrolle. Allmählich staut sich die Strömung des „Kohleflusses" an der Masse des Sees und streckt im Zeitlupentempo das Vorfach. Noch ehe der lächerliche Happen für einen ausgewachsenen Coho am eigenen Schnurmantel vorbeigleitet, bricht ein Schädel durch die funkelnde Seefläche. Er saugt mein Kunstwerk ein. Gleich den Kehren einer Bergstraße liegt mein ganzer Schnurvorrat noch auf dem Wasser. Durch die ungestreckte Leine verpufft der Anschlag und pflanzt sich nicht bis zum Haken fort. Noch im Abtauchen spuckt der Fisch das geschmacklose Wesen aus.

Vor dem geplanten Straffen hat mich der Lachs überrumpelt. Hoch und gut sichtbar liegt weiterhin das Insektenungetüm auf dem Wasserfilm. Ermutigt durch die Attacke des Lachses, entscheide ich mich für die ruckartige Einholvariante mit beschaulichen Pausen dazwischen. Vielleicht gefällt den Lachsen das kurze Schlittern des „Riesenmoskitos" auf dem Wasserfilm samt der zart verlaufenden Bugwelle. Aufmerksam spiele ich mit der Verführung. Kaum liegen ein paar Klänge in meiner Linken, da schreit Tom, unser Alaskafrischling, wie verrückt:

„Ich habe einen! Das Vieh reißt mir das Leihzeug kaputt. Hilfe, so helft mir doch!"

Tom ist kein Fischer. Er ist ein leidenschaftlicher Niederwildjäger und Heger seines bayrischen Reviers. Mehr wert ist ihm die Pirsch als der geile Schuss.

Als Anfänger des nassen Weidwerkes braucht er unsere Hilfsbereitschaft und Ratschläge. Immer wieder kämpft er mit der Technik der Rollenfunktion. Statt den schweren Blinker in das Zielgebiet des Schwarmes zu werfen, fliegt uns das scharfe Eisen förmlich um die Ohren. Abgelenkt von den springenden Silberpfeilen, vergisst er immer wieder auf das Öffnen des Schnurfangbügels oder verstrickt sich heillos im Gewirr der geschlagenen Perücken.

Mit schwindender Geduld ertragen wir die vielfältigen Pannen seiner Lernphase. Knoten entwirren, Leine kappen, Wirbel und Blinker anbinden sowie Lachse bändigen, das stiehlt in gewisser Hinsicht eigene Fischerzeit. Geradezu mit der Präzision eines Scharfschützen trifft er in unregelmäßigen Abständen die einzige abgesoffene Baumleiche und hängt bombenfest. Einem Eisberg gleich ragt ein dicker Ast als Warnung aus dem Wasser und die Ausdehnung unter der Oberfläche lässt sich nur auf Grund der zahlreichen Treffer vermuten.

Von dem Hochgefühl seines Fangrausches getrieben, versenkt Tom ungeniert beinahe den halben Bestand seiner Spinnködersammlung. Es versteht sich von selbst, dass die Nachbarschaftshilfe jenen trifft, der am nächsten in Toms Arbeitsfeld verweilt.

Im Laufe der unterhaltsamen Fischerei vergrößern sich die Abstände zum blutigen Anfänger. Zunehmend muss er sich selbst mit den hausgemachten Problemen auseinandersetzen. Und nun hat der Glückspilz tatsächlich den ersten Silberlachs am Haken! Rücksichtslos schleift er den Fisch über den Kieselstreifen des flachen Ufers. Unbekümmert, wie halt so Neueinsteiger sind, macht er sich nicht die geringsten Sorgen.

Walter eilt im Sturmschritt zur abgelegten Filmkamera, um die Heldentat des glücklichen Mannes für die Nachwelt festzuhalten. In der Zwischenzeit suche ich mir aus dem vorbereiteten Feuerholzhaufen einen handlichen Schwemmholzknüppel, um den Leidenskampf des Silvers noch vor dem Ausdrehen des Hakens zu beenden. An Ort und Stelle bleibt der Totschläger später liegen, denn auch wir wollen das Fanglimit von drei Stück pro Lizenznehmer nützen.

„Hi, hi, hiiii!", schreit Tom vor Vergnügen wie ein Verrückter. „Ist das ein Königslachs?", meint er, von der Größe völlig überrascht, im urigen Dialekt.

„Fahre mit den Fingern hinter den Kiemendeckel und halte ihn hoch!", gibt Walter die Regieanweisung, um beide in das rechte Licht der Schmalfilmkamera zu rücken. Kläglich scheitert der erste Versuch durch die lebhafte Gegenwehr des Fisches.

Um uns sein Petri Heil eindrücklich zu beweisen, reißt er das Schuppenwild – immer noch steckt der Bogen eines Drillings im Zahnfleisch des Tieres – mit einem Urschrei auf Augenhöhe. Nicht gefallen lässt sich der lebendige Fisch die Misshandlung. Er krümmt seinen kräftigen Schwanz in Notwehr. Im Reflex lässt der Bändiger das Tier respektlos fallen und schimpft das Opfer:

„Kruzifix, der beißt!", schreit Tom vor Schreck und resigniert nach dem dritten Versuch mit folgenden Worten: „Leck mich am Arsch!"

Ich erlöse Tom von den weiteren filmgerechten Zweikampfszenen sowie den Silberlachs mit einem gezielten Knüppelschlag auf seinen bulligen Nacken.

Kaum haben sich der Wirbel und die Aufregung um Fisch und Fänger gelegt, geht es Schlag auf Schlag. Ungebrochen hält die Beißlust der Silberlachse an und die Fische bescheren uns eine ausgedehnte Sternstunde. Wir Zweibeiner spielen Schicksal und dürfen aus dem Überfluss wählen. Zahlreichen Fischen drehen wir noch im Wasser den Haken aus dem Kieferfleisch. Das ungeschriebene Brittelmaß wächst mit jedem Fisch. Unsere Bescheidenheit schrumpft im selben Ausmaß.

Der „Kampfgriff", die Verlängerung der Rute, drückt mir in den Bauch. Es ist kein übles Gefühl, schließlich ist die Ursache ein wild kämpfender Silberlachs. Ein paar Pulsschläge später rauscht der Knoten – er verbindet die Wurfschnur mit dem reichlich aufgezogenen Backing – hör- und spürbar durch die Ringe.

Keinen Schweiß treibt mir der Ausgang auf die Stirn, weil der Schwarm an Lachsen gelassen macht. Sie kennen weder die List mit den hinterlistigen Ködern, noch beeindruckt sie der Wirbel während des Drills eines Geschlechtsgenossen. Fast senkrecht halte ich das Arbeitsgerät in die Luft, damit der Fisch die Federkraft der Rute zu spüren bekommt. Durchgebogen schluckt und dämpft der teure Blank die unvermittelten Energieanfälle des Energiebündels. Immer wieder fasse ich mit der freien linken Hand die Rute im Bereich des ersten Ringes, um entsprechend Druck auf den Akrobaten unter den Pazifischen Lachsarten auszuüben. Schließlich macht es keinen Sinn, mit dem Tier Katz und Maus zu spielen, wenn er am Ende der erfolgreichen Landung weidgerecht abgeschlagen oder gnädig entlassen wird.

Mit der Lust am Experimentieren knüpfe ich mir immer wieder neue Modelle an das relativ kurze Vorfach von rund einem Meter. Aber die farbliche Ähnlichkeit eines Shrimps, auf einen langen Streamerhaken gebunden, und Augen aus einem Kugelkettenpaar sind meine erfolgreichsten Angebote an die Lachse.

Der Coho ist mit Abstand der beißfreudigste und aggressivste Lachs. Es verwundert also nicht, dass gerade die Zunft der Fliegenfischer diesen Vertreter der Lachsarten verehrt. Eigentlich sind die Silberlachse nicht mit den Kings zu verwechseln, weil sie ein auffallend helles Zahnfleisch besitzen.

Weit stromauf kämpfen sich die gedrungenen, bulligen Silberlachse zu ihren Laichgewässern durch. Eine unglaubliche Leistung der Tiere ist es, dass sie – je nach Weglänge zu ihren Laichplätzen und der niedrigen Wassertemperatur – den Zeitpunkt des Aufstieges instinktiv abstimmen. Im Prinzip unterbrechen sie ihre Wanderung immer mit längeren Ruhephasen in den tiefen Pools. Während dieser strategischen Pausen reifen ihre Geschlechtsprodukte heran. Sind

schließlich die Eier reif genug, steigen sie zügig zum eigenen Geburtsort auf und kümmern sich unmittelbar um die Arterhaltung.

Typisch für diese Lachsart mit ihrer satten Fleischfarbe ist, dass sie sich in einen Sommer- und Herbstlaichzug aufteilt. Je nach der Wassertemperatur schlüpft die Brut nach rund hundert Tagen. Im Gegensatz zu den rasch ins Meer abwandernden Buckellachsen halten sich die Jungfische mindestens ein Jahr lang in ihrem Geburtsgewässer auf. Einigen Populationen eigen ist, dass sie sich gar einige Winter lang in Seen herumtreiben, ehe sie ins Meer abwandern. Sie ernähren sich anfangs von den Kleinkrebschen, den Insektenlarven und der Anflugnahrung. Später jagen sie höchst erfolgreich die kleinere Brut der Rotlachse, die dieselben Gewässerstrukturen bevorzugen.

Oft erwische ich mich dabei, dass mir der Blick in die Ferne erheblich schwerfällt. Aus dem Haufen der Sonnen suche ich mir die hellsten Sterne aus und verbinde sie belanglos zu Figuren. Der ursprüngliche Zweck meiner liegenden Wache driftet mit dem Gemurmel des Flusses. Schon krampfhaft versuche ich meinen Geist bei Laune zu halten. Augenlider reiben, Kopf kreisen und geistig die Fliegendosen nach den verbleibenden Ködern durchforsten, sind meine Muntermacher. Immer öfter sackt mir das Kinn auf die Brust oder kippt der Kopf seitlich weg. Neuerlich schreckt mich die Bewegung auf.

Im Schneckentempo streifen meine Augen über den Horizont. Mein Blick Richtung Norden zum Mount McKinley erfasst einen schwachen Lichtschimmer. Einer gekalkten Wand gleich steht der helle Fleck in der Ferne. So sehr ich mich auch anstrenge, es liegt keine Bewegung in der Erscheinung. Vielleicht sind es nur die gewaltigen Gletscher und Schneefelder, die mir ein entstehendes Polarlicht vortäuschen?

Frischen Lachs, mit Vergnügen aus den wilden Flüssen erbeutet und am abendlichen Lagerfeuer als Delikatesse zubereitet, lasse ich mir von den wenigen intoleranten Vegetarierinnen und Vegetariern nicht madig reden. Vermutlich tragen die extremen Vertreter dieser fleischlosen Gesinnung auch Schuhe aus Leder oder genießen die Bequemlichkeit von Ledergarnituren als Sitzgelegenheiten. Mutmaßlich stirbt ein Rindvieh genauso ungern wie ein Nerz aus einer Pelztierfarm.

Ich genieße es, als dominanter Teil der Nahrungspyramide den köstlichen Fisch in die Pfanne zu hauen. Kein schlechtes Gewissen plagt mich. Im Prinzip erspare ich dem Lachs das langsame, qualvolle Dahinsiechen nach dem Laichgeschäft. Es stimmt schon, dass ich dem Wanderfisch die genetische Bestimmung der Genweitergabe nehme. Aber er hätte genauso gut im Maul eines Seelöwen enden oder gar von den scharfen Krallen eines Bären bei lebendigem Leibe filetiert werden können. Die Wahl zum Buschkoch trägt zur ehrenwerten Nebenbeschäftigung bei, schließlich darf man die knurrenden Mägen der

Begleiter befriedigen. Gleichzeitig bestätigen die schmatzenden Männer den eigenen feinen Gaumen. In gewisser Weise adelt der Verpflegungsauftrag und ist mit einem ungeschriebenen Privileg verbunden. Befreit ist der Koch von der niedrigen Arbeit des Geschirrwaschens. Er braucht nicht mit dem feinen Flusssand das Fett von den Plastiktellern kratzen.

Ganz intensiv spüre ich den Geschmack des Fischfleisches auf meiner Zunge. In feinen Rinnsalen rinnt mir der Saft der Gaumenfreude aus dem Mundwinkel. Allmählich benetzt die Flüssigkeit den ganzen Hals und tränkt das alte Baumwollhemd. Es bilden sich kleine Bäche, die bereits den Fußteil meines Mumienschlafsackes unter Wasser setzen. In meiner Not ziehe ich die Beine unbeholfen ein und schrecke aus dem nassen Traum auf.

Widerwillig öffnen sich meine Augenlider. Kein einziger Stern lässt sich erblicken, dafür klatschen immer mehr dicke Regentropfen auf mein Gesicht. Mit zunehmender Heftigkeit prasseln die Tropfen auf mein Gummilager. Sie erzeugen auf dem prallen Resonanzkörper eine eigenartige Melodie. Nach einem düsteren Buschkonzert ist mir absolut nicht zumute. Zurück in das heimelige Zelt lässt mich der eigene Stolz nicht mehr kriechen. Außerdem wäre es unkameradschaftlich, den Freund durch die komplette Übersiedlung aus dem Tiefschlaf zu reißen.

Mit großer Mühe schleife ich das Boot über die grobe Schotterbank am Fluss, um eine bequeme Unterlage für mein Kreuz zu finden. Bedacht auf geringste Lärmentwicklung, wechsle ich meine Habseligkeiten vom ersten Schlauchbootstock zur ebenen Erde und liege nun unter dem ungewöhnlichen Regenschutz. Die Umsiedlungsaktion hat meine Lebensgeister wieder wachgerüttelt und die Arbeit der Ausscheidungsorgane angekurbelt. Neuerlich stemme ich einen Bootswulst hoch, um mich unedel unter dem Hindernis ins Freie zu wälzen. Kaum habe ich meine Notdurft außerhalb der Trampelpfade verrichtet, tappe ich in der Finsternis zurück zu meinem Hausboot. Plötzlich fährt mir der Schrecken tief ins Knochenmark.

„Ein Bär!", schreit Tom aufgeregt und steht mit der Pumpgun im Anschlag vor seinem Zelt. Direkt auf mich gerichtet ist der Lauf. Schemenhaft ist die Bewegung des Scharfschützen. In meiner Angst überschlägt sich schier meine Stimme:

„Spinnst du, ich bin kein Schwarzer!"

Heftig fuchtle ich mit beiden Armen in der Luft und beende schließlich den Fehlalarm. Genug Treiber hat anstelle von Wildsauen ein unüberlegter Schuss verletzt oder gar getötet. Beim Silberlachsfischen in Alaska möchte ich nicht durch die Kugel eines Greenhorns sterben.

Tom und Hannes, Schlafpartner für die Nomadenzeit während der Flussbefahrung, haben sich noch vor meiner spontanen Idee der Polarlichtwache in ihr

Zelt zurückgezogen. Sie hatten keine Ahnung von meiner Außenschlafstelle. Der Lärm hatte sie geweckt und schlaftrunken rappelten sie sich ins Freie.

Verständlich ist mir die nervöse Reaktion unseres Verantwortlichen mit der Waffe, schließlich erlebte er vor wenigen Tagen einen hautnahen Bärenkontakt im Dickicht. Unvergesslich bleibt so ein Naturerlebnis. Tief sitzt der Schock einer haarigen Begegnung. Begreiflich wären eigene Bärenspuren in der Unterhose.

LACHSFARM – SCHWEINEREI MIT DEM FISCH

So ein Schwein ist eine arme Sau. Unterbunden wird ihm der Drang zum Wühlen. In engen Boxen fristen sie ihr Dasein. Weit entfernt sind Schweinemastbetriebe von den vergleichbar paradiesischen Zuständen eines weitläufigen Tiergartens. Kaum besser ergeht es den Legehühnern in der immer noch geduldeten Käfighaltung. Die Fläche eines DIN-A4-Blattes wird einem Federvieh als Freiraum gestattet.

Polarfuchs, Nerz und Zobel haben auch nichts zu lachen. Die Pelzlieferanten tappen mit ihren Pfoten ein Leben lang auf Gitterroste. Auf keinen Fall soll der Kot das wertvolle Fell verschmutzen. Keine Rolle spielen die Bedürfnisse der Tiere für die Halter.

Fischfarmen schießen wie die berühmten Schwammerl aus dem Boden. Ungebrochen ist die Nachfrage nach leistbarem Fleisch. Ein Grundübel haftet den Massen von Lachsen in den schwimmenden Netzen an. Förmlich nach Ablehnung schreit die unnatürlich hohe Besatzdichte. Krankheiten sind die Folge. Aquakulturen benötigen zum wirtschaftlichen Erfolg einen massiven Einsatz von chemischen Keulen, um die Probleme mit den Bakterien und Viren, den Fischparasiten sowie den Pilzen in den Griff zu bekommen.

Abgesehen davon wird noch mit Farbstoffen getrickst, um das Lachsfleisch für die Konsumenten zu schminken. Wachstumshormone beschleunigen als Zusätze die Schlachtreife. Der Kostenanschlag bestimmt den Einsatz der Mittel und die Bilanz auf dem Konto spiegelt den Erfolg.

Schlecht läuft das Geschäft ohne Fischmehl. Der hohe Bedarf als Basis für das industriell hergestellte Eiweiß rächt sich durch Überfischung der Weltmeere. Die sogenannte „Gammelfischerei" führt zum tonnenweisen Raubbau am Ökosystem Meer. Minderwertige Fischarten werden ungeniert zu Futtermittel verarbeitet. Zu Lasten der frei lebenden Schwarmfische geht die Verpflegung der Aquakulturen. Nahrungsketten werden erschreckend rasch ausgedünnt oder gar verändert. Die Koppelung der wirtschaftlichen Zwänge mit dem Gewinnstreben entpuppt sich zunehmend als tödlich für die Ökologie.

Wildlachse sind, von den Erbanlagen getrieben, seit Millionen von Jahren auf Wanderschaft ausgerichtet. Den Reichtum des „schwimmenden Goldes" schätzten die Ureinwohner Generationen lang. Die regelmäßige Rückkehr der Schwärme zu den Geburtsgewässern ist nicht nur ein unvorstellbares Orientierungsphänomen, sondern im Wesentlichen ein Kreislauf zum Nutzen der vernetzten Natur.

Menschliche Schwächen, technische Gebrechen und unabsehbare Naturkatastrophen sind letzten Endes unbesiegbare Mächte. Immer wieder entkommen Lachse aus den Käfigen und vermischen sich mit der Population der Wildformen. Die medizinische Behandlung im ehemaligen Mastgefängnis verschafft ihnen resistente Vorteile gegenüber Krankheiten. Leider beeinträchtigt die Kreuzung mit den Wilden den Genpool. Es ist zu befürchten, dass die gedopten Fische allmählich den Wandertrieb untergraben.

Der erschwingliche Preis für ein Filet aus der Lachsfarm – von der Mär bezüglich Biolachs halte ich ohnehin keine Schuppe – hat, ökologisch betrachtet, einen verdammt bitteren Beigeschmack. Laufen in Skandinavien die Aquakulturen noch halbwegs unter kontrollierten Bedingungen ab, so zeigen sich die Lachsfarmen vor Chiles Fjordküsten als kriminelles Betriebssystem. Nicht mit natürlichen Lachszügen kann die südliche Halbkugel der Erde punkten. Importiert werden das Wissen und die oft schon verseuchten Lachseier. Vieles läuft dadurch in dem Andenstaat schief.

Die heimischen Kolonien der Seelöwen haben ihre persönliche Speisekarte bereits umgeschrieben. Ihren Geschmack trifft das grätenarme und fette Lachsfleisch. Nach dem Sonnenbad rutschen die Feinschmecker von den Klippen und greifen gezielt die Mastlachse innerhalb der Ringnetze an oder tauchen in die Tiefe, um sich durch die Maschen des Geflechts zu beißen. Erheblich sind die Verluste. Weniger fallen die gefressenen Fische ins Gewicht, vielmehr die erheblichen Zahlen derer, denen die Flucht durch die Löcher in die Freiheit geglückt ist.

Bezahlte Jäger tuckern mit Booten durchs Revier, um im Umfeld des Mastbetriebes die Kopfzahlen der Seelöwenfamilien zu verringern. Taucher, schlecht ausgerüstet und mies entlohnt für das erhebliche Risiko, müssen ihre Arbeit bei jeder Wetterlage verrichten. Sturm und hoher Wellengang nützen nicht als Ausrede. Immer wieder Netze flicken und die Fischleichen entsorgen ist ihr täglicher Auftrag. Keinen Deut kümmern sich die Managerinnen und Manager um Sicherheitsfragen oder eine Dekompressionskammer. Auch für erfahrene Leute endet ein Tiefenrausch oft dramatisch. Wohl zehn Kollegen ertrinken jährlich, behaupten ernsthaft die Wortführer der aussterbenden Fischergewerkschaft.

Einem knatternden Maschinengewehr nicht unüblich, werden zur Fütterungszeit Pellets aus Fischmehl über mobile Rohrleitungen in die Wassergehe-

ge gefeuert. Flächendeckend prasselt das gepresste Futter auf die hungrigen Mäuler. Das Wasser scheint zu kochen. Der Futterkoeffizient beträgt in den Lachskulturen etwa 4:1. Vier Kilogramm Futter, präpariert mit einer ganzen Reihe von Stoffen, müssen über den Verdauungstrakt der Edelfische wandern, um in möglichst kurzer Zeit ein einziges Kilogramm zugenommenes Lebendgewicht auf die Waage zu bringen.

„Guano", der stickstoffhaltige Vogelmist, ist längst schon eine historisch abgelaufene Erfolgsgeschichte. Vielmehr stellen die geförderten Lachsfarmen neben dem Kupferexport bereits das zweite wirtschaftliche Standbein dar. Narrenfreiheit haben die Betreiber der Aquakulturen. Reiner Sauerstoff wird in die Gehege eingeblasen, damit die Fische nicht ersticken. Und unterhalb der Netzkäfige stirbt das Leben. Die belasteten Ausscheidungen legen sich wie ein Leichentuch auf den Meeresgrund. Fauna und Flora vernichtet die stete Berieselung.

Dem Fäkalienstrom einer Millionenstadt entspricht etwa die Verunreinigung durch einen sehr großen Lachsbetrieb. Nicht nur der Artenreichtum im Umfeld der Käfige geht zu Grunde, sondern auch entlang der Küste kippen die Miesmuschelbänke. Seemeilenweit erfüllt der Gestank der Verwesung die Luft.

Sind die Rahmenbedingungen einer Mastanstalt am Ende, dann ziehen die Bosse einen sauberen Fjord weiter. Ungeniert versenken sie abgeschriebene Bauteile an Ort und Stelle. Es kümmert die Leute keine Meerlaus, wenn Schulen von Blauwalen ihre Lebensgrundlage verlieren. Klug genug sind die hochentwickelten Säuger, um die verseuchten Lebensräume zu meiden. Naturschützerinnen und Naturschützern stehen schon längst die Haare zu Berge.

All dies ist nur möglich, weil die Regierung die boomende Lachswirtschaft hofiert. Im Prinzip ist es ein Verbrechen am Ökosystem Meer und an den Menschen. Erheblich ist die Dosis der Antibiotika im Chilenischen Lachs. Bakterienstämme mutieren und gewöhnen sich an die Stoffe. Auf Dauer werden die winzigen Feinde des Lebens resistent. Sie gefährden die wirksame Behandlung bei medizinischen Notfällen. Gegen die menschliche Kurzsichtigkeit scheint kein „Lachs" gewachsen.

In den Netzen der Berufsfischer verfangen sich immer wieder Ausreißer aus den Farmen, und nicht nur in deren Mägen findet sich die Pellets, sondern auch in den heimischen Fischarten. In der Tat scheint der Gewinn eines gemästeten „Fettflossenschweines" wertvoller zu sein als die Gesundheit der Menschen.

Unbekannt ist die Herkunft der folgenden Indianischen Weisheit, aber der Gedanke sitzt wie die Spitze eines Jagdpfeiles: „Überall, wo der weiße Mann die Erde berührt, ist sie wund."

Genetisch veränderter Lachs kommt auf die Teller. Der Schub des Wachstumshormons macht den Unterschied aus. Eingepflanzte zwei Gene in den

Erbanlagenstrang lassen den Fisch wesentlich schneller zur Schlachtreife heranreifen als seine naturbelassenen Artgenossen. Der rasch wachsende Pazifische Königslachs ist der unfreiwillige Spender und der Atlantische Lachs der Empfänger. Ein weiteres Gen wurde vom „Meeres-Dickkopf" eingeschleust, der sich vorzüglich an kalte Meeresströmungen angepasst hat. Unsere heimische Aalmutter gehört zur näheren Verwandtschaft. Der Turbo-Lachs frisst sich in der halben Zeit das Fleisch auf die Gräten. Bares Geld hängt auch in der Fischereiwirtschaft mit dem Zeitfaktor zusammen. Ob das aufgeschwemmte Eiweiß unseren Qualitätsansprüchen genügt, das wird sich erst erweisen.

Weder braucht es eine besondere Kennzeichnung des Lebensmittels noch eine auffallende Verpackung. Dem Chlorhuhn folgt der Genlachs. „Fast Fisch" lautet der Schlachtruf für die Zukunft. Mahlzeit! Unbedenklich, so behaupten die Verantwortlichen, sei das Fleisch für unseren Magen.

Die Grenzwerte sind eine Augenauswischerei. Nach Strich und Faden werden wir Konsumentinnen und Konsumenten betrogen. Ein Beispiel gefällig? – Chile importiert jede Menge befruchtete atlantische Lachseier aus Skandinavien. Aufgepäppelt und gemästet bis zur Schlachtreife mit bedenklichen Substanzen. Dieser Fisch landet wieder in europäischen Kühlregalen. Ausgepreist und mit dem Herkunftsland aus norwegischen Aquakulturen versehen. Erschwinglich ist der Kilopreis trotz der weiten Reise. Die Überschreitung der Grenzwerte um das Dreihundertfache wird vertuscht. Nur keine geschäftsstörenden Schlagzeilen.

Naturbeobachtungen sind für offene Menschen das Salz in der Suppe. Den außergewöhnlichen Rahmen bilden ursprüngliche Landschaften. Nicht an den kapitalen Traumfisch oder den Massenfängen in den seltenen Sternstunden ist das euphorische Gefühl geknüpft. Die Muße öffnet die Sinnesorgane und den Zugang zum Gemüt. Weder die gerammelt volle Tiefkühltruhe mit den Filets noch die angehäuften Trophäen mit ihren toten Glasaugen oder gar der Titel des Rekordfischers der abgelaufenen Saison machen den Wert der Fischerei aus.

Angeln ist weit mehr, als Fische aus dem Wasser zu ziehen. Schließlich sind wir Menschen auch nur ein wichtiger Teil des Ganzen. Der Respekt gegenüber den Kreaturen, die Bewunderung ihrer faszinierenden Artenvielfalt und der mannigfaltigen Lebensräume sichert auch uns die Basis für das Überleben.

JAGDFIEBER – GEFINKELTE METHODEN

Die Rothäute, die Indianer Nordamerikas, beschimpften die schlitzäugigen Inuit mit dem Begriff Eskimo. „Rohfleischesser" lautet die wenig schmeichelhafte Übersetzung.

Die arktische Wildnis ist der Lebensraum dieser Ureinwohnerinnen und Ureinwohner. Eine unwirtliche Gegend für Menschen. Leider ist die Kultur des Jagens vom Aussterben bedroht. Schuld trägt vor allem die rasante Klimaerwärmung. Eisfreie Buchten nehmen zu, Moskitos überleben bereits in der Region und Eisbären werden in den Siedlungen zur Plage. Der Eispanzer schrumpft bedenklich. Immer kürzer versiegelt das „ewige" Eis Wasser und Land. Erschwert ist die Pirsch auf der brüchigen Eisdecke in den Fjorden. Die angelegten Fleischvorräte verderben im Naturkühlschrank. Lachse, Ren, Robben und Wale werden als Gammelfleisch letzten Endes den Hunden vor die Fänge geworfen.

Wer heutzutage von den Inuit die Gene seiner Altvorderen zum Weidwerk geerbt hat, nützt selbstverständlich die Errungenschaften der modernen Technik. Auf Präzisionswaffen montierte Zielfernrohre versprechen fast den Erfolg. Aber noch gut vor ein paar Generationen haben die angepassten Überlebenskünstler des Hohen Nordens ihre Beute mit einfachen, aber wirkungsvollen Geräten erlegt.

Unglaublich mutig müssen diese Menschen gewesen sein. Auf dem Lande umstellten sie mit ihren stärksten Schlittenhunden die mächtigen Eisbären, um sie mit einfachen Waffen zu töten. Gleichermaßen begehrt waren Fell und Fleisch. Tollkühn wagten sie sich in nur mit Häuten bespannten Booten auf das Eismeer. Immer wieder pressten sie den Knauf des Paddelholzes an die Ohrmuschel, um den Gesang der Wale aufzuspüren. Die Schwingungen unter Wasser und der Blast lotsten sie zur Beute.

Einmalig im gesamten Tierreich sind die Lautstärke und die Vielfalt des Gesanges. Gerne ziehen die Buckelwale während ihrer Wanderschaft entlang der Küsten und stoßen bis zum Brackwasser der Flussmündungen vor. Nur die Nähe zu den ziehenden Tieren sicherte einen gezielten Wurf mit der Harpune. Erfolg

und Risiko wuchs im Gleichklang. Ein einziger Schlag mit der Fluke genügte, um das Boot zu zerschmettern.

Den Bullen der Buckelwale ist während der Rituale zur Fortpflanzungszeit eigen, dass sie ihr stattliches Gewicht gänzlich aus dem Wasser treiben. Weitum ist nach dem akrobatischen Sprung das Getöse hörbar. Angriffslustig drohen sie dem Paarungsrivalen mit offenem Maul. Sie drängen die Gegner von den angelockten Weibchen ab. Rammen mit dem stumpfen Schädel liegt in ihrem Verhalten. Gut vorstellen kann ich es mir, dass harpunierte Bullen ihr Verhalten auch gegenüber den Booten einsetzen. Jeder Sturz ins eiskalte Wasser bedeutete den sicheren Tod des Jägers.

Bis zum Ausbluten des Tieres hingen Ruderer und Harpunierer im Schlepp, denn der Auftrieb der Nussschalen kann einen kräftigen Bullen kaum vor einem Tauchgang bewahren. Immerhin ist so ein stattliches Tier mindestens zehn Meter lang und bringt mehr als zwanzig Tonnen auf die Waage. Gar die Kälber starten ins gefährliche Leben mit vier Metern Geburtslänge.

Tümmler, Delfine und Wale erwischt es jährlich zu Hunderttausenden durch den rücksichtslosen Einsatz der Treibnetze. Die immer noch zunehmende Verschmutzung der Meere und die kommerzielle Gier drängen ganze Populationen Richtung Aussterben. Unter dem Deckmantel „für wissenschaftliche Zwecke" nimmt das Abschlachten der Wale kein Ende. Die fadenscheinig ausgehandelten Genehmigungen sind ein Hohn. Nachweislich ist bekannt, dass die Fleischlieferanten kaum in Labors untersucht werden, sondern hauptsächlich als sehr teure Delikatesse in den Schalen und auf den Tellern landen. Oder, schon verrückt, in den Futterdosen für die verhätschelten Haustiere stecken.

Die einst begehrten Rohstoffe wie Walrat, Fischbein und Ambra sind längst durch vorzügliche synthetische Produkte ersetzbar. Es gibt keinen Grund, die sanften Riesen so gnadenlos zu verfolgen. Bereits ausgestorbene Walarten wie Atlantischer Grauwal oder Biskayawal klagen an. Verstummt für immer ist ihr Gesang.

Stoisch trotzten die Männer den lebensfeindlichen Stürmen an den Atmungslöchern der Robben. Diese Tiere unterhalten ein ganzes System von Öffnungen im wachsenden Eis. Regelmäßig müssen sie es aufbrechen und den Durchschlupf benützen, damit er nicht zuwächst. Die erfahrenen Robbenjäger verstanden es, den Reifbeschlag auf der Unterseite des Eisfensters, durch die ausgeatmete Luft, richtig zu deuten. Kein Entkommen gab es für den Pelzträger, hing er einmal mit seiner zähen Haut am Widerhaken.

Einzelkämpfer sind in jeder Gesellschaft Außenseiter. Nur durch den Zusammenhalt der Sippe wurde das Überleben gesichert. Ein Mann, ein mutiger, ist mit seinem wendigen Kajak in der Lage, einen Wal zu harpunieren. Aber nie würde er es schaffen, den Fleischkoloss aus dem Wasser zu ziehen. Gemeinsa-

mes Jagen und Aufteilen der Beute auf die Familien, Witwen und gebrechlichen Alten war ein gewachsenes Ritual.

Der rasante Sprung in die hoch technisierte Neuzeit hat dieses ursprüngliche Jägervolk tief entwurzelt. Nur wenige verspüren noch das Bedürfnis, sich wie ihre Vorfahren im Einklang mit der Natur zu behaupten. Reich ist die Region der Eiswüsten an Erzen und Rohöllagerstätten. Als Ureinwohner der Polarregion von den neuen Ausbeutern teilweise entmündigt, vegetieren viele Inuit in den Städten. Abhängig von einer Art Leibrente. Die Überlebenskünstler der schier grenzenlosen Weite schafften es nicht, in den Häuserschluchten und Geschäftsstraßen Mensch zu bleiben. Analphabeten finden kaum befriedigende Arbeit. Ohne sinnvolle Beschäftigung wächst der Frust. Vor allem Männer schlittern leicht in ein Suchtverhältnis. Willensschwache Typen fallen während der monatelangen Dunkelheit im Winter in eine tiefe Depression.

Arbeitslosigkeit, Armut und Abhängigkeit von Medikamenten, Drogen und Alkohol treibt die Entwurzelten zuweilen in den Selbstmord. Die überhebliche Art von uns Weißen, die Respektlosigkeit gegenüber der Natur und die Gier nach ergiebigen Lagerstätten und Rohstoffen zerstören immer noch viele Seelen der Nordmenschen. Gebrochen ist der Stolz der einst unabhängigen Jäger. Sie müssen ihre Freiheit aufgeben. Sie mutieren zu Hilfskräften für ausländische Konzerne. Im eigenen Land sind sie Bittsteller. Ihr unglaubliches Gespür für alle Zustandsformen des Wassers nützt ihnen nichts. Sie scheitern an der fremden Denkweise. Die Leere im entwurzelten Dasein füllt nun der Geist des billigen Fusels. Aber es gibt Hoffnung. Begnadete Elfenbeinschnitzer schaffen aus den Hauern der Walrösser oder fossilen Zähnen der Mammuts faszinierende Szenen in Relieftechnik. Ihr ursprünglicher Lebensraum gebärt die Motive. Ein Teil der Jugend studiert. Sie besinnt sich auf die kulturellen Werte ihrer Ahnen.

Müßiggang ist nicht nur aller Laster Anfang, sondern schafft auch Gelegenheit zum Ausprobieren. Ist die Zeit reif, dann entfalten sich einmal gesponnene Ideen mit Macht. Sie wachsen sich fast zur Lawine aus und reißen alle Widrigkeiten mit.

Einer meiner Landsleute war ein liebenswerter Sonderling. Am Ende unserer gemeinsamen Fischertage fing er die erlaubte Stückzahl an Silberlachsen, um sie mittels der „Graved"-Methode zu konservieren. Bewusst schenkte er den gelandeten Milchnern ihre Freiheit. Leicht zu erkennen am ausgeprägten Laichhaken. Allein, sein Interesse galt den Rognern sowie den reifen Eiern in ihrem Leibe. Durch das Geflecht eines mitgeschleppten Tennisschlägers ohne Griffteil wischte er die runden Geschlechtszellen mit einer Adlerfeder. Gefühlvoll trennte er die Eiweißperlen von den vernetzten Eihäuten. Durch das Sieb der gespannten Saiten fiel der gesammelte Rogen in eine Auffangschüssel. Nach dem Haltbarmachen mit einem salzigen Geheimrezept – es gelang mir nicht,

die Zusammensetzung der Mischung aus dem Mann herauszulocken – teilte er die teure Köstlichkeit in vorbereitete kleine Einweckgläser auf. Bereits beschriftet waren die Etiketten mit den Namen der Angehörigen und Bekannten, die zu Weihnachten mit dieser außergewöhnlichen Delikatesse überrascht werden sollten.

Begeistert von den Überlebenstricks und praktischen Ratschlägen der wahren Survivaltypen, muss ich fast zwangsweise ihre Ratschläge ausprobieren. Nur Selbsterfahrung prägt sich im Gedächtnis ein. Lesen allein erzeugt nur eine kurze Verweildauer. Hält sich der Aufwand in Grenzen, dann kann mir auch ein Misserfolg die Lust an der Selbsttätigkeit nicht nehmen. Eher spornt mich die Niederlage an, um nach pfiffigen Verbesserungen zu streben. Nur ein zu bescheidender Zeitpolster lässt den Eifer rasch abkühlen.

An mit Fischfetzen aufgewerteten Lachsfliegen haben sich die halbstarken Hechte vom Alexander Lake gierig vergriffen. Zäh wie Leder hängt die Haut bombenfest am Haken und wackelt beim Einholen verführerisch. Das moorig dunkle Wasser mit dem pH-Wert im sauren Bereich ist kein Lebensraum für die Salmoniden. Stets hungrig, stürzen sich kannibalisch die älteren Hechtjahrgänge auf ihre jüngeren Artgenossen. Wer gerne die „Entenschnäbel" drillt und hohe Stückzahlen für die eigene Glückseligkeit braucht, ist an diesem See bestens aufgehoben. Mit Leichtigkeit fängt sich in krautlosen Wassergassen dieser Räuber. Teilen sich Fliegenfischer und Spinnangler so ein brettflaches Alu-Boot, dann ist es ganz normal, dass immer wieder die scharfen Haken im Dickicht der Laichkräuter und der Tausendblätter die Pflanzen lichten.

Für meinen Versuch brauche ich einen überschaubaren Strömungsverlauf und nicht das fast bewegungslose Stillwasser. Herbstblätter und die von den Schwimmkörpern der Buschflieger mitgerissenen Pflanzen orientieren sich erst in unmittelbarer Nähe des gestreckten Seeabflusses. Stärker beeinflusst der Wind die Richtung des Treibgutes auf der ruhigen Wasserfläche als die Kraft beschleunigender Wassermassen. Einem Trichter gleich sammelt sich das Stillwasser und wird zum Fluss.

Meine wirkliche Chance auf Hecht, zumindest rede ich es mir gebetsmühlenartig ein, liegt nur im moderaten Abfluss des Lakes. Ihr Maul richten die Raubfische flussaufwärts. Gut getarnt am Saum der wedelnden Pflanzenfahnen, entgeht den Großaugen kein Happen.

Leider habe ich vor einigen Tagen mit eigener Kraft mitgeholfen, die Bootsflotte und andere nützliche Dinge wintersicher zu verstauen. Es bleibt mir also nichts anderes übrig, als den Alexander mit der Wathose zu verfolgen. Weniger als einen halben Zentimeter beträgt der Durchmesser des Zweiges, aus dem ich mir einen botanischen Doppelspieß als Hakenersatz schnitze. Beide Enden sind scharf gespitzt. Die Mitte ist mit einer ringförmigen Kerbe versehen, damit

ich ein kurzes Stück Schnur anknüpfen kann. Von der Rinde befreit, hängt das System an einem trockenen Stück Schwemmholz. Ein blitzblanker Karabiner verhindert den Auftrieb und erhöht den Effekt des Reizmittels.

In der leichten Strömung übernimmt das Floß den Transport. Vergreift sich ein neugieriger Fisch an dem gefährlichen Stückchen, dann steckt es quer im Schlund und er hängt. Mit dem hinderlichen Treibanker im Schlepp bleibt er sicher alsbald irgendwo an den Hindernissen stecken. Mein sind Triumph und Beute.

Gleich nach der ersten Flussbiegung überwerfe ich mit dem raffinierten Gerät einen langen Pool flussaufwärts. Gespannt warte ich auf den ersten Hecht, der den auffällig treibenden Bissanzeiger aus der normalen Drift reißt. Das armlange „Fischunkraut", wie die Amis betonen, hält sich gerne im Schatten der Botanik auf, um sich blitzschnell auf unvorsichtige Fische zu stürzen. Fehlanzeige. Einige Wiederholungen und ein Ortswechsel bringen keinen Erfolg.

Die Laichräuber, wie Regenbogenforelle und Äschen, wissen hingegen genau, dass meine Tücke weder in Form noch im Geschmack eine Ähnlichkeit mit den begehrten Rogen hat. Wohl stumm sind die Fische, aber nicht so blöd, dass sie, mit Blindheit geschlagen, eine Art von Selbstmord riskieren.

Erst als ich den Miniholzpfahl mit Doppelspitze gegen einen Streamer mit Effektmaterial und Kugelaugen tausche, fange ich tatsächlich ein mickriges Hechtchen. Wobei die Verfolgung des Bissanzeigers einer überstürzten Kneipptherapie gleichkommt. Bevor ich den Zwerg von dem Fremdkörper erlösen kann, hat er doch tatsächlich mit seinen scharfen Zähnen schon das Vorfach gekappt. Eine Weile lang wird die Reizfliege den Entenschnabel an seine Unvorsichtigkeit erinnern.

Im Notfall quält mich weiterhin der Hunger. Oder ich vergesse meine guten Manieren sowie Essgewohnheiten und vergreife mich an den mürben Königslachsen. Zuhauf liegen die Fische im Verwesen. Frisch ausgebrachte Gülle kann die Nase kaum mehr stören als der allgegenwärtige Leichengeruch. Jeder unabsichtliche Tritt auf einen zersetzten Fischkörper löst schlagartig eine Wolke des Gestankes aus. Tägliches Verenden, nach Abschluss des Laichgeschäftes und der Bewachung des Geleges, gehört zum Kreislauf.

Das Königslachssterben ist für mich eine schwermütige Angelegenheit. Unterhalb des Auslaufes des Alexandercreeks säumen die meterlangen Kadaver zu Hunderten den Grund. Eine dichte Ufergalerie schirmt die seitliche Luftzirkulation ab. Wie eine unsichtbare, giftige Gasdecke lastet der Verwesungsgeruch auf dem sichtigen Wasser. In die Länge streckt sich der nasse Friedhof. Niederschlagsmangel sowie der sinkende Pegel lassen die vielen flachen Kieszungen wie Eilande aus dem Profil des Bachbettes wachsen. Mulden, Wannen und Gerinne trocknen aus. Wasser als Geruchshemmer fehlt an allen Flossen.

Die unzähligen Tierleichen vermitteln das Bild eines Schlachtfeldes zwischen verfeindeten Indianerstämmen. Aufgetrieben von den Gasen sind die Körper der ersten Aufsteigerwelle. Eingetrocknet ist der Schutzschleim und mürbe das Schuppenkleid. Prächtig vermehren sich die zersetzenden Pilzkulturen. In verschiedenen Farben und Formen überziehen die Polster die Kadaver. Unstillbar scheint der Hunger der krabbelnden Maden. Gefressen ist das Fleisch bis auf die Gräten. Blank geputzt vom Zahnfleisch liegen bereits einige Kieferbögen bloß. Nur die auf dem Boden aufliegende Seite widersteht etwas länger dem Werk der Zersetzer. Mit einem Knüppel möchte ich nicht einen königlichen Lachs in einer Pfütze erschlagen, noch dazu in unmittelbarer Nähe ihrer Laichgruben.

Gezwungenermaßen entferne ich mich weiter von der rustikalen Lodge und pirsche flussabwärts. In unregelmäßigen Abständen stoße ich aus meiner Signalpfeife schrille Töne aus. Dazwischen rede ich mit lauter Stimme wie ein Verrückter mit mir selber. Unbehaglich ist mir zumute, wenn ich auf Grund des tiefen Wassers einen Mäander durch die dichte Vegetation abschneide. Unumwunden gebe ich es zu, ich habe Angst, einen Schwarzbären aus dem Mittagsschlaf aufzustöbern.

Einen bereits im Todeskampf taumelnden Chinook aus kurzer Distanz mit einem Pfeil zu quälen, das behagt mir nicht. So, als würde man einen am Boden liegenden Schwerverletzten zusätzlich mit Fußtritten peinigen. Die frischen Silberlachse sparen sich den langen Aufstiegsweg. Unerreichbar für meine Fußexkursion sammeln sie sich weit flussabwärts zum Laichgeschäft. Viel zu schlank sind mir die arktischen Äschen als Zielscheibe, trotz ihrer mächtigen Rückenfahne. Meine Bogenkunst braucht handfeste Ziele. Deshalb versuche ich eine fette „Amerikanerin", eine Regenbogenforelle, aufzuspüren. Weder ein Versorgungsengpass noch der Hungertod vor Augen treiben mich an. Gelassen bewerte ich mögliche Standplätze von Fischen, ehe ich unauffällig weiterpirsche.

Das Glück steht auf meiner Seite. Im freien Wasser steht tatsächlich eine Kapitale. Vorbereitet sind der Fischpfeil und der Naturlangbogen. Verunsichert bin ich vom Winkel meines hinter der Handwurzel festgebundenen Schnurhalters. Strecke ich den linken Arm durch, um die Elastizität des Holzbogens auszureizen, dann schaut die Achse der Spule beinahe „ums Eck". Richte ich hingegen den Schnurablauf parallel zur Schussrichtung aus, dann ist der Pfeil durch die Stellung des Unterarmes wesentlich zu lang. Es fehlt an der notwendigen Beschleunigung und Durchschlagskraft. Unsicher macht die Zwickmühle. Dem Fisch sind meine halblauten Gedanken keine Flucht wert. Unbekümmert meiner fleischlichen Gelüste schwebt er vor einem klobigen Felsen und genießt den geringen Energieverbrauch durch den Staudruck.

Obwohl der gute Fisch in geringer Tiefe steht, plane ich vorsorglich die Lichtbrechung ein und setze die Pfeilspitze unter seinen Bauch an. Nicht verunsi-

chern kann mich die optische Täuschung. Ich weiß, dass die Beute in Wirklichkeit tiefer steht, als sie von der pfeilgeraden Visierlinie wahrgenommen wird. Leider verfehlt mein Geschoss das Tier. Die gewissenhaft aufgewickelte Fangschnur hält sich nicht an ihre Aufgabe und lenkt den Fischpfeil aus der Flugbahn. Das Holpern einiger Schlingen vom Spulenkern trägt Schuld. Mein Jagdpfeil prallt als hörbarer Querschläger vom Felsen. Genügt hat die Aufprallenergie, um die Spitze aus dem gebastelten Geweihmaterial zu verstümmeln. Der Regenbogen reicht die ungewöhnliche Belästigung. Sie wechselt ihren Standort, entschwindet mir aber nicht gänzlich aus den Augen. Angesichts der Trümmer ändere ich meine Methode. Erfahrungen aus Niederlagen entwickeln neue Denkmuster. Töricht wäre es, weiter Spitzen wegen des Schnursalats zu vergeuden. Fehler werden durch Wiederholungen nicht beseitigt.

Zuerst ziehe ich einige Meter Schnur samt Reserve vom Halter ab und lege sie in großen Schleifen auf einer Sandbank ab. Kein Kiesel soll mir die folgenden Probeschüsse trüben. Den Rest samt Spule wickle ich mir einige Male um die schlappe Wathose auf Höhe des Sprunggelenkes, damit das Opfer nicht entwischt. Schnurgerade fliegt der Reservepfeil ins Wasser. Mit Schwung bohrt sich die Spitze gar in den Flussgrund und steckt. Auch weitere Versuche verlaufen erfolgreich. Mehr als zufriedenstellend fliegen Pfeil und Rückholleine in die angepeilten Wasserbereiche. Die Zuversicht legt sich als Stimmungshoch über meine neue Fertigkeit.

Mit dem Qualitätsmaterial des originalen Fischpfeils, da bin ich mir inzwischen ganz sicher, werde ich die fette Forelle erwischen. Um den Fisch nicht sinnlos als Versuchstier zu quälen, gönne ich mir nach der erfolgreichen Jagd einen üppigen „Steckerlfisch" am Tatort. Allein der Gedanke an die Beute regt bei mir schon den Speichelfluss an.

Fischgewürz, Signalpfeife und sturmtaugliche Streichhölzer mit Riesenköpfen sind in einer wasserdichten Box meine stillen Begleiter auf allen Flussbefahrungen. Ein paar lose Haken und eine Rolle Vorfachmaterial sowie einige Sicherheitsnadeln ergänzen die wichtigen Utensilien. Das Set braucht nur den Platz einer kleinen Tasche in der geräumigen Fliegenfischerweste.

Um das auserwählte Opfer nicht frühzeitig zu vergrämen, schleiche ich mich mit aller Vorsicht an eine sichere Schussdistanz heran. Die Schwingungen meiner mörderischen Gedanken muss das Schuppenvieh spüren, denn aus dem Stand heraus wirft sich der Fisch um seine Längsachse und nimmt Reißaus. Eine weitere Treibjagd und Verfolgung vergeht mir auf Grund eines unbequemen Streckenabschnittes. Ich gebe auf. Als Ersatz und zum Frustabbau ziele ich auf einen verkrüppelten Schwemmholzbrocken im Fischformat. Tief dringt die messerscharfe Klinge in das Holz ein. Nur geringfügig trübt der Aufwand zur Pfeilrettung die Freude über den Treffer.

BUSCHFLUG – VERRÜCKTE MUTPROBE

Die plötzliche Veränderung des Lichteinfalles in dem ohnehin dunklen Laderaum der Transportmaschine überrascht mich. Ich löse mich vom Adlerblick auf mein Traumland Alaska und schaue zum Cockpit.

„He, was soll der Wahnsinn", denke ich halblaut und schüttle ungläubig meinen Kopf. Umständlich tauschen der Pilot und Franz die spartanisch engen Sitze. Bei der Kraxelei kommt den beiden Männern ihr schlaksiger Körperbau zugute.

Vielleicht quält den Buschpiloten eine spontane Übelkeit, ein Kreislaufkollaps oder gar eine gefährliche Herzattacke, reime ich mir als Erklärung zusammen. Notwendig scheint sicher der Wechsel, um ein Unglück zu vermeiden. Gerne verzichte ich auf eine schicksalhafte Bruchlandung.

Als ob Franz meine besorgten Gedanken lesen könnte, richtet er das wackelnde Flugzeug wieder auf Kurs, schiebt sich einen Kopfhörer vom Ohr und erklärt mir ohne Panik:

„Ich bin in Ausbildung. Mache gerade den Pilotenschein. Jede Übungsflugstunde ist bares Geld wert. Keine Sorge, wir werden das Kind schon schaukeln. Der Chef übernimmt vor der Landung am Lake Hood wieder den Knüppel."

Dem flüchtigen Blickkontakt zwischen den beiden Herren messe ich vorerst keine Bedeutung zu. Hin und wieder dreht der Lizenzpilot völlig entspannt seinen Kopf in meine Richtung und schreit gegen den Motorlärm „Blacky" oder „Moos". Gleichzeitig weist er mit der Hand zum erspähten Tier. Je nach Entfernung des Wildes deutet er mit dem gekrümmten Zeigefinger direkt unter den Rumpf oder im flachen Winkel zum Seitenfenster hinaus. Die Hektik seiner Fingerzeichen ist mir ein Maßstab für meine verbleibende Suchzeit.

Der Buschpilot weiß um meine Leidenschaft für Luftaufnahmen. Erleichtern will er mir einfach das Aufspüren der Wildtiere. Er kennt die Plätze und Wanderwege. Ehe sie aus dem begrenzten Blickwinkel huschen, soll ich sie mit der Kamera einfangen. Die Draufsicht auf einen Elchbullen, der bis zum Widerrist im Sumpf steht und sich die Köstlichkeiten der gelben Teichrosen oder ande-

rer Wasserpflanzen schmecken lässt, vermittelt zunächst eher den Eindruck einer Holzleiche. Erst wenn die Schaufeln sich bewegen, entpuppen sich die scheinbaren Äste zum Geweih. Flüchtet gar das Tier, aufgescheucht vom Dröhnen über dem Kopf, in den Schutz der spärlich stehenden Bäume, dann gibt es keine Zweifel mehr. Nur aus dem fliegenden Pirschstand heraus offenbaren sich die Vielfalt der Landschaft und der Reichtum des Wildbestandes des faszinierenden Landes.

Dünn ist das Straßennetz in der Weite Alaskas. Nur die Buschflieger, ob mit Schwimmkörper, Rädern oder Kufen unter dem Rumpf, verbinden die Menschen in den entlegenen Siedlungen. Längst vorbei sind die Kinderkrankheiten der Fliegerei. Selten sind Ermüdungsbrüche des Materials oder der totale Motorausfall die Auslöser für einen Absturz mit schrecklichen Folgen. Meistens ist der Mensch die Fehlerquelle im System. Flugkarten und Funkverbindung sind für Jungspunde eine gewaltige Hilfe.

Aber wahre Alaska-Flieger nutzen das Netz der wichtigen Flüsse zur Orientierung. Sie kennen den Verlauf und die wasserreichen Zubringer. Bei schlechter Sicht huschen sie im Tiefflug über die Wasserstraßen. Zur Sicherheit gilt auch hier der Rechtsverkehr. Versuchen wilde Draufgänger, sich gegen einen Wettersturz und Nebeleinfall zu beweisen, dann scheitert häufig das Unterfangen. Erfahrene Buschflieger, mit einem Notfallrucksack (Lebensmittel, Feuer, Gewehr und andere wichtige Dinge) ausgestattet und dem Mut zu einer Zwischenlandung, unterscheiden sich wesentlich von den riskanten Bruchpiloten. Noch ist kein Flugzeug je am Himmel geblieben, behaupten mit physikalischem Scharfsinn coole Typen. Letzten Endes kommt es aber nie auf die Stunden in der Luft, sondern auf den Stil der Landung an.

Weder schlechte Sicht noch die Gefahr eines aufziehenden Gewitters rütteln am Flugzeug. Weit weg erhebt sich auf der rechten Seite der sanfte Rücken des Mount Susitna. Aus der Flussniederung heraus erobert der ausgedehnte Waldbestand die Flanken des Berges. Mit seinen lächerlichen 4.396 Fuß stellt er nicht das geringste Flughindernis dar. Außer, das bucklige Massiv versteckt sich hinter einer dichten Wolkendecke.

Satt schnurrt der kräftige Sternmotor. Die Eintönigkeit des Geräusches lullt mich wieder ein. Zufrieden mustere ich die vorbeiziehende Landschaft unter der Tragfläche. Eine Augenweide ist die herbstliche Palette der Farben. Jeder Teich zeigt sein eigenes Gesicht. Einem Spiegel gleicht blitzt das Licht. Wildwechsel vernetzen als deutliche Linien die Lebensräume. Die Trampelpfade zeichnen geradezu Muster in die Vegetation.

Unerwartet verändert sich das Motorengeräusch. Gleichmäßig schwillt die Frequenz an. Lauter wird der Fluglärm und das Vibrieren überträgt sich auf den Rumpf. Dem Resonanzkasten einer Bassgeige gleich, schwingt der Boden un-

ter meinen Füßen. Mein Fenster zittert. Ehe ich in meiner Besorgnis eine Frage stellen kann, zieht Franz den Steuerknüppel zügig an seinen Waschbrettbauch heran. Wie bei einer Flugschau frisst sich die Propellermaschine im steilen Winkel in den spärlich bewölkten Himmel.

Mit Spanngurten und einem Netz sind die nicht benötigten Bodendielen und die schweren Fleischportionen der zerwirkten Elchkuh im Frachtraum gefesselt. Trotzdem rutschen sie auf Grund der Schwerkraft leicht in Richtung Heck. Mein seitlich angebrachter Klappsessel mit dem abgewetzten Gurt vermittelt mir absolut keine Sicherheit mehr. Krampfhaft halte ich mich fest, um nicht von der Sitzfläche zu rutschen. Erfolgreich spreize ich mich mit meinem gestreckten „Heckbein" gegen die auftretenden Kräfte.

Keine gewöhnliche Maschine kann das Manöver eines extremen Steigfluges ohne Geschwindigkeitsverlust schaffen. Allmählich hängt sich die Masse an wie der berühmte Mühlstein um den Hals. Reißt gar die Luftströmung ab, dann braucht es einen Piloten mit eiskalten Nerven und reichlich Routine, um einen Absturz zu vermeiden. Trudeln kommt vor dem Aufschlag. Stärker ist die Anziehungskraft der Erde als ein ganzer Schwarm von hilfsbereiten Schutzengeln mit ihren Flügelchen.

Erst als das Flugzeug gefühlsmäßig einige hundert Höhenmeter gewonnen hat, wird die kleine Welt im Bauch der Maschine wieder kurz waagrecht. Erleichtert presse ich Luft zwischen meinen geschlossenen Lippen aus. Leider währt mein Durchschnaufen nur wenige Wimpernschläge lang. Am Scheitelpunkt kippt das Lufttaxi mit der Nase voraus in den Sturzflug. Neuerlich schiebt sich das Ladegut in die andere Richtung. Ich fühle meinen Mageninhalt zur Kehle hochsteigen. Zum Kotzen ist mir. Kein Ende nimmt der fast freie Fall. Mit Schrecken gewahre ich, wie schnell sich die Tümpel zu Teichen vergrößern.

Rasend schnell fliegt mir die Erde entgegen. Kaum Zeit bleiben mehr für Abschiedsgedanken an die Familie und ein Stoßgebet, dann stecken wir mit dem Bug metertief in dem weitläufigen Sumpf. Oder wir streifen die Wipfel des lichten Baumbestandes. Ehe uns die abgerissene Tragfläche noch in eine Kurve reißt, sind Kopf und Kragen verloren.

Fern der Heimat kostet mir die Mutprobe des verrückten Typen das Leben. Teuer kommt dem anatomischen Institut der Universität Innsbruck die Überstellung meiner Leiche. Vielleicht fängt nach dem Zerschellen das Kerosin gar Feuer und das Sezieren zahlt sich nicht mehr aus. Welcher angehende Mediziner schnippelt schon gerne an verkohlten Unfallopfern herum. Nicht abschütteln kann ich die Horrorszenen im Kopfkino. Lähmend wirken die ausgeschütteten Hormone auf meinen Körper.

Franz fliegt keine Kurven. In meiner Wahrnehmung steuert er wie ein Kamikazeflieger direkt auf den Boden zu. Als Laie in Sachen Flugtechnik bin ich

durch viele Vorurteile belastet. Die „Frachtmaschine" mit ihrem Gewicht wird so lange beschleunigen, bis der zunehmende Luftwiderstand sich mit der Geschwindigkeit die Waage hält. Rasend schnell schrumpft meine Lebensdauer bis zum unausweichlichen Aufprall. Meine Gefühlswelt schlägt Purzelbäume. Den Blick auf einen magischen Unfallfleck in der Wildnis fixiert, nehmen meine Sinne nicht wahr, dass sich das Motorengeräusch nicht verändert. Gott und seine Ungerechtigkeit werden mein Reibebaum. Das Hadern deckt mein Selbstmitleid zu. Auf ein Ende meines abenteuerlichen Lebens bin ich jetzt nicht vorbereitet. Nicht das geringste Bedürfnis verspüre ich auf eine „Naturbestattung". Blitzschnell fallen mir Ideen, Pläne und Projekte ein. Zudem eine lange Liste von offenen Reisezielen und was ich schon alles meiner Frau und den Kindern immer sagen wollte.

Keinen Sand im Getriebe scheinen hingegen die beiden „Selbstmörder" zu finden. Unverändert hält der Pilotenscheinanwärter die Maschine auf Crashkurs und der Meister nebenbei regt nicht den kleinsten Finger.

Meine seelische und körperliche Bedrohung löst sich rasch in Luft auf, als er die Maschine elegant aus der Kompression führt und in eine waagrechte Flugposition steuert. Obwohl mein Körpergewicht in dieser Flugphase zunahm, bin ich total erleichtert. Allmählich legt sich wieder das Pochen unter meinem Brustbein. Dem eingebildeten Tod gerade vom „Propeller" gehüpft, baut sich ein prächtiges Gefühl einer Art Wiedergeburt auf. Gebetsmühlenartig frage ich nach dem Warum der überstandenen Flugerfahrung. Unnötig wie ein Kropf war der einseitige Spaß. Was habe ich angestellt, um diese neue Erfahrung machen zu müssen? Mit seiner Aktion hat mich der Held das Fürchten gelehrt und gleichzeitig sein inneres „Stachelschwein" an die Oberfläche gekehrt. Das Grübeln bringt keine Antworten.

Vielleicht habe ich unabsichtlich in seinen Wunden gerührt oder mich mit meinen allgemeinen ökologischen Bemerkungen zur Jagd zu weit aus dem Blockhüttenfenster gelehnt? Viele Dinge wurden angesprochen, auch das lustvolle Übungsschießen auf allerlei Federvieh. So manche Möwe, pfeilschnelle Wildente oder Canada Gans hat das Eindringen in den Luftraum der Lodge mit dem Leben bezahlt. Ungerupft liegen die Bälge in der Reichweite des Vogelschrotes. Zweifelsohne landet ein Großteil des Schwermetalls bei der Entenjagd im heilen Lebensraum und vergiftet Nahrungsketten. Ahnungslos holen sich Aasliebhaber ihre Bleivergiftung.

Meine Besorgnis über die verwendete Munition wischte er mit einem sauren Lächeln vom Tisch. Spurlos verebbten die Streitgespräche, Ökologie und Nachhaltigkeit passen nicht in sein Denkmuster. Waffenspaß und gute Geschäfte kommen vor Natur- und Tierschutz. Unverrückbar war und ist die Meinung des Mannes, dass der beste Schuss jener ist, der den Elch an der Schwelle zur

Räucherkammer trifft. Lausbubenhaft peinigte mich die Versuchung, meine Böllerreste – sie sind ein taugliches Mittel zum Verschrecken neugieriger Bären – auf Raten zu zünden, um den bereits heimeligen Elchkühen wieder Beine zu machen.

Fies finde ich den Brauch, dass die verhätschelten Hirschverwandten den Indianersommer in unmittelbarer Blockhausnähe selten überleben. Als Touristenattraktion und Fotomotiv gerne gesehen, strecken auch Führende am Saisonende unfreiwillig ihre langen Beine. Ins rechte Büchsenlicht gelockt durch heimtückisch verteilte Salatköpfe. Hegen und Pflegen sowie die edle Pirsch und die noble Verwertung des Wildbrets sind in seinen Ohren nur leeres Geschwätz aus dem alten, von Bürokraten geregelten Kontinent. Hier, in der Einsamkeit und Menschenleere, zählt nur die Taktik der gewitzten Fleischbeschaffung.

Wenn die letzten Aufsteiger, die Silberlachse, ihre Laichplätze erreicht haben, dann fischen nur mehr die Bären. Abgelöst wird das Saisonende der nassen Weid durch das ausbrechende Fleischfieber der Einheimischen und ausländischen Trophäenjäger.

Kein Geheimnis sind die klassischen Wildwechsel. Viele Ortskundige tuckern mit ihren Quarts oder Pickups die Straßen und Schotterpisten entlang, um das Wild noch auf der Böschung zu erwischen. Auch ein erlegter Elchbulle von rund dreiviertel Tonnen Gewicht stellt für die montierte Seilwinde nicht wirklich ein Hindernis dar. Ohne Probleme wird so ein Fleischberg auf die Ladepritsche gehievt. Ganze Familienclans und Scharfschützen warten zwischen Paxon und Cantwell auf die Rückkehr beziehungsweise den Wechsel der Karibus in ihre Winterreviere. Die Vorhut der Jäger kennzeichnet an den Zwergsträuchern der Tundra ihren Standort mit bunten Bändern.

Eine Art von strategischer Platzreservierung. Nachkommende Bekannte sollen sich nicht wundern, wenn sie auf ihren angekarrten Mustangs Richtung Bergkette unterwegs sind, um die überquerende Herde zu erspähen. Unersetzbar sind die Pferde im Gelände. Kopfstärke, Zugrichtung und Tempo sind wichtige Hinweise für die berittenen Kundschafter. Erst wenn die Rentiere, vom Instinkt getrieben, die Weggrenze überspringen, dann knallen die Büchsen aus dem Hinterhalt.

Längst vorbei sind auch im weiten Land Alaska die paradiesischen Zustände für die Jagdausübenden. Der Druck auf den Wildbestand erfordert ein Regelwerk. Aber immer noch erhalten die Einheimischen mit Recht die gewünschten Abschusslizenzen zum Schnäppchenpreis.

Allein die Festlegung auf ein riesiges Revier schränkt die persönliche Freiheit ein. Wer hingegen seine Pirschgelüste nur in den Nationalparks ausleben möchte, der muss sich unter die Fittiche eines erfahrenen Guides begeben. Rapide wächst auch hier der Aufwand. Buschflug, Jagdcamps oder der Komfort

einer noblen Lodge sowie tagelanges Guiden schlagen sich finanziell erheblich zu Buche.

Besonders die massigen Yukon-Elche sind das Ziel betuchter Jäger. Begehrt sind die unvorstellbar mächtigen Schaufeln, das Fleisch dürfen die Einheimischen verwerten. Ab 150 Zentimeter Geweihauslage reden die Weidmänner von starken Tieren. Reizvoll und anstrengend zugleich ist die Pirsch hoch zu Ross. Tagelange Ritte durch unwegsames Gelände zehren an den Kräften überschätzter Jäger. So mancher bricht vor dem Schuss zusammen.

Eine Bootsjagd dagegen ist auf den weitläufigen Seen fast ein Vergnügen. Saftige Wasserpflanzen und das weiche Holz der Verlandungszone sind geradezu ein Festschmaus für die Elchkühe. Ihre Einstände und Deckung liegen in unmittelbarer Nähe. Angenehm kühlt das Nass den Körper der Tiere und bietet eine geringe Angriffsfläche gegenüber den in Wolken auftretenden Blutsaugern. Die Bullen wissen um diese begehrten Plätze und die Pirschführer auch. Bekanntlich blind macht die Liebe. Der Trieb zur Arterhaltung und das Decken der Kühe bringt sie in die Schusslinie. Sichere Erfolge verspricht die Vor- und Hauptbrunftzeit.

Für rund zehn Jagdtage in Alaska belaufen sich die Kosten auf etwa 14.000 Dollar. Zurzeit halten sich die US-Währung und der Euro die Waage. Die Trophäengebühr ist natürlich zusätzlich zu bezahlen, wenn der Großhirsch seine Beine streckt. Mit einem einzigen Schuss reißt so ein stattliches Vieh weitere 5.000 Dollar vom Sparbuch. Trotzdem ist noch kein Ende der berühmten Fahnenstange erreicht, denn die Linien- und Charterflüge, die Lizenzen, Steuern, Waffeneinfuhrpermits und der Trophäentransport treiben die Ausgaben weiter in die Höhe.

Die EU-Veterinärbestimmungen reißen den Jagdgast noch tiefer in das Minus. Eine gewissenhafte Reinigung der Trophäe und gründliche Desinfektion des Schädels verlangen die strengen Richtlinien. Manche Grünröcke stehen auf eine präparierte Kopf-Schulter-Montage und schätzen den protzigen Staubfänger über dem offenen Kamin. Erhebliche Schwierigkeiten treten auf, wenn kein Veterinärzeugnis, ausgestellt in der Sprache des Einfuhrlandes, und Ausfuhrpapiere vorliegen. Formalitäten bezüglich Artenschutzbestimmungen, die Beschauung durch einen Tierarzt und die nicht ausbleibende Einfuhrverzollung sind die letzten Hürden. Schleichen sich unbewusst Nachlässigkeiten in diese aufwendige Kette ein, dann sind eine Beschlagnahme oder gar die Vernichtung des Weidwerktraumes nicht ungewöhnlich.

Um den ganzen Papierkram und die Unsicherheit durch mangelnde Sprachkompetenz aus dem Schussfeld zu räumen, bieten die Jagdveranstalter ein komplettes Service an. Selbstverständlich klettert die Summe für den Weidmann auf ein neues Hoch. Offensichtlich spielt Geld eine geringe

Rolle, wenn der Urtrieb nach einer außergewöhnlichen Trophäe und pure Abenteuerlust sich paaren. Und nun rächte er sich für meine verbalen Stiche mit einer flugtechnischen Schikane. Es gelang ihm, unter der Mittäterschaft des regulären Piloten, mir meinen Hormonhaushalt total zu verwirren. Nicht abzulesen war aus seinem beherrschten Pokergesicht die geplante Luftakrobatik. Schweißperlen trieb sie mir aus der Haut. Nachträglich wird mir sein zartes Grinsen als listige Beruhigungspille bewusst. Oder war es gar seine verletzte Eitelkeit als Manager? Fühlte er sich ausgespielt und in seiner Wichtigkeit übergangen? Mein gutes Verhältnis zum Besitzer hat mir den Weg zum Saisonausklang auf der Alexander Lake Lodge geebnet. Nach den vielen schaukelnden Bootsmeilen und riskanten Passagen ist so ein sicheres Blockhausleben ein angenehmer Kontrast.

Es fällt mir kein Stein aus der Krone, wenn ich als niedrige Hilfskraft zu Saisonende mitwerke. Freie Kost und Quartier sind der Lohn. Zudem bleibt reichlich viel Zeit, um den Wandel zum Indianersommer zu genießen. Die faszinierenden Lichtspiegelungen am ruhigen See sowie die Wildbeobachtungen sind nicht mit Geld aufzuwiegen. Die übliche Betriebsamkeit am Landungssteg verwandelt sich schleichend in eine Winterruhe. Bereits verwaist sind die Blockhütten und eingestellt ist der Barbetrieb. Spürbar werden die Einsamkeit und die Großartigkeit der Natur.

Satt von der abwechslungsreichen Fischerei im Rahmen einer abenteuerlichen Bootsfahrt und vorerst geheilt vom Alaskafieber, beteiligte ich mich als Handlanger und letzter Gast an der Verlegung eines neuen Bodens. Eingeflogen waren das Isoliermaterial sowie die dicken Bohlen. Im Handumdrehen war das Werk vollendet. Das Augenmaß ersetzt den Maßstab. Die Männer verstehen ihr Handwerk. Sie arbeiteten gegen eine faire Pauschale, dafür dürfen sie ein ohnehin leerstehendes Blockhaus weiterhin als Jagdhütte bewohnen.

Nicht zu verachten ist auch die Bequemlichkeit einer Sanitäranlage in der Wildnis. Wasserspülung und Licht bis Mitternacht sind ein Luxus. Die Energie liefert ein schlecht gedämmtes Dieselaggregat. Das störende Tuckern ist der Preis für die Annehmlichkeiten. Ohne besondere Vorkommnisse – zumindest für das Team im Tower des internationalen Flughafens in Anchorage – drückt der wahre Flugchef die Enden der Schwimmkörper auf das Wasser und gibt Gas. Oft führt der unterschätzte Reibungswiderstand des Wassers zu lebensgefährlichen Überschlägen.

Täglich finden mehrere hundert Flugbewegungen auf dem größten Wasserflughafen der Welt statt. Außer, eine dicke Nebelsuppe erschwert den üblichen Sichtflug. Rund viertausend Flugzeuge säumen die buchtenreichen Ufer des Sees. Wobei die Buschflieger mit den Floats unter dem Rumpf gegenüber den Flugzeugen mit Rädern überwiegen. Mit Verkehrszeichen ist der Vorrang der

Flugzeuge auf dem Areal geregelt. Die riesigen Dimensionen des Landes und das überaus spärliche Straßennetz machen die Lufttaxis zur Selbstverständlichkeit. An anderen Orten der Welt dümpeln massenhaft Boote im Yachthafen oder sind die Parkplätze der Einkaufszentren mit Autos überfüllt. Und in Anchorage ist eben die Privatmaschine vor der Haustüre stinknormal.

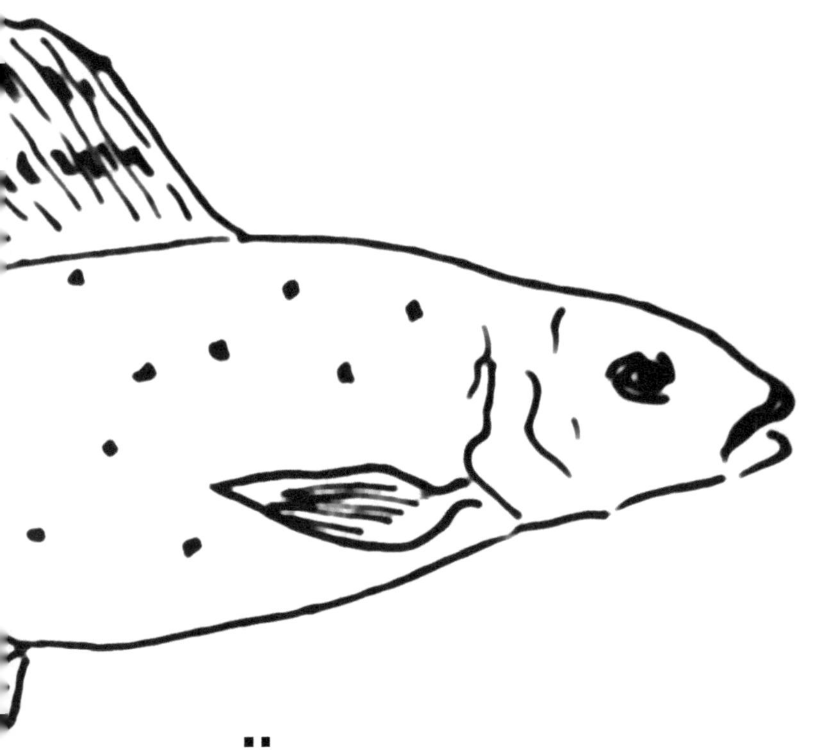

ÖSTERREICH

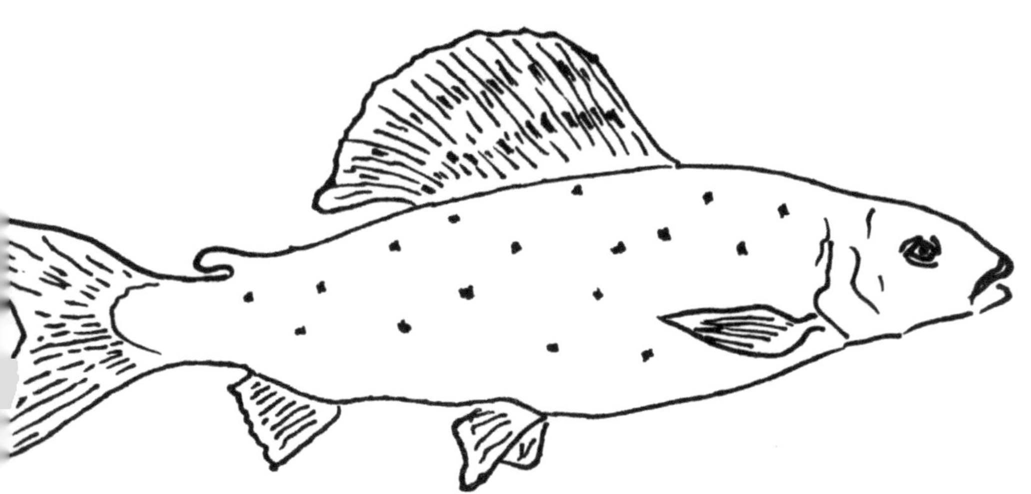

Gebirgsbach

Hintersee im Felbertal

*Salzach auf Höhe
von Niedernsill*

Petri Heil

Stattliche Urforelle

Fliegenfischer-Stillleben

ÄSCHENPROJEKT – FAHNENTRÄGER IM AUFMARSCH

W„as ich nicht weiß, das macht mich nicht heiß", zitiert trefflich der Volksmund. Aber die unterschiedlichen Profile von Schuhsohlen, die wie ein rhythmischer Stempeldruck den Mehlsand des aufgesuchten Salzachabschnittes prägen, hemmen erheblich meine Vorfreude aufs Streamerfischen. Der letzte Regen liegt einige Tage weit zurück. Ganze Bände sprechen die eindeutigen Muster. Bekannt sind jedem heimischen Fischer die hervorragenden Stellen. Aber auch die wohlwollend beratenen Hotelgäste vom Bräurup in Mittersill finden sich alsbald auf diesen Plätzen ein. Weitum weckt in Anglerkreisen das größte zusammenhängende Fischereirevier in Österreich enorme Begehrlichkeiten.

Ein Temperatursturz hält zurzeit noch die mächtigen Schneedecken oberhalb der Waldgrenze im festen Griff. Bescheiden glucksen die Schmelzwässer. Niedrig ist der Pegelstand der Lebensader. Zurzeit funkelt sie fast im Farbton eines reinen Smaragdes.

Unvorstellbar ist es eigentlich, dass die Breite des Flussbetts und die massive Böschung nicht ausreichen, um die wiederholt auftretenden Hochwässer zu bändigen. Enorm sind die Schäden an Leib und Gut. Wirkungsvoll lässt sich mit Wasser ein Brandherd bekämpfen, aber keine Macht ist in der Lage, den unwillkürlichen Überfluss im Zaum zu halten.

Zehn Fuß stehen auf dem Blank meiner Rute. Sie hält mir das Fliegenkaliber weit genug vom Körper. Durch seine Größe und Gewicht fliegt das Geschoß pfeilschnell der Schnur voraus. Leicht sticht so ein kräftiger Haken in die Kleidung und eigenes Fleisch. Nicht nur optische Vorteile bringt das Tragen einer Polaroidbrille.

Erheblich leidet die Eleganz des Streamerfischens durch die oft mit Bleidraht beschwerten Fischimitationen. Enorm beeinflusst die fliegende Masse jeden Rückschwung. Nach dem Stopp ruckt es unangenehm an der Rute. Nach der neuerlichen Beschleunigung plumpst, einem Steinchen gleich, anschließend der Köder mit einem deutlichen Aufklatschen in den Fluss. Unüberhörbar ist

der Lärm für unser Menschenohr. Auch die Fische bemerken die Veränderung des Druckes mittels ihres Seitenlinienorgans. Ob das Geräusch ihren Fluchtreflex auslöst oder gar zum Angriff reizt, dass hängt vermutlich noch von weiteren Faktoren ab.

Einige stillose Rollwürfe strecken die Schnur zur annehmbaren Länge. Gratis zieht die Strömung weitere Meter von der Rolle, wobei das gefühlvolle Anheben der Rute den Ablauf fördert. „Nachfüttern" je nach Bedarf verlängert die Drift. Viel Zeit bleibt zum Absinken bis in Grundnähe, während die Leine durch den Druck der Strömung ans eigene Ufer wandert. Ist die Schnur schließlich gestreckt, steigt der Streamer verführerisch in höhere Etagen. Diese Phase reizt häufig Fische zum Angriff. Oder sie verfolgen den vermeintlich ungeschickten Jungfisch, der sich ins flache Uferwasser retten möchte.

Sensibel sind nicht nur die Lippen, sondern auch die menschlichen Fingerkuppen. Der Kontakt mit der Fischchenimitation am Ende des Arbeitsgerätes ist notwendig, um sich in das Geschehen unter Wasser besser einfühlen zu können. Der Wechsel zwischen den Achterschlingen, die ein geschicktes Fingerspiel erfordern, und den losen Klängen als Einholmethode der Leine sind ein guter Tempowechsel. Auch die Brut hält auf ihrer flinken Flucht vor den Verfolgern kurze Unterbrechungen ein. Wirkungsvoll arbeitet dabei das schlappe Körpermaterial des Streamers. Es pulsiert. Zudem verhindert diese Anwendung, dass sich überschüssige Fliegenschnur beim nächsten Wurf am Boden verheddert. Steht man hingegen auf einer Kies- oder Sandbank, dann kann ohnehin nur ein ungeschickter Ausfallsschritt die Schnur blockieren.

Bequemer sind natürlich eine Schwimmschnur mit rasch sinkendem Spitzenteil, ergänzt mit einem Spezialvorfach. Unbeschwerte Streamer zeigen erheblich mehr Leben. Sie spielen geradezu in den unterschiedlichen Strömungsverhältnissen.

Unfreiwillig opfere ich dem Wassergott Neptun einige von mir bevorzugte Riesenfliegen. Das grundnahe Fischen lichtet die geordneten Reihen in der Box. Wenige Hänger lassen sich durch Tricks oder mutiges Strömungswaten beheben. Als letzte Möglichkeit bleibt das Abreißen des Vorfaches. Geradezu verseucht sind die Erfolg versprechenden Stellen mit Holzleichen. Erst vor einer Saison haben die Arbeiter des Wasserbauamtes brutal die Böschung vor jedem armdicken Baum gerodet.

Vom Wasser aus griff sich ein Bagger jedes Holz, um es mittels der Strömung billig zu einer errichteten Flusssperre, einer Art von Riesenrechen, schleppen zu lassen. So manches Astwerk verkeilte sich mit dem Stamm voraus im Flussbett. Eingezwängt zwischen den Steinen, trotzt das Geäst auch den Fluten bei Hochwasser. Rasch nehmen die Salmoniden diese neuen Strukturen zur Deckung an. Auch verfangen sich die künstlichen Köder bevorzugt in diesen botanischen

Hindernissen. Der Hakenbogen passt ausgezeichnet um den Durchmesser der verzweigten Äste. Anzukreiden ist den Behörden, dass die notwendigen Arbeiten nicht auf die Laichzeit der Fische abgestimmt wurden. Falls die Kiesbettlaicher den betroffenen Abschnitt für ihren Nachwuchs belegt hatten, so ist mit Sicherheit die Brut unter die Räder der schweren Maschine geraten. Umgeackert, zermalmt und zerstört ist der ufernahe Bereich. Kaum ein Stein blieb auf dem anderen. Sozusagen eine nasse Verwüstung.

Kein einziges Maul verfolgt meinen listig geführten Leckerbissen. Nichts rührt sich am Ende des Vorfaches. Nicht einmal ein vorwitziger Jungschwanz sammelt Lebenserfahrung. Allmählich rinnt meine Aufmerksamkeit den Fluss hinab. Die Lust verebbt. Nebensächlichkeiten werden wichtig. Vielleicht fehlt mir auch der sportliche Ehrgeiz, unbedingt dem Fisch des Lebens nachzujagen? Für private Fanglisten ist mir das Papier zu schade. Abgenabelt vom Druck, wächst die Freude an der noblen Beschäftigung. Schließlich bedeutet Fischen für mich mehr, als nur die Flossenträger als Sportgerät zu missbrauchen.

Abgestumpft durch die wiederholte Bekanntschaft mit den Hindernissen am Gewässergrund, deute ich einen schwachen Biss einen Tick zu langsam. Ich merke mir die Stelle anhand eines Bezugspunktes am gegenüberliegenden Ufer. Besonders vif scheint mir eine kurze schöpferische Pause zu sein, um den Fisch nicht zu vergrämen. Ein neuer Versuch endet mit demselben Ergebnis. Skeptisch mustere ich meinen Streamer. Wohl zu weit über den Hakenbogen steht das Effektmaterial hinaus und scheint das Übel für die Fehlbisse zu sein. Sorgfältig verkürze ich das Glitzerzeugs mit dem praktischen Nagelzwicker. Während der Stutzerei entschließe ich mich urplötzlich zu einem anderen Zeitvertreib. Reichlich angehäuftes Schwemmholz lockt einen Steinwurf weit entfernt zur Begutachtung. Gut sichtbar für jedermann lehne ich meine Rute an einen markanten Flussbaustein. Eine symbolische Reservierung ohne Garantie. Mit Vergnügen, aber heikel durchforste ich den Skulpturenhaufen auf der nahen Sandbank. In Etappen hat sich das Treibgut hier abgelagert. Immer wieder ziehe ich eine Wurzel oder ein knollenförmiges Gebilde aus dem Haufen. Die Auswahl verlangt Muße.

Gewicht, Zustand und Verwachsungen beeinflussen meine Entscheidung. Ich wäge die Brauchbarkeit für mein geplantes Kunstwerk ab und wähle aus den gesammelten Favoriten. Zufrieden, mit dem Fang in beiden Armen, schlendere ich auf dem bequemen Dammweg zurück. Kein Lausbub oder Zunftkollege erlaubt sich in der Zwischenzeit einen üblen Scherz. Unverrückt steht meine Rute am alten Platz. Standtreue erwarte ich auch von meinem Fisch.

Begradigt und in ein ödes Korsett gezwängt ist zum Großteil der Oberlauf der Salzach. Katastrophale sogenannte Jahrhunderthochwasser, in rascher Folge, haben das Umdenken beschleunigt. An vielen Stellen wurden Dämme

gefestigt und erhöht. Und in zahlreichen Gemeinden bemühte man sich um achtbare Flussaufweitungen. Platz für das Wasser, der Einbau von Buhnen sowie Schaffung neuer Uferstrukturen war und ist das Ziel. Rasch ergreifen die unterschiedlichsten Nahrungsketten von dem neuen Angebot Besitz.

Ein mutig gesetzter, mächtiger Flussbaustein stemmt sich gegen den Druck des Wassers. Zu beiden Seiten und gegen die Oberfläche drängt er das Element. Aufgeworfen rollt es über das Hindernis, um sich anschließend in einer Walze zu beruhigen. Weißwasser. Luftblasen steigen an die Oberfläche. Einem Teppich gleich verläuft das weiße Band der Gasperlen. Es verjüngt sich immer mehr und geht schließlich in einen dunkleren Ton über. Tiefe verrät die Farbe.

Mein Streamer, mit dem Aussehen einer quicklebendigen Pfrille, lässt sich durch den langen Rutenarm ohne Schwierigkeiten an der hinteren Steinflanke vorbeizupfen. Ratsam sind stets einige Wiederholungen. Einerseits gelingt es ohnehin äußerst selten, planquadratmäßig denselben Bereich abzufischen, andererseits beweist die Erfahrung, dass Fische oft erst nach einigen Würfen die Beute im Gesichtsfeld erfassen. Aus Interesse oder in Fresslaune gestimmt, verfolgen sie den Köder.

An der Grenze zwischen den platzenden Bläschen und den ziehenden Wasserwirbeln arbeitet sich mein Streamer vorwärts. Nur durch die geistige Verlängerung des gefärbten Schnurmantels lässt sich sein Weg im unruhigen Element erahnen. Vielleicht hängt es mit meiner Schützennatur zusammen, aber ich genieße es, auf Sicht zu fischen. Nicht völlig ausgedünnt sind die Erbanlagen meiner jagenden Urahnen. Ein angreifender Fisch löst in mir begeisternde Gefühle aus. Löst sich so ein „Schatten" vom tarnenden Untergrund, verfolgt und attackiert er meine feilgebotene Nachahmung, dann kribbelt es an den Nervenspitzen. Eine dem Kunstköder nachlaufende Bugwelle oder gar das aufblitzende helle Maul treibt mir Glückshormone in das Blut. Unbezahlbar sind die Momente des ganzheitlichen Naturerlebnisses.

Wenige Meter Leine liegen noch im Wasser. Ähnlich einem geworfenen Lasso schaukelt der große Schnurrest in lockeren Schlingen von meiner linken Hand. Gerade taucht die in Neon gefärbte Vorfachverbindung aus dem Strudel auf, als ein heftiger Schlag das Einholen jäh unterbricht. Dieses Mal ist es kein Hänger. Blitzschnell zieht der Fisch in die starke Strömung der Salzach hinaus. Fatal wäre in dieser Situation ein Schnursalat.

Um das Überschlagen der losen Klänge und das Blockieren an den Schlangenringen nicht heraufzubeschwören, lasse ich fast im selben Atemzug die Fliegenschnur in den Sand fallen. Schleifend gleitet die Schnur durch meine Fingerklemme, bis die Rollenbremse ihre zugedachte Funktion übernimmt. Es muss ein starker Fisch sein! Wie ein Klotz steht er in der Mitte des Flusses. Die Kraft des Wasserdruckes und das Gewicht der gänzlich abgezogenen Leine stehen auf der Habenseite des Kapitalen. Dank der vorteilhaften Rutenlänge muss schließlich der Fisch der Fremdbestimmung Tribut zollen. Höchst widerwillig lässt er sich zum Ufer dirigieren. Mir bleibt schier der Mund offen, als sich im Flachwasser die vermutete Regenbogenforelle in eine Äsche von Format verwandelt. Einen Augenblick irritiert mich das Weichmaul. Kaum vernachlässige ich aus Sorge vor dem Ausschlitzen des Hakens die Spannung der Schnur, stellt sich das Tier schon wieder quer.

Einem Segel ähnlich aufgerichtet ist die mächtige Rückenflosse, die „Fahne", und erhöht zudem die Angriffsfläche des anströmenden Wassers. Ich wage es nun nicht mehr, den Drill zu verstärken, schließlich habe ich es nach dem heftigen Biss nicht für notwendig erachtet, den bartlosen Haken tiefer in das Fischmaul zu treiben. Und nun, nun packen mich die Zweifel, ob die Äsche nicht den spitzen Fremdkörper abschüttelt, bevor ich sie mit der Arterienklemme vom Übel befreien kann. Mit Geduld ermatte ich das edle Tier und führe es in eine Art von Minilagune.

Der Druckunterschied im Flachwasser sowie die fehlende Fließgeschwindigkeit lösen neuerlich eine panische Reaktion des Fisches aus. Unbewusst quetscht die Fahnenträgerin die letzten Kraftreserven aus ihren Muskelfasern. Vielleicht vermittelt die seitliche Zugkraft – mit menschlichen Gefühlen gedeutet – eine Art von Freiheitsberaubung und Todesangst. Totaler Stress lässt den Fisch in immer kürzeren Fluchten ausscheren. Allmählich verpufft seine Ausdauer. Übersäuert sind die Zellen seines Antriebes. Völlig schlapp ergibt er sich seinem Schicksal.

Während ich die kapitale Rognerin mit beiden Händen in die Strömung stelle, bleibt mir genügend Zeit, um den Prachtfisch mit Respekt und Stolz zu bewundern. Überraschend schnell tankt sie neue Lebensgeister. Verwirrt und geschockt von dem üblen Erlebnis, strebt die Äsche anfangs in die falsche Richtung. Kaum spürt sie den Sand am Bauch, reißt sie ihren Kopf in einer engen Wende herum und steuert mit einigen kräftigen Schwanzschlägen in das freie Wasser hinaus. Sie lässt sich noch einige Längen weit abtreiben und gleitet dabei gemächlich tiefer.

Ob sie mich als Tierquäler in ihrer Lebenserfahrung einspeichert oder als Zweibeiner betrachtet, der sie von dem widerwärtigen, geschmacklosen Ding im Kiefer befreit hat, das weiß ich natürlich nicht. Auf alle Fälle breitet sich eine große Dankbarkeit und Zufriedenheit in meiner Herzgegend aus, weil die Kämpferin weiterhin ihren Überlebenswillen der nächsten Generation vererben kann. Ich wünsche ihr Glück, dass sie in den kommenden Jahren nicht als präparierter Staubfänger endet. Unvermessen, mit Verlaub vermerkt, ist diese Rognerin mit Abstand mein größter Fang aus der Verwandtschaft der Äschen. Auch die erbeuteten arktischen Vertreter oder die berühmten Äschen mit der

goldgelben Schwanzwurzel, aus den Gewässern der nördlichen Mongolei, können meiner Salzachäsche bezüglich Länge nicht das Wasser reichen.

Nicht Buch führe ich wie ein Kleinkrämer über jeden erbeuteten Fisch. Auch lege ich keinen Wert auf eine Fotogalerie der Schuppenträger oder Makroaufnahmen von den Details der Fischvertreter. Abgebrüht und stumpf bin ich trotzdem nicht im erfahrenen Alter. Aber es fehlt mir der sportliche Ehrgeiz, den Fisch auf Biegen und Brechen unbedingt aus der Schwimmlage zu kippen. Ich brauche nicht den Anblick der planen Flanke, um mich euphorisch über den Sieg gegenüber dem Schuppengegner zu freuen.

Angenehm und bequem ist es vielmehr, zumindest für meine Einstellung, wenn der Fisch auf meine Kunstfliege hereinfällt. Eine angemessene Zeit explosiv um sein Leben kämpft und noch im Wasser den angedrückten Widerhaken abschüttelt. Schonhaken und das Nachgeben der Schnurspannung genügen häufig, dass der Stress für das Lebewesen nicht zum Herzinfarkt führt. Auch scheinbar auf eigenen Flossen stehende Fische büßen ihr Leben oft nach einem ausgereizten Drill. Manche trudeln mit der Strömung gleich in den Tod, andere verenden kläglich nach qualvollen Stunden. Viele helle Bäuche beweisen als gut sichtbare Kadaver am Gewässergrund von Seen das bittere Ende.

Ohne Unterlass sind Äschen in Bewegung. Ob sie von der Oberfläche die antreibenden Insekten schlürfen, die aufsteigenden Nymphen im Mittelwasser abfangen oder die unterschiedlichsten Larvenformen vom Boden einsammeln, das hängt ganz von dem aktuellen Nahrungsangebot ab. Lange Aktivitätsphasen erfordern die kleinen Portionen. Kein Wunder, dass gerade Äschen für leidenschaftliche Fliegenfischer zum Objekt der Nachstellungen werden. Schließlich ist diesen Salmoniden die Treue zu ihrem Standplatz und das Steigen auch nach winzigen Fruchtfliegen eigen. Höchstens ein paar eigene Fischlängen schwenken sie bei der Fixierung und Verfolgung von Nahrung in die seitliche Strömung aus.

Dauert die Überprüfung des verdächtigen Insektes länger, dann begleiten sie in gerader Strömungsflucht das Opfer eine kurze Strecke. Ob Zugriff oder nicht, auf jeden Fall schwimmen sie neuerlich zu ihrem Stammplatz zurück. Sie haben keinen Drang, ihre Energie in der flotten Strömung oder gar in den Turbulenzen von Weißwasser zu vergeuden. Bevorzugt sind Hindernisse als Strömungsbrecher sowie die Zwickmühle unterschiedlicher Driften, welche die antreibende Nahrung verdichtet. Sie mögen einen steinigen Boden unter ihrem Bauch, reichlich viel Wasser über den Kiemen und eine moderate Geschwindigkeit als Habitat. Mit einem Wort: Die typischen Kriterien der Äschenregion.

Glück hat auf Dauer nur der Tüchtige. Aber dieses Fischerglück verdanke ich sicher nur jenen Menschen, die seit vielen Jahren mit dem lobenswerten Äschen-Projekt eine dauerhafte Population in der Salzach, nebst anderen Gewässern, aufbauen. Noch vor rund zwei Jahrzehnten war es an der Tagesordnung, dass Aufsichtsfischer oder Gästeprofis in der Salzach innerhalb weniger Stunden mehr als zehn prächtige Äschen auf die Schuppen legten. Wobei häufig das Gardemaß von einem halben Meter übertroffen wurde. Mit dem „Tirolerhölzl" als Wurfgeschoß fliegt immer noch das erlaubte Nymphensystem mit Leichtigkeit bis an das gegenüberliegende Ufer. Unübertrefflich ist die Erfolgsquote dieser Methode, zumal auch eine wild verwachsene Ufergalerie im Rücken den vorteilhaften Einsatz der Spinnrute kaum behindert.

Aufsichtsfischer, Züchter, Freunde und Gehilfen bemühen sich um Schadensbegrenzung. Selbstlos fühlen sich diese Leute verpflichtet, die angestammte Äsche vor dem Aussterben zu retten. Elektrisch ausgefischt werden die Laichfische. Nach der artgerechten Hälterung werden vor Ort die Äschen abgestreift und nach dem Prozedere wieder behutsam in das Gewässer zurückgesetzt. Die befruchteten Eier – in der Zuchtanstalt Kehlbach gewaschen und sortiert – landen sogleich in den Brutkästen. Ständig mit der Pinzette ist der Meister unterwegs, um die Ausfälle während des Augenpunktstadiums zu beseitigen. Eine zeitaufwendige Beschäftigung. Nach dem Schlupf übersiedeln die Brütlinge in ein Rundbecken, wo sie sich nach dem Verzehr des eigenen Dottersackes an die Salinenkrebschen als Lebensfutter gewöhnen müssen.

Die konstante Wassertemperatur im Bruthaus und die nie versiegende Verpflegung lassen die Fischchen rasch auf rund fünfzehn Zentimeter Körperlänge heranwachsen. Natürlich gibt es Kümmerlinge und wuchsfreudige Artgenossen. Nachweislich erfolgreich ist der Besatz mit den zweisömmrigen Setzlingen. Nur die autochthonen Mutterfische versprechen eine gesunde Population. Zahlreiche Fischzuchtbetriebe fühlen sich nur der eigenen Geschäftsbilanz verantwortlich und beziehen Material mit dubioser Herkunft. Nicht gewachsen sind diese Tiere unserer rauen Gewässerstruktur. Dieses spezielle Anforderungsprofil ist nicht in ihren Genen gespeichert. Die logische Konsequenz ist das Abwandern. Die finanziellen Fördermittel schwimmen mit der Strömung in die Ferne. Für die Fisch ist somit der Besatz mit den Fremdlingen.

Der Rückgang der Bestände ist kein spontanes Ereignis, wie etwa ein Blitz aus heiterem Himmel. Jahrzehntelang siechen schon die Populationen dahin. Das Tragische daran ist, dass nicht nur wenige Flussregionen betroffen sind, sondern sich das Problem über ganz Mitteleuropa erstreckt. Es wäre zu billig, die Hauptursache fischfressenden Vögeln in den Schnabel zu schieben. Feldstudien beweisen eindeutig, dass die heimischen Eisvögel, Wasseramseln und Graureiher die Fischfauna nicht kippen. Aber die Kormorane wüten geradezu in den heimgesuchten Gewässern. Ein Schlaraffenland waren die Kolchosen in Russland für die Kormorane. Egal, wie viele Fische sich die Vogelmeute aus den Teichwirtschaften in den Kropf stopften, die schlecht bezahlten Staatsdiener kümmerte es nicht. Weniger Fisch, weniger Arbeit. Prämien als Leistungsanreiz waren nicht üblich. Viele Federn lassen mussten die Kormorane nach der teilweisen Privatisierung. Unbeliebt ist seither der fliegende Konkurrent. Auf der Flucht vor den vielen Büchsen entdeckten die Fischliebhaber neue Paradiese. Wie Raubgesindel fielen allmählich die Schwärme in mitteleuropäische Gefilde ein und fressen sich mit grätenarmen Fischen satt. Prächtig gedeiht das Volk der „Seeraben".

Vogelschützer auf der einen Seite und Bewirtschaftende von Gewässern sowie die Zunft der Fischer auf der anderen liegen sich schon geraume Zeit heftig in den Federn. Die Freunde der Schaben behaupten ernsthaft, dass die regelmäßigen Besatzmaßnahmen die Hauptschuld tragen. Kein Wunder, dass die Schwärme der Kormorane den Aufwand schätzen. Leider tragen diese ausgezeichneten Unterwasserjäger keine Ringe um den Hals, die das Schlucken der Beute verhindern könnten. So ist das biologische Gleichgewicht gekippt.

Die Behörden sind am Zug. Sie erlassen und regeln den Artenschutz mit zweifelhaften Bestimmungen. Zu bestimmten Zeiten ein paar Vögel mit Getöse und Bleischrot erlegt, vergrämt für lange Zeit die Meute. Die schlauen Tiere wissen ihre Federn zu retten. Es bedarf eines gemeinsamen Ringens aller Beteiligten, um den ausgewogenen Artenschutz in der Luft, zu Land und im Wasser auf tragbare Beine zu stellen. Mit Blindheit geschlagen ist stets die Einseitigkeit.

Halbherzige Maßnahmen zur Verbesserung der Wasserqualität oder der kluge Trend zu Flussaufweitungen beheben kaum den Schaden, wenn durch Sedimenteinbringungen die Funktion der Kiesbette vernichtet ist. Fatal sind die Folgen durch die rasanten Spülungen des Grundablasses von Speicherseen. Verkitten die Schwebstoffe die Hohlräume zwischen den Steinen, ist quasi der Laichplatz gestorben. Kiesbettlaicher haben ein feines Gespür für die Tauglichkeit ihres Lebensraumes.

Ein weiteres von uns Menschen verursachtes Eigentor ist der ungezügelte Besatz mit den Regenbogenforellen. Als Gäste verdrängen die robusten „Amerikaner" die heimischen Äschen aus ihrem angestammten Revier.

Mit hoher Wahrscheinlichkeit brechen vor allem die Querbauten der notwendigen Kraftwerksanlagen nicht nur den Äschen das Genick. Ungeniert hat die alte Garde der Flussbauingenieure und Kraftwerksbetreiber die Lebensadern zerstückelt. Befriedigt werden muss der Energiehunger, sagen sie. Die Bürgerin und der Bürger haben ein Recht auf sauberen Strom. Hochwasserschutz gekoppelt mit Kleinkraftwerken verkaufen die Gesellschaften mit einem grünen Mascherl. Satte Gewinne gehören zum Unternehmenskonzept. Energiesparen und Überlegungen bezüglich Verbesserung des Wirkungsgrades rufen noch keine Begeisterung hervor. Die Herrschaften scheren sich keine Flosse um die Harmonie der Flusslandschaften. Viele Altlasten, ganze Trockenbäche, offenbaren die

Sieger der Verhandlungsparteien. Und immer noch stehen beschämende Restwassermengen in den Bescheiden. Angepasste Umgehungsgerinne mit ausreichend dotierten Lockströmungen sowie funktionierende Fischaufstiegshilfen fehlen weiterhin oder werden widerwillig mit Verzögerungstaktik errichtet.

Lieber jährlich großlippige Entschädigungszahlungen leisten oder Besatzfische sponsern, als mit vorhandenen technischen Möglichkeiten das Zerfetzen der angesaugten Tiere durch die Turbinenschaufeln abzustellen, scheint die Denkart der Befürworter zu sein. Die Beträge zahlt ohnehin die Stromkundschaft. Installierte Stromfelder verscheuchen mit Erfolg die Fischfauna aus dem Gefahrenbereich beziehungsweise leiten sie zu Treppen.

Irgendwie ist der Aufwand zum Aufbau einer sich selbst reproduzierenden Äschenpopulation ein Tanz auf dem Saum ihrer prächtigen Rückenflosse. Mit erheblichen finanziellen Zuschüssen, ehrenamtlichen Helferinnen und Helfern und großem Zuchtaufwand werden die Brütlinge aufgepäppelt. Überlebt ein geringer Prozentsatz die Gefahren in den ursprünglichen Besatzgewässern, dann droht ihnen die kulinarische Nachstellung durch menschliche Feinschmecker. Gemeinhin gilt das Fleisch der Äschen mit ihrem Thymiangeschmack als Delikatesse. Die Rarität auf der Speisekarte erhöht den Druck auf die Fettflossenträger. Es gehört zum Prestigegehabe vieler Persönlichkeiten, diese schon seltene Spezies zu verschmausen. Ein Wildfang aus einem Gewässer mit der Qualität zum Bierbrauen muss es sein. Die gehobene Preisauszeichnung auf der Speisekarte schreckt die Leute keineswegs ab. Kopf und Flossen kostet es hingegen den Tieren.

Private Wartelisten führt der Küchenchef. Ein gutes Zeichen für die Qualität des Betriebes, aber ein bedauerliches Signal für den Artenschutz.

Es ist kein Schamanengeheimnis, dass gerade die Weibchen, die Rogner, sehr viel Substanz für den Aufbau ihrer Eier brauchen. Gierig nach Nahrung, hängen sie häufiger am Haken. Jede Entnahme der Fische ist somit ein Verlust für den im Aufbau befindlichen Bestand. Bestandskontrollen bestätigen eindeutig ein Übergewicht der Milchner. Mutig das Revier mit einem Entnahmebann belegt, würde sicher den Weichmäulern auf die Flossen helfen.

RAUBBAU –
GIER NACH FISCH

Bis auf wenige Rückzugsgebiete im Pirtendorfer Talboden verschwanden die sumpfigen Rosswiesen. Die Nutzung der landwirtschaftlichen Flächen im Umfeld der gezähmten Salzach ermöglichte einen Aufschwung der Viehwirtschaft. Gleichzeitig schritt auch eine Besiedlung außerhalb der üblichen Schuttkegel zügig voran. Aber die Salzach hat ihr Gesicht unglaublich verändert, ihren Charakter wie ein Chamäleon die Farbe gewechselt.

Der Mensch ist das Maß der Dinge. Brav ihren Nutzen abwerfen soll die Natur. Fische haben keine Stimme. Erheblich verändert haben sich die Lebensbedingungen für viele Arten. Abwandern, auf die „Rote Liste" schreiben lassen oder unbeachtet und ungeschätzt einfach lautlos aussterben, das bleibt den Flossenträgern als Antwort auf die dramatische Veränderung ihres Lebensraumes.

Auf einer Informationstafel des Lehrweges am Rande eines überlebten Feuchtbiotops ist der Vergleich der Fischarten vermerkt. Ein gewisser „Herr Kollmann" hat um 1898 den vorkommenden Bestand im entsprechenden Abschnitt erfasst. Er führt in der „Fischereikarte" dreizehn Arten auf: Bachforelle, Koppe, Äsche, Elritze, Bartgrundel, Hecht, Huchen, Rotauge, Perlfisch, Hasel, Schleie, Brachse und Halbbrachse. Heute schwimmen nur mehr Bachforelle und Äsche in dem bereits stellenweise wieder aufgeweiteten Fluss. Ergänzt wird der Verlust durch die eingebürgerten Amerikaner wie Regenbogenforelle und Bachsaibling. Unser Wohlstand fußt auf dem erschütternden Artensterben. Es ist ein hoher Preis, den wir alle bezahlen.

Im Prinzip wiederholt sich das Artensterben in erschreckender Geschwindigkeit rund um unseren blauen Planeten. Trotz wasserdichter Fakten auf dem Tisch werden jahrzehntelang nur Schuldzuweisungen hin- und hergeschoben. Groß sind das Entsetzen und der Aufschrei, wenn sich lautlos Spezies auf ewig verabschieden. Wir Menschen lernen nicht aus den Fehlern der Vergangenheit. Ein Ringelspiel scheint das Leben zu sein.

Wohlstand fördert die Lust nach Delikatessen. Die Menschen im fernen Osten, in Japan, sind ganz verrückt nach dem rohen Fischfleisch. „Sushi-Häppchen" sind in aller Munde. Nicht mehr befriedigt werden kann die Nachfrage nach dem begehrten Blauflossenthun. Hingegen enden in den Dosen die weniger gefragten Gelbflossen. Auf dem weltgrößten Fischmarkt in Tokio purzeln regelmäßig Rekordpreise. Bereits zweimal in Folge hat ein japanischer Restaurantkettenbesitzer den teuersten Thunfisch der Welt ersteigert. Das Medienecho und der Werbeeffekt waren dem Mann den unvorstellbaren Preis wert. Angeblich erwarb er einen 222 Kilogramm schweren Blauflossenthun um umgerechnet 1,3 Millionen Euro. Nach Adam Riese entfallen auf ein Kilogramm Lebendgewicht satte 5.855 Euro.

Kurz vor dem Aussterben steht der Blauflossenthunfisch. Sein Bestand ist bereits um rund 85 Prozent geschrumpft. Woher der WWF sich diese Zahlen fischt, ist mir schwer vorstellbar. Aber eines ist ganz gewiss, die internationalen Abkommen zum Schutz der Thunfische haben weltweit versagt. Gegenüber dem Ausfang vor einem halben Jahrhundert hat sich der Fang verzehnfacht. Jährlich werden etwa vier Millionen Tonnen Thune gefangen, sündteuer auf Auktionen gehandelt, verschnippelt und mit Genuss verspeist.

Andere Thunfischarten oder die in küstennahen Käfigen gemästeten Thunfische können die Qualitätsansprüche der wahren Genießer nicht befriedigen. In Gefangenschaft verweigert der Thun die Fortpflanzung. Es gibt keine Zuchtbetriebe, die Besatzmaterial für das Aufpäppeln anbieten können. Wildfänge liefern den Nachschub. Auch in den USA und in Europa steigt die Nachfrage nach dem wertvollen Fisch. Zudem wird illegal gefischt, was die kilometerlangen Fanggeschirre hergeben. Ohne Gewissenbisse nimmt man durch die betriebene Langleinenfischerei in Kauf, dass rund vierzig Prozent Beifang an den Haken verendet.

Weit weg von einer nachhaltigen Nutzung des kostbaren Fisches ist die immer noch übliche Fangmethode. An den bis zu hundert Kilometer langen Leinen, bestückt mit 30.000 Haken, hängt nicht nur der Zielfisch, sondern Tausende Seevögel, Haie, Meeresschildkröten und gar Delfine. Katastrophal ist die Auswirkung auf das gesamte Ökosystem. Hohe Zuschüsse führen dazu, dass ein gewaltiger Überhang der Thunfischflotte gnadenlos jeden Fisch verfolgt. Kleinflugzeuge entdecken rasch jeden Trupp. Kaum ein Tier entschlüpft den eingesetzten Ringwadennetzen. Schonungslos werden die bekannten Laichgebiete im Golf von Mexiko und gar im Mittelmeer geplündert. Ausgewachsene Rogner stoßen bis zu 10 Millionen Eier ab. Im ersten Moment scheint der Überfluss ein Irrweg der Evolution zu sein. Notwendig aber ist der Aufwand für die Erhaltung der Art.

Ganze Wolken von befruchteten Eiern treiben an der Oberfläche. Angelockt vom Wirbel des Laichgeschäftes, pflügen Walhaie durch die obersten Schichten des Wassers. Unablässig schluckt das Riesenmaul Plankton, Eier, Krill und kleine Fischchen. Je rascher die Larven auf eigenen Flossen stehen, umso höher steigt ihre Überlebensrate. Algenteppiche, quasi Kinderstuben für viele Arten, bieten der Brut Nahrung und Deckung. Gemeinsam treiben sie im warmen Golfstrom.

Festgeschrieben ist in den Erbanlagen der Blauflossen ihr rasches Wachstum. Im Nu entwickeln sie sich zu starken Raubfischen, die wie Wölfe gemeinsam und erfolgreich jagen. Ausgezeichnet können sie ihre Körpertemperatur regeln. Diese pfeilschnellen Räuber nützen diesen Vorteil gegenüber anderen Thunarten und verfolgen sowohl im warmen als auch im kalten Wasser die Futterfische. Nahrungssuche, Fressen und Gewichtszunahme laufen wie Zahnräder ineinander. Die Masse nötigt zur Wanderschaft. Auf Grund ihrer hohen Reisegeschwindigkeit durchqueren diese Tiere den Atlantik in rund sechs Wochen. Umgebungstemperatur, Geruch des Lebensraumes und der Sonnenstand leiten diese Fische viele Jahre sicher durch den Ozean, wenn sie nicht als Delikatesse auf den Tellern landen.

Was nützt letzten Endes diesen Fischtorpedos ihr Temperament, wenn sie uns Menschen machtlos ausgeliefert sind. Wir Zweibeiner sind die ärgsten Feinde des Lebens. Brachten die Blauflossenthune noch vor rund einer Fischergeneration Riesen mit fast einer Dreivierteltonne auf die Waage, so wiegen heute die stärksten Exemplare kaum mehr als 300 Kilogramm.

Die international geächteten Methoden wie Luftaufklärung, tödliche Fangleinen für gänzlich unbeteiligte Tierarten, Fischen in Laichgebieten, Maschengröße oder gar Fangverbote für bestimmte Arten sind ein Klacks gegen das unausrottbare Unwesen der illegalen Fischerei. Ein Bombengeschäft ist der Handel mit Thun auf dem Schwarzmarkt. Korrupte Geschäftemacher fälschen ohne Gewissensbisse Logbücher und Papiere, um die landeseigenen Bestimmungen zu umgehen.

Thune sind pfeilschnelle Jäger. Mit Geschwindigkeiten bis zu achtzig Kilometer schießen sie den begehrten Makrelen, Sardinen oder Heringen nach. Die Räuber stehen an der Spitze der Nahrungskette. Beängstigend ist leider die Tatsache, dass ihr rotes Fleisch mit einer unvorstellbaren Bandbreite an giftigen Stoffen belastet ist. Neben dem Quecksilber werden eine ganze Reihe von Schwermetallen, giftigen Dioxinen, Bestandteilen von Bootslacken, Insektiziden und gar radioaktivem Strontium nachgewiesen. So hoch sind die Werte in den ausgewachsenen Fischen, dass viele besorgte Organisationen bereits vor dem Verzehr warnen. Gut beraten sind schwangere Frauen, stillende Mütter und Kinder, von diesem Fleisch zu lassen.

Liebhaberinnen und Liebhaber von Thunfischsteaks und Sushi müssen mit einer Quecksilbervergiftung rechnen, wenn sie die Dosis übertreiben. Ausgehend von einem lästigen Juckreiz, über Verfärbung der Haut, erhöhten Herzschlag, Verlust von Haaren und Zähnen steigert sich das Krankheitsbild. Halten die Essensgewohnheiten an, dann schränkt es die Arbeit der Nieren ein und das Gedächtnis verkommt zum „Nudelsieb". Die globale Bedrohung durch Quecksilber ist in erster Linie hausgemacht. Natürliche Prozesse, wie heftige Vulkanausbrüche, schleudern Quecksilber in die Atmosphäre. Die Unmengen an immer noch verheizter Kohle treiben nicht nur die Klimaerwärmung an, sondern setzen auch „flüssiges Silber" frei.

Luftströmungen verteilen das flüchtige Element über den ganzen Erdball. Unablässig waschen die Niederschläge das Schwermetall aus und das Problem landet im Meer. Staubecken von Erzminen sind chemische Zeitbomben. Innerhalb der Dämme lagert eine hochgiftige Mischung aus Schlamm, Chemikalien, Schwermetallen und leider auch wieder Quecksilber. Ein nachlässiger Umgang beim Deponiebau und menschliches Fehlverhalten führen regelmäßig zu Dammbrüchen. Die laschen Bergbauvorschriften und die wirkungslosen Kontrollen der Behörden sind vergleichbar mit einer brennenden Lunte.

Wälzt sich einmal die rostrote Brühe über Land in die Gewässer, ist die Trinkwasserversorgung für die Menschen abgeschnitten. Auf Jahre hinaus ist die landwirtschaftliche Nutzung auf der betroffenen Schlammschneise äußerst bedenklich. Rascher verenden die Fische in den Bächen und Flüssen, als sie flüchten können. Vergiftet sind die Nahrungsketten und das eingetragene Quecksilber erhöht wiederum die Konzentration im Meer.

Bakterien verändern das Quecksilber in eine organische Verbindung. Im Vergleich zum ursprünglichen Element ist Methylquecksilber zigmal gefährlicher. Über Nahrungsketten reichert sich das Gift an. Besonders im Fleisch der Thunfische addiert sich im Laufe ihrer Lebensjahre ein bedenklich hoher Anteil. Klar liegt es auf der Hand, dass heimische Speisefische dem viel gepriesenen gesunden Fleisch wesentlich näher kommen als die ohnehin vom Aussterben bedrohten Thune.

Rund um die vielen Inseln von Papua-Neuguinea stammt fast ein Fünftel des weltweiten Ausfanges. Der arme Staat kann sich keine eigene Fangflotte leisten und vergibt deshalb Lizenzen an Südkorea, China und Japan. Diese kümmern sich wenig um Fangbeschränkungen. Auf Teufel komm raus beschleunigen sie die Überfischung. Jede Flosse wird gejagt. Fremdwörter sind Selbstbeschränkung und Regeneration der Bestände. Raubbau an den Ressourcen auf Kosten unserer Kinder.

Um zusätzliche Devisen im Lande zu halten, versteift sich die Regierung auf den Ausbau einer riesigen Fischverarbeitungszone. Zollbegünstigungen und Schmiergelder beleben das Geschäft. Auf mehr als zweihundert Hektar Grund sind weitere Fabriken geplant, welche die angelieferten Thune in Konserven künftig haltbar veredeln. Quasi über Nacht errichtete hohe Zäune verwehren den einheimischen Fischern und ihren Familien den Zugang zum Meer. Kilometerweite Umwege erfordern die Industriebegrenzungen. Jetzt schon zerstören – abgesehen von der Luftbelastung – die ungeklärten Abwässer der Verarbeitungsbetriebe die Mangrovenwälder. Austernbänke und begehrte Krabben

sowie die Kinderstuben vieler Fischarten verschwinden mit dem Siechtum des wertvollen Lebensraumes.

Leer gefischt sind längst die Küstengewässer. Fangflotten respektieren keine Grenzen. Weltweit schrumpfen erschreckend schnell die Thunfischpopulationen. Die nachhaltige Nutzung der Meere wird immer noch mit Füßen getreten und zerstört auf Dauer intakte Ökosysteme. Raubbau in jeglicher Form ist ein unverzeihlicher Knieschuss. Blind riskieren wir den Zusammenbruch. Wie von heftigen Tsunamiwellen gestoßen, wackeln bedenklich die vielfältigen Nahrungspyramiden. Ist die Basis einmal ruiniert, so stürzen auch die höheren Stockwerke in sich zusammen. Viele Menschen wissen um das Problem. Aber wenn sie nichts dagegen unternehmen, dann haben sie die Sache im Kern nicht begriffen.

Stirbt eine Art aus, dann ist das Genpotential auf ewig verloren. Aber wen bekümmert es ernsthaft, wenn in den Bächen und Flüssen der Alpen keine Äschen oder „Urforellen" schwimmen, lautlos Schmetterlinge verschwinden oder in den Tümpeln die prächtigen Bergmolche nicht mehr zum Laichgeschäft auftauchen?

Der Mensch sei ein Abbild Gottes, behaupten viele katholische Würdenträger, dessen ungeachtet ist keiner in der Lage, den Tod auszutricksen oder neues Leben zu schaffen. Gleichwohl mischen wir uns ständig in die Evolution, mit schrecklichen Folgen, ein. Wir zerstören, vom Wachstumswahn getrieben, rücksichtslos Lebensräume. Wir drängen mir nichts dir nichts unscheinbare Arten an den Rand und bemühen uns heuchlerisch um großartige Vertreter der Tierwelt. Spitzmaulnashorn, Amur-Leopard, Braunbär oder Bartgeier finden in ihrer Not entsprechendes Gehör und Unterstützung, aber vielen Geschöpfen geht es verdammt schlecht. Schon rein aus ethischen Gründen haben wir als höchst entwickelte Säugetiere nicht das Recht, bedrohte Arten mit einem Achselzucken in ihr Schicksal zu überlassen.

Im Prinzip gibt es keine minderwertigen Lebewesen, deren Verlust wir unbeeindruckt zur Kenntnis nehmen sollten. Vielleicht steckt auch in einem Tiefseewurm, Schleimfisch oder mickrigen Unkraut eine Substanz, die in Zukunft als Wundermittel gegen wuchernde Krebszellen gepriesen wird.

CATFISH – EINE SCHUPPIGE STINKBOMBE

Kreativ verteilt im ganzen Auto liegen Vorfächer, Ersatzfliegendosen mit Inhalt, Kappen und Socken, sowie gänzlich unwichtige Dinge.

„Wo steckt bloß meine Rolle mit der Trockenschnur? Ich bin mir ganz sicher, ich habe sie in die rechte Außentasche der Weste gesteckt", beruhige ich mich halblaut. Neuerlich drehe und wende ich das nützliche Kleidungsstück. Drücke von außen nach einem haptischen Befund und krame in sämtliche Taschen. Watstiefel und Kofferraum werden ohne Erfolg symbolisch auf den Kopf gestellt. Gewissenhaft untersuche ich den ganzen Innenraum des Fahrzeuges. Ungläubig schüttle ich dabei mein Haupt. Die Verunsicherung wächst. Auch unter den Sitzen ist der Schnurhalter nicht gerollt. Nichts, absolut nichts, keine Spur von dem für mich wertvollen Gerät.

Mit geschlossenen Augen verfolge ich in Etappen geistig den Weg zurück. Ein Geistesblitz verspricht Hoffnung. Abgelegt und vergessen habe ich die Rolle an der Einmündung des Wurfbaches, siebzehn Kehren weit ins Stubachtal hinauf, am Stausee Enzingerboden.

Ärgerlich ist der Aufwand. Zudem quält mich der wahrscheinliche Verlust. Schließlich ranken sich persönliche Erinnerungen um die geliebte Hardy-Rolle. Vergesslichkeit muss leiden. In der Aufregung verschwitze ich in der Regenjacke die fingerlange Äsche, die als Leckerbissen für den Haustiger gedacht war.

Flügel verleiht die Hoffnung. In Rekordzeit bewältige ich die Bergstraße. Praktisch ohne Gegenverkehr, außer freilaufendem Weidevieh, erreiche ich den Platz des Vergessens. Der Augenschein von der Brücke aus vermittelt ein friedliches Bild. Mit Schwung rauscht der Bach in den Speicher. Verwaist ist der Tatort. Weder den Fischerkollegen noch meine vergessene Rolle erblicke ich von dem erhabenen Standort aus. Der Ferndiagnose traue ich nicht über den Weg und steige die von vielen Fischerstiefeln ausgetretenen Naturstufen hinunter. An Ort und Stelle untersuche ich gewissenhaft das Umfeld. Einfach in Luft aufgelöst hat sich der Schnurhalter. Oder der Zunftkollege hat sich besorgt um das Utensil gekümmert, bevor sich Fremde das Sammelstück einverleiben könnten.

Nicht wissen kann er, dass mein Monogramm auf der Innenseite des Spulenrandes hauchdünn eingeritzt ist.

Einen halben Herbsttag lang zurück reichen die Wurzeln des Übels. Abgespielt hat sich Folgendes, aber alles der Reihe nach …

Rund um den See warnen einige mickrige Tafeln vor der Gefahr einer Flutwelle. Abgestimmt auf die Verkehrsspitzen der Züge arbeiten die Turbinen das Wasser ab. Bereits nach wenigen Würfen nimmt das Rauschen des Wassers merklich zu. Überraschend flott verschwinden markante Steine unter dem steigenden Pegelstand des Sees. Auffallend ist, dass mit zunehmender Fließgeschwindigkeit und dem Wasserzulauf die Lebhaftigkeit der Fische kurz ansteigt. Die Zeitdauer des Schwellbetriebes beziehungsweise die Laufzeit der Turbinen lässt sich leider nicht abschätzen.

Alsbald stellen die Fische im ungestümen Bereich ihre Beißlust ein. Feinfühlig spüren sie den weiteren Druckanstieg im Einleitungsbach und ziehen sich in das ruhige Wasser des Sees zurück. Vorbeugend wechsle ich zu einem sicheren Platz. Mit sehr bescheidenem Erfolg teste ich die Erfindung eines neuen Streamers. Um bei der Wahrheit zu bleiben, war der einzige Biss vermutlich ein kurzer Kontakt mit einem Stein. Zusätzlich zur Pleite bedroht meine Platzhirschrechte ein kecker Neuankömmling. Überraschend taucht ein Fischerkollege zur späten Stunde auf. Ungeniert drängt er sich in meinen Wurfradius hinein. Respektlos missachtet er meinen Freiraum. Hebt lässig zum Gruß die Hand, schaut unschuldig, als ob er nicht bis drei zählen könnte, und klebt sich den Enziankäse auf den Haken. Er möchte die fetten Regenbogenforellen, die „Salmonidenschweine", auf Grund mit dem Duft verführen. Die frischen Besatztiere vermissen die täglichen Futterrationen der Zuchtanstalt. Unerfahren und hungrig vergreifen sie sich an ihrer letzten Delikatesse.

Gegen eine Schnurvariante mit sinkender Spitze tausche ich die vorher benützte Leine aus. Noch immer abgelenkt durch den leichten Groll, dass mir der Mann wie eine Laus auf den Pelz rückt, lege ich die Rolle auf einer ziemlich ebenen Steinfläche ab. Unbewusst nachlässig, weil in Gedanken verloren. Mit gleichem Aufwand hätte ich das Ding ohne Umstände gleich sicher in der Westentasche verstauen können.

Irgendwie sticht mich der Hafer, wie man zu sagen pflegt, den Kerl zu überlisten. Schließlich ist es nicht die feine englische Art, fast übergriffig eng die Wurffreiheit eines Fliegenfischers zu beschneiden. Genug Platz mit hervorragenden Fangplätzen gibt es rund um den Speicher. Mit Absicht lasse ich die Leine einige Male ziemlich knapp an seinem Körper vorbeizischen, aber ohne Wirkung. Er bewundert die Flugbahn der Schnur, macht aber nicht die geringste Anstalt, seinen kühn eroberten Platz aufzugeben. Mir stinkt nicht nur sein Köder und das fallengelassene Verpackungsmaterial, sondern vor allem die Enge. Seine christliche Nächstenliebe wird es wohl nicht sein, die ihn zur menschlichen Nähe drängt. Wie Mäuse schätzen die Regenbogenforellen sein heimtückisches Lockmittel. Die Fische verachten meine geschmacklosen Nymphen. Aber nicht im Traum würde es mir einfallen, meine Fliegensammlung mit dem penetranten Geruch des Käses zu präparieren.

Ich rede mir ein, der Klügere zu sein, und gebe das ungeliebte Paarfischen mit dem nicht eingeladenen Kollegen auf. Ein Ortswechsel über die Staumauerkrone verspricht neue Freude. Vorbeugend hole ich mir noch die Regenjacke aus dem Kofferraum. Ein Wetterumschwung ist im Gebirge jederzeit möglich. Man(n) weiß nie … Ohne Eile wechsle ich auf das Ablaufwerk des Speichersees, am gegenüberliegenden Ufer. Zudem kann ich von dieser Stellung aus immer noch den Egoisten beobachten. Schließlich traue ich ihm zu, dass er das Fanglimit auf der unterschriebenen Lizenz nur als Vorschlag betrachtet.

Immer wieder tauscht er erfolgreich die kleineren Maßfische im Drahtsetzkescher gegen größere Frischfänge aus. Die Tiere müssen die unfaire Praxis und die Beschädigung ihrer Schleimhaut erdulden. Dafür ist ihr Schicksal, ob Freiheit oder Bratpfanne, noch in Schwebe. Einem Wehrturm gleich mit Zinnen ragt das Bollwerk in den See hinaus. Weißsee, Tauernmoossee, Grünsee und dieser See am Ende der Straße liefern die Bewegungsenergie zum Antrieb der Peltonturbinen. Zu rund zwanzig Prozent decken diese Staustufen den Strombedarf der Österreichischen Bundesbahnen.

Prächtig ist die Vogelschau auf das Wasser und keine Stauden hemmen den Rückwurf. Die Warte ist Goldes wert. Hohe Berge begrenzen den Talkessel. Unmöglich ist es, die Wetterentwicklung in den Alpen einzuschätzen. Das Massiv ist eine Barriere. Sie leitet die Wolkenfelder um. Gewisse Zugbahnen können die Fronten in Sackgassen schieben und im nächsten Talkessel extreme Niederschläge auslösen.

In kürzester Zeit prasseln oft einige hundert Liter pro Quadratmeter nieder. Der Überfluss ist erheblich zu viel für die Bäche. Sie wachsen zu gefährlichen Wildbächen heran und lösen in Folge Katastrophen aus. Sobald die Sonne hinter dem westlichen Grat verschwindet und Schatten von einem Ufer aus in die Länge wachsen, zieht im Gefolge auch eine leichte Thermik an. Tal auswärts bläst der Bergwind. Er treibt die Eier legenden Insekten und die ertrunkene Hochzeitsgesellschaft der fliegenden Waldameisen zunehmend Richtung Stützmauer. Unmengen von geflügelten Kerbtieren verführen die Äschen zum Steigen. Bevorzugt schlürfen die Fische die verunglückten Landinsekten von der Oberfläche. Leider habe ich keine Kopien mehr mit tailliertem Körper in der Schachtel. Aber in der Not frisst bekanntlich auch der Teufel Fliegen. Als Erfolg versprechender Ersatz dienen mir lächerlich kleine Federpünktchen. Gebunden der Brustkorb mit metallisch schillernden Schwertfedern vom Pfau. Eine

feine Hechelfeder vom pechschwarzen Hahn ersetzt die zarten Flügel. Gering ist die Ähnlichkeit. Aber der Größenvergleich passt wie der Haken ins Fischmaul. Schier plump hingegen fühlt sich das ausnahmsweise dünn gewählte Vorfach an.

Auch das Federvieh versteht die Nahrungsdrift zu nutzen. Noch vor rund einer halben Stunde dümpelten die pfeilschnellen Stockenten mit vergrabenem Schnabel im Gefieder entspannt auf dem Wasser. Einzelne genossen das einbeinige Stehen unmittelbar am flachen Ufer. Kurze Wege erleichtern stets die Flucht vor neugierigen Hunden oder aufgeweckten Kindern. Eine innere Uhr, oder einfach der Hunger, lässt die Vögel aufbrechen. Aufgeregt schnatternd schlürfen sie die punktförmigen Leckerbissen aus der Oberflächenspannung des Speichersees. Kreuz und quer löffeln sie sich die Nahrungsergänzung in den Kropf. Prächtig vermehrt hat sich über Jahre das Volk der Enten. Nie und nimmer kann auch eine tüchtige Fuchsfamilie die flotten Nestflüchter auf einem erträglichen Stand halten. Und der heimische Uhu, der lautlose Nachträuber, der hält nichts von nassen Federn.

Allzu gut meinen es der Seniorwirt des Gasthauses und andere Vogelliebhaber mit dem sich stetig vermehrenden Wassergeflügel. Immer wieder schüttet er Reste von Nudelgerichten, Beilagen sowie welke Salatblätter von der Brücke aus in den Fluss. Eigentlich ist das Füttern von Wasservögeln eine Dummheit. Sie führt nachweislich zu einer Belastung der Wasserqualität. Auch ist die Hausmannskost den Fischen nicht auf den Leib geschnitten. Aber keine Einheimische und kein Einheimischer will dem Küchenchef sein Freizeitvergnügen madig machen.

Es klingt merkwürdig, ist aber wahr. Die kleinsten Fliegenmuster sind auf hohe zweistellige Hakengrößen gebunden. Lässt die Sehkraft nach und ist man zu faul, um eine Brille zu tragen, dann braucht es oft erhebliches Geschick. Feinmotorik halt. Angedockte Finger der beiden Hände dienen als Abstandshalter und Visiereinrichtung. Gegen den hellen Hintergrund ist es erheblich leichter, rascher einen Erfolg zu erzielen. Weit über dem Kopf und mit gestreckten Armen muss die Zauberei gelingen.

Die Spitze des dünnen Vorfaches durch das Öhr zu stoßen entspricht einem Kunststück auf engstem Raum. Versuch und Irrtum sind die bewährte Praxis, bis ein Treffer gelingt. Keine Hexerei macht der anschließende Knoten. Äschen sind sehr heikel. Sie missachten jede in der Wasserhaut treibende Nachahmung eines Insektes, das von der üblichen Strömungsrichtung abweicht. Besonders in den Seen oder nach Bacheinleitungen, wo der Schwung verpufft und sich der Wellengang beruhigt, zeigen die Äschen bei der Nahrungsaufnahme wenig Stress. Vor dem Zugriff erfolgt das gemächliche Anschauen der vermeintlichen Kost. Ererbte Eigenschaften und erlerntes Verhalten sind gute Voraussetzungen, um gesund alt zu werden. Zugrichtung der Nahrung, Geschwindigkeit und notwendige Steighöhe sind im erbsengroßen Hirn zweckmäßig abgespeichert. Abgestimmt ist der Schnittpunkt. Genug Zeit bleibt noch während der Steigphase, um die Beute zu mustern. Gibt es noch Zweifel, dann begleiten die Äschen vorsichtig, von der Strömung sanft geschoben, das treibende Insekt. Ist das Misstrauen beseitigt, dann fassen die Fische zu.

Von behutsam mit den Lippen gepackt bis gierig geschluckt reicht die Bandbreite des Vollzugs. Unerfahrene Jungschwänze sind getrieben von ihrem ausgeprägten Futterneid. Rasch lernen sie durch die unangenehme Situation der wehrhaften Nachbildungen am strammen Vorfach. Wehe, wenn sich das bevorzugte Modell quer zur Zugrichtung des Wassers bewegt. Vergrämt tauchen die Kapitalen ab.

Einige Meter hoch über dem Wasserspiegel stehe ich auf dem Einlaufwerk des Speichersees. Wehrhaft springt der Bau wie der Eckturm einer Wasserburg in den See hinaus. Goldes wert ist der Pirschstand für das nasse Weidwerk durch die drei Wasserseiten. Mehrere Schulen von gesellig lebenden, dreisömmrigen Äschen ziehen auf Futtersuche in Reichweite meiner Wurfleistung vorbei. Schlagartig erhöhen sich die Chancen auf Fangglück, wenn der Kugelschieber den Durchfluss in der Druckleitung öffnet. Das Wasser nimmt den Sog auf und orientiert sich genau in meine Richtung.

Der wachsende dunkle Streifen am Mauerwerk und an den Steinen in der Nachbarschaft zeigt deutlich den absinkenden Seespiegel an. Unbezahlbar ist das hohe Vergnügen auf die Äschenfischerei. Allein der durchhängende Schnurbauch macht die Lust zum Risikospiel. Schwierig ist es, den bartlosen Haken in das weiche Maul zu treiben. Das Zuviel an loser Leine vereitelt oft den Erfolg. Eine weitere Schwierigkeit ist die erhebliche Trübung durch die Gletschermilch. Deutlich zeigen sich die Auswirkungen der Klimaerwärmung am Masseschwund der Gletscher. Abtransportiert durch die Schmelzwässer, sorgt der feine Gletscherschliff für die geringe Sichttiefe. Bestens getarnt sind die silbrigen Schuppenträger im milchigen Wasser. Das Überraschungsmoment erhöht die Spannung. Erst im letzten Augenblick sind die auftauchenden Salmoniden in unmittelbarer Fliegennähe auszumachen.

Auf der Oberfläche treibende Blätter oder hölzernes Kleinzeug sind leicht erkennbare Wegweiser. Sie zeigen die behäbigen Strömungsbahnen auf der Seefläche an. Zarte Ringe in ihrer Nachbarschaft steigern meinen Jagdtrieb. Ohne Sprung schlürfen die Äschen die Anflugnahrung von der Oberflächenspannung. Eingeplant einen respektablen Sicherheitsabstand zum letzten ausgemachten Ring, klatscht die Schwimmschnur, auf Grund der großen Fallhöhe, mit Getöse aufs Wasser. Erst wenn die Wellenringe geglättet sind, ziehe ich die „Ameise" mit Bedacht in den vermuteten kritischen Bereich.

Die Äschen müssen nur mehr mein Angebot finden und für unbedenklich halten. Gefragt sind Geduld und Konzentration gleichermaßen. Schließlich will ich nicht wegen jeder halben Portion den Fisch um das sperrige Bauwerk lotsen, um nach einer kurzen Kletterübung über einen Blockschlag das Tier vom Haken zu befreien. Es geziemt sich schließlich nicht, das Opfer wie mit einer Handleine ruckartig auf das Bauwerk zu hieven, um anschließend das bedauernswerte Geschöpf, einem fliegenden Fisch gleich, wieder in sein Element zurückzuwerfen. Schließlich sind Äschen keine Katzen, die auch aus großer Höhe geschickt auf ihren vier Pfoten landen, weil ihr Aufprallgewicht durch spezielle Gelenksverbindungen abgefedert wird. Hingegen ist es bei den Fischen nicht ungewöhnlich, dass durch die Härte des Wassers ein Auge aus der Höhle gepresst wird. Für diese Respektlosigkeit und Tierquälerei fehlt mir das Verständnis.

Immer wieder erspare ich Mitgliedern des Äschenvolkes das Ungemach des Drills. Just im letzten Augenblick reiße ich mit einem heftigen Ruck die Fliege vor dem geöffneten Maul weg. Mein Hoffen auf eine starke Fahnenträgerin kostet leider einer Untermassigen das Leben. Am hübschen Auge mit der tropfenförmigen Linse hängt der Fisch. Blut trübt das Licht. Unangenehm ist mir der Vorfall. Auf einen chirurgischen Eingriff lasse ich mich gar nicht ein und breche kurz und bündig dem Fisch das Genick. Unsere Katze wird sich auf die Nahrungsergänzung freuen.

Zum Lufttrocknen hänge ich den „Catfish" auf eine einseitig abgebrochene Astgabel. Der Spieß führt durch den offenen Kiemendeckel und schaut beim Maul ins Freie. Alsbald mahnen die zuckenden Lichter hinter der Bergkette und weit entferntes, dumpfes Grollen zum Aufbruch. Ich spüre kein Verlangen danach, dass ein harmloses Gerinne zum Wildbach anwächst und die Straße vermurt. Schließlich habe ich schon vor wenigen Wochen das Schlamassel erlebt.

Trocken wie die Haut einer Eidechse oder Schlange fühlt sich der Fisch an. Es macht mir absolut nichts aus, die einzige Beute in der Tasche des Regenschutzes zu verstauen. Wasserdicht ist das Innenfutter.

Was man nicht im Kopf hat, das muss man in den Beinen beziehungsweise im Fahrzeug haben. Begraben die Hoffnung und wenig Vertrauen in die Ehrlichkeit des mutmaßlichen Finders meiner Rolle, stehe ich am Pechabend zum zweiten Mal in der Garage. Das Auslagern der Schuld auf den fiesen Kerl bringt mir mein gutes Stück nicht zurück. Im Vordergrund steht der Ärger über meinen schlampigen Umgang mit dem Besitz. Auf das Katzenfutter in der Regenjacke vergesse ich völlig.

Täglich intensiver breitet sich ein übler Geruch im Auto aus. Schier zum Kotzen ist die Luft. Die Zugluft durch die geöffneten Seitenfenster mindert wohl den Gestank, dafür erhöht sich die Belästigung innerhalb der Garage. Immer häufiger missachten die Katzen aus der Nachbarschaft die Reviergrenzen. Auffallend streunen sie vor dem Tor. Meine Frau rümpft mit rollenden Augen die Nase und ich kann mir die Herkunft des morbiden Fischduftes nicht erklären. Waschanlage und Staubsauger schaffen es nicht, das betörende Odeur zu bekämpfen.

Ausgeräumt das ganze Inventar, gleich einer Inventur, verlagert sich zumindest die unbekannte Quelle aus der Fahrgastzelle. Es dauert einige schwüle Sommertage zu lange, bis ich den Kern des Übels begreife. Geradezu das Malheur mit der bloßen Hand erfasse. Die weiche, ekelige Masse – Schleim und ausgetretene Körpersäfte ergänzen den breiigen Kadaver – fühlt sich wie Kleister an. Noch ehe ich ein kurzes Fäkalienwort ausstoßen kann, zuckt meine Hand aus der Tasche. Blitzschnell läuft der Reflexbogen ab. Ganz so, als hätte mich urplötzlich ein Stromschlag erwischt. Schlagartig vermittelt mir der Kontakt mit dem puddingweichen Fischkörper die Erkenntnis, dass die Ursache des üblen Geruchs endlich gefunden ist.

Präpariert scheint die Regenjacke durch das sich zersetzende Fischeiweiß zu sein. Mit einem Arbeitshandschuh bewaffnet, packe ich das Übel beim Schopfe. Luftanhalten und das Innerste nach außen kehren geschieht zur selben Zeit. Gar die eigene Hauskatze wendet sich nach einer kurzen Beschnüffelung vom zugedachten Leckerbissen ab. Keine Fischvergiftung will sich die Samtpfote einverleiben. Neuerlich greife ich mir den mürben Fisch an der Schwanzflosse. Die Schwerkraft scheint die Leiche zu strecken, aber ich schaffe den Weg bis zum Komposthaufen. Einen Spaten tief vergraben wird die Geruchsbombe. Würmer, Maden und Bakterien dürfen nun das Werk vollenden und mit den mineralischen Bestandteilen die Komposterde anreichern.

Anschließend ertränke ich das wasserdichte Kleidungsstück in der Regentonne. Vorerst abhalten soll der Geruchsverschluss die selbst verursachte Luftbelastung. Erst nach dem ausdauernden Verdünnen der üblen Säfte wage ich mit der Jacke den Gang durchs Haus und zur Waschmaschine.

Im Vergleich zu Fleisch zeigt Fisch eine erheblich geringere Konsistenz. Der hohe Wasseranteil – kein Wunder auf Grund seines Lebensraumes –, das leicht verdauliche Eiweiß sowie die Menge der essentiellen Fettsäuren machen Fisch zum gesunden Nahrungsmittel. Gering belastet Fisch den Verdauungstrakt.

Rasch wird das Hauptgericht von den Enzymen der Verdauungssäfte in die Bausteine der Aminosäuren zerlegt und wieder zum Aufbau des eigenen Körpereiweißes verwendet. Dafür läuft der Prozess des Verderbens im selben Tempo. Bakterien greifen im Nu die Eiweißverbindungen an. Überaus rasch läuft die Zersetzung und Veränderung ab. Übler Geruch warnt vor dem Verzehr. Fischvergiftungen sind kein Spaß. Altbauern schwören immer noch auf die biologische Kriegsführung im Obstgarten. Unbeliebt ist der Nützling Maulwurf. Er steht im Verdacht, mit seinen Gängen die Haarwurzeln der Bäume zu unter-

minieren. Nicht teure Gifte finden Verwendung, sondern ein ganzer Fisch wird einfach in den Tunnel gesteckt. Die Wühler fühlen sich vom Gestank bedroht und flüchten auf eine andere Baustelle.

Die Volksweisheit, dass der Fisch vom Kopf her zu stinken anfängt, kann ich nicht gutheißen. Zu gering ist die Eiweißpackung rund um das Schädelskelett. Gut, ein trüber Blick aus toten Augen und blasse Kiemen beweist schon das Ablaufdatum. Dennoch wird das Verderben des Eiweißlieferanten von der kompakten Muskelmasse ausgehen. Oder hat gar das gemeine Volk den Spruch nur auf die Spitzen der Führungskräfte bezogen?

„GEBIRGSBARSCHE" – TÖDLICHES SPÜLKONZEPT

Ergiebige Schwammerlplätze werden wie eine ledige Schwangerschaft gehütet. Von gefährlicher Steilheit des höchst vage beschriebenen Areals reden die Neiderinnen und Neider. Verseucht sei gar das Gelände durch die gefährlichen Eier des Fuchsbandwurmes. Jungwälder wuchern zu unwegsamem Dickicht und verleiden die Pilzpirsch. Wer kriecht auch schon gerne auf allen Vieren auf dem Waldboden umher. Widerwillig feilgebotene Wegangaben leiten bewusst in die Irre, nur um andere Liebhaberinnen und Liebhaber von der zähen Eiweißkost auszuschalten.

Aber auch unter Fischerkollegen fließen Informationen über fangträchtige Stellen äußerst unpräzise. Treffliche Lügengeschichten gebärt die Missgunst. Bewusst wird der Aufnahmewinkel des zurückgesetzten Rekordfisches so gewählt, dass es auch Ortskundigen schwerfällt, den Tatort auf Grund des Bildhintergrundes zu bestimmen.

Das Gerede um die köstlichen „Egli" zeigt Wirkung. Der Küchenchef des Bräurup erliegt der Gehirnwäsche durch die fischenden Hausgäste aus der Schweiz. Weitum ist der traditionelle Betrieb für seine ausgezeichnete Fischküche bekannt. Erweitert wird das Fischangebot auf der Speisekarte. Plötzlich steht eine neue Delikatesse für den Gaumen zur Auswahl. Knackig panierte Barschfilets, zum horrenden Preis, aus dem hochgelegenen Stausee. Nicht Schritt hält leider das Angebot mit der unverminderten Nachfrage. Ungehört verhallen die Aufrufe zur Fleischbeschaffung. Wenig Gefallen findet die Zunft der Aufsichtsfischer daran, die Schwänze aus dem weit entfernten Revier zu erbeuten.

Auch ich spekuliere eher mit dem Seeforellenbestand. Aber mein Sohn – er hat sein Können im Umgang mit dem Schwimmer an den Rotaugen aufgebaut und anhand der schlauen Karpfen erweitert – findet den Auftrag reizvoll. Barsche ohne Limit.

Keine Fangquoten. Weder Begrenzung der Stückzahlen noch auferlegte Hemmschwellen bezüglich ihrer Größe. Um den Schwarm zu lichten, ist auch sein bester Freund mit von der Partie.

„Lebend möchte ich die Zebrafische haben", meint der Koch und wischt sich dabei seine Hände an der Arbeitsschürze sauber. „Erschlagen sind sie im Handumdrehen. Das Filetieren der kleinen Fische ist eine Heidenarbeit, aber immer noch besser als das aufwendige Schuppen. Sind die Viecher einmal länger hin, dann lässt sich die Haut ohnehin kaum mehr strecken."

„Warum?", unterbreche ich fragend und ziehe meine Schultern hoch. „Ich war immer der Meinung, dass nur Schlitzohren ihren Rekordfisch in die Länge schinden. Gut angeben lässt sich beim Messen."

„Vergiss den Blödsinn, mit dem Fischerlatein kannst du andere Leute pflanzen", kontert er gut aufgelegt. „Wenn es dich interessiert, dann verrate ich dir den Trick: Du musst den Barsch am Schwanz sicher halten und anschließend am Kopf kräftig anziehen. Pass dabei auf den Dorn am Kiemendeckel auf. Hörst du ein Knacksen, dann löst sich der ziegelartige Verband der Schuppen. Leichter wird die Arbeit, aber die Sauerei in der Küche bleibt."

Noch herrscht Ruhe vor den ersten Bestellungen. Für ein kurzweiliges Gespräch hat der Mann beiläufig Zeit und fordert höflich: „Bring mir einen einzigen Riesenbarsch mit. Ich möchte gerne eine Vorspeise kreieren, dass die Leute mit der Zunge schnalzen."

Neugierig erkundige ich mich: „Ist es ein Küchengeheimnis?"

„Unsere Essensgeher glauben", klärt er mich auf, „dass nur zartes Rindfleisch sich für das klassische Carpaccio eignet. Fisch ist nicht nur gesund, sondern schmeckt auch roh ausgezeichnet. Wichtig ist, die aus dem geschnittenen Filet stehenden Brustgräten mit einer Pinzette gewissenhaft zu entfernen. Etwa eine halbe Stunde lang lässt du den Fisch im Tiefkühlfach anziehen. Dann braucht es kein Geschick mehr, um mit einem scharfen Messer hauchdünne Scheiben zu schneiden."

„Und wie schmeckst du den Fisch ab?", wage ich vorsichtig seinen Vortrag zu unterbrechen. Oft habe ich gebeizten Lachs als Köstlichkeit zubereitet, aber den Ratschlag für das leckere Barsch-Carpaccio möchte ich genau erfahren. Schließlich ist für mich das Veredeln von Fischen ein kreatives und kulinarisches Vergnügen.

„Im Prinzip ist es ganz einfach. Einen flachen Teller bestreichst du mit kalt gepresstem Olivenöl und verteilst darauf die Scheiben. Etwas Balsamicoessig und neuerlich Öl über den Fisch spritzen. Vergiss nicht auf das Salz sowie frischen Pfeffer aus der Mühle. Im Handumdrehen hast du ein Gericht gezaubert, das die Gäste – auch wenn sie keine Japaner sind – umhaut."

„Hast du eine Ahnung, wo die Filets auf uns warten?", erkundige ich mich zum Abschluss.

„Hör, ich bin leidenschaftlicher Koch und kein Fischer. Aber in der Zirbenstube unterhalten sich ein paar Typen über Fischerkram", vertreibt er mich quasi mit einer verbalen Überweisungsempfehlung aus seinem Wirkungsbereich.

Richard, ein Urgestein in der Gilde der Aufsichtsfischer, ist ein lebender Informationsstand. Stundenlang hält es der rüstige Pensionist am Stammtisch aus. Betriebsentwicklung und Marktklatsch sind ihm ein offenes Geheimnis. Im gesamten Revier weiß er um die Besatzmaßnahmen Bescheid. Er kennt die Ergebnisse der Bestandskontrollen mittels der Elektrofischerei. Auch sind ihm die Zahlen der gewonnenen Liter Rogen für die Zuchtanstalt nicht fremd. Mit ehrlicher Anteilnahme hört er sich die Erlebnisse der Petrijünger an und gibt, auch ohne „Bestechungshalbe", die aktuell besten Köder und Fangplätze preis. Einfach gesagt: Er fühlt sich berufen, Gästen und Einheimischen gleichermaßen die Freude am Abenteuer Fischen zu vermitteln. Sein in den Genen kribbelnder Beutetrieb treibt ihn auch noch im betagten Alter zu seiner Lieblingsbeschäftigung, zum nassen Weidwerk. Trotzdem verharrt er nicht stur im Altbewährten und in festgefahrenen Bahnen. Ungeniert versucht er neue Kombinationen.

Von Brücken aus, über verwachsenen Bächen, lässt er ohne einen einzigen Wurf seine schwimmende Fliegenschnur von der Strömung in annehmbare Weiten ziehen. Erfolgreich – ich habe es mit eigenen Augen erlebt – fischt er mit maulgerechten, schleimigen Nacktschnecken am Haken auf die munteren Forellen. Der Zweck heiligt die Mittel. Leicht ist das Arbeitsgerät und schont sein latentes Schmerzproblem im Bereich des Schultergelenkes.

Die Salmoniden, Koppen und Elritzen sind an die rauen Bedingungen eines hoch gelegenen Speichersees angepasst. Wohl oder übel schlucken sie auch die Pegelschwankungen. Viele Monate lang liegt der Lebensraum von einer mächtigen Eis- und Schneedecke versiegelt. Den Produzenten des Sauerstoffes, den Pflanzen, gehen buchstäblich das Licht und die Luft aus. Eingeschränkt ist ihre Assimilation. Nichts anderes bleibt den Fischen über, als sämtliche Lebensfunktionen auf Sparflamme zu drosseln. Fressen einstellen, auf Bewegung verzichten und die Atmung auf ein Minimum herunterfahren, ist das Programm der Erfolgreichen. Natürlich entspricht die Futtersuche in der monatelangen Dunkelheit einer Fastenzeit. Abgemagert hängt ein schlanker Körper hinter dem massigen Schädel. Es braucht seine Zeit, bis sich die Fische nach dem Schmelzen des Eismantels wieder Fett auf die Gräten fressen.

Wenn sich die wahren Spezialisten – immerhin haben sie die Eiszeiten überlebt – schon mit erheblichen Mühen durch das nasse Leben schlagen, dann erscheint es mir wie eine großartige Anpassungsleistung der Barsche, dass sie den extremen Verhältnissen eines alpinen Speichersees trotzen.

Fluss, Bäche, kleinere Gerinne und Quellwässer aus einem Einzugsgebiet von circa siebzig Quadratkilometern speisen den Stausee Durlassboden. Er liegt an der Landesgrenze zwischen Salzburg und Tirol. Nur einen „Autosprung" weit von den berühmten Krimmler Wasserfällen entfernt. Über drei Geländestufen stürzen sich die Wassermassen in die Tiefe. Zerschmetterte Tropfen reißt die

Thermik in die Höhe und bietet mit Garantie die Spektralfarben des Regenbogens. Tausende Besucher lockt das Naturdenkmal an. Besonders die Gäste aus dem Orient staunen mit offenem Munde. Unfassbar bleibt für die Wüstenmenschen der Überfluss an Trinkwasser.

Der Speicher fasst bis zum berechneten Stauziel rund fünfzig Millionen Kubikmeter Wasser. Mit dem Vorrat kann der Bedarf einer Millionenstadt ein ganzes Jahr lang gedeckt werden.

An der Höhe von 83 Metern kratzt das Sperrwerk und erreicht eine Länge von fast einem halben Kilometer. Ein zentraler Dichtungskern mit massivem Schüttdamm schützt die Unterlieger. Hierzulande denkt ohnehin kein Mensch an lokale Erdbeben. Die Möglichkeit einer katastrophalen Überschwemmung, durch die Erschütterungen der Erdkruste, findet in den Baubescheiden keinen Niederschlag.

Die Beschreibung des Barschberges trifft den Nagel auf den Kopf. Vom holprigen Almweg nicht einsehbar, säumen ein paar nackte Felsen die unauffällige Bucht. Setzt man geistig die Geländeform in die Tiefe des gestauten Wassers fort, dann ist es gut vorstellbar, dass mindestens eine markante Felsennase die stacheligen Fische zum Verweilen und Rauben anlockt.

Entlang des Uferverlaufes von alpinen Speicherseen finden Wasserpflanzen wie Laichkräuter, Tausendblatt oder Tannenwedel kaum Bedingungen zum Überleben. Typische Krautkanten oder Bewuchszonen fehlen. Erschwert ist das nasse Verankern ihrer Wurzelfüße. Kein Auftrieb stützt die schlappe Pflanzenmasse. Zu einschneidend sind die äußersten Schwankungen des Wasserstandes. Eher verführt ein ins Wasser gestürzter Baum die Barschrudel zum Revierbezug oder eine auffallende Veränderung im Böschungsprofil.

Unverwechselbar stellt sich so ein Barsch mit seinen dunklen Querbinden dar. Jeder Petrijünger kennt die Wehrhaftigkeit der ersten Rückenflosse mit ihren rund fünfzehn Stachelstrahlen. Auch rächt sich jeder ungeschickte Griff in der Nähe des Kiemendeckels. Bildhübsch heben sich mit ihrem satten Rot vor allem die paarigen Bauchflossen und die Afterflosse vom olivgrünen Körper ab. Das Großmaul bevorzugt klare Gewässer, wobei der Fisch sich gerne vor der Strömung drückt. Räuber schätzen gute Sichtverhältnisse, um weit genug ihre Beute ins Visier zu nehmen.

Barsche zeigen ihre Einmaligkeit auch anhand der breiten Laichbänder. Keine andere heimische Fischart leistet sich den Luxus eines so dekorativen Musters. Flache Uferstellen sind sein Laichhabitat. Über die Bodenhindernisse gleiten die reifen Weibchen hinweg und setzen ihre Eier in gallertartigen Bändern ab. Kaum sind die Laichbänder gelegt, übernehmen die Männchen ihren genetischen Auftrag zur Bestandserhaltung. Einem netzartig geflochtenen Halsband gleich, welches mit dicht gereihten Miniperlen besetzt ist, hängt das auffallende Laichgebilde oft an versunkenem Astwerk, an Wasserpflanzen oder an geeigneten Steinen. Der geringe Durchmesser der Eier von weniger als zwei Millimetern macht es verständlich, dass viele Tausende Stück im Geflecht Platz finden. Wobei es auch für die Barschfamilien gilt, dass Alter und Masse des Weibchens im direkten Verhältnis zur produzierten Eierzahl stehen.

Das kalte, teilweise von Gletschern gespeiste Wasser und die erheblich widrigen Bedingungen durch die Höhenlage des Speichersees tragen dazu bei, dass die Barschpopulation ein kümmerliches Wachstum zeigt. Kaum eine Fingerspanne lang gewachsen, vergreifen sie sich notgedrungen als Laichräuber am fremden Kaviar. Zum Aufbau ihrer eigenen Geschlechtsprodukte brauchen sie die Kalorienbomben. Außerdem ist ihr schlechter Ruf als Nahrungskonkurrent gegenüber den begehrten Forellen, Saiblingen und Äschen bekannt.

Abgesehen von dem saukalten Wasser hängt die Kleinwüchsigkeit der Barsche sicher auch damit zusammen, dass kein Fischer die hohen Lizenzgebühren für den Fang von Salmoniden berappt, um anschließend sich am Volk der Stachelritter schadlos zu halten. Es gibt kein Ausdünnen der Schwärme. Kein Selektieren der Unvorsichtigen.

Von allen Bewirtschaftungskonzepten zur Einschränkung der Barschflut hat sich ein simpler Trick als zielführend herauskristallisiert. Mit List und Tücke werden junge „Christbäume" an vermuteten Laichgründen versenkt. Gesichert mit Leinen. Kleine Schwimmkörper aus Styropor oder Kunststoffflaschen markieren in unmittelbarer Ufernähe die Fallen. Den stacheligen Mutterfischen gefällt das Angebot. Sie bemühen sich mit dem Absetzen der Laichbänder und wissen nicht, dass ihre Brut keine Zukunft hat. Eingeholt am Ende der Laichzeit, vertrocknet das Baumgelege rasch an Land.

Legendär ist der Futterneid der Barsche. Einmal in den Rausch der Fressphase verfallen, verfolgen sie gierig jeden bewegten Happen. Von „Wutbeißern" ist gar die Rede. Aggressiv spreizen die Fische ihre Kiemendeckel und Flossen, um den Konkurrenten aus dem Schwarm einzuschüchtern. Das Imponiergehabe verwirrt kurzzeitig den Artgenossen und schon verschwindet der angepeilte Bissen im eigenen Schlund.

Einheimische Fischer wissen um die Vorliebe der großen Barsche. Regelmäßig suchen die kapitalen Räuber die Steilwände der Stauwerke heim. Stattliche Barschexemplare sind in der Regel sture Einzelgänger. Ein verständliches Verhalten, denn keine Brut ist so blöd, sich im Schwarm um ihren kannibalischen Artgenossen zu tummeln.

Zum Leidwesen vieler Fleischfischer ist der Zugang zu den Wehranlagen erheblich erschwert und das Begehen der Dammkrone verboten. Außerdem ist es unweidmännisch, die gehakten Fische am stehenden Beton in die Höhe zu schleifen.

Höchst erfolgreich ziehen Sohn und Freund einen Barsch nach dem anderen aus dem Speichersee. Auf Wunsch der erfolgreichen Barschfänger soll ich mich zumindest in Sichtweite aufhalten. Die Burschen wollen keine Diskussion mit allfällig auftauchenden Aufsichtsorganen aus dem Tiroler Raum. Mit meiner Anwesenheit bürge ich für ihre ungetrübten Sternstunden beim Barschfischen und halte ihnen quasi den Rücken frei.

Damit ich ihre Kreise nicht störe, versuche ich in der Nachbarschaft der Bucht mein Glück mit der Fliegenrute. Es scheint wie verhext. Kläglich scheitern meine Versuche, einen stacheligen Fisch zu verführen. Rote Nymphen, geschmacklich verfeinert mit einer quicklebendigen Made, am extrem langen Vorfach, verfehlen ihre Wirkung. Die Lust am Experimentieren lässt mich eine ganze Palette von Mustern aus der Fliegendose kramen. „Palmer", buschig nach Art pelziger Raupen gebunden, ersetzen die Nymphenversager. Der Erfolg bleibt dennoch aus. Eine Spezialschnur, der Tiefenexpress, soll es endlich richten. Der Wechsel sowie die angeknüpften unterschiedlichen Modelle von kleinen Streamern sind eine vergebliche Fleißaufgabe. Keine Spur von einem Stachelritter. Nur eine unerwünschte Forelle vergreift sich am gezupften Köder.

Mit einem Wort: Ich finde keinen Platz in der Nachbarschaft, an dem ein Barschschwarm schon sehnsüchtig auf mein geschmackloses Angebot wartet. Vielleicht biete ich auch meine Reizmittel in untauglichen Gewässertiefen an oder der Schwarm ist gerade auf Wanderschaft?

Um eine schlechte Erfahrung reicher, stelle ich alsbald die brotlose beziehungsweise barschlose Kunst ein und nutze die Gelegenheit für Übungszwecke. Weite Würfe sind das Ziel. Ungemein reizt mich die Entfernung. Hindernisfrei ist auch der sanft ansteigende Almboden. Kein Strauch hindert mich beim Rückschwung. Der Doppelzug zur Beschleunigung der Leine läuft mir wie geschmiert von der Hand. Trotzdem fehlen mir viele Meter, um zumindest in der Nähe der steigenden Forellen meine Fliege anbieten zu können. Gut gefettet liegt mein Kunstinsekt in der Oberflächenhaut des Sees. Gelassen warte ich auf einen Biss. Das Fangpech erschüttert mich nicht, schließlich darf ich das überwältigende Bergpanorama genießen.

Die beiden Burschen sind glücklich mit der immer noch kurzweiligen Barschfischerei. Ihre Augen strahlen, obwohl sich das Zeitfenster zwischen den abtauchenden Schwimmern zunehmend ausdehnt.

Zur Neige geht der Madenvorrat, dafür drängen sich die Barsche im geräumigen Setzkescher für Karpfen. In der Not spießen die Jungs immer öfter frisch gefangene Heupferdchen oder Junikäfer auf den zierlichen Haken. Während der oberirdischen Insektenjagd der Zweibeiner vergessen unter Wasser die verbleibenden Barsche das unerklärliche Verschwinden ihrer Schwarmgenossen. Damit den restlichen Stachelflossern nicht der Hunger völlig abhandenkommt oder sie gar die lebensgefährliche Stelle verlassen, übernehme ich freiwillig die Erkundung der eingetrockneten Kuhfladen in der Umgebung. Die Würmer locken auch die Vorsichtigen zum Anbiss. Unehrenhaft wird der gesammelte Vorrat durch Teilen und Dritteln der längsten Humusbildner gestreckt. Neuerlich vergreifen sich weitere Fische an den Leckerbissen. Ohne Zweifel, die Mistwürmer sind der Favorit auf der ungeschriebenen Speisekarte für Gebirgsbarsche. Auf den Haken gezogene Innereien oder schlank geschnittene Hautfetzen mit Fleischanteil hätten im Ködernotfall sicher ihre Wirkung nicht verfehlt.

Einer der größten Seen auf der Balkanhalbinsel ist der viel besungene Ohridsee. Im Prinzip hat dieses Gewässer keine Zuflüsse und wird von zahlreichen Quellen gespeist. Rund zwei Drittel liegen im Staatsgebiet von Mazedonien und den Rest teilt sich Albanien. Das Gewässer ist in einem Riss beziehungsweise Graben der Erdkruste entstanden und hat mindestens drei Millionen Jahre Entstehungsgeschichte auf dem Buckel. Verblüffend ist das Fehlen von Barschen, Hechten, Renken oder Äschen und anderen Fischen. Dafür ist der Barbengründling oder die berühmte Ohridforelle endemisch. Nur in diesem Wasser haust die großwüchsige Forelle und stellt einen wichtigen Wirtschaftsfisch dar. In Stein gepresste Fossilien beweisen das phänomenale Alter dieses Forellengeschlechtes.

Historisch belegt ist die Geschichte, dass sich ein Sultan täglich frische Forellen aus dem gepriesenen Ohridsee liefern ließ. Wie die Kuriere die Lebendfracht, trotz ihrer zähen Pferde, bis ins ehemalige Konstantinopel schafften, das bleibt mir eine unvorstellbare logistische Meisterleistung. Immerhin beträgt allein die Luftlinie, schlampig gemessen, mehr als achthundert Kilometer.

Keiner von uns hat es für nötig erachtet, sich die Sauerstoffflasche für den Transport auszuborgen. Die Bequemlichkeit verdrängt die Vorsicht. Über Gebühr haben wir als Ersatz Sauerstofftabletten und eine Prise Viehsalz in die Tonne eingeworfen. Durchgeschüttelt aufgrund der vielen Kehren, schwabbelt das Bergwasser im Behälter. Der Effekt gleicht einer Mischmaschine. Geringfügige Übertretung der erlaubten Höchstgeschwindigkeit kann nicht die Ursache des Verendens sein, zumal auf halber Fahrt noch einige Kübel voll Quellwasser gewechselt wurden.

Leider ersticken zu einem erheblichen Anteil unsere Barsche im Maischefass. Uns ist es peinlich, dem Küchengesellen ist es recht. Schließlich erspart er sich das mühevolle Erschlagen der vielen Fische.

Drei Jahre später – mit der privaten Zusage und Erlaubnis sowie reichlich Jause im Rucksack – planen wir eine Überprüfung des Barschloches und die Erkundung neuer Schwarmstandorte. Gewitzter sind meine tüchtigen Gehilfen. Frisch umgegraben ist der Komposthaufen. Eine Menge von Würmern wartet auf ihr Schicksal im Rahmen der Nahrungskette.

Je mehr Stunden verstreichen, desto länger werden unsere Gesichter. Es lohnt sich nicht, die mit einer Hand abzählbaren Barsche zu töten. Unfassbar ist die Pleite. Bezogen auf den Fangerfolg, entpuppt sich die Exkursion zum kompletten Reinfall.

Längst hat der exotische Pangasius – ein Haiwels, der mit Reis und Bananen aufgepäppelt wird – die leckeren Barsche auf der Speisekarte verdrängt. Das Verschwinden der Barschpopulation ist kein Fischereigeheimnis.

Nachträgliche Ursachenforschung führte zur Erkenntnis, dass auf Grund einer radikalen Spülung des Speichersees der Barschbestand total eingebrochen ist. Der großzügige Besatz mit bereits fangfähigen Seeforellen erledigte schließlich den Rest der stacheligen Population.

LEBENSELEMENT – SORGLOSER UMGANG

Mitten im Fluss. Die Strömung drückt mir die weit geschnittene Wathose an den Körper. Saukalt ist das Wasser trotz doppelter Schiunterwäsche. Erheblich leidet die Männlichkeit. Der Auftrieb vermittelt ein Gefühl der Leichtigkeit. Eine Art von Schweben im Reich der Fische. Sichere, kleine Schritte erlaubt das eher einheitliche Geröll am Grunde. Kräftig angeschoben durch den Druck der Fluten hinter meinen Rücken.

Ein Verbündeter der Fische ist das glasklare Wasser. An meinen feilgebotenen Leckerbissen sehen sie das komische Anhängsel des Vorfaches. Auch die naturnah eingebundenen drei Schwanzborsten der künstlichen Maifliegen können sie nicht täuschen. Sehr häufig fällt ihre Begutachtung negativ aus. Außerdem haben die flüchtenden Jungschwänze schon längst die älteren Semester gewarnt. Aufgeschreckt streben sie blitzschnell vom Seichten ins Tiefe. Erst durch ihren Ortswechsel fällt der gute Bestand auf. Den Augen der Kapitalen bleibt der Aufruhr der Verwandten nicht verborgen. Sie schalten unbewusst auf den Stur-Modus und verdrängen vorerst den Beutetrieb. Verdammt heikel ist die Fliegenfischerei.

Aufreizend gelassen schwenken die erfahrenen Fische zur Seite aus. Verschwinden meine Fliege und die Leine aus ihrem Sichtfenster, dann nehmen sie den alten Standort wieder ein. Schwierig ist das Überlisten. Verblüffend ist hingegen, dass sich immer wieder Regenbogenforellen und Äschen im unmittelbaren Strömungsschatten meiner Füße einfinden.

Vielleicht wirble ich Nährtiere auf oder ihr Seitenlinienorgan verspricht einen neuen Einstand? Frech steigen sie in meiner Nachbarschaft. Unüberhörbar ist das satte Platschen. Rasch glätten sich die Ringe durch die Bewegung des Wassers. Meine „Doseninsekten" scheinen ihnen nicht zu schmecken.

Immer öfter knüpfe ich Vorfachspitzen mit geringerem Durchmesser an. Beinahe so dünn wie die Signalfäden der Kreuzspinnen. Zusehends erweitere ich nach jeder Panne die Länge. Unter dem Gehölz der Ufergalerie lauern die Großen. Ich brauche das Fleisch nicht um zu überleben, aber der Jagdtrieb meiner

Urahnen zwingt mich zu den auffallenden Schatten. Unbedingt muss ich den Abstand verkürzen.

Der Pegelstand am eigenen Körper bestätigt die Schätzung der Tiefe. Fällt der Blick lotrecht zum Grund, gibt es keine Täuschung des Sehsinnes. Wenige Körperlängen voraus, da schaut die Sache ganz anders aus. Die Brechung des Lichtes gaukelt einen ansteigenden Gewässergrund vor. Ich weiß es. Allerdings falle ich immer wieder auf diese Tatsache herein.

Ein paar Schritte noch und ich brauche nicht mehr mit einer Hand den Hosenrand bis über die Brust strecken. Zwei tiefe Löcher, smaragdgrün, schauen mich wie bedrohliche Augen an. Unlängst von den Zähnen des Baggers in den Grund gebissen. Uferbefestigung und Hochwasserschutz erforderten diese Maßnahme. Geschiebematerial wird sich alsbald wieder in der Vertiefung der Sohle ablagern. Abtragen, Transportieren und Einebnen ist das Prinzip der Erosion.

Zurück schaffe ich es nicht mehr. Zu gewaltig ist der Druck der Strömung. Übermütig in die eigene Zwickmühle getappt, entscheide ich mich kühn für den Damm zwischen den Trichtern im Flussbett. Beeinflusst ist meine Entscheidung durch das nahe gelegene Ufer. Gut komme ich voran. Wenige Schritte noch und die nasse Falle ist gemeistert.

Verflixt! Ein kopfgroßer Rundling ist meinem Gewicht nicht gewachsen. Er löst sich aus dem Verband des Randes und kollert lautlos tiefer. Im Reflex, eine sinnlose Reaktion, versuche ich den unvermeidlichen Tauchgang abzufangen. Das Vorstrecken meiner beiden Hände – von der teuren Rute trenne ich mich auch im Notfall nicht – fällt mit dem Verlust des Bodenkontaktes zusammen. Vom Gesicht fegt mir das heftige Aufklatschen die Sonnenbrille. Glasklar trudelt sie außer Reichweite zum Grund. Blitzschnell schießt das Wasser in die Hose, verdrängt die Luft und flutet die Beinlinge. Bequemlichkeit kann Leben kosten. Der nachlässig gespannte Brustgurt trägt keine Schuld an meinem Untergang. Mehr von der Strömung geschoben als elegant geschwommen, spüre ich rasch wieder ansteigenden Boden unter den Füßen.

Das Gewicht des Restwassers und der bei jedem Schritt Richtung Ufer schwindende Auftrieb machen mir schwer zu schaffen. Die volle Hose fühlt sich wie der berühmte Mühlstein um den Hals an. Kaum zu schleppen ist der nasse Ballast. Regelrecht ins Schwitzen komme ich trotz der Nässe.

Abgelenkt durch den Schock, spüre ich erst jetzt die klatschnassen Kleider auf meiner Haut. Zitternd löse ich die Verschlüsse des Hosenträgers und raffe das Kleidungsstück auf Halbmast. Mühsam stemme ich ein Bein auf einen Steinbuckel in der Böschung. Geradezu ein Schwall ergießt sich in das bodenständige Fischwasser zurück. Nach dem Prozedere mit der zweiten Hosenröhre nehme ich bibbernd die Herausforderung der steilen Böschung an. Lieber eine kurze Kletterübung als der Umweg zum flachen Ausstieg. Unbeholfen, auf allen Vieren, überwinde ich das Hindernis der steil gesetzten Flussbausteine.

In hektischer Eile lasse ich die Rute einfach ins Gras fallen und entledige mich meiner frisch gewaschenen Klamotten. Nur die Unterhose klebt als Badehosenersatz am Leib. Ausgewrungen und ausgebreitet zum Trocknen liegen die Kleider auf einem entwurzelten Baum. Die Wathose, das Innerste nach außen gekehrt, hängt quasi als Signalfahne von einem Ast. Einsehbar von dem Wirtschaftsweg aus, der ein geraumes Stück weit den Fluss begleitet.

Seit meiner Kindheit liegen mir Schwimmen und Tauchen im Blut. Jegliche Art von Wassersport bereitet mir Freude. Das Element ist mein Lebenselixier. Kein einziger Tropfen hat sich in die Lunge verirrt und der Verlust der Brille ist das Jammern nicht wert. Kein Geheimnis ist meine Risikobereitschaft beim Queren von Flüssen. Pure Dummheit ist die Selbstüberschätzung. Mein Freund Hans, so hoffe ich inständig, wird mich wohl am ausgemachten Brückenkopf vermissen. Verlassen kann ich mich auf meinen Partner nicht nur beim Fliegenfischen.

Leider ist mir das Malheur ziemlich am Anfang des ausgemachten Zeitfensters passiert. Nie hätte ich mir gedacht, dass ich, statt Salmoniden zu verführen, mich wie eine Eidechse im Sonnenbad auflade. Ich genieße die Wärme. Das Zittern und das Aufwallen der Gänsehaut beruhigen sich allmählich. Fischen bis zum Umfallen ist ohnehin nicht meine Sache.

Langsam kehrt die körpereigene Betriebstemperatur zurück und weckt meine Lebensgeister. Die Warterei vertreibe ich mir durch nützliche Beschäftigung. Kreativ verteilt richte ich den gesamten Besitz in meiner Weste zur Sonne aus. Sämtliche Trockenfliegen haben sich durch das unfreiwillige Bad zu Nassfliegen gewaschen. Die Papierqualität der ausgestellten Lizenz steht in keinem Verhältnis zum Preis der Tageskarte. Erbärmlich krümmt und wuzelt sich der wichtige Schein. Die Eintragungen mit dem Kugelschreiber trotzen der Verwässerung. Nichts verloren hat Tinte auf der Berechtigung zum Fischen.

Plötzlich schaukelt Leergebinde auf den Wellen in mein Blickfeld. Die Harmonie des Lebensraumes – abgesehen von meinem glimpflich ausgegangenen Missgeschick – leidet. Es schmerzt regelrecht. Diese Art der Entsorgung ärgert mich. Es mag wohl lustig sein, die Reise einer einzigen leeren Flaschenpost eine Weile zu beobachten. Aber eine ganze Flotte?

Ich habe es in meinem Leben nicht gelernt, mich diesbezüglich in Gelassenheit zu wiegen. Im Alter verstärken sich die guten und schlechten Eigenschaften. Der respektlose Umgang mit den Fließgewässern macht mir Sorgen. Nicht nur, dass Fetzen von Silofolien wie Gebetsfahnen von der Ufergalerie flattern, Flussböschungen als wilde Deponieflächen missbraucht werden, sondern gar gelbe Säcke mit Restmüll fliegen rotzfrech von Brücken. Die ganze Lagerfeuer-

romantik kann mir gestohlen bleiben, wenn die Leute es nicht der Mühe wert finden, den Platz ordentlich zu hinterlassen.

Ertränkte Katzen im Kartoffelsack und Tierkadaver enden nicht selten an sperrigem Geäst. Von unglaublichen Funden wissen Uferreinigungsteams zu berichten. Ihre Berichte kann ich aus eigener Erfahrung nur unterstreichen.

Längst ist es kein Geheimnis mehr. Wissenschaftler bestätigen mit ihren Forschungsprojekten die Belastung der Gewässer. Zuhauf treibt in den Lebensadern eine bunte Palette von Plastikmüll. Noch vor einigen hundert Jahren verkündeten lesekundige Beamte den Stadtbürgerinnen und Stadtbürgern, dass sie ab sofort nicht mehr in dem Bach ihre Notdurft verrichten dürfen, weil übermorgen Bier gebraut wird. Mit dieser organischen Fracht hatte das Wasser sicher seine liebe Not. Gefordert war die Selbstreinigungskraft. Keine Rolle spielte in jenen Zeiten die Chemie. Unbelastet waren die Quellen und Brunnen.

Aber heute steht das Lebenselixier auf verlorenem Posten. Es gibt keine Bakterien, die diese chemischen Ketten knacken und in unschädliche Elemente zerlegen können. Vorsichtig angesetzte Hochrechnungen ergaben, dass zum Beispiel die Donau täglich einige Tonnen Plastikmüll in das Schwarze Meer einbringt. Ohne Aufschrei schluckt das Delta die belastende Fracht. Zur Falle wird das ehemalige Paradies für die Flossenträger und die bunte Vogelwelt.

Hungrige Fischbrut schnappt sich die mit der Strömung treibenden Teilchen. Es bleibt kaum Zeit, um die scheinbare Beute genauer auf die Fressbarkeit zu untersuchen. Der Futterneid zwingt zur raschen Entscheidung. Gierig geschluckt, gleitet das Zeug an den Kiemen vorbei. Anstelle von Insektenlarven, Bachflohkrebsen oder anderen Nährtierchen füllt der Müll den Magen. Statt Sättigungsgefühl nur Darmverschluss. Giftige Bestandteile wandern ins umliegende Gewebe. Spitzen und scharfe Kanten der Partikel ritzen wie Rasierklingen den Verdauungsweg. Häufig folgt ein qualvoller Tod nach inneren Verletzungen.

Über Nahrungsketten reichert sich der Kunststoffmix allmählich in Speisefischen an. Der Mensch steht an der Spitze der Nahrungspyramide und ist somit ebenso betroffen. Das Geschäft machen die großen Konzerne und der gemeine Bürger zahlt die Zeche. Die Einschränkung der Plastiksackerl durch das Europäische Parlament ist nur ein kleiner Schritt in die richtige Richtung. Immer noch kippen in vielen begehrten Urlaubsregionen die Kommunen ihren Dreck, Müll und Sperrgut in unberührte Meeresbuchten. Es raucht und stinkt zum Himmel.

Millionen Tonnen von Zivilisationsmüll driften in den Meeresströmungen. Verflüchtigen sich die Weichmacher in den Kunststoffen, dann zerlegen Wellenschlag, Klippen und die aggressive UV-Strahlung das spröde Material. Unablässig erfolgt die Zerkleinerung. Im Laufe der Zeit zersetzt sich der Plastikabfall bis in mikroskopisch kleine Partikel.

Leuchtende Farben und die Form der Bruchstücke verführen viele Meeres-
vögel – trotz ihrer scharfen Augen– zur Aufnahme der unverdaulichen Teilchen.
Magenuntersuchungen verendeter Vögel bestätigen leider den Verdacht der
Meeresbiologinnen und Meeresbiologen. Über unendlich viele Generationen
haben es Hochseevögel erlernt, das aufgenommene Meersalz über eine röh-
renartige Nasenöffnung auszuscheiden, aber gegen die Fremdkörper aus der
Palette der Kunststoffindustrie stehen sie auf verlorenem Posten. Mehr als 80
Prozent der Sturmvögel verenden nicht aus Altersschwäche, sondern wegen
Darmverschluss.

Das Meer verkommt zur gigantischen Müllhalde. Ein unvorstellbares Ausmaß
hat bereits der im Kreis treibende Müllteppich erreicht. Der extrem belastete
Wirbel im Nordpazifik entspricht bereits ganz Westeuropa im Größenvergleich.
Leider verhallen die Warnungen der Wissenschaftler ungehört. Ihr Aufschrei
bewirkt kein Umdenken der politischen Macher. Die Kunststoffindustrie – eis-
kaltes Gewinnstreben beherrscht ihre Philosophie – sieht naturgemäß keine
Probleme.

URFORELLE – EIN GENETISCHER SCHATZ

Landschaftliche Schönheiten prägen das innere Fuschertal. Ein Kranz von markanten Dreitausendern umrahmt den Talschluss. Hanggletscher trotzen teilweise der Klimaerwärmung. Dazwischen ziehen sich die satten Almmatten bis zur mäandrierenden Ache.

Über die steilen Felswände stürzen Schleierfälle in die Tiefe. Im freien Fall lösen sich die Tropfen auf und brechen das Licht in zarte Regenbögen. Zahlreiche Seitenbäche fressen sich durch das Gefälle. Sie nähren den Fluss. Unzählige Tümpel und träge fließende Gerinne sind in ein sattes Orange getaucht. Ausgeflocktes Eisen, Eisenocker, färbt den Schlamm und verfängt sich wie ein giftiger Pelz in den Wasserpflanzen.

Eine wahre Perle des Käfertales stellt das Rotmoos dar. Dieses ausgedehnte Niedermoor gehört zu den bedeutendsten Mooren der mittleren Hohen Tauern. Eine wahre Augenweide sind die herbstlichen Farbtöne.

Ausdauernd schufteten Menschen in früheren Zeiten, um die kargen Weideflächen für das liebe Vieh zu verbessern. Die errichteten Steinwälle, Steinhage, sind Kulturgut in der Landschaft und begehrtes Fotomotiv. Ohne einen einzigen Batzen Mörtel errichtet, bieten sie vielen Tieren einen geschützten Lebensraum. Nahrungserwerb, Unterschlupf und Unterkunft.

Rund um die Almhütten wuchern sattgrüne Lagerfluren. Die Exkremente der Rinder überdüngen den Boden. Stickstoffliebende Pflanzen, wie Alpenampfer, Weißer Germer oder die Gemeine Brennnessel, bevorzugen dieses Nährstoffangebot. Ungehemmt breiten sich diese Gesellschaften aus. Außerdem wehren sie sich erfolgreich gegen den Verbiss durch einen hohen Gerbstoffanteil.

Aufsehenerregende Aquarienhäuser locken in Massen Schaulustige an. Auf Augenhöhe fühlen sich die Betrachterinnen und Betrachter. Putzige Garnelen und Muränen mit grimmigem Gebiss, pulsierende Quallen, heimische Süßwasserfische oder die faszinierende Welt eines intakten Riffs sind nur durch dicke Scheiben getrennt. Keine Kiemen brauchen die Staunenden, um sich als Teil einer fremden Welt zu fühlen.

Nachgeahmt den Lebensraum eines Bachbetts, mit Schwemmholz und vereinzelt hohl aufliegenden Steinen, leben die Vertreter der Forellenregion fast wie im Paradies. Leider verhindert die Enge innerhalb der Glaswände das Ausleben des Jagdinstinktes. Die regelmäßige Fütterung stumpft ab. Der Wandertrieb fällt dem Platzmangel zum Opfer. Die gleichmäßige Wassertemperatur und das künstliche Licht verwischen die Jahreszeiten. In Grenzen hält sich die Ausschüttung der Hormone. Hinfällig wird der genetische Zwang zur Arterhaltung. Zudem fehlen die Reize der freien Wildbahn.

Einfältige Schwimmrunden durch das Becken sind die Antwort darauf. Hospitalismus. Manche Individuen reagieren mit Aggression auf den Freiheitsentzug. Sie beißen sich durchs enge Revier und verstümmeln vorwiegend die Flossen der rangniedrigeren Mitgefangenen. Viele halten den Stress nicht aus. Trotz bester medizinischer Betreuung reagieren sie auf die Belastungen mit Krankheiten. Obwohl sich die Zuständigen redlich bemühen, kippen immer wieder – noch vor dem Tod durch Altersschwäche – Fische aus der Schwimmlage. Kiel oben liegen sie im Strömungsschatten. Alltäglich sind die Ausfälle.

Trotzdem klopfen sich die Manager der „Wasserhäuser" auf die Schultern. Sie betrachten sich als Heger und Pfleger außergewöhnlicher Tierarten. Als Bewahrer einer Genbank. Sie bieten quasi Asyl den vom Aussterben bedrohten Raritäten. Heimische Bachforellen, die eindeutig der Donaulinie zugeordnet werden können, sind auch so ein genetischer Schatz aus den Hohen Tauern.

Auswildern steht meistens nicht in den Geschäftsstatuten. Wohin auch mit einer erfolgreichen Nachzucht, wenn die ursprünglichen Lebensräume durch menschliche Eingriffe stetig misshandelt werden. Eine Flut von Kleinkraftwerken zerstört nachhaltig jeden natürlichen Flusslauf. Es schrillen die Alarmglocken. Es ist höchste Zeit, noch unbelastete Wasseradern wie den eigenen Augapfel zu schützen. Was hindert die Energielobby daran, die ohnehin schon durch Querbauten abgenabelten Bäche und Flüsse effizienter zu nützen? Der Rückbau von gottlosen Dämmen, eng wie ein Korsett, ist der Hit politischer Sonntagsreden. Auf keine Fischhaut geht das blutleere Geschwätz. Allenthalben nur aufgeblasene Versprechungen, die gehäuft vor Wahlterminen verbreitet werden.

Ein zähes Ringen ist der Grunderwerb entlang von begradigten Flüssen. Amtshandlungen versagen oft an der Geldsucht Einzelner. Die Gier, so behaupten es Weise, sei der Bote des Teufels. Tauschgeschäfte entpuppen sich zum zeitraubenden Streitpoker. Nur Hochwasserschäden bringen scheinbar die Beteiligten wieder an den Verhandlungstisch zurück. Der Rückbau der Dämme und Platz für das Wasser ist leider nicht zum Schnäppchenpreis zu haben. Häufig scheitern die guten Ansätze bereits nach der Berechnung der Kosten. Großräumige Aufweitungen sind das Gebot der Stunde. Diese Binsenweisheit

ist aber wesentlich günstiger als der Schaden an Leib und Gut durch die wiederkehrenden katastrophalen Überflutungen.

Es macht wenig Sinn, mit viel Steuergeld auf hundert Flussmetern ein Musterprojekt zu gestalten. Der Flaschenhals am Übergang bleibt bestehen. Flussabwärts verschiebt sich die Hochwasserwelle. Wenig Freude haben die Unterlieger mit der kleinräumigen Kosmetik. Entschädigungszahlungen für überflutetes Grün- oder Ackerland sind allemal leichter zu verkraften als geflutete Keller, Häuser und Betriebe. Ganz zu schweigen vom menschlichen Leid.

Nehmen Fische die Gestaltung des veränderten Lebensraumes an, dann haben die Planenden und der Flussbaumeister ihre Hausaufgaben gut erledigt. Ein niedriger Pegelstand und glasklares Wasser sind naturgemäß Verbündete der Forellen. Gewitzt durch den täglichen Befischungsdruck, sind die Tiere scheu. Gar das Waten im Schneckentempo kann ihr sensibles Seitenlinienorgan nicht täuschen.

Blitzschnell melden die Zellen Gefahr in Verzug. Die Fische spüren den Druckunterschied und weichen aus. Leicht quer zur Strömungsrichtung ausgerichtet, lassen sie sich ohne Energieaufwand ans andere Ufer schieben. Einige flüchten in leichter Panik flussabwärts. Ältere Semester unter den Flossenträgern stellen sich gelassen in den Schatten der tiefhängenden Äste. Sie wissen instinktiv um den Nutzen des sicheren Einstandes. Stoisch verharren sie wie ein Stück Schwemmholz. Nicht einmal die bestens gebundenen Nachbildungen von Nymphen, Aufsteigern und Insektenarten können sie momentan verführen. Außerdem scheitern zirkusreife Trickwürfe am wehrhaften Geäst.

Das winzige Massepünktchen wirbelt mit Schwung um das feste Hindernis. Abgelenkt von der Freiheit im Luftraum hängt das Kunstobjekt bombenfest in der Botanik. Befreiungsversuche scheitern. Die „Flussgeister" verlangen zumindest von mir regelmäßig ihre Opfergaben. Halb so schlimm, denn Verluste schaffen neuen Platz in den Behältnissen der Fliegensammlungen.

Die heiklen Forellen veranlassen mich, immer längere Vorfachspitzen an das winzige „Pitzbauerringerl" zu knüpfen. Die bescheidene Flotte der treibenden Herbstblätter zeigt auch die Drift der Nahrung an. Die schmalen, lanzettlichen Blätter der Weiden trudeln in tieferen Wasserschichten der Vermoderung entgegen.

Es grenzt ohnehin an eine starke Sinnesleistung, wenn inmitten des Treibgutes eine klitzekleine Fliege in den Blickpunkt der Forelle rückt. Selten vergreift sich ein unvorsichtiger Fisch am vermeintlichen Eiweißhappen. Häufiger erwischt die Spitze des bartlosen Hakens ein loses Blatt. Lässt sich das botanische Windspiel nicht gleich bei dem ersten Versuch abschütteln, dann steht ein zeitraubendes Übel ins Haus. Eigentlich sind das Einholen der Leine und die Entfernung des Fanges ein Kinderspiel. Bequemlichkeit heißt der eigene

Spielverderber. Sie rächt sich durch umständlichen Aufwand. Saust bar jeglicher Vernunft die Propellerfliege hingegen mehrmals durch die Luft, stellt sich oft ein verblüffender Effekt ein. Der Luftwiderstand versetzt das Blatt in eine rasche Drehbewegung. Eigenartige Geräusche dringen singenden Windgeistern gleich ans Ohr. Das dünne Monofil merkt sich die Misshandlung. Der Augenschein des betroffenen Abschnittes ernüchtert. Es schaut aus wie die Wendel aus Wolfram in der klassischen Glühbirne. Zu spät kommt die Erleuchtung und erfordert neuerliches Fingerspitzengefühl bei der Schadensbegrenzung.

Trotz altersbedingter Weitsichtigkeit und reichlicher Erfahrung verliere ich am Auslauf der Rieselstrecke meine Fliege aus den Augen. Unbemerkt schnappt sich ein „Sömmerling" mein Muster. Völlig überrascht hat mich der Angriff des Jungspundes. Es bleibt mir kein Spielraum, um dem Tier die Lektion zu ersparen. Das Gewicht der Schnur ersetzt den Anschlag. Überrumpelt von der Wehrhaftigkeit des Insektes im turbulenten Wasser, flitzt der Kleine in den anschließenden tiefen und ruhigen Gumpen.

Sein Überlebenskampf und das artfremde Schwimmverhalten erregen wohl die fleischlichen Gelüste einer kapitalen Standforelle. Schlagartig ausgelöst wird ihr Reflex zum Rauben. Aus dem dunklen Wasser löst sich ein großer Schatten. Vom Jagdeifer getrieben, schießt die Kannibalin hinter dem gestressten Jungfisch her. Vermutlich eine Rognerin, denn die Weibchen brauchen um diese Zeit reichlich Energie zur Reifung ihrer Eier. Auf Grund ihrer Länge schafft sie keine engen Kurven. Vergleichbar mit einem hungrigen Fuchs, der dem hakenschlagenden Hasen einen längeren Laufweg zollen muss. Ich sehe ihr aufgerissenes Maul und die fingernagelgroßen roten Flecken auf ihren Flanken. Eine stattliche Forelle. Sie gehört sicher der donaustämmigen Linie an. Hold ist mir das Glück des Tüchtigen. Ich erlebe quasi hautnah das Rauben einer Urforelle.

Gewiss juckt mich die Gelegenheit mit dem Lockvogel beziehungsweise Lockfisch an der mickrigen Fliege. Leider hat nach dem kurzen Wirbel die Alte ihre Verfolgung abgebrochen. Wie ein Spuk verschwindet sie wieder in der weißen Walze. Bestens getarnt durch die aufgewirbelten Sauerstoffblasen. Vermutlich hat mein verzerrter Schattenwurf die Kannibalin abgeschreckt.

Problemlos vom bartlosen Haken gebeutelt, darf der Zwerg weiterwachsen. Das doppelte Schockerlebnis wird er bald vergessen. Dafür hat er den anderen Jahrgangsgenossen eine lebensbedrohliche Erfahrung voraus.

Vom eigenen Jagdfieber urplötzlich gepackt, wechsle ich auf eine schwere Nymphe. Bewusst entscheide ich mich gegen einen auffallenden Kopf aus Gold. Zu grell scheint mir die Reflexion im glasklaren Wasser. Steif wie eine Brunnensäule verharre ich im knietiefen Wasser. Weder aufgewirbelte Sedimente noch störende Bewegungen sollen den Fisch warnen. Wenige Rutenlängen entfernt sinkt meine Verführung in das Reich der Räuberin. Scheinbar unbeeindruckt

von den Reizen zeigt sich der Fisch. Das Spiel wiederholt sich so lange, bis meine Spezialität sich unrettbar im Flussbett verankert. Mit der Stiefelspitze die betroffenen Steine verschieben, das wage ich nicht im vermuteten Nahbereich des Fisches. Treuherzig verspreche ich mir die letzten drei Rollwürfe. Neuerlich hänge ich bombenfest an einem Unterwasserhindernis. Verflixtes Pech!

Ein glatter Stein in einer Lücke der Ufergalerie bietet sich als harter Liegestuhl an. Aufgeladen von der Sonne und gut isoliert durch meine Kleidung, fühle ich mich wohl wie eine wechselwarme Eidechse. Das Zeitfenster zum Träumen vergönne ich mir. Das Gurgeln, Plätschern und Rauschen des Wassers entspannt.

In einer Astgabel gesichert steht meine Rute. Ein Signal für jeden vorbeikommenden Zunftgenossen, mein nasses Reich vor den Stiefeln zu respektieren. Mein sind der tiefe Pool und der Fisch mit dem prächtigen Tupfen auf dem Schuppenkleid. Einem Schmetterling gleich gaukeln die Gedanken in verschiedene Richtungen.

Noch beeindruckt von der letzten Exkursion des Landesfischereiverbandes Salzburg und dem Referat des Projektleiters, wachsen meinen Gedanken schier Flossen. Vor rund 10.000 Jahren schwächelte die letzte Eiszeit. Die großartigen Flusssysteme verdanken ihre Entstehung dem Rückzug der Eispanzer. Durch Isolation, Selektion und Mutation entwickelten sich fünf genetisch unterschiedliche Bachforellenlinien.

Im Einzugsbereich des Atlantiks schwimmt die „Atlantische Linie". Sie ist die Basis fast aller Zuchtstämme. Weltweit findet sie durch die Besatzpolitik neue Gewässer. Rund um das Mittelmeer spalten sich die „Mediterrane", die „Marmorierte" und die „Adriatische Linie" auf. Im Gewässersystem der Donau, einschließlich kleinster Zubringer, haust die „Danubische" Verwandtschaft. Die innere Fuscher Ache gehört zu den wenigen Gewässern, die den von den Medien als „Urforelle" bezeichneten autochthonen Schatz beherbergt. Die lokalen Stämme sind nicht nur dem Druck der Umweltbedingungen, den wasserbaulichen Maßnahmen und dem Befischungsdruck ausgesetzt, sondern leiden vor allem unter den falschen Besatzmaßnahmen.

Was nützt den heimischen Urforellen ihre wissenschaftlich bestätigte Anpassung gegenüber den extrem tiefen Temperaturen, ihre optimale Nutzung des Nahrungsangebotes und Standorttreue trotz regelmäßiger Hochwasser, wenn durch laufendes Nachbesetzen mit domestizierten Schwächlingen aus den Flachlandbetrieben ihre Erbanlagen verwässern? Keine Expertin und kein Experte ist in der Lage, auf Grund des äußeren Erscheinungsbildes eine Forelle einer Linie zuzuordnen. Nur kostenintensive genetische Untersuchungen schaffen Klarheit.

Unverrückbar ist meine massige Steinliege. Der rechte Winkel zum Sonnenstand hat sich spürbar verschoben, er passt mir nicht mehr. Vereinzelt kriechen die langen Schatten der Erlen bereits in meine Nähe. Richte ich mich zum bereits flach stehenden Licht aus, drückt mir ein Gesteinswulst unbequem ins Kreuz. Meinen Platz empfinde ich nun als Folterstuhl. Vielleicht ist es auch eine Ausrede, damit ich neuerlich mein Glück versuchen kann. Unbewusst treiben mich die Gene meiner Urahnen zum Tatort. Es juckt mich gehörig, die starke Bachforelle aus ihrem Loch zu kitzeln. Einfach mit Menschenverstand ihre Räubernatur zu überlisten.

Äußerst behutsam pirsche ich mich flussaufwärts an den Standort des Fisches heran. Die Wasserwalze am Anfang des Kolkes reißt Sauerstoff in die Tiefe. Rasch verjüngt sich der Zwickel mit dem Blasenteppich und die Wellen des Weißwassers glätten sich. Ein guter Platz für einen kapitalen Fisch.

Um das Tier nicht zu vergrämen, fliegt mit Vorhalt mein Jigg in die verwirbelte Zone. Ein schwaches Kehrwasser drückt mir einen Bauch in die Schnur. Unzufrieden mit der Lage, warte ich noch geduldig, bis die Strömung den Köder aus dem Gefahrenbereich zieht, um neuerlich einen besseren Wurf anzubringen. Just in diesem Augenblick schnappt sich die Forelle den ungesunden Happen. Träge ist die Masse. Ein Stück Schwemmholz im Schlepp fühlt sich ähnlich an. Einen gefühlten Wimpernschlag später braust förmlich der Überlebensreflex der Urforelle auf. Kreuz und quer schießt sie durch ihr Revier, um die Krafteinwirkung im Maul los zu werden. Wieselflink versuche ich die lose Schnur auf die Rolle zu kurbeln. Eine rund laufende Bremswirkung ist die halbe Miete für eine erfolgreiche Landung. Nichts hält der Fisch von meiner Idee mit dem seichten Landeplatz. Höchst zuwider ist ihm der Zwang. Seine panischen Ausreißversuche pflanzen sich über die gespannte Leine und Rute fort. Das federnde Arbeitsgerät dämpft die Schläge. Immer wieder krümmt sich der Spitzenteil wie ein gespannter Bogen. Dazwischen bleibt genügend Zeit, die Wirkung der Schleifbremsen abzustimmen.

Es liegt mir nicht, mit der Stoppuhr ausgedehnte Drillzeiten zu beweisen. Mit einer Brustkamera das schlappe Tier den Zunftkollegen vor die Augen zu reiben. Gehörig täuschen kann ein listiger Betrachtungswinkel. Allein mein ist die Freude. Ich brauche nicht die Lobhudelei im Internet. Der Umgang mit den Anmerkungen völlig unbekannter Menschen passt nicht zu meiner betagten Generation. Verwunderlich ist es allemal, wenn wildfremde Leute vernichtende Urteile über andere verfassen.

Um die Schinderei des Fisches zu beenden, lotse ich das Opfer in die Nähe meiner Stiefel. Mit der Arterienklemme den Haken aus dem Maul zu drehen, das ist keine Kunst. Ob mich die prächtige Forelle als Ursache des Leidens wahrnimmt, das weiß ich nicht. Vielleicht glotzt sie nur mit Todesangst in die Zugrichtung der unerklärlichen Kraft im Maulwinkel. Es ist ohnehin erstaunlich, wenn kleinste Spitzen ohne Widerhaken zäh im Kieferfleisch sitzen. Ich fühle

mich sicher. Bombenfest hängt der Fisch. Mehr als lästig ist der Forelle das geschmacklose Anhängsel. Übersäuert sind die Antriebsmuskeln, aber zu heftigem Kopfschütteln reicht es allemal.

Nur wenige Fischlängen noch und er erhält seine Freiheit zurück. Dem sandigen Boden laste ich die Schuld an. Der unfreiwillige Bauchkontakt des Fisches mit dem Untergrund löst einen nie mehr vermuteten Energieschub aus. Halb in der Luft bäumt sich der Fisch auf. Er wirft sich um seine Längsachse herum und zieht pfeilgerade in die Strömung. Die Rolle singt. Nicht zu bändigen scheint der Wildfang. Augenblicke später schlitzt der Haken aus. Aus eigener Kraft hat sich die Urforelle befreit. Ungeteilt ist mein Respekt gegenüber der Überlebenskraft der Natur.

SCHNEEFORELLE – ARKTISCHE VERHÄLTNISSE

Zwischen den wenigen Kehren der Zufahrtsstraße verwildert ein alter Jägersteig. Die letzten paar Meter rutsche ich eine Abkürzung hinunter und kann nur mit viel Geschick eine unsanfte Bruchlandung vermeiden. Meine alten Watstiefel mit der abgewetzten Filzsohle sind nicht tauglich für schneebedeckte Steilhänge.

Eine Gruppe von Schneeschuhwanderern ist gerade dabei, ihr Leihgerät im Kofferraum zu verstauen, als sie meinen heftigen Fluch hören. Offensichtlich verwundert die Leute meine Ausstattung. Sie mit Wanderstöcken und Schneetellern unterwegs und ich mit einer geteilten Fliegenrute in der Hand. Irgendwie grotesk ist der Kontrast. Ihre Frauen sitzen bereits bequem ausgebreitet im Fond des Wagens, aber die Männer haben es nicht eilig. Nach dem Blick auf meine Kennzeichentafel startet der Ältere einen Gesprächsballon.

„Waren Sie der Angler, der wie versteinert einige Minuten lang am Ufer stand?", redet der Herr in meinem Alter mich direkt an. „Meine Frau hat gemeint", plappert er freundlich weiter, „Sie hätten einen Krampf im Arm mit der Stange. Oder, im Spaß gesagt, sind gar beim Fischen erfroren."

Ehrlich gesagt, der Dialekt des Mannes schüttet in mir reflexartig Vorurteile aus. Vergleichbar dem berühmten Pawlowschen Hund, dem bereits auf ein geprägtes Glockenzeichen hin der Speichel im Maul fließt. Natürlich in Erwartung von verabreichtem Futter. Unüberhörbar ist die typische Sprachmelodie des Wortführers. Gewachsen und angesiedelt im ehemaligen Ostdeutschland. Ein Ohrenschmaus ist der Klang für mich nicht, eher erzeugt er eine gewisse Allergie. Vielleicht hängt die Ablehnung damit zusammen, dass Gäste der elterlichen Pension meine Vorurteile genährt haben. Mit jedem Urlaub wurde ihr Verhalten dreister. Ungeniert missbrauchten sie das Königsrecht des devisenbringenden Gastes.

Keck erbettelten sie von meiner Mutter mehr als ein halbes Dutzend Einmachgläser, um – wie sie glaubhaft versicherten – die Unmengen von getrockneten Steinpilzspalten sicher für die Heimfahrt zu verwahren. In Wirklichkeit

ernteten sie heimlich wie Diebe, in einer Nacht- und Nebelaktion, alle erreichbaren Marillen. Eingekocht als Marmelade, blieben von der Beute nur mehr klebrig süße Flecken auf der Herdplatte der Ferienwohnung sowie der leere Baum an der Hausmauer. Bestens zeitlich abgestimmt war die Aktion unmittelbar vor der Abreise im Morgengrauen. Wanderheuschrecken könnten nicht gewissenhafter fremde Früchte vernichten. Besondere Gäste scheinen eine geringe Hemmschwelle zu besitzen, denn kaum ein halbes Jahr später bemühten sie sich telefonisch neuerlich um das begehrte Quartier. „Auf Dauer ausgebucht", war die logische Reaktion.

Die unvergessliche Sprachmelodie hat mir wie ein Schluckauf die Erinnerung aufgestoßen. Aber diese Leute sind absolut nicht in den Vorurteiletopf zu werfen. Bestens unterhalten wir uns. Jedermann wirbt für die Schönheit seines Heimatlandes. Gerne nehmen die „Wandervögel" meine empfohlenen Ziele an und wir verabschieden uns fast als neue Freunde.

Wetterkapriolen haben mich zum Rückzug auf diesen Parkplatz gezwungen. Sintflutartige Regenfälle im Tale bescherten uns einen deftigen Temperatursturz vor einer halben Woche. „Schafskälte" im Spätherbst. Wolkenlose Nächte in Folge sorgten für eine extreme Wärmeabstrahlung. Die Murmeltiere müssen es geahnt haben, denn kein schriller Pfiff der Aufpasser ist zu hören. Längst liegt die Großfamilie im Winterschlaf eingekuschelt im Bau und zehrt von den lebensnotwendigen Fettreserven. Der Niederschlag blieb als Schnee auf einer Meereshöhe von rund eintausend Metern liegen.

Vor der Meilingeralm folgt auf eine Spitzkehre eine erhebliche Steigung. Ein Brunntrog, rund zwanzig Schritte oberhalb des engen Radius, trägt Schuld, dass die schmale Bergstraße ein kurzes Stück vereist ist. Verstopft ist der Abfluss der Viehtränke durch eine gefrorene Kruste. Der Überlauf rinnt über die Holzwand, folgt der Schwerkraft schräg über die Fahrbahn und versickert.

Beim ersten Versuch scheitere ich. Zu gering ist der Schwung und die Antriebsräder rumpeln und rutschen über die eisige Schikane. Schließlich drehen sie völlig durch. Reibung erzeugt Wärme. Aalglatt polieren die rotierenden Sommerreifen den Untergrund. Kein Problem sind für mich winterliche Pisten, deshalb wage ich einen neuerlichen Ansatz mit mehr Anlauf. Nur ein paar lächerliche Meter fehlen mir auf den griffigen Asphalt.

Der gescheiterte Versuch bringt mich dafür in eine arge Zwickmühle. Während des vorsichtigen Rückwärtsrollens im Zeitlupentempo droht mir durch die Schräglage der Straße ein ständiger Blechschaden. Ausgebaut ist die hängende Kurve mit massiven Granitsteinen, die den Druck der Böschung abfangen. Gegenüber würde mir hingegen kein Baum das Auto von einem Überschlag abhalten. Mit mehr Glück als Können verhindere ich einen Unfall. Selbstüberschätzung und untaugliche Bereifung sind keine Versicherung. Persönlicher

Übermut befreit jeden Schutzengel von seiner Verantwortung. Leicht verdrossen stelle ich mein Auto zu den anderen Fahrzeugen.

Aber zurück zu meinem aus der Ferne von Fremden beobachteten Krampf. Gegen den Wind die Leine zu strecken ist eine Mühsal. Keine Rede von elegant und wirkungsvoll. Zudem drücken die stoßartigen Böen die schwere Nymphe wie ein Geschoß gefährlich nahe ans Gesicht. Ich wechsle die Uferseite. Bewegung erzeugt Muskelwärme. Zugleich fördert es das Wohlbefinden durch das gefühlte Ansteigen der Betriebstemperatur. Schließlich heißt es ohnehin seit alters her „Fischen gehen" und nicht „Fischen fahren". Immer wieder stapfe ich vom knöcheltiefen Neuschnee ins Flachwasser, damit meine Zehen nicht erfrieren. Zu leichtfertig war vor dem Aufbruch die Dicke der Socken gewählt.

Wenige Meter vor der schwach abgesetzten Uferkante wirft die steife Brise das Wasser in krausen Wellen auf. An der Grenze zur „Leezone" sehe ich hin und wieder vereinzelte kleine Bachsaiblinge, die offensichtlich irgendetwas zum Fressen finden. Frei von Insekten ist der Luftraum. Der strenge Nachtfrost hat den filigranen Landgeschöpfen die Flügel gebrochen. Unbeeindruckt von dem Temperaturschock entwickeln sich dafür am Gewässergrund die unterschiedlichsten Larventypen hin zum nächsten Metamorphoseschritt. Nie kann ein See bis zum Grunde durcheisen, dafür sorgt das physikalische Wunder der Wasseranomalie. Schwer und kompakt halten die tiefsten Schichten eine Temperatur von vier Grad plus.

Parallel zum Ufer – der Seitenwind ist kein arger Spielverderber mehr – lege ich meine Trockenschnur ab. Nach dem Absinken steigt die kopfschwere Nymphe durch Zupfen einer Stiege gleich ruckartig höher, um anschließend wieder gemächlich abzutauchen. Wie ein Kapellmeister lenke ich das Spiel des künstlichen Köders. Goldköpfe reizen mit Erfolg die eingebürgerten Amerikaner, die Bachsaiblinge. Immer wieder fallen die spannenlangen Fische auf das geschmacklose Kunstobjekt herein. Offensichtlich können sie dem Reiz der Bewegung nicht widerstehen.

Enorm ist der Befischungsdruck durch die Hausgäste an diesem Bergsee. An bestimmten Tagen verebbt der Ansturm erst, wenn sich die fischenden Naturfreunde zur wohlverdienten abendlichen Halbpension ins bekannte Hotel zurückziehen und ausgehungert über das „Bauernbuffet" herfallen.

Es ist ein Genuss, mit zierlichen Trockenfliegen die steigenden Fische zu überlisten. Vorausgesetzt, man entschließt sich zur Verwendung von sehr langen Vorfächern mit hauchdünnen Spitzenteilen. In kürzester Zeit begreifen auch die jüngsten Fischsemester, dass irgendetwas faul im Lebensraum ist, wenn die im Wasserfilm treibenden Insekten an dicken oder gar gekringelten Strichen hängen. Absolut kein Verständnis finden betroffene Fische für den unausbleiblichen Drill. Die Verwendung von bartlosen Haken ist Pflicht, nicht nur

an diesem Gewässer. Häufig genügt das Lockerlassen des Leinenzwanges und die Wildfänge befreien sich aus eigenen Flossen.

Meine steifen Finger sind ein Übel. Immer wieder klemme ich mir die Fliegenrute zwischen die Oberschenkel und stecke beide Hände in die Hosentaschen. Egal ist mir mein erbärmliches Bild für Außenstehende, Hauptsache es verringert die Folter durch die beißende Kälte.

Das Anknüpfen von verschiedenen Nymphen beziehungsweise von Nassfliegen ist auf Grund der unbeweglichen Gliedmaßen fast eine chirurgische Feinarbeit. Nicht still hält das verflixte Öhr. Die Spitze des weichen 12er-Vorfaches sticht viele Versuche lang ins Leere. Bis auf die Knochen durchgefroren, trete ich den Rückzug an. Wenige Würfe leiste ich mir an verdächtig guten Stellen, dafür strecken sich die Weglängen. Die unaufhaltsame Klimaerwärmung und das Schwinden des Permafrostes sind mir jetzt kein Trost. Auch ein prächtiger Fisch ist keine Blasenentzündung wert. Gezwungenermaßen streife ich bei jedem Einholen das benetzende Wasser vom Schnurmantel ab. Immer wieder wische ich mir die klatschnasse Handfläche am Pullover trocken, aber trotzdem kriecht mir die Pein schier ins Mark.

„Einen letzten Wurf noch und zurück ins sonnendurchflutete Salzachtal", denke ich mir. Gleichzeitig wird mir bewusst, wie trügerisch die Wetterverhältnisse im alpinen Raum und auf entsprechenden Höhenlagen sind. Arktische Zustände können mir bei der vergnüglichen nassen Weid gestohlen bleiben.

Der Temperaturschock frisst Löcher in die Aufmerksamkeit. Immer öfter driften meine Gedanken ab. Sie tanzen um die Fischerei während der lauen Sommerabende und den prächtigen Herbsttagen. Wehmut macht sich breit. Schon wieder neigt sich ein Jahr. Aber der Herrgott rechnet angeblich die am Fischwasser verbrachte Zeit nicht in die Lebensspanne ein, schließlich waren einige seiner Apostel tüchtige Fischer. Diese Aussicht wärmt als Trost.

Der idyllisch gelegene Hintersee, im Talschluss des Felbertales, verdankt seine Entstehung einem heftigen Erdbeben im Jahre 1495. Stark genug war die Erschütterung, um einen Bergsturz auszulösen. Unmengen an Gestein donnerten von der „Hohen Wand". Einem Riegel gleich blockierte das Material den Abfluss verschiedener Bäche und staute den See auf.

In alten Beschreibungen findet die Schönheit des Felbertales den gebührenden Niederschlag. Eingerahmt ist der glasklare See von schroffen Felswänden, Rasenmatten und Bergmähdern. Bäche stürzen sich über stäubende Wasserfälle in den Kessel und erfüllen die Luft mit gesunder Frische.

Über mehrere Kaskaden rauscht das Wasser und sammelt sich am Fuße in einer Art von Trichter. In das abgelagerte Geröll frisst das Wasser eine tiefe Narbe und windet sich einer Riesenschlange gleich bis zum südwärts gelegenen Seeufer. Ein prächtiger Schleierfall, zumindest während der langen Zeit der

Schneeschmelze, donnert an der linken Begrenzung des Tales über eine senkrechte Wand. Brutal begleitet von einer Starkstromleitung, deren Masten an ausgesetzten Stellen erheblich das Landschaftsbild stören. Die vielen Drähte verfolgen seitlich das stürzende Wasser und verschwinden am Grat. Kein Gipfelkreuz in der katholischen Alpenrepublik kann sich mit dem Ausmaß der Stahlskelette am Tauernübergang messen.

Eine Bachverzweigung hat sich selbst durch das transportierte Erosionsmaterial den alten Weg verbaut. Im ursprünglichen Bett, unmittelbar an der Einmündung in das glasklare Seewasser, liegen feine Sedimente. Eisenoxidhältige Bestandteile färben den Grund mit einer rostigen Patina. Kreuz und quer verlaufen die zahlreichen Spuren meiner gleichgesinnten Zunftkollegen. Frische Fußabdrücke hinterlassen gar prägende Muster im Schlick. Dazwischen fallen zuhauf die Trittsiegel der Graureiher auf. Während der Saison haben diese Fischliebhaber kaum die Ruhe, um ihrem Broterwerb nachzustelzen. Die fischenden Hausgäste vom Bräurup und das unstete Volk der Wanderer sorgen ständig für Unruhe. Nicht blöd ist das hochbeinige Federvieh. Was bringt es, mit dem Hirn eines Vogels gedacht, mit Geduld in den seichten Gräben und der flachen Uferzone auf Beute zu lauern, wenn ständig Zweibeiner zur Flucht nötigen. Nutzlos wird Energie verprasst. Fehlt an vielen Tagen gar die Thermik im Talkessel, dann ist es kein Geschäft für die Energiebilanz, aus dem Umfeld des Naturjuwels zu verschwinden.

Die Verlandungszone, zerschnitten und aufgeweicht durch viele Rieselstrecken, ist ein Refugium für verschiedene Pflanzenarten. Neben den gemeinen Vertretern – wie Sumpfvergissmeinnicht und dottergelbe Blumen – oder dem bitteren Schaumkraut strahlen auch Bachbunge, schmalblättriges Wollgras und Orchideen um die Wette. Das klatschnasse Areal verleidet den normal beschuhten Besucherinnen und Besuchern den Zutritt. Dafür trampeln nicht nur die schweren Rindviecher oder auf Almurlaub ausgestiftete Pferde auf den botanischen Raritäten herum, sondern auch florablinde Fliegenfischer.

Zweihäusige Seggen mit dunkelblauem Erscheinungsbild und dreikantigem Stängel säumen den Übergang vom Land zum Lebensraum Wasser. Zonen mit Schachtelhalm vermehren sich prächtig an begrenzten Standorten, dekorativ durch die Knotenstruktur in Stockwerke gegliedert. Und nahe dem Ufer, im abfallenden Flachwasser, breitet sich ein dichter Gürtel aus Tannenwedeln aus. Ein Paradies für die unterschiedlichsten Nährtiere der Flossenträger ist der Unterwasserteppich. Zudem ein unüberschaubares Labyrinth an Versteckmöglichkeiten für die Brütlinge. Sie können sich in diesem Irrgarten vor den kannibalisch veranlagten Verwandten schützen. Das sauerstoffreiche Wasser sowie die Bächlein mit kiesigem Bett bieten den Laichfischen ideale Bedingungen. Auch ihr Nachwuchs hält sich gerne im Mündungsbereich der Minideltas auf.

Ein bewegter Schatten genügt, und blitzschnell flüchtet der Schwarm aus dem Flachwasser in den See. Hinter der abfallenden Kante getarnt lauern hungrige Räuber auf die Unvorsichtigen. Unbewusst treibt somit jeder Fliegenfischer bei seinem zweckdienlichen Ortswechsel den Naturbesatz direkt in die ausgerichteten Mäuler.

Nun, ein paar Monate später, liegt die Vielfalt der botanischen Vertreter an Land geknickt unter einer Schneedecke. Zugedeckt von Millionen Schneeflocken. Winterruhe und Erneuerung in der Natur. Aus der Ruhe, so heißt es, wächst schöpferische Kraft.

Unaufmerksam ziehe ich den kleinen Streamer, mit kurzen Pausen dazwischen, bis an meine Stiefelspitzen heran. Geradezu aufgedrängt hat sich das Modell durch das große Öhr. Über den Boden der Unterwasserböschung kratzt die Nachahmung eines Fischchens und wirbelt feine Sedimentwolken auf. Just in dem Augenblick, in dem ich das Lockmittel aus dem seichten Wasser führe, stürmt eine Prachtforelle dem Köder nach. Ich erstarre im wahrsten Sinne des Wortes. Bewegungslos verharre ich mit der angehobenen Rute. Temperamentvoll schießt die Forelle über das Planquadrat des verschwundenen Happens. Offensichtlich besitzt das Schuppentier eine Art von „Beutememory".

Auf engstem Raum, flach wie eine Scholle am Grunde, huscht der Fisch in versetzten Bahnen über die begrenzte Stelle. Der entschwundene Leckerbissen macht ihm Flossen. Pfeilschnell verschwindet er in die Tiefe und kehrt noch einmal zurück. Zielsicher nimmt er mit seinen Glotzaugen neuerlich das Areal unter die Lupe und taucht erfolglos ab. Endlich bin ich von der ungesunden Bewegungslosigkeit erlöst. Fasziniert von dem Schauspiel, vergesse ich die Qual mit den niedrigen Temperaturen und tappe im Krebsgang vom Ufer zurück. Gut tut das Rühren der Glieder.

Aufgeschreckt durch das hautnahe Erlebnis unmittelbar vor meinen Augen, knüpfe ich mir ein anderes Modell an das Vorfach. Längst hat die Kälte das logische Denken beeinträchtigt, denn der inneren, warnenden Stimme, auf ein stärkeres Vorfach zu wechseln, erteile ich eine Absage. Im Schneckentempo nähere ich mich, nur einen Sprung versetzt, der verlockenden Stelle. Es ist verblüffend, aber wahr. Die Forelle schnappt sich gierig den Streamer am Übergang zum Flachwasser. Ich wage es nicht, Druck auszuüben und das ungestüme Verhalten des Fisches zu bändigen. Er soll sich im freien Wasser austoben und schon beim Schnurabziehen ermüden. Richten muss es mir die Federkraft der Rute.

In verschiedenen Himmelsrichtungen und in unterschiedlichen Wassertiefen kämpft der Fisch um seine Freiheit. Aufgeregt flüchtet ein kleiner Trupp an Sömmerlingen, als ich den Schwung des Fisches ausnütze und ihn in ein seichtes Gerinne dirigiere. Wild drängt sich das Tier gegen die moderate Strömung vorwärts. Erst als es mit dem Bauch die Kiesel im Flachwasser berührt, spürt es die drohende Falle. Augenblicklich wirft sich der Fisch im klaren Bächlein herum, kommt dabei leicht aus dem Gleichgewicht und peitscht sich mit heftigen Schwanzschlägen auf eine Verlandungszone. Sein Schub und mein dosierter Zug genügen, um den Räuber zu stranden. Die Fische wissen es nicht, dass der Bewirtschafter jegliche Entnahme in diesem Bergsee verboten hat. Ohne die Schleimhaut des Kämpfers zu verletzen, lässt sich bequem der Schonhaken aus dem Maul drehen.

Vergleichbar mit der Größe von süßen Walderdbeeren sind die leuchtenden roten Tupfen auf dem Schuppenkleid. Meine klammen Finger ersparen der Bachforelle das Messen, dafür pumpt der Fisch rascher wieder Sauerstoff durch seine Kiemen. Ohne die mickrigen Saiblinge als Vergleichsbasis zu bemühen, war der prächtige Milchner mit Abstand mein größter Fisch aus dem Hintersee. Petri Dank.

Vermutlich ernährt sich der Rotgetupfte vorwiegend von Jungfischen, die aufgescheucht aus den vielen Gerinnen zurück in den See flüchten. Unsichtbar für die Brut lauern die Räuber im Verborgenen. Das Eiweiß der gefressenen Jungschwänze hält auch im hohen Alter das Erinnerungsvermögen der Laichfische bezüglich des Aufspürens von Nahrungsquellen fit.

EISFISCHEN – HARTE TYPEN

Flugs ist mit dem Bohrer ein Loch in die Eisdecke geöffnet. Ein paar Male die ganze Wendel durch das runde Fenster gestoßen, entsteht ein halbwegs glatter Hohlzylinder. Nicht scheuern wird sich die Schnur an scharfen Kanten. Erheblich wird die Tragkraft belastet, wenn starke Fische quasi ums Eck in die Dunkelheit flüchten.

Ehe ich mein eigenes Loch in Nachbarschaft meines Lehrmeisters anlege, hat er schon Maden auf ein Hegenen-System aufgespießt. Um Schwierigkeiten im Voraus auszuschalten, hängen nur zwei feine Goldhaken an der Montage. Trügerisch ist das dichtere Medium für das menschliche Auge. Das Sinnesorgan fällt auf die optische Täuschung herein. Die gestreckte Schnur verschwindet scheinbar verkürzt im Wasserkörper. Kaum zwei Rutenlängen tiefer bewegen sich die „beinlosen Würmer" unmittelbar über dem Boden. Verführerisch und maulgerecht lockt das Angebot. Mein Freund erweitert die Kost mit einigen fingernagelgroßen Stückchen Raclettekäse. Sie trudeln senkrecht zum Grund. Keine Spur einer Drift.

Die armlange Eisrute mit dem poppig eingefärbten Spitzenteil liegt bequem erreichbar auf dem Kübelrand. Das Gewicht der kleinen Stationärrolle genügt, um die Angel zu stabilisieren. Einem Wachhund gleich steht Hans konzentriert neben seinem Arbeitsgerät. Gelegentlich hebt er seine Rute sanft an, um durch die Bewegung einen zusätzlichen Reiz auszulösen. Ein leichter Spielverderber ist der böige Seitenwind. Das Wackeln täuscht Bisse vor. Plötzlich pendelt die Rutenspitze kaum wahrnehmbar Richtung Loch. Blitzschnell ist der Mann zur Stelle. Vorsichtig legt er seine Hand an den Griffteil. In gebückter Stellung lauert er wie ein Revolverheld auf ein weiteres Signal aus der Tiefe. Hunger überdeckt die angeborene Vorsicht des Schuppenwildes. Der Fisch findet kein Haar in der Suppe und zieht ab. Im selben Moment setzt mein Freund den beherrschten Anschlag aus dem Handgelenk heraus. Überrumpelt ist der Fisch von der fremden Macht im Maul. Kurz ist sein Überlebenskampf. Kaum Platz findet die starke Regenbogenforelle im Lochdurchmesser. Beängstigend krümmt sich der Rutenzwerg zum Halbkreis. Unvermeidbar scheint der Bruch. Ehe ein Bersten den Blank zerstört, hat sich der Fisch selber auf das Eis geschoben. Halb zog es ihn, halb schlüpft er mit eigenem Schwanzschlag ins Verderben.

Kaum Zeit für ein Gespräch zwischen Mann zu Mann bleibt. Neuerlich vergreift sich ein Fisch im Revier meines Freundes. Ein mieses Karma muss mein Eisloch ausstrahlen, denn kein Schwanz zeigt Interesse am Lichteinfall und den quicklebendigen Maden. „Nur eine neue Stelle kann meine Pleite abwenden", denke ich mir und übersiedle mit den Habseligkeiten weiter auf den See hinaus.

Hans unterbricht mein Auswandern mit einem schrillen Pfiff.

„Was soll der Schwachsinn! Die Fische stehen überall und nirgends. Du kannst ihnen nicht nachlaufen!"

„Passt", antworte ich rasch überzeugt, „außerdem ist es nicht lustig, sich auf Entfernung zu unterhalten."

Damit er den Abstand zu mir verkürzt, wechselt er freiwillig an mein unergiebiges erstes Loch. Kaum strafft er die Schnur mit einer Kurbelumdrehung, läuten symbolisch die Alarmglocken. Wieder erwischt es eine „Amerikanerin". Nun packt mich schon, ich will es nicht verhehlen, eine gewisse Ratlosigkeit. Er scheint die Fische magisch anzuziehen und um meinen Köder schwimmen die Viecher einen weiten Bogen. Vom sprichwörtlichen Anfängerglück weit und breit keine Spur. Allmählich nervt das ständig an den Partner gerichtete „Petri Heil".

Nach geduldig ertragener Leidenszeit erbarmt sich ein Fisch, um meine Laune aufzuheitern. Der Widerstand des Salmoniden verspricht einen kapitalen Fang. Im Munde läuft mir schon das Wasser zusammen, wenn ich an die Filets in der Bratpfanne denke. Zum Verdruss verhakt sich der höher montierte Abzweiger an der Eisunterkante. Schlagartig ist die Spannung zur Beute unterbrochen. Der Fisch nützt meine Panne und rettet seine Haut.

Eisfischen ist kein Freizeitvergnügen für Weicheier und Stubenhocker. Bis in die Knochen kriecht allmählich die Kälte. Sie breitet sich aus wie eine Seuche. Der eiskalte Wind nimmt keine Auszeit und verschärft zusätzlich die Empfindungen. Das Blut scheint sich zu weigern, bis in die Zehen, Fingerspitzen und Ohrläppchen vorzudringen. Klammsteif rühren sich die Finger. Unbeholfen reagieren die Gelenke auf Befehle zur Bewegung. Wachsender Frust verdrängt die anfängliche Lust.

Mir liegt diese Methode nicht. Weder behagen mir die Minustemperaturen noch das gefrierende Wasser am Spitzenring. Steif wie ein Eiszapfen am Loch zu stehen und Ruhe zu bewahren, das kommt meiner Mentalität nicht entgegen. Warum bin ich auch so ein Narr und habe meinen Freund zum saukalten Ansitz begleitet. Aber auf Dauer ist es nicht in Ordnung, immer wieder die Einladung auszuschlagen. „Wer keine Zeit hat für Freunde, dem nimmt die Zeit die Freunde!" Keiner weiß, wann der letzte gemeinsame Ausflug zum Wasserabenteuer und Geschichtenerzählen schlägt.

Unbeschäftigt mangels Bissen, erforsche ich zum Zeitvertreib das Wasserleben einen Stock tiefer. Glasklar und trinkbar ist das Element. Genug Licht fällt

durch die Eisröhre bis auf den Boden. Deutlich ist der schwebende Köder auszumachen. Die flachen Käsestücke leuchten wie Reklameschilder vom Grund. Zuerst bilde ich mir ein, dass die Lockmittel von einer sanften Strömung erfasst werden. Sie scheinen gemächlich aus dem Blickwinkel zu verschwinden. Nicht geheuer ist mir die Wanderung nach allen Seiten hin. Nach einigen spielerischen Versuchen verstehe ich das Phänomen. Meine gebückte Beobachterstellung ist der Unsicherheitsfaktor.

Jede Lageveränderung meines Kopfes verschiebt scheinbar die Eiweißkost in die entgegengesetzte Richtung. Um das Wackeln einzuschränken, falle ich auf die Knie und Ellbogen und stiere in die Tiefe. Meine unedle Haltung in den dicken Winterklamotten verführt meinen Partner zu spöttischen Bemerkungen. Zum Islam konvertieren werde ich trotzdem nicht. Allmählich wird der direkte Kontakt mit dem Eis ungemütlich. Die angetauten obersten Schichten erstarren an der anliegenden Kleidung. Einen letzten Blick noch, dann rapple ich mich wieder in die Gerade.

Plötzlich erlebe ich ein außergewöhnliches Schauspiel. Gerade noch lag die hakenlose Fischverpflegung gut sichtbar am Boden. Einen Wimperschlag lang war es dunkel. Als hätte jemand das Licht abgeschaltet. Wie durch Zauberei fehlt anschließend ein Stück. Mehrmaliges Durchzählen ändert nichts am Befund. Nicht wahrnehmbar für mich hat sich die dunkle Rückenpartie einer Forelle über die stinkenden Lockmittel geschoben und ist mit der Nahrungsergänzung verschwunden. Die Evolution lässt sich nicht lumpen. Perfekt wirkt das Tarnkleid in der Draufsicht.

Einen neuen Schub erhält meine Ausdauer. Dennoch stecke ich in einer nervlichen Zwickmühle. Winterlaicher, zum Beispiel Bachforellen, einem Drillstress auszusetzen, das halte ich für verwerflich. Schließlich soll ihr Nachwuchs den Bestand auf gesunden Flossen halten. Die Fische wissen nichts von ihrer amtlich festgelegten Schonzeit. Ihr Überlebenskampf zehrt an der Kondition. Viele verlieren Rogen oder Sperma durch die Pein.

Leider gibt es unter der Elternschaft der Fettflossenträger immer wieder unnötige Verluste. Das besorgte Zurücksetzen der verletzten Tiere endet häufig mit einem qualvollen Tod. Vereinzelte Fischer sehen gar den gerechten Ausgleich gegenüber der hohen Kartengebühr. Leicht rutscht eine kapitale Bachforelle statt in ihr Reich zurück tot in einen Plastiksack. Häufig verdirbt der letzte Fang vor dem geplanten Aufbruch gar den Charakter des ehrenwerten Fischermannes. Es kippt die Ehrlichkeit. Gier und Dunkelheit erleichtern den Verstoß. Nicht ungewöhnlich ist es, dass pralle Laichfische gar von Botendiensten aus dem Familienkreis küchenfertig abgeholt werden. Handys erleichtern und vernetzen den Missbrauch. Wenig wert sind Unterschriften auf den erworbenen Lizenzen.

Kaum ein Bub wird die Mutprobe ausschlagen und sich weigern, einer lästigen Fliege einen Flügel oder ein Bein auszureißen. Kein Schmerzensschrei des Tieres ist zu hören. Weder schocken austretendes Blut noch wilde Verrenkungen des Insektes. Keine Zeichen gehen von dem gemarterten Opfer aus, die auf die Wahrnehmung von Schmerzen und Leid hinweisen. Der Großteil des Kopfes wird von hervorquellenden Facettenaugen dominiert. Wo bleibt da Platz für eine Hirnregion, die eine bewusste Schmerzwahrnehmung registriert?

Quasi als Bestätigung des nicht empfindlichen Insektendaseins dient der makabre Versuch: Während eine Trachtbiene das Zuckerwasser aufsaugt, wird ihr Hinterleib chirurgisch sauber vom Bruststück getrennt. Die Taille des Insektenkörpers erleichtert die Operation. Verblüffend ist es schon, dass die aufgenommene Flüssigkeit wie bei einer lecken Leitung aus dem Körper austritt. Es dauert lange, bis die Honigbiene verendet.

Die beinlosen Maden, mit einem noch viel einfacheren Bauplan als das fertige Insekt, regen sich gleichermaßen in der Köderdose wie aufgespießt auf dem Haken. Ein Reflexmuster, behaupten die Expertinnen und Experten, welches keinesfalls auf Schmerzwahrnehmung schließen lässt. Kein Schuppentier wird sein Gefühlsleben mit entsprechenden Gebärden ausdrücken können, auch wenn es nur am bartlosen Haken zappelt. Stumm wie ein Fisch zu sein, das ist ihr Schicksal.

Werden zum Beispiel Salmoniden mit ätzenden Stoffen auf ihren sensiblen Lippen behandelt, dann bleiben verblüffende Reaktionen nicht aus. Äußerst unangenehm scheint dem Fisch die Tortur. Der Proband versucht mit einer ganzen Palette von Verhaltensweisen das Übel abzuschütteln. Noch nicht messbar ist der Schmerz, sagen die Neurobiologen. Aber die Verhaltensforscher haben keine Probleme, die körperlichen Veränderungen eines Versuchstieres auszuwerten. Die Anzahl der Atemzüge steigt. Rasch klettert die Herzfrequenz in die Höhe. Auffällig verschieben sich die Hormonwerte im Blutbild. Zudem regt der künstlich verursachte Stress die Ausscheidungsorgane an. Mit einem Wort: Fische sind wechselwarme Tiere, aber keine gefühlskalten Lebewesen. Auch sie reagieren heftig auf äußere Einflüsse. Keine törichte Entscheidung der Behörden ist somit das Verbot von lebenden Köderfischen.

Mir fehlt, ich gestehe es ehrlich ein, die Ausdauer und Gelassenheit, um stur wie ein Eskimojäger auszuharren. Abgestorben ist die ursprüngliche, vergnügliche Unterhaltung. Die Gesprächspausen dehnen sich aus. Kurz und bündig werden die Sätze. Ungelenk fühlen sich die Muskeln um die Lippen herum an. Wie nach einer Injektion zur Schmerzbetäubung beim Zahnarzt. Zusätzlich nährt der ausbleibende Fangerfolg den inneren Schweinehund, der mich zum Aufbruch drängt. Das Bauchgefühl frisst Löcher in den ausharrenden Verstand. Eine Frostbeule wäre ein hoher Preis für einen Fisch. Es zwingt mich keiner, über

Gebühr am Wärmeverlust zu leiden. Ein neues Loch, ein neues Glück. Der Wechsel auf eine außergewöhnliche Farbe der Nymphen sowie die Hinhaltetaktik meines erfahrenen Partners halten mich am Tatort. Nach einem Blick auf seine Uhr spricht er mit dem Brustton der Überzeugung von der bevorstehenden Beißzeit der launischen Fische.

Lautes Knirschen auf dem geräumten Forstweg und Stimmengewirr kündigen den Zulauf neuer „Verrückter" an. Zwei Unbekannte tauchen auf. Schnurstracks steuern sie auf uns zu. Vergessen haben die beiden das Werkzeug zum Öffnen einer Lücke im Eis. Sie borgen sich den Eisbohrer aus. Am gegenüberliegenden Ufer wollen sie ihr Glück versuchen.

Großmütig meint Hans: „Kein Problem. Gerne helfe ich unter Kollegen aus. Wenn ihr die Löcher offen habt, dann bringt ihr mir meinen Bohrer sofort zurück. Wir wissen nicht, wie lange wir noch bleiben. Außerdem hat mein Spezi kein Sitzfleisch."

Der Wortführer klemmt sich den Bohrer unter die Achsel. Nebeneinander schlurfen die beiden Männer durch die Auflage aus jungfräulichem Pulverschnee. Im Schlepp zieht jeder einen Schlitten nach, auf dem ein Rucksack liegt. Überraschend schwenken sie auf halber Strecke in eine andere Richtung. Gleich einem Schneehasen schlagen sie einen Haken und streben einer neuen Stelle zu. Jeder einheimische Fischer kennt das alte Bachbett und den Strömungsverlauf. Schwer zugänglich im Sommer ist dieser fischreiche Bereich. Trittsicherheit erfordert die Steilheit des Geländes, zudem Vergnügen an der Kletterei samt Ausrüstung. Außerdem ist dieser Abschnitt offiziell vom Befischungsdruck ausgeklammert.

Aber jetzt lockt mit Macht der ebene Zugang über den zugefrorenen Stausee. Natürlich bleibt ein gewisses Kribbeln im Bauchgefühl bestehen. Schwer lässt sich die Tragfähigkeit der Eisdecke einschätzen. Messungen des Kerneises sind trügerisch. Der Kraftwerksbetrieb und der stets schwankende Pegelstand sind erhebliche Risikofaktoren. Gefährlich sind vor allem die hohl aufliegenden Krusten im Randbereich.

Wir beobachten die Konkurrenz. Ein gutes Omen ist die klirrende Kälte. Immer wieder kracht es unheimlich, wenn sich der Eispanzer ausdehnt. Durch den Wechsel vom flüssigen in den festen Aggregatzustand nimmt das Volumen zu. Spannungen entladen sich mit Kraft. Zur Genüge bekannt ist das Bersten von gefrorenen Wasserleitungen.

Plötzlich hallt ein Angstschrei über den See. Aufgeschreckt reißt es unsere Köpfe in die Richtung. Bis zum Schritt steckt der arme Hund mit einem Bein im saukalten Wasser. Es währt, so scheint es zumindest, nur wenige Augenblicke und der Pechvogel stemmt sich aus dem Loch. Die massive Dicke des Eispanzers sichert das Aufstützen. Unterstützt vom Kollegen, rappelt er sich in die

Gerade. Er flucht und schimpft wie ein Rohrspatz über die blöden Deppen, die ein großes Rechteck ins Eis geschlagen haben. Unsichtbar getarnt durch ein dünnes Eisfenster und den Zuwachs an Neuschnee während der letzten Nacht. Eine sichere Falltür. Schneeblind macht zudem das diffuse Licht. Unbelehrbare und rücksichtslose Zunftgenossen schlagen immer noch mit grobem Werkzeug gefährlich große Löcher in die Eisdecke.

Bewegung ist Leben beziehungsweise schützt vor dem Erfrieren. Flink tauscht der Kerl mit dem Rucksack seinen Platz auf dem Schlitten. Hervorragend schirmen Moonboots die Kälte vom Boden her ab, aber randvoll mit Wasser um die null Grad gefüllt, sind sie eine Gefahr für die Zehen. Offensichtlich kennt der Mann sich mit dem Ungemach aus. Geschwind zieht er Stiefel und Socken aus. Er stellt den Schuh auf den Kopf und lässt das Fischwasser ausfließen. Nach dem Ausschleudern der letzten Tropfen windet er mit Kraft den Socken aus. Anschließend bearbeitet er mit beiden Händen die klatschnasse Hosenröhre.

Henry Ford, der Firmengründer, behauptete zu Lebzeiten unentwegt, dass mehr Leute kapitulieren als scheitern. Wir haben uns gründlich über die Neuankömmlinge getäuscht. Die unfreiwillige Kneippeinlage endet nicht mit einem Kleiderwechsel aus dem prallen Rucksack oder gar mit einem hektischen Aufbruch. Nein, dem Beharrungsvermögen des Einbeintauchers ist Respekt zu zollen. Oder ist es dummer Leichtsinn, wenn er seinem Körper eine heftige Verkühlung zumutet? Gar seine Prostata über Gebühr reizt? Den gesunden Schlaf durch mehrmalige Klobesuche unterbricht?

Am Ende der Prozedur gießt der Pechvogel aus seiner Thermoskanne reichlich warme Flüssigkeit in das Schuhwerk. Wohl in Grenzen hält sich die Konzentration des geistigen Inhaltes, sonst wäre der Fischer nicht so großzügig mit dem Vorrat umgegangen. Wie ein Goldgräber seine Waschschüssel, so schwenkt er neuerlich den Stiefel. Ausgiebig lässt er das Getränk in alle Richtungen fließen. Entleert anschließend den Überfluss in den Schnee und schlüpft mutig in das feuchtwarme Schuhwerk.

Urmenschlich scheint ein gerüttelt Maß an Schadenfreude zu sein. Gänzlich verdrängen können auch wir den Reiz der Situation nicht und belustigen uns am fremden Kneippverhalten. Missgeschicke fremder Kollegen ziehen in der Regel Häme an wie Lichtquellen die Motten. Respektvoll halten wir unsere Zunge im Zaum und dämpfen die Lautstärke. Kein Mensch ist gefeit gegen einen Fehltritt. Es hätte auch uns treffen können.

Den Stausee, eingezwängt zwischen zwei steilen Bergflanken, treffen im Winter nur wenige Sonnenstrahlen. Nur kurz zeigt sich der Sonnenbogen am Himmel, ehe er wieder hinter dem Grat verschwindet. Häufig verhüllt eine dicke Nebelsuppe wie ein Pfropf im Flaschenhals den Taleingang. Die Feuchtigkeit

der Nebelschwaden kondensiert an unserer Kleidung. Stumpf glotze ich auf das eisfreie Loch vor meinen Füßen.

Ein wasserdichter Pelz schützt Säugetiere. Pro Quadratzentimeter bietet ein Fischotter mehr Haar auf, als überhaupt auf meinem Kopf wachsen. Reichlich Fett unter der Haut ist eine andere Evolutionsschiene, um sich zu behaupten. Die wechselwarmen Fische hingegen überleben mit dem Trick der Anpassung. Ihre eigene Betriebstemperatur liegt rund ein mickriges Grad über der aktuellen Wassertemperatur ihrer Umgebung. Auch Flüssigkeiten, das ist eine Binsenweisheit, dehnen sich beim Erwärmen aus und ziehen sich bei Abkühlung wieder zusammen.

Nur der Anomalie des Wassers verdanken wir unser Dasein. Bei exakt 4 Grad Celsius verringern sich auf wundersame Weise die Abstände zwischen den Molekülen. Pro Raumeinheit nimmt die Dichte zu. Mit einem Wort: Das größte Gewicht ist gekoppelt mit dem kleinsten Volumen. Aufgrund dieses physikalischen Phänomens schichtet sich das Wasser um. Der Gewässergrund bleibt von der tödlichen Eispackung verschont. Je kälter das Wasser, desto höher ist im Prinzip die Sauerstoffsättigung. Allein der Stoffwechsel der Wechselwarmen läuft auf Sparflamme. Hat so eine Forelle gerade einen knackigen Flohkrebs oder eine dicke Steinfliege verdrückt, dann liegt ihr die Kost wohl einige Tage lang im Magen. Innerhalb weniger Stunden wäre bei normaler Sommertemperatur die Beute verdaut. Somit ist es verständlich, dass der Antrieb zu Futtersuche und Jagd sich in Grenzen hält.

Gleich mehrere Löcher legen die Zunftkollegen an, bevor der Pechvogel sich persönlich mit dem Bohrer auf die nassen Stiefel macht. Verständlich ist sein Bewegungsdrang. Sicherheit vermittelt die eigene Spur. Auf dem Rückweg geht er anfangs brav den Umweg. Ich kann nicht Gedanken lesen, aber der Zeitverlust scheint den Mann zu quälen. Immerhin bewacht sein Kollege bereits die „scharfen" Ruten. Er schert aus und schneidet die krumme Spur. Belanglose Sätze fliegen bereits hin und her. Die Bemerkungen und flotten Sprüche drehen sich um die verdammten Löcher, die klirrende Kälte, den mageren Besatz und die beste Köderwahl. Wenige Meter noch und der Mann ist die Last seines Leihgerätes los.

Zügig strebt der Unbekannte in unser Revier. Wenige Schritte fehlen noch, um in meine sicheren Trittsiegel zu steigen. Kein Stolpern, kein Rutschen und kein Straucheln.

Urplötzlich, wortwörtlich, gibt der Boden unter einem Fuß nach. Ohne Widerstand bricht der Mann durch die hauchdünne Versiegelung. Einmal das Körpergewicht auf das ausgreifende Bein verlagert, gibt es keine Möglichkeit mehr, um den Fall abzuwehren. Stur ist die Trägheit der bewegten Masse. Sie lässt sich nicht wie ein Kippschalter umlegen. Außerdem ist kein Mensch in der Lage, sich an den eigenen Haaren aus dem Schlamassel zu ziehen. Lügenbaron Münchhausen spielt sich nicht im realen Leben.

In Bruchteilen einer Sekunde kippt der Mann aus dem Gleichgewicht, mitten im Schritt. Im Reflex reißt der Bedauernswerte beide Hände auseinander, als ob er noch Halt in der Luft suchen würde. In seiner Not trennt er sich von dem ausgeborgten Gerät. Der misslungene Vorwärtsschritt und der fehlende Widerstand müssen wohl die Verdrehung der Körperachse ausgelöst haben. Mit dem Oberkörper unnatürlich abgewinkelt liegt neuerlich der Pechvogel im dämpfenden Schnee. Eigentlich ein Glück im Doppelpech. Um Haaresbreite landet der Mann nicht auf dem Gewinde des Eisbohrers. Rippen und Knochen sind schon öfter durch heftige Bekanntschaft mit Eisen oder Eis gebrochen.

Blitzschnell spielte sich die Veränderung der Szene ab. Gerade noch im aufrechten, edlen Menschengang unterwegs, steckt der Arme zum zweiten Male mit einem Bein ganz im Wasser. Nicht einmal Zeit fand er, um mit einem spitzen Schrei seinen unvermeidlichen einbeinigen Tauchgang zu verfluchen. Schock und die schlechte Erfahrung lähmt.

Es hört sich an wie ein übler Scherz, wie an den Schuppen herbeigezogenes Fischerlatein. Ungerecht ist das Schicksal. Ausgerechnet mit dem trockenen Fuß versinkt er im Stillwasser.

ASIEN

Technische Probleme
vor dem Abflug

Dorfidylle in Kasachstan

Insektenplage am Polarkreis

Taimenfluss in Sibirien

Russische Filetiermethode

Nützliche Planen

Jause im Irtysch-Delta

Keimfreies Besteck

Rast der Packtiere am Pass zu den Rentiernomaden

Regenschutz am Fluss Tengis

*Unser Kanadier als
Wäscheleineersatz*

*Mongolische
Gelbschwanzäsche*

FLUGVERKEHR – WAHNSINN AM POLARKREIS

Vom Ural bis zum Pazifik reicht Sibirien. Über mehr als fünftausend Kilometer streckt sich das Riesenland. Die unglaubliche Weite und Öde der Landschaft wurde bereits zur Zeit der Zaren für die Verbrecher und politischen Gegner zum Gefängnis ohne Ketten. Wie dem Frost ausgesetzte Fliegen rafften die brutalen Verhältnisse in den sibirischen Arbeitslagern die Verbannten hin.

So unmenschlich hart sind die Lebensbedingungen in Sibirien, dass nur mit Erschwerniszulagen – im Vergleich zu unseren verwöhnten Beamten in den Tintenburgen – Bauingenieure, Minenarbeiter oder Holzfäller in die extremen Regionen gelockt werden können. Für jedes weitere Arbeitsjahr, das die Menschen etwa beim Bau eines Flusskraftwerkes, bei der Förderung von Erdgas oder beim Abbau von Erzlagerstätten aushalten, gibt es beachtliche Erhöhungen des Lohnes. Trotzdem nimmt die Bevölkerung rund um diese Baustellen kaum zu. Viele scheitern. Sie erliegen dem Suff. Die medizinische Versorgung steckt immer noch in den Kinderschuhen und trennt die Überlebenstüchtigen von den Kranken. An ihre Wurzeln und Gewohnheiten klammern sich die Alten. Hingegen erliegt die Jugend den Verlockungen der Städte. Sie flüchten ähnlich den Zugvögeln in angenehmere Gefilde.

Aufgetaut sind die obersten Schichten des Permafrostes. Schier unüberwindlich sind das Meer der Pfützen und der tiefe Morast. Nur mit Kettenfahrzeugen, reichliche Treibstoffreserven eingerechnet, oder auf dem Rücken zäher Pferde ist die unwirtliche Landschaft zu bewältigen.

In der Sibirischen Tiefebene braucht es keinen eisernen Vorhang, um politische Gegner, Gauner und unerwünschte Personen abzuschirmen. Die brutalen Arbeitsbedingungen, mangelnde hygienische Voraussetzungen und die Unterernährung waren und sind Alltag in den Lagern. Auf Grund von gewissenlosen Richtern und eiskalter Umsetzung gab es nie einen Nachschubmangel an Häftlingen. Der Tod eines Arbeiters berührte das Regime nicht. Ein verlorener Hammer wurde mehr bedauert. Klirrende Kälte und tiefer Pulverschnee im Winter sind ganz natürliche Grenzen. Flüsse und Sümpfe erschweren das Vor-

176

wärtskommen in der übrigen Jahreszeit. Von der unerträglichen Pein durch die blutgierigen Insekten, wie Moskitos, Stechfliegen und Pferdebremsen, ganz zu schweigen. Undenkbar ist die Flucht aus einem Gulag.

Geht der Vorrat an Insektengift zu Neige und sind die kühlenden Gels gegen den permanenten Juckreiz verbraucht, dann treiben die hohe Tonlage des unablässigen Fluglärms sowie die Stiche schier jede und jeden in den Wahnsinn. Überleben heißt das Motto. Das Kühlen des Körpers ist vorrangiges Geschäft. Fischen wird zur unwichtigen Nebensache. Nur das kühlere Zeitfenster nach Mitternacht wird genutzt. Jedermann steht gerne tief im Nass, um den Luxus des Kühlwassers zu genießen. Das erfrischende Lebenselement – immer noch hängen kompakte Schneedecken auf der Schattenseite der Flusskrümmungen – lindert die Schmerzen.

Es ist kein leeres Gerede, wenn ich behaupte, dass mir der Artenschutz beziehungsweise die Erhaltung der Ökosysteme am Herzen liegen. Aber gegenüber der blutgierigen Insektenwelt entwickelt sich in mir ein gnadenloser Totschlagreflex. Nicht zögerlich oder gar mit geringem Kraftaufwand klatsche ich die gesellig saugenden sibirischen Pferdebremsen platt. Mit Genugtuung setze ich meine flache Hand ein, um jede juckende Quaddel auf meiner Haut zu rächen. Ohne Hemmschwelle zerquetsche ich das Leben im Chitinpanzer. Keine Lust habe ich, die ständig andockenden Quälgeister nur zu verscheuchen und ihnen für weitere Versuche meine noch unversehrten Hautstellen zu überlassen. Unerträglich ist der sommerliche Insektenverkehr zu beiden Seiten des nördlichen Polarkreises. Beißende Fliegen, Stechmücken und die bienengroßen Bremsen sind der Stoff, aus dem der täglich wiederkehrende Albtraum besteht. Die filigranen Luftangriffe sind auf Grund der Heftigkeit und ihrer Dauer ein wahrer Horror. Eine biblische Plage. Nicht unter geht die Sonne im hohen Norden, dafür peinigen rund um die Uhr die Insekten jedes blutwarme Wesen.

Nichts abgewinnen kann ich einer Unschuldsvermutung. Aber auch Insekten können nicht aus ihrer Haut beziehungsweise aus ihrem Stechrüssel. Die Weibchen brauchen die eiweißreichen Tropfen, um die Eier aufzubauen. Der genetische Zwang zum Blutzapfen dient rein dem Zweck der Arterhaltung.

Kein Rentier ist so blöde, in dieser gottlosen Weite und Öde als vierbeiniger Blutspender umherzulaufen. Nur wir abenteuersüchtigen Taimenfischer, samt russischer Begleitagentur, schlagen uns durch die Insektenschwärme.

Seit ein paar Tagen lastet ein gewaltiges Hoch mit gefühlten Temperaturen über 30 Grad Celsius über dem brettflachen Land. Nicht der geringste Lufthauch lässt ein Blatt erzittern. Eingegraben bis auf den eisigen Untergrund, windet sich der Fluss durch den schütteren Wald. Die grüne Ufergalerie schirmt jeden Blick in die Ferne ab. Frei ist nur der Ausschnitt zwischen den Baumwipfeln auf den wolkenlosen Himmel.

Immer mehr weicht dem eigentlichen Zweck der aufwendigen Reise das Erfinden von Strategien. Der Kampf gegen die Insekteninvasion beherrscht mittlerweile den Tagesablauf. Während der Raftpausen oder am abendlichen Lagerplatz stehe ich mit nacktem Unterleib bis zur Pofalte im kalten Wasser der ruhigen Buchten. Geschützt ist der Rest durch das dichte Gewebe der Regenjacke und dem Mückenhut. Bevorzugt hebe ich den linken Oberschenkel an, auf dem sich rasch Pferdebremsen zur Stechattacke niederlassen. Erheblich erhöht sich das sportliche Vergnügen, wenn ich mit einem Streich gleich mehrere Bremsen erwische. Als zähe Kreaturen zappeln manche noch auf der Oberfläche des Wassers. Kein Insekt entkommt, denn die fingerlange Fischbrut lauert, im Schwarm vereint. Flink schlürfen sie die begehrte Kost von der Wasserhaut. Ein Schauspiel ist das Gedränge um den nahrhaften Bissen.

Im Vergleich zum Stechapparat der Mücken sind die Mundwerkzeuge der Pferdebremsen erheblich kräftiger ausgeprägt. Unwiderstehlich lockt der Duft des Körperschweißes, egal ob Säugetier oder Mensch, die Viecher an. Ungeniert stechen sie auch durch die Kleidung. Vor dem Saugen spritzen sie reichlich ein gerinnungshemmendes Sekret ein. Schließlich soll ihr Arbeitsgerät nicht durch stockendes Blut verklumpen. Anfangs schafft es die Elastizität des Gewebes nicht, das von der „Rossbremse" gestanzte Loch zu schließen. Auch nach dem Erschlagen des fliegenden Quälgeistes fließt noch reichlich verdünntes Blut.

Verdammt lange jucken die entstehenden Quaddeln. Erschreckend vermehren sich die knopfgroßen Hauterhebungen. Unbeherrschbar wird der flächendeckende Reiz. Das Reiben und Kratzen, oft unbewusst im Halbschlaf erledigt, wird zur Sucht. Zu heftigen Entzündungen führt der unvermeidbare Schmutz und Dreck. Auch das Gift aus der Insektenvertreibdose ist kein Desinfektionsgas. Zudem will uns keiner ehrlich die chemische Zusammensetzung und die Nebenwirkungen durch den unentwegten Einsatz übersetzen. Leider ist der Bedarf wesentlich höher als der von den Russen eingeschätzte Vorrat. Jeder Schuss aus der Sprayflasche könnte der letzte sein und dann …

Wissenschaftlerinnen und Wissenschaftler sind gar der Meinung, dass der Rüssel von den bienengroßen Bremsen genügend Volumen hat, um eine ausreichende Zahl von gefährlichen Viren zu beherbergen. Die Dosis reicht, um Infektionen zu übertragen.

Die sibirischen Blutsauger finden gerade in der Taiga paradiesische Verhältnisse vor. Quasi ein riesiges Insektenbiotop. Aus den geschichteten Gelegeportionen, die an bodennahen Pflanzen oder direkt, fast lieblos, auf dem feuchten Boden abgelegt werden, entwickeln sich in einer halben Woche schon die beinlosen Larven. Etwa für rund fünfhundert Eier pro Weibchen reicht die Energie durch den angezapften Wirt. Ausgestattet mit Kriechwülsten, gelingt es den Larven relativ einfach und rasch, den für die weitere Entwicklung notwendigen

nassen Lebensraum zu erreichen. Je nach Art ernähren sich die Larven von faulen Stoffen oder gar räuberisch. Mehrere Häutungen bedingt das Wachstum. Hat die Larve die Nachstellungen der Fressfeinde überlebt, erfolgt vorwiegend im Schlamm der nächste Schritt zur Verwandlung. Nach der Puppenruhe schlüpft im Schutze der Dunkelheit die fliegende Höllenbrut, um geschlechtsspezifisch jedes blutwarme Geschöpf zu peinigen. Sex – Stechen – Saugen – Eierlegen hat als komplexes Programm leicht im Hirn einer sibirischen Pferdebremse Platz.

Die altmodischen Zelte sind ein wahres Treibhaus. Mit Insektennetz versehene Luftklappen fehlen. Der Mangel sorgt für einen Klimastau. Er treibt den Schweiß aus den Poren. Wasserdampf überzieht wie ein feiner Film die Deckenplane und tröpfelt hin und wieder von der tiefsten Stelle. Keiner wagt es, nicht einmal die Russen, den Reißverschluss des Zeltes einen Schlitz weit zu öffnen. Jeder Austritt aus der ungemütlichen Behausung ähnelt einer hektischen Flucht. Die Schwärme der Insekten riechen unseren Körperschweiß und das warme Blut. Unübertrefflich sind ihre sensiblen Nasen auf den filigranen Antennen. Schier geschwängert ist die Luft von den surrenden Taigabiestern. Sie brauchen nicht auf die ausgeatmete Konzentration des Kohlendioxids zu achten, um sich im Dunkeln anzupirschen. Nicht nötig ist der Botenstoff als Wegweiser, denn durch die Helligkeit rund um den Tag genügen allemal ihre Facettenaugen. Auch wenn wir ohne Unterlass Hunderte von Sechsbeinern mit Genugtuung vernichten, so macht auf Dauer ihre Übermacht im Luftraum depressiv.

Bleibt auch nur für wenige Sekunden lang der Zeltverschluss offen, so sammelt sich eine artenreiche Palette von Flügelwesen am Zelthimmel. Viel Zeit verstreicht von der ohnehin spärlichen Nachtruhe – sie hat keine Gültigkeit für Polarkreisinsekten während der Sommertage –, um mit Gift, Zerschlagen und Zerquetschen einen Großteil der „Blutanwärter" zu vernichten.

Eine schlechte Nacht später bestätigen weitere Stiche, Entzündungen und ein geschwollenes Gesicht das Erfolgsprinzip der Evolution. Sieger sind die filigranen Flieger. Ich hasse inzwischen das Schwitzen im Zelt. Als kreativer Schlaumeier komme ich auf die ungesunde Idee, meine Schlafstelle ins Freie zu verlegen. Sehr heikel wähle ich mir einen mit Moos bedeckten Untergrund zwischen den Bäumen und der Uferböschung aus. Kein Stein soll mir die Luftmatratze und in Folge auf die Wirbelsäule drücken. Ein „Imkerhut" mit breit ausladender Krempe schützt meinen Kopf vor den übergriffigen Insekten. Vergraben sind die bloßen Hände in den Außentaschen der Regenjacke. Das kompakte Material schmeckt den Stechrüsseln nicht. Gierig fliegen die Blutsauger kreuz und quer, um zugängliche Stellen auszukundschaften. Die Schwänzeltänze sind als Ausdrucksmittel der Bienen längst erforscht. Entfernung, Ergiebigkeit der Futterquelle und den Flugwinkel zum Sonnenstand drücken die sozialen Tiere mit der Bewegungssprache aus. Ob auch die kleinen Vampire eine Art von Informationsprogramm beherrschen, weiß ich nicht. Auf jeden Fall finden sich immer mehr Individuen ein, die mit Erfolg durch die Socken hindurch mein unfreiwilliges Spenderblut abzapfen. Ständig zapple ich wie ein am Rücken liegender Käfer, um die Quälgeister mit den Beinen vom Saugakt abzuhalten. Verbissen kämpfe ich gegen die Übermacht der Feinde an.

Die nach Blutkonserven gierigen Flügelwesen finden die Schlupflöcher in die Hosenröhren, obwohl ich die dicken Stutzen, ähnlich wie Gamaschen, über die Beinlinge ziehe. Leichtfüßig krabbelt das Volk unbemerkt über die Wolle Richtung Knie, um heimtückisch frische Venen zu orten. Die Peiniger schaffen es, dass ich mir zum Schutz meine Wathose anziehe und neuerlich erbärmlich schwitze. Ungewohnt ist mir das Liegen auf dem Rücken. Vor meinen Augen, nur durch das Gaze des Insektenschutzes getrennt, tummeln sich die stech- und beißlustigen Insektenvertreter. Sie fühlen meine Atemluft und wittern ein billiges Opfer zum Aussaugen. Unverdrossen zwängen sie ihren Stechapparat durch die feinen Löcher. So sehr sich die Viecher auch anstrengen, es gelingt ihnen einfach nicht, bis zum Spendergewebe vorzudringen. Aggressiv schwirren sie mit der schon fast Kopfschmerzen erzeugenden Tonlage um meinen Schädel, um neuerlich einen Sturzflug zu starten. Die stoffliche Trennwand vor dem Opfer steigert ihre Reizbarkeit.

Unruhig wälze ich mich von einer Seite auf die andere, um Schlaf zu finden. Vergeblich sind meine Bemühungen, denn in Seitenlage sackt das Moskitonetz in sich zusammen und berührt Ohr und Hals. Mit Erfolg nützen die Insekten die Schwachstelle zum Aderlass. Halblaut verfluche ich das verdammte Reiseziel und zerreibe schon bösartig gereizt die angedockten Insekten. Schließlich drehe ich mich wieder auf das Kreuz zurück und achte strikte darauf, dass der schützende Vorhang den Sicherheitsabstand vom Kopf behält. Immer wieder puste ich die Pferdebremsen vom Netz, wenn die Gefahr besteht, dass sie im Schwarm und mit ihrem Gewicht mir das Gewebe auf die Nasenspitze drücken. Wobei ich mit Lippenspiel und vermutlich lächerlich wirkender Mimik versuche, den Luftstrom auf das mobile Ziel zu richten.

Die Naheinstellung meiner Augen auf die krabbelnden Insekten, eine Handbreite vor meinem Gesicht, strengt an und ermüdet. Mein Unterbewusstsein, aufgewühlt durch den Insektenwahn, lässt mich in seichten Schlaf versinken.

Eine innere Unruhe weckt mich. Unglaublich juckt mein rechtes Ohr. Mit Entsetzen registrieren meine Sinne, dass ich durch meinen unruhigen Schlaf den Insektenschutz verschoben habe. Frei zugänglich für die Blutlecker und Blutsauger war mein rechter Halsbereich. Durch das große Schlupfloch fanden sie den direkten Weg zur ausgiebigen Blutquelle. Übel zugerichtet ist mein Gesicht. Mit Erhebungen übersät ist die einst glatte Haut. Erschreckend fällt der Befund

mit den tastenden Fingerkuppen aus. Quaddeln reihen sich an Quaddeln. Betroffen ist vor allem die dünnwandige Haut hinter dem Ohr und entlang des Haaransatzes. Zum Teufel mit der fliegenden Höllenbrut. Es juckt zum Heulen.

Victor entdeckt beim Wasserabschlagen, unmittelbar neben der Plane des russischen Mannschaftszeltes, meine ungesunde Schlafstellung. Er deutet auf seine teilweise schnarchenden Kollegen und lockt mich wie eine Hexe mit seinem gekrümmten Zeigefinger von den Zelten weg, um die Mannschaft nicht zu stören. Einem Schamanen gleich scheint er mit den fliegenden Quälgeistern einen stillen Pakt geschlossen zu haben. Mit unglaublicher Gelassenheit trotzt er, als einziger nicht mit Moskitonetz bewaffnet, den Angriffen der Insekten. Spärlich und haushaltend sprüht er hin und wieder mit dem Giftspray seine bereits imprägnierte Kleidung ein und den schon schütteren Wuchs auf der Kopfhaut.

Wir beide sitzen weit nach Mitternacht bequem auf dem breiten Wulst des Schlauchbootes und unterhalten uns in gedämpfter Lautstärke. Unser Gemurmel überlagern die Geräusche an der Außenkurve des Flusses. Vom Schneedruck gekrümmte Bäume hängen vom unterspülten Ufer ins Wasser. Die Strömung erfasst die Wipfel, nimmt sie ein kurzes Stück mit, um sie, aufgeladen durch die Elastizität des Holzes, neuerlich flussaufwärts ins Wasser zu klatschen. Fast im Schlag eines Metronoms wiederholt sich das rhythmische Spiel. Er hat den Beruf des Chemikers ausgeführt und durfte im kommunistischen Bruderstaat Ostdeutschland gar einige Monate lang Deutsch lernen. Vorzüglich klappt somit unsere Verständigung und auch die Chemie zwischen uns beiden passt.

Als einziger Österreicher der Testreise genieße ich gewisse Vorteile. Die Begleiter aus Frankfurt und Mainz hingegen haben von Haus aus einen schweren Stand. Sie werden als Landsleute mit dem Kriegstreiber Adolf Hitler in Verbindung gebracht. Gut, ich habe mir auch durch Mitarbeit Respekt verschafft, ohne den Russen in den Hintern zu kriechen. Behilflich bin ich beim Be- und Entladen des Mutterschiffes, einer Art von Katamaran mit zwei dicken Wülsten, und beim Aufstellen der Zelte, auch schleppe ich anteilig Brennholz zum Kochfeuer. Schwer beladen folgen wir als Schlusslicht der Miniflotte aus wendigen Booten hinterher. Zumindest am Anfang der Flussbefahrung ist meine Zeit zum Fischen sehr beschränkt, dafür darf ich die Stimmung der russischen Taigalieder hautnah genießen. Die Männer lieben es, sich am schwermütigen Gesang fast zu berauschen. Wodka fließt bei jedem Landgang als Manöverschluck und am Abend als rituelles Desinfektionsmittel. Als besondere Geste seiner Aufmerksamkeit schätze ich die paar Schlucke „Rasputin", die er mir aus einem verbeulten Flachmann anbietet.

Der pfiffige Senior ist der Einzige aus der aufgepfropften russischen Begleitmannschaft, der im Wesentlichen das Gewässernetz im Kopf hat. Jenissei und

Ob sowie die größeren Zubringer sind ihm bekannt. Zudem ist der Alte ein Fuchs im Lesen der dürftigen Landkarten. Viele Flusssysteme hat er mit Geologen befahren, um auf Grund von gesammelten Gesteinsproben und Analysen Rückschlüsse für ausbeutbare Lagerstätten zu finden. Außerdem zeigt der zähe Typ die größte Erfahrung in Sachen Fischerei auf die Taimen, die asiatischen Verwandten unserer Huchen. Auf sein Wort höre ich, auch wenn er mit museumstauglichen Geräten den Riesen der Nahrungskette nachstellt.

„Victor, schau, meine ursprüngliche glatte Haut fühlt sich an wie eine sibirische Dorfstraße nach dem Frostaufbruch. Schlecht beherrschen kann ich den Juckreiz. Es brennt wie Feuer. Das Reiben mit dem Handballen lindert nur kurzfristig. Nachher wuchern die Quaddeln umso mehr. Die Qualen nehmen zu. Mir gehen die Viecher auf den Geist. Gespannt wie Balalaikasaiten sind schon meine Nerven", sage ich leicht gereizt und zeige dabei auf die betroffenen Körperstellen.

Er reagiert gar nicht auf meine durch die Insektenfrauen geschürte üble Laune und meint ganz trocken:

„Nur mit Gelassenheit kannst du die Übermacht ertragen. Jeder hektische Schlag macht das fliegende Volk wütender. Beherrsche dich wie ein richtiger Mann. Lass die Quälgeister einfach fertig saugen und erschlage sie erst, wenn ihr Hinterleib blutrot anschwillt. Bevor sie den Rüssel aus der Haut ziehen und abhauen, musst du sie erwischen. Allmählich erzeugt der Körper gewisse Abwehrkräfte."

Ich bin mir nicht sicher, ob er mir einen „Bremsenbären" auf die Nase bindet. Aber Victor ist der Einzige, der überhaupt auf den nützlichen Insektenhut verzichtet. Er ist für mich ein Phänomen und zudem das beste menschliche Beispiel, wie man den sommerlichen Insektenwahn am Polarkreis überhaupt psychisch bewältigen kann.

Ständig die oberflächliche Körpertemperatur durch Bäder kühlen sowie den Urin, den eigenen selbstverständlich, zum Desinfizieren verwenden und täglich trinken, rät er mir mit einem Lächeln auf seinen Lippen, als Draufgabe.

Der Inhalt der Wodkaflasche schrumpft. Vermutlich verträgt Victor die ätzende Flüssigkeit – hoffentlich nicht mit Brennspiritus gestreckt – leicht, denn er verzieht keine Miene beim Schlucken. Mich hingegen brennt der Fusel wie Feuerwasser die Speiseröhre hinunter bis zum Magen. Mit einem feinen Grinsen stellt er mir die klassische Prüfungsfrage: „Hast du eine Ahnung, woraus ein Taigaklo im Winter besteht?"

„Nein, spuck das Märchen aus", meine ich gutgelaunt durch die Wirkung des Alkohols.

„Also, das Klo ist ganz primitiv gebaut. Eigentlich besteht es nur aus zwei unterschiedlich dicken Stämmen. Einem waagrechten ,Donnerbalken' aus kräf-

tigem Holz zum Sitzen. Sowie einem schlanken, langen Stock, um die Wölfe während des Geschäftes zu vertreiben."

Meine skeptische Miene hinterlässt keinen Eindruck. Er schmückt die Geschichte nicht weiter aus, dafür schwärmt er schon fast berauscht über die prächtigste Jahreszeit in Sibirien. Winter! Das flache Licht zaubert unvergessliche Stimmungen in die Landschaft. Als waschechter Russe liebt Victor die klirrende Kälte. So bocksteif kalt ist es, dass jeder Schritt ein knirschendes und lautes Geräusch erzeugt. Die betagten Bewohner in den Datschas, den rustikalen Holzhütten, bemühen sich mit Geschick um das Abdichten der Fenster. Dennoch schmückt der hartnäckige Frost fast ein halbes Jahr lang mit Eisblumen die Glasscheiben. Die jüngeren Sprösslinge genießen den erstarrten Wasserdampf auf den Fensterflächen. Sie kratzen ihre Zeichnungen und Wörter auf die durchsichtigen Schreibtafeln. Breitet sich die grimmige Kälte eines Sibirientiefs über das Land aus, dann ist die Spucke schon fast gefroren, wenn sie am Boden landet. Kinder stehen im Kreis zusammen und pusten die körperwarme Atemluft steil in die Höhe. Auf Grund der extrem tiefen Temperaturen gefriert die Feuchtigkeit zu feinen Kristallen. Sie prallen aufeinander und erzeugen ein feines Klirren und Knistern, wie der Klang von winzigen Glöckchen. Wenn es stimmt, dann geben die zuständigen Behörden in Sibirien erst den Kindern schulfrei, wenn das Thermometer unter die 55-Grad-Celsius-Marke sackt.

„Ohne mindestens drei Schichten wollene Unterwäsche gehe ich nicht aus dem Haus", meint Victor. „Es ist schon saukalt, aber ein trockenes Klima. Ganz Verrückte", sagt er und schüttelt dabei den Kopf, „schlagen sich Löcher in die Eisdecke und nehmen ein abhärtendes Tauchbad."

Thermoscheiben können sich seine Landsleute in der einsamen Weite nicht leisten, aber viele wehren sich gegen Väterchen Frost und die eiskalten Stürme mit Dreifachfenstern. Nur ein Minifenster, im oberen, rechten Fensterviertel, benützen die Einheimischen zum Lüften. Die Wenigsten in den entlegenen Dörfern können sich ein Auto leisten, geschweige denn eine schützende Garage. Es ist billiger, den Motor während der bitterkalten Nachtstunden laufen zu lassen, als stundenlang mit riskanten Feuerstellen unter der Ölwanne die Maschine aufzutauen. Wobei die enorme Kälte auch Stahl in Schwierigkeiten bringt. Spröde wird das Material, technische Geräte geben gar den Geist auf.

Sanitäre Anlagen versagen im Winter völlig. Sich ausdehnendes Eis lässt Leitungen wie Spielzeug platzen. Viele Monate später folgt der Tauphase der Wasserschaden. Bestens bewährt sich hingegen das Plumpsklo an der Grundgrenze. Die unbequeme Entfernung von dem Holzhaus entpuppt sich im Sommer zum Vorteil. Leichter zu ertragen sind der Gestank und die Belästigung durch die schmarotzenden Fliegen. Ist schließlich das Erdreich verseucht und randvoll mit Fäkalien, wandert die Notdurftstelle eben eine ausgehobene Grube weiter.

Auch die Versorgung mit Trinkwasser ist in der unwirtlichen Gegend vor allem ein winterliches Problem. Aus den zugefrorenen Flüssen oder Seen schneiden die Leute dicke Eisquader. Abtransportiert mit den von Pferden gezogenen Schlitten, landet schließlich das Trinkwasser im Eisbunker unter dem Hüttenboden. Über eine in die Holzdielen eingelassene Art Falltüre geht es einen Stock tiefer in den eisigen Gratiskühlraum. Beinhart gefroren ist das Erdreich durch den Permafrost. Je nach geografischer Lage reicht der Eispanzer bis in eine Tiefe von rund vierhundert Metern.

Windschiefe Häuser, erheblich vom Lot abweichende Masten und kaputte Straßen beweisen die Kraft des Permafrostes. Schlecht isolierte Fußböden der Datschas genügen, dass durch die Wärme allmählich die Stabilität des vereisten Untergrundes angegriffen wird und die „Bude" einseitig absackt. Häuser, aus Ziegel oder Betonplatten errichtet, stehen aus statischen Gründen auf Pfeilerfüßen. Zwischen den Stützen pfeift der eiskalte Wind und schützt den Boden vor dem Nachgeben.

Häufig werden einfach nur Löcher in den knochenharten Bauplatz gebohrt und der Hohlraum mit Betonpfeilern ersetzt. Oder die Experten tauen mit heißem Dampf, der mit erheblichem Druck aufgebracht wird, das harte Erdreich auf. Die viele Meter tief geschlagenen Pfeiler stabilisieren die hässlichen, mehrstöckigen Plattenbauten.

Zugefrorene Flüsse entwickeln mächtige Eisdecken. Sie stellen quasi Winterautobahnen dar, die problemlos auch von den schwersten Lastkraftwägen bewältigt werden. Es gibt zwar keine Steigungen, nur das Risiko, im Tiefschnee neben der geräumten Piste zu versinken oder die Eisdicke falsch eingeschätzt zu haben. Der kompakte Boden verwandelt das vereiste Erdreich durch die hohen Sommertemperaturen in Dreck und Morast. Rund zwei Meter tief taut das Eis auf. Fällt zudem reichlich Niederschlag, dann bleiben gar Kettenfahrzeuge stecken.

Das größte Wintervergnügen ist es, mit Freunden und dem Frostschutzmittel Wodka eisfischen zu gehen. Mit System werden große Löcher in die Eisdecke gehackt, geschnitten oder gebohrt. Der Abstand ist so gewählt, dass eine lange Holzstange, mit einem Netz im Schlepp, von Loch zu Loch geschoben wird. Unangenehme Schwingungen für das Seitenlinienorgan der Fische erzeugt das Klopfen mit Stöcken auf das Eis. Eine Treibjagd auf Schuppenwild ohne Hunde. Aufgescheucht schwimmen sie in Richtung Netz. Gerecht verteilt wird der Fang. Zahlt sich die Beute nicht aus, dann wird an Ort und Stelle gleich ein Feuer entfacht und die begehrte Fischsuppe zubereitet. Es ist so Brauch, dass auch die Eingeweide, Kopf und Wirbelsäule mitgekocht werden. Nur diese Zutaten gewähren angeblich den unwiderstehlichen Geschmack der russischen Fischsuppe. Zusätzlich verbindet der gereichte Wodka die Freundschaft innerhalb der Dorfgemeinschaft.

TAIMENPIRSCH
– FRÜHSPORT
IM NORDLICHT

Eine Mütze voll Schlaf braucht auch ein alter Mann", meint Victor zu mir, als er auf meine Uhr blickt. Sehr gelenkig für sein Alter erhebt er sich vom niedrigen Bootswulst und sagt nach einem langen Gähnen: „Spokojnoj notschi." Auch ich wiederhole holprig die bereits gelernte Gutenachtphrase auf Russisch. Kaum ein paar Schritte von mir entfernt, zerreibt er mit Gefühl eine lästige Pferdebremse in seinem ungeschützten Gesicht, dreht sich in meine Richtung und flüstert geheimnisvoll wie ein Schamane: „Mnogo nasekomych, mnogo ryb."

Mein Kopfschütteln, Schultereinziehen und die Gestik meiner offenen Hände sprechen Bände. Mein kompletter sprachlicher Unverstand weckt sein Erbarmen. Neuerlich kehrt er zu mir zurück und übersetzt mir sinngemäß: „Viele Insekten, viele Fische. Probiere es am gegenüberliegenden Einlauf. Die Riesen stehen gerne in die kühleren Bäche hinein. Wie ein Dach schützen die Bäume das Wasser. Taimen sind wie die Diebe in Novosibirsk. Sie rauben gerne in der Dämmerung", endet er mit einem wohlwollenden Schlag auf meine Schulter.

Der erfahrene Mann kennt die Wirkung der richtigen Motivation. Er ermuntert mich, mit dem leeren Boot den Fluss zu überqueren. Anschließend schleicht er mit seiner blauen Arbeitskluft, die zugleich auch sein Schlafanzug zu sein scheint, wieder in Richtung seines Zeltes. Ich hingegen finde keine Ruh.

Tagelang hat die noble Reisegesellschaft mit einem Guide voraus die besten Plätze nach dem Zielfisch Taimen abgesucht, aber auch nur kapitale Hechte geblinkert. Zahlreich stehen diese Fische mit dem Entenschnabel in ruhigen Buchten und an Strömungskanten. Sie mästen sich geradezu an den Barschen und Rotaugen. Dagegen lauern die asiatischen Verwandten unserer Huchen gewöhnlich im Bereich der kühleren Bacheinmündungen und stopfen sich die Mägen bevorzugt mit den Äschen voll. Edelfische rutschen leichter in den Magen als die Flussbarsche mit ihrer wehrhaften und geteilten Rückenflosse.

Trotz reichlich eingeplanter Reservemeter unterschätze ich die Macht der Außenkurve. Zu wirkungslos ist mein Krafteinsatz mit dem Stechpaddel zu beiden Seiten des Buges. Der Druck der Wassermassen erschwert jegliche Ver-

"

besserung des Kurses. Als tiefes Loch entpuppt sich die Landungsstelle in der Draufsicht. Purer Leichtsinn wäre das Aussteigen aus dem Schlauchboot, wenn das strömende Wasser bis zur Brust reichen könnte. Ein überhängender Ast ist mein Ankerersatz. Es gelingt mir, ihn zu fassen und eine Nische in der Böschung als Hafen zu nutzen. Nach dem Sichern des Bootes mit einem Wildwuchs an Knoten beginnt für mich die eigentliche Taimenpirsch. Wobei das bezaubernde Nordlicht auf Höhe des Polarkreises, weit nach Mitternacht, mir ein perfektes „Büchsenlicht" gewährt. Hell genug im Sommer, um ohne Blitz die Motive mit der Kamera festzuhalten.

Ein kleiner Bach gluckst in unseren Fluss. Glasklar. Die Äste der auf dem Böschungswulst wachsenden Erlen und Stauden reichen über das magere Gerinne. Botanische Schattenspender. Abgeschirmt von der prallen Sonne rund um den Tag ist somit das Wasser merklich frischer. Höher ist die Sättigung mit Sauerstoff.

Um nicht einem lauernden Asiatischen Huchen im Mündungsbereich die Jagdlust auf frischen Fisch oder mein Angebot zu vermiesen, umrunde ich großzügig die kritische Stelle. Unmittelbar vor der Einleitung des Bächleins in das Hauptgewässer reicht eine Köderfalle in Form eines entwurzelten Baumes weit ins Flusswasser hinaus. Die wehrhafte Baumleiche sowie das unterspülte Wurzelteller am Prallhang sind mir Zeichen genug. Einen guten Einstand für einen starken Fisch ermöglicht das dunkle Wasser.

Zur Änderung des ursprünglichen Planes zwingt mich der Lokalaugenschein. Ich muss zusätzlich das Bächlein überwinden. Flussabwärts, am Ende des Mäanders, bietet mir eine Schotterzunge ausgezeichnete Verhältnisse zum Stranden eines kapitalen Fisches an. Sitzt der Haken, ist das Bändigen eines meterlangen Räubers keine Hexerei. Über die Reißfestigkeit der geflochtenen Schnur brauche ich mir ohnehin keine grauen Haare wachsen lassen.

Der an sich lichte Baumbestand der Taiga verdichtet sich entlang des kleinen Gewässers zum wahren Unterholz. Ein Dickicht aus Sträuchern und Stauden. Naturbelassener Urwald. Lautes Pfeifen beruhigt. Ein gewisser Lärm warnt rechtzeitig die Sohlengänger. Nicht erbaulich sind mögliche Begegnungen mit Bären im Busch. Die Fische stört es nicht, sie haben keine Ohren.

Nachteilig wirken sich hektische Bewegungen aus, um die zudringlichen Insekten abzuwehren. Nicht im Geringsten schüchtert das ständige Herumfuchteln mit der freien Hand vor dem Gesicht die weiblichen Blutsauger ein. Das Erschlagen einzelner Plagegeister macht den Schwarm nur angriffslustiger. Frisch mit Vertreibungsgift eingesprüht lässt sich die Pein halbwegs ertragen. Schleichend sinkt der Schmerzpegel durch die Vielzahl der Stiche. Allein die hohe Frequenz der Fluggeräusche zermürbt auf Dauer. Die Stille in der Wildnis verstärkt das Surren durch die schwirrenden Biester.

Kaum eine Lücke finde ich zwischen dem dichten Gestrüpp, um mit einem kurzen Anlauf und Sprung den Bach zu meistern. Eingefressen hat sich im Laufe der Erdgeschichte das Wasser in den umgebenden Frostboden. Um das Profil eines natürlichen Wehrgrabens zu überwinden, hänge ich mein Gewicht an einen elastischen Ast und gleite in die Tiefe.

Urplötzlich zerreißt ein gewaltiger Schwall die Waldesruhe. Erschrocken bis auf die Knochen verliere ich fast den Halt. Kaum Platz für eine rasante Umkehr bleibt dem riesigen Fisch im engen Bachbett. Völlig überrascht durch mein Auftauchen, fegt er mit einer mächtigen Bugwelle ins tiefere Wasser des Hauptflusses hinaus. Ungläubig verfolge ich die Flucht des Tieres. Das Ausmaß des Fisches und sein Aufenthalt im schmalen Wasserlauf passen einfach nicht zusammen.

Schlagartig steigert ein Adrenalinschub mein Jagdfieber. Was wäre es für ein Triumph, würde ich den Leuten zum Frühstück einen Taimen servieren. Ich habe keine Ahnung, wie das Hirn des Fisches die Begegnung mit mir verarbeitet. Hält er mich für einen tollpatschigen Bären, der sein nasses Revier kurzzeitig stört? Oder bin ich in seinen Augen als felloser Zweibeiner ein einmaliges Ereignis, auf das sein Verhaltensmuster keine Antwort weiß? Verweigert der vergrämte Chef der Nahrungskette gar für lange Zeit die Nahrungsaufnahme und sucht sich sicherheitshalber einen neuen Einstand viele Flossenschläge flussabwärts?

Der Fisch hat in der schwer zugänglichen, weitum unbewohnten Gegend keine Erfahrungen mit Menschen gemacht. Kein Einheimischer wird sich die hohen Kosten für einen Hubschrauberflug aufhalsen, um ein paar Fische zu erbeuten. Nur wir verrückten Ausländer finden Gefallen am Flussabenteuer und an der Jagd nach dem raren Taimen. Leider wird die Lust an der außergewöhnlichen Fischerei vergällt durch die Invasion der Insekten. Täglich vermehren sich die entzündeten Stellen. Neue Quaddeln wölben sich aus der zerstochenen Haut. Sie beanspruchen die freien Plätze zwischen den bereits abheilenden Krusten. Ungezügelt schlüpft die neue Brut durch die Gluthitze und beteiligt sich am ungebetenen Aderlass. Auch die kleinsten Flügelwesen können auf Dauer zum Wahnsinn treiben.

Der Anblick des großartigen Fisches lässt den Beutetrieb lichterloh aufflackern. Zur Tat drängt das Bauchgefühl, aber der Verstand hält mich mit Berechnung zurück. Wesentlich scheint mir der Faktor Zeit. Ich muss den Fisch in Sicherheit wiegen. Quasi sein angeborenes Überlebensprogramm einschläfern.

Das Grübeln liefert keine Antwort. Nur Probieren schafft Erkenntnis. Während des Nichtstuns spielt mir das Langzeitgedächtnis Jugendstreiche an die Oberfläche. Gespeichert wie auf einer Festplatte sind die unvergesslichen Erlebnisse. Angeklickt mit einem einzigen Geistesblitz und blitzschnell fliegen Gedanken um Jahrzehnte zurück. Bewundernswert ist das Erinnerungsvermögen

der grauen Zellen. In meiner Kindheit, vor mehr als einem halben Jahrhundert, haben wir die edlen Huchen nicht nur bewundert. Holzbrücken und wackelige Fußgängerstege über die jungfräuliche Salzach waren unser Pirschstand.

Der niedrige Wasserstand, vor der üblichen Schneeschmelze um Ostern herum, erleichterte die Vogelschau auf die oft in Paaren auftretenden Fische. In der Mitte des Flusses, hinter den dicken Holzpiloten als Stützen, fühlten sich die Donaulachse vor unseren Nachstellungen sicher. In Anbetracht der bekannten Aufsichtsfischer, die bieder als Spaziergeher getarnt ihr Runden drehten, schien uns die Jahreszeit zu gefährlich. Aber im Sommer ging es den Monstern an die Kiemen. Der Traum vom großen Fang belebt die Sinne. Völlig fremd waren uns dazumal die Verhaltensweisen und Ansprüche der Riesen an ihren Lebensraum. Keiner von uns Lausbuben wusste oder kümmerte sich um Schonzeiten der edlen Flossenträger. Ungebrochen entwickelte sich dafür der Reiz des Schwarzfischens. Die Mahnungen der Erwachsenen und Verbote erhöhten den Wert der Mutproben. Sie bestimmten den Rang innerhalb der Kleingruppe und steigerten den Selbstwert.

Damals dünkte uns das sportliche Wellenreiten im saukalten Schneewasser als kühnste Methode. Am befestigten dünnen Stahlseil, wesentlich länger als die Breite der Salzach, hing eine zusammengenagelte Plattform oder ein altes Türblatt. Schnittig gerundet der Bug und mit einem Querbrett am Heck verbesserten wir die Standfläche. Einem Zügel gleich bot ein Strick den sicheren Halt. Die Gewichtsverlagerung genügte, um mit Hilfe des Strömungsdruckes und des Auftriebs in flotter Fahrt durch das Wasser zu schneiden. Zirkusreife Einlagen erhöhten das Vergnügen. Gewiss war uns die Bewunderung der weiblichen Zuschauer.

Keinen Groschen kostete der erfrischende Sport für uns harten Hunde. Außer den Ausgaben für das dickste Monofil und den mächtigsten Angelhaken. Um jeglichen Verdacht von Anbeginn des Unternehmens auszuräumen, wurden ältere Geschwister mit der Materialbeschaffung beauftragt. Ohne lästige Fragen erfüllten Gemischtwarenhändler in der Nachbarschaft die Bestellung.

Vor Einbruch der Dunkelheit wurde aus dem erfrischenden Wassersport eine gefinkelte Fischereimethode. Spione auf Rädern und Wachtposten sicherten die Dämme und das Umfeld verlässlich ab. Ein Ledergürtel, stark verkürzt auf die praktische Länge und mit neuen Löchern versehen, übernahm die Funktion einer freiwilligen Fußfessel. Oberhalb des Sprunggelenkes befestigt, verhinderte das breite Band jegliches Einschneiden ins Fleisch. In der Badehose versteckt zappelte ein ganzes Bündel von aufgespießten Regenwürmern. Flugs wechselten die Humuserzeuger aus der Tarnung in das nasse Element. Die Schlaufe der Nylonschnur in einen montierten Karabiner am Fußriemen eingeklinkt, und schon trudelte die Verführung mit der Strömung zu den vermeintlich warten-

den Huchen. Ausgeklügelte Wasserspiele mussten die armen Würmer bis zum Ertrinken ertragen. Unermüdlich schleppten wir die Viecher in maulgerechter Fischtiefe von einer Uferböschung zur gegenüberliegenden. Tauschten die Wurmversager gegen verunglückte Frösche aus und boten den Huchen gar frisch gefangene Stallmäuse an. Nicht gelohnt hatten sich die taktischen Besprechungen und der Aufwand des regelmäßigen Köderwaschens. Wie hätten wir Jungspunde damals auch wissen können, dass sich die Huchen nach ihrem Laichgeschäft wieder flussabwärts verabschiedeten. Für die Fisch(e) war somit unser Wellenreiten. Kneipptherapie auf kältestem Niveau und sportliche Ertüchtigung ohne finanziellen Aufwand.

Immer seltener wurden die Süßwassermonster von uns Buben gesichtet, bis sie schließlich überhaupt nicht mehr auftauchten. Schleichend verschwand das Interesse an den außergewöhnlichen Fischen. Aus den Augen, aus dem Sinn.

Flusskraftwerke mit ihren notwendigen Querbauten, die teilweise harte Uferverbauung, das Ausräumen und Zuschütten der Wiesenbäche sowie der Einbruch der Äschenpopulation sind für die Lebensgemeinschaft Fluss wahre Tiefschläge. Der Schwellbetrieb der Speicherkraftwerke, beschämend geringe Restwasserdotierungen und die eher widerwillig angelegten Fischtreppen tragen zum Übel zusätzlich bei. Verblüffend schnell sackt bei Stillstand der Turbinen der Wasserpegel ab. Im Nu liegen Schotterbänke trocken. Sogar die robusten Koppen sind durch die Geschwindigkeit der Absenkung überrumpelt und spreizen ihre gewaltigen Brustflossen in den seichten Pfützen. Nicht das Überleben der Artenvielfalt steht für die Betreiber im Geschäftsprotokoll, allein die erzeugten Kilowattstunden erfreuen die Bilanz. Jeder Wassertropfen zählt, der durch die Rohre fließt.

Ohne Hast schärfe ich den montierten Einzelhaken am hellen Blinker mit Schuppendekor. Durch Nachlässigkeit will ich meine Chance nicht vergeuden. Dunkelrot gefärbte Wackelschwänze hänge ich als Reizmittel zum Blech dazu. Nach Ablauf der gesetzten Frist soll mir der garnierte Köder den Räuber aus seinem Schlupfwinkel locken. Immer wieder verlängere ich als Eigennutz die Wartezeit. Gänzlich vergessen darf der verschreckte Flossenträger den Zwischenfall. Frische Lust auf die angebotene Nahrungsergänzung soll er bekommen und seinen üblichen Speiseplan erweitern. Nervig ist allein das Warten. In der auferlegten Untätigkeit spüre ich jeden Stich schmerzhafter. Zur Tat treibt schließlich die dauernde Belästigung durch die Blutsauger.

Auf Raten pirsche ich mich zur hoffnungsträchtigen Wasserkreuzung. Eine schweißtreibende Angelegenheit ist das Vorwärtskommen im Dickicht. Kreuz und quer liegen entwurzelte Bäume. Abgespreizt der Stamm vom Boden durch die kräftigen Äste, ist oft das Umgehen die vernünftigste Entscheidung. Mit einem vorsichtig ausgeführten Pendelwurf klatscht das Metall in den Fluss.

Schon während der Sinkphase nehme ich durch ein paar Kurbelumdrehungen Kontakt mit dem Kunstköder auf. Relativ rasch drückt die flotte Strömung an der Außenkurve den Blinker an das eigene Ufer. Auch die folgenden, fächerförmig versetzten Würfe enden erfolglos.

„Vergiss das brotlose Waschen der Blinker", rede ich ohne Ansprechpartner wie ein Verrückter mit mir selber. „Schon längst hat der Fisch den falschen Braten gerochen und rührt sich nicht vom Fleck. Vielleicht hat er sich schon unbemerkt flussabwärts verdrückt? Und ich Depp fische unbelehrbar im Trüben."

Das Haushalten mit der bunten Palette von Spinnködern, Wobblern und Blinkern ist zu Beginn einer Flussbefahrung kein Thema. Außerdem schwebt mir ohnehin vor, bei jeder Gelegenheit die künstlichen Mäuse und Hechtstreamer mit der Lachsrute durch das Wasser zu zupfen. Ungleich steigert sich für mich der Wert jedes Fanges, wenn er an der Fliegenschnur hängt. Nicht gefährdet ist der fantastische Bestand an Taigahechten auf Höhe des nördlichen Polarkreises. Ihre Gier kostet sie nicht Kopf und Kragen.

Das Schockerlebnis der Drillphase macht sie nur um eine Lebenserfahrung reicher. Ihre gabelförmigen Gräten retten sie vor der Verwertung in der Bratpfanne. Hingegen blüht jedem meterlangen Salmoniden das Haltbarmachen mittels Salz. Das Konservierungsmittel entzieht den Filets, die durch die russische Methode am Bauchlappen zusammenhängen, reichlich Wasser und beizt das Fleisch. Begehrt ist der Fisch. Wir Flussnomaden fühlen uns durch den ehrenhaften Auftrag der Lebensmittelbeschaffung angespornt. Das Erbeuten und Abschlagen der Fische ist somit kein roher Akt, sondern nur eine kurzfristige Regulation der Nahrungspyramide in diesem Gewässer. Ungesund für alle Mitglieder ist jeglicher Überhang an der Spitze der Nahrungskette.

Wasser auf meinen Mühlen ist ökologisches Gedankengut. Die Bestandsregulierung dient einem guten Zweck. Die Russen schlecken sich die Finger ab und freuen sich auf das begehrte Fleisch für ihre Familien. Jammerschade wäre es, würden die Großräuber in diesem Flussabschnitt nur an Altersschwäche verenden. Neuen Schwung verleihen mir meine Betrachtungen und die Gedankenspielereien. Der Mut zum Risiko wächst. Verführerisch lockt das Planquadrat in unmittelbare Nähe der Baumleiche. Gleich der erste Wurf ist ein Volltreffer. Auch der Revolvergriff an der Spinnrute ist keine Garantie für Zielwürfe. Bombenfest schwingt sich mein Köder um das wehrhafte Geäst. Um nicht dem Taimen, falls er überhaupt mit Gleichmut an der zugedachten Stelle ausharrt, völlig die Lust an einem späteren Angriff zu vertreiben, kappe ich großmütig einige Meter Schnur vom Überfluss auf der Multirolle. Reichlich zu viel Unruhe wäre mir das Abreißen des Vorfaches. Die Erschütterung des Astes und somit der Druckwechsel im Wasser ginge nie unbemerkt am empfindlichen Seitenlinienorgan des Fisches vorbei.

Aus dem Lederetui wähle ich mir nach meinem Geschmack ein bewährtes Modell. Ein frischer Wurf, ein neues Glück. Kaum verschwindet der reflektierende Köder trudelnd in die Tiefe, spüre ich einen harten Widerstand. Das reale Bild des Baumhindernisses bremst im Unterbewusstsein den notwendig kräftigen Anschlag. Die Zwickmühle, ob ich den Widerhaken in ein Schwemmholz treibe oder ins Fischmaul, gebiert den faulen Kompromiss. Aber totes Holz schwimmt keinesfalls quer zur üblichen Strömung. Blitzschnell, zumindest nach meinem Gefühl, beschleunige ich mit einem Ruck die Rute aus dem Handgelenk, um den Haken tiefer ins Kieferfleisch zu setzen. Diesen Fisch möchte ich nicht verlieren und drehe dabei entschlossen an der Einstellung der Scheibenbremse. Wenig Verständnis zeigt der Taimen für die neue Situation. Unwiderstehlich zieht ihn neuerlich der Schattenwurf des teilweise versunkenen Baumes an. Beste Deckung verspricht das Gewirr der kräftigen Verzweigungen.

Nicht einverstanden bin ich hingegen mit dem Kurswechsel des drängenden Schuppentieres. Mit strammer Bremswirkung und seitlich geneigter Rute übe ich Druck auf den Fisch aus. Entsetzt über die unglaubliche Kraft des metallisch schmeckenden Köders, peitscht sich der Taimen aus dem Wasser. Widerwillig schüttelt er im Sprung seinen mächtigen Schädel. Spreizt verärgert die Kiemendeckel und klatscht zurück in sein Element. Vergleichbar mit einem außer Kontrolle geratenen Torpedo dreht er sich um seine Längsachse. Instinktmäßig von seinen Befreiungstricks überzeugt, wiederholt er sein bodennahes, korkenzieherartiges Vorwärtswühlen. Unbedingt abstreifen will er das lästige Anhängsel am steinigen Grund.

„Er soll sich im freien Wasser austoben. Seine Körner verschießen, ehe ich ihn zur Landungsstelle lotse", fällt mir als anerkennende Bemerkung noch ein. Einen Pferdebremsenstich später verpufft jäh die Gegenkraft am Ende der Schnur. Enttäuscht auch im zweiten Moment, ich verhehle es nicht, hole ich den ausgeschlitzten Effzett-Blinker in Silber wieder ein. Je näher der Lebensraum am Polarkreis liegt, umso später machen sich die Asiatischen Huchen (Hucho taimen) auf die Flossen, um ihre Laichgebiete zu erreichen. Noch unter der dicken Eisdecke beginnen sie zeitig ihre Wanderschaft. Begehrt als Habitat sind die kleinen, sauerstoffreichen Bäche mit sandigem Kiesbett. Sie erleichtern das Schlagen der Laichgruben. Rund zwei Monate vergehen aufgrund des kalten Wassers, bis die Brut schlüpft. Milchner und Rogner ziehen sich nach dem Stress des Laichgeschäftes allmählich wieder in die großen Gewässer zurück. Schließlich muss die Elternschaft wieder ihrer Räubernatur nachgehen, um sich am Fischbestand schadlos zu halten. Sie brauchen die Kalorien, um den Verlust der Substanz durch die Reifung der Geschlechtszellen auszugleichen. Während des kurzen Sommers stehen sie gerne im Flachwasser. Sie treiben die unvorsichtigen und unerfahrenen Beutefische – Barsche, Äschen oder Junghechte – in die

Enge. Angepasst an die sinkenden Temperaturen, ziehen sich die Raubfische zum Überwintern stromabwärts in tiefere Bereiche zurück. Nicht ohne Eigennutz, denn auch die Futterfische weichen der wachsenden Eisdecke. Im selben Loch schwimmen somit Freund und Feind sowie die Verpflegung auf Flossen.

Das Wunder der Wasseranomalie – bei exakt plus vier Grad Celsius verdichtet sich das Element zum kompaktesten Volumen und zeigt das größte Gewicht – hält den Gewässerboden frei von Eis. Ausgegrabene oder mit List gefangene Ziesel, Rennmäuse und junge Murmeltiere an großen Drillingen sind die erfolgreichsten Naturköder während der Auftauphase. Die Tierquälerei scheint den Russen nur ein notwendiges Übel zu sein, um mit lebenden Pelztieren großes Schuppenwild zu erbeuten. An der reißfesten Handleine kämpfen die armen Nager vergeblich gegen das Ertrinken an. Qualvoll ersaufen die Pelztiere auf Raten. Wie ungeschickt auf dem blanken Eis ausgerutscht oder schicksalhaft samt der Scholle eingebrochen, schaut es für die Raubfische aus. Leichte Beute verspricht das zappelnde Geschöpf. Ihr Tod besiegelt auch das Leben der attackierenden Großräuber Taimen.

Asiatische Huchen sind die größten Vertreter der Salmoniden. Ohne je eine Gelegenheit zu haben, den Wahrheitsgehalt der sagenhaften Geschichte überprüfen zu können, möchte ich das Gelesene sinngemäß festhalten: Einige Jahrzehnte zurück liegt der Fang eines außergewöhnlichen Exemplars. In der Sibirischen Tiefebene, im Fluss Kotui, brachte es ein Fettflossenträger auf angegebene 2,10 Meter Länge und wog 105 Kilogramm. Aus dem Shisged gol – sein Einzugsgebiet liegt im Norden der Mongolei – stammen weitere Rekorddaten über den Asiatischen Huchen. Der Riese wuchs zu einer stattlichen Länge von rund 180 Zentimetern heran und wog mehr als 80 Kilogramm. Vor Jahrzehnten konnten sich solche Kapitale ihr Leben lang am reichlichen Bestand der Futterfische mästen, ohne im extrem dünn besiedelten Land den Nachstellungen durch die Menschen ausgeliefert zu sein.

Passiert der Shisged gol die Mongolische Grenze, dann wird der Fluss in der russischen Sprache auf Jenissei umgetauft. Viele Jahre später genieße ich das Privileg, durch die prächtigen Edelweißwiesen am Ufer zu wandern. Und ich Glückspilz durfte in diesem fantastischen Gewässersystem den Verwandten unseres „Donaulachses" nachstellen. Nur einen Flossensaum breit ist die Grenze beim Fischen zwischen Erfolg und Niederlage. Insgeheim ist es ein erfreulicher Beweis der unbändigen Lebensenergie, wenn ein stattlicher Fisch das ungleiche Duell gegen den vor Technik strotzenden Menschen gewinnt. Nicht in grantige Stimmung oder lang anhaltende Trübsal soll ein fangloser Tag am Fischwasser ausarten. Wasser ist ein Kraftplatz. Die Erlebnisse in ursprünglicher Natur sind mehr wert, als Fische unentwegt zu drillen. Noch dazu, wenn an bestimmten Gewässern die Entnahme für den genussvollen Verzehr ohnehin untersagt ist.

JAKUTISCHE REISE – VERKORKSTE FLUSSFAHRT

Mandeläugige Frauen räkeln sich auf den Barhockern. Im Vergleich zum biederen Straßenvolk betont der raffinierte Kleiderschnitt die Kurven der Weiblichkeit. Reichlich viel junge Haut bleibt unbedeckt. Kleine Gläser stehen am Tresen. Immer wieder zuckt ein schlanker Körper im Rhythmus zur Musik. Hochprozentiges im Blut lockert weltweit die Hemmschwellen. Wenn ich mir das luftige Outfit der Evastöchter verinnerliche, dann läuft mir ein Kribbeln, eine Art von Gänsehaut über den Rücken. Schließlich steckt in meinen Knochen immer noch der vor einer halben Woche erlebte sommerliche Kälteschock. Schneefall mitten am Tag.

Wir vom Klima verweichlichten Mitteleuropäerinnen und Mitteleuropäer können es uns schwer vorstellen, dass im Juli die Temperaturen in der Taiga über 30 Grad Celsius klettern und ein halbes Jahr darauf fällt das Land in Schockstarre. Tagelang zeigt im Jänner das Thermometer unglaubliche Werte um die minus 50 Grad Celsius an. Unbeschreibliche klimatische Widrigkeiten für unsere Wahrnehmung, aber die Einheimischen trotzen erfolgreich der grimmigen Natur. Überlebenstraining im urbanen Raum.

Zum Desinfizieren hängen die Landleute die angefeuchtete Wäsche auch im Winter kurz im Freien auf. Parasiten und Bakterien tötet die klirrende Kälte. Bocksteif gefroren sind die Kleider in kürzester Zeit und werden anschließend in der Küche zum Trocknen gebracht. Ein beliebtes Kinderspiel ist das in die Luft geschleuderte warme Wasser aus der Thermoskanne. Im Nu verwandelt sich der flüssige Aggregatzustand in einen glitzernden Eisregen. Funkelnden Brillanten gleich fallen die gefrorenen Tropfen wieder zurück auf den Boden.

Wenig leiden Wohlhabende an den rauen Bedingungen. Sie können es sich finanziell richten. Beinhart sind hingegen die armen Schlucker von der Selektion betroffen. Erfrierungen machen sie zu Behinderten oder reißen sie gar aus dem harten Leben. Sorgen lassen sich durch Alkohol nicht auflösen. Das Übel schwimmt gar gegen den Strom. Flaschenweise genossener Wodka dehnt die Blutgefäße und wärmt scheinbar den Körper. Eine tödliche Droge ist das flüssi-

ge Frostschutzmittel in den Adern. Im Schlaf erfrieren die Abhängigen. Vorwiegend Obdachlose rafft Väterchen Frost wie Fliegen dahin. Es gibt keine Notunterkünfte. Der Kältetod von Alten, Kranken und Alkoholikern sowie Menschen am Rande der sozialen Gesellschaft ist leider trauriger Alltag.

Ein Schmunzeln huscht über meine Lippen, ausgelöst durch einen Gedankenimpuls. Lautlos stelle ich mir die Frage, ob die Frauen während der extremen Temperaturphasen wohl Unterwäsche aus dem Fell von edlen Pelztieren tragen? Gut kann ich mir die reizvollen Dessous vorstellen. In Alaska habe ich mit eigenen Augen flauschige Penisköcher, natürlich nur in der Auslage eines Nobelgeschäftes, aus dem Fell eines Eisbären und Polarfuchses bewundert.

Ungeniert wird unsere Tafelrunde gemustert. Gestik und Mimik der Damen sind unmissverständlich. Sie streben nach Kontakt mit uns europäischen Langnasen. Unvorstellbar wohlhabend müssen wir in den Augen der Animierfrauen erscheinen, denn unser Tisch ist üppig mit Köstlichkeiten gedeckt. Im Zentrum der aufgewarteten Gaumenfreuden steht eine Porzellanschüssel, randvoll mit Kaviar gefüllt. Garniert ist der schwarze Rogen vom Stör mit in Scheiben geschnittenen harten Eiern. Ein Augenschmaus ist der farbliche Kontrast. Auf der Zunge dominiert hingegen das Konservierungsmittel Salz. Ermuntert vom Leiter des biologischen Institutes der Universität Yakutsk und seinem Beispiel folgend, schaufeln wir mit dem Suppenlöffel die Kalorienperlen in den Mund. Reichlich Wodka, so scheint es Sitte zu sein, reinigt die Geschmacksnerven und hält die Keime im Magen in Schach.

Trotz der einseitigen Verpflegung während des fast fischlosen Flussabenteuers und der herbeigesehnten kulinarischen Abwechslung entwickelt sich keine zügellose Schlemmerei. Eine Art von psychischer Blockade hält den Zugriff im Zaum. Zu tief sitzt noch der Schrecken des Flugzeugabsturzes. Unmittelbar vor unserem Rückflug nach Yakutsk ist die Propellermaschine in der Nähe der Kleinstadt Aldan abgestürzt. Zerschellt und ausgebrannt in der Taiga. Niemand an Bord hat überlebt.

Obwohl kein Einziger der vierundzwanzig Toten für uns den geringsten Bezugspunkt hat, lässt sich der Unfall nicht abschütteln wie für einen Hund die Nässe aus dem Fell. Unmittelbar trifft auch uns das Ereignis. Heftig rührt die Mitteilung des Unglückes im Gemütszustand um. Mir geht es schlecht. Vielleicht beschäftige ich mich zu intensiv mit der Tatsache des plötzlichen Ablebens sowie den Auswirkungen auf meine Familienmitglieder. Keine Spur von Ausgelassenheit zeigen auch meine Partner. Ihre gespielte Redseligkeit ist nur eine Maske, oberflächliches Geschwätz. Bloß einen Start später wären wir die Passagiere des Katastrophenfluges geworden.

Immer wieder klinke ich mich aus dem Sprachengewirr an der Festtafel aus und drifte in die Ferne. Ich brauche nicht die Augen zu schließen, um die ein-

drucksvollen Bilder aus dem Gedächtnis zu locken. Zu nachhaltig ist die ganze Strähne der durchgestandenen Fehlplanungen und Misere.

Aber alles der Reihe nach: Mit großer Klappe rührte ein bekannter österreichischer Reiseveranstalter auf den heimischen Jagd- und Fischereimessen seine Werbetrommel für asiatische Destinationen. „Go east", war seine Devise. Verlockend die Pauschalpreise. Grob fahrlässig wickelte er seine Rubelgeschäfte ab, schmierte ungeniert der Kundschaft Honig ums Maul und bereicherte sich auf Kosten fremder Gesundheit. Nie hat er seinen eigenen Fußabdruck in dieser Gegend hinterlassen. Er verließ sich ganz auf die erzählten Märchen und Organisationstalente seiner russischen Partner. Bitter rächten sich im Nachhinein seine Spekulationen auf den schnellen Gewinn. Zahlreiche Klagen bedrohten in Folge die Existenz des selbsternannten Experten. Ob ehrbare Motive als Antriebsfeder, Blauäugigkeit oder einfach die fehlende glückliche Hand bei Personalentscheidungen, das durften später Richter beurteilen. Ruiniert ist sein Ruf und gepfändet der Besitz.

Laut Information und schriftlicher Bestätigung des Veranstalters stellt ein dreißig Kilogramm schweres Gepäcksstück samt Rutenrohr kein Transportproblem dar. Am Aeroflotschalter in Moskau wird unser Quintett eines Besseren belehrt. Bezahlen und fliegen, oder das gesamte Gepäck bleibt liegen, heißt es eiskalt. Von Anfang an ersticken Bestechungsbemühungen. Unverschämt hoch fällt der Vorschlag der Abfertigungsdame aus. Reichlich Dollar in bar regeln das plötzliche Übergewicht. Dafür warten wir in Yakutsk aus unerklärlichen Gründen viele Stunden auf die Auslieferung unserer Habseligkeiten, ehe wir, auf rostige private Personenwagen verteilt, die ersten Eindrücke einer hässlichen Stadt verdauen.

Mit Schlaglöchern gepflastert sind die Straßen. Immer wieder tauchen wir unter den oberirdisch verlegten Wasserleitungen durch. Im permanent gefrorenen Boden würden sie platzen wie Popcorn. Langweilige Plattenarchitektur, auf den obligaten Stelzen errichtet, begleitet unsere Fahrt. Schlichte Balkone, eine notwendige Erweiterung der kargen städtischen Wohneinheiten, dienen zum Auslagern der Besitztümer. Sogar Fahrräder hängen anstelle von Blumen gesichert an der Brüstung. Durch die Nutzung der Abstellflächen erhalten die an sich trostlosen Fassaden ein buntes Gesicht. Der Radverkehr im Stiegenhaus muss eine wahre Schinderei sein. Schließlich fehlen in den oft acht Stockwerke hohen Wohnblöcken die Lifte für das gemeine Volk.

Bereits am Inlandflughafen in der Hauptstadt stellt sich heraus, dass der Motor der gecharterten Maschine noch streikt. Zur Überbrückung der Wartezeit karrt uns ein Aufpasser in ein schlichtes Volkskundemuseum, das die Kultur der Rentiernomaden, dem Volksstamm der Ewenken zugeordnet, anschaulich darbietet. Fasziniert bin ich von den Ausstellungsstücken und rituellen Gegen-

ständen der Schamanen. Eine bildhübsche Frau, in schäbige Dienstuniform gezwängt, verfolgt mich wie ein Schatten. Sie fühlt sich verpflichtet, mir das Fotografieren zu verübeln. Vielleicht hat sie Angst um ihren Posten, wenn ich frech vom mystischen Baum der Schamanen eine Adlerfeder berühre. Das weltweit einmalige Mammutmuseum – der Frostboden konserviert die Verwandten der Elefanten – wird mir als Besuchswunsch rigoros abgeschlagen. Ohne Angabe von Gründen oder Ausreden ist das Problem für die Gastgeber vom Tisch. Oder fürchten sie wirklich, ich könnte als Spion in einem unbeobachteten Augenblick ein paar Haare heimlich vom Fell zupfen, um in europäischen Labors das Tier zu klonen?

Temperamentvoll geführte Telefonate erhärten das technische Problem. In die Länge schleppt sich die Reparatur des Luftoldtimers. Um unsere Gruppe an die sibirische Entschleunigung zu gewöhnen, dürfen wir uns in der schlichten Wohnküche eines Verbindungsmannes aufhalten. Strikt verboten wird uns das Vertreten der Füße vor dem Wohntrakt. Geschweige denn das Umfeld des desolaten Viertels auf eigene Gefahr zu erkunden. Jeder Vorschlag auf Freiraum wird mit dem Argument abgewürgt, dass urplötzlich der Flieger einsatzbereit sein könnte. Behütet wie ein Sack voller Flöhe, findet unsere Gruppe kaum Platz auf den eiligst herbeigeschafften Sesseln. Gereichte Getränke und steinharte Kekse überbrücken die Wartezeit.

Einen ungewöhnlichen Eindruck bietet die Stromversorgung. Ein ganzes Paket von Leitungen in verschiedenen Farben läuft entlang des Ganges, an die Wand geschoben, und verschwindet wie eine Riesenschlange in faustgroßen Löchern zu den Verbrauchern. In unregelmäßigen Abständen halten Stofffetzen und Stricke das Bündel zusammen. Ohne sichtbares Dichtungsmaterial steht den kleinen pelzigen Haustieren und dem Ungeziefer die Wegfreiheit offen.

Ist die prächtige Lagunenstadt Venedig auf unzähligen Eichenpfählen errichtet, so stehen die mehrstöckigen Gebäude in der Region des Permafrostes auf Betonstelzen. Müll und Altlasten besetzen den freien Raum zwischen Erde und dem Parterre. Ein Paradies für spielende Kinder – sie schlagen sich nie die Köpfe an – und streunende Hunde und Katzen. Sie verscharren ihre Hinterlassenschaft bei jedem Wetter und bewahren bei dem Geschäft trockene Pfoten.

Uralte Blockhäuser mit wunderschönem Zierrat um die kleinen Fensterstöcke und an den Windläden sacken allmählich in der Mitte durch. Gleich einer Hängebrücke hängt einsturzgefährdet der Giebel. Auffallend einseitig versinken die Holzhäuser in den tiefer aufgeweichten Dauerfrostboden. Ursache sind das Heizen mit den alten Öfen und die warmen Abwässer. Immer schneller verschwinden die Hütten aus dem Stadtbild und vom Erdboden. Als unbewohnbar abgerissen, schaffen sie Platz für immer noch hässlichere Plattenbauten. Beton

und Ziegel ersetzen das Holz. Sie ruhen auf rund zehn Meter tief in den Boden getriebenen Säulen. Im Vorhaus blockieren unsere Reiseutensilien den Durchgang für andere Hausbewohnerinnen und Hausbewohner. Immer wieder recken Fremde unverhofft ihr Gesicht durch die halboffene Türe, um die betuchten Ausländer mit den flachen Backenknochen zu begaffen.

Jakutien oder „Sacha" ist eine Republik im nordöstlichen Teil des asiatischen Russlands. Annähernd mit dem Gebiet der größten unterstaatlichen Territorialeinheit der Welt deckt sich der gewaltige Einzugsbereich des Hauptstromes Lena (4.700 km). Das Ausmaß des Staatsgebietes sprengt die Vorstellungskraft. Allein meine Alpenrepublik hätte als Puzzlestein 36-mal in der Fläche Platz. Und auch unsere vielbesungene Donau, die über viele Staatsgrenzen fließt, schafft nur etwa drei Fünftel der Lenastrecke. Trotz der riesigen Fläche bildet der Permafrostboden den geschlossenen eisigen Untergrund des Landes. Während der sommerlichen Auftauphasen, gepaart mit den Schmelzwässern, versinken die Flussniederungen regelmäßig unter den Fluten. Die extrem dünne Besiedlung verhindert größere Schäden an Leib und Gut. Nicht gefeit vor Überschwemmungen sind die Städte an den mächtigen Strömen.

Yakutsk wurde um 1632 von Kosaken als militärischer Vorposten gegründet. Ein letzter Wachturm, aus Holzrundlingen errichtet, erinnert als wehrhaftes Relikt an diese Zeiten. Später entwickelte sich der Stützpunkt zur russischen Besiedlung und zum Ausgangspunkt für die Kolonisierung von Ostsibirien aus. In der Hauptstadt steht die sibirische Filiale der Russischen Akademie der Wissenschaft. Und natürlich gibt es eine Universität mit verschiedenen Fachrichtungen, wobei das Institut zur Erforschung des Permafrostes einen hohen Stellenwert einnimmt.

Das rund 280.000 Einwohnerinnen und Einwohner zählende wirtschaftliche Zentrum trägt den wenig erstrebenswerten Titel der kältesten Großstadt der Welt. Allein die bautechnischen Anforderungen an den Permafrost sowie die Versorgung der Bevölkerung mit Energie und Trinkwasser sind gewaltige Herausforderungen. Mit heißem Dampf bohren sich die Brunnenmeister durch Hunderte Meter von Dauerfrostschichten, um an klares Trinkwasser zu gelangen. Einfacher ist natürlich das Anzapfen des Flusses. Aber mit dem Umweltschutz stehen die Jakuten auf Kriegsfuß. Der Überfluss an Gewässern, Wäldern, Bodenschätzen und Lagerstätten fördert den respektlosen Umgang mit den Ressourcen. Eine Reihe von aufwendigen mechanischen, biologischen und chemischen Behandlungsverfahren sind notwendig, um die Verunreinigungen in Schach zu halten. Trotzdem stinkt das Trinkwasser aus der Leitung. Es riecht nach Chlor und faulen Eiern. Der Genuss entspricht einer Mutprobe.

Aus dem Nichts heraus heißt es plötzlich: Aufbruch! Der Zustand der Chartermaschine ist wenig vertrauenerweckend. Verheerend ist der optische Eindruck.

Stellenweise löst sich der Lack vom Rumpf, ähnlich einem Sonnenbrand. Rostig ist das Fahrgestell. Der niedrige Reifendruck scheint die technische Antwort auf das holprige Rollfeld zu sein. Russische Piloten, rede ich mir als Selbstschutz ein, haben auch Familien und sind keine Selbstmörder. Die Macht der positiven Gedanken überdeckt das Kribbeln im Bauch.

Auch hier laufen die Kabelbäume, für mich als Laien wirr und frei, an der Decke des Flugzeugbauches entlang. Der Dreck an den Fensterscheiben verhindert das Fotografieren, dennoch bleibt der überwältigende Eindruck aus der Vogelschau auf die Lena. Die Wassermassen, Nebenarme, Sandbänke und Inseln formen gigantische Strukturen in die Landschaft. Schiffe verraten sich durch den weißen Blasenteppich am Heck. Ihren Kurs zeigt der sich verlaufende Strich an. Erahnen lässt der rege Verkehr, wie wichtig in Sibirien die nassen Lebensadern sind. Der gewaltige Strom wälzt sich nach Norden und wir fliegen den Zugvögeln gleich in die entgegengesetzte Himmelrichtung.

Nebel entpuppt sich bei genauer Musterung, trotz der trüben Fenster, als Rauchschwaden. Die Brandbekämpfung bleibt großteils der Natur vorbehalten, meint Nikolai und zieht als Entschuldigung seine Schultern hoch. Aktuell sind 32 lokale Brandherde in der südlichen Region gemeldet, erklärt er ohne Anteilnahme. Gnädig wirft er einen Blick zum Fenster hinaus und widmet sich wieder der Pflege seiner Fingernägel. Nach der durchgerüttelten Landung auf der Naturpiste des Holzfällerdorfes Chagda nehmen die freilaufenden Haustiere wenig Notiz von unserer Truppe. Eigentlich sind Ausländerinnen und Ausländer in dieser entlegenen Gegend ein höchst seltenes Ereignis. Rar wie ein Goldklumpen. Trotzdem erlebe ich eine gespürte Distanz der Einheimischen gegenüber uns Fremdlingen. Sie weichen uns bei der Dorfvisite aus.

Etwa dreihundert Seelen bevölkern das Nest inmitten der Taiga. Die Selbstversorger widmen den Kartoffelpflanzen, den in Folien gehüllten Tomatenstauden und dem Gemüseanbau in ihren umfangreichen Hausgärten mehr Aufmerksamkeit als dem Blockhaus. Überleben ist der Zweck. Keiner braucht den Nachbarn blenden. Tourismus ist ein Fremdwort. Nur der Zaun rund um die Grundschule strahlt Lebensfreude aus. Im Rhythmus bunt gestrichen sind die Latten. Türrahmen und Fensterstöcke, bevorzugt in Weiß und hellblau gehalten, sind die Farbtupfen am verwitterten Holz.

Narrenfreiheit genießt das Hühnervolk als biologischer Vertilger von Schädlingen. Breit genug sind die Schlupflöcher zwischen den Zäunen zum Ausgang. Schweine wühlen sich ungeniert durch den Dreck der breiten Dorfwege. Unzählige Kuhfladen und Rossknödel beeinflussen die Freiheit der Schritte. Stiefel sind das zweckmäßigste Schuhwerk. Viehwirtschaft, Fischfang und Wilderei sichern die Versorgung mit Milchprodukten und Fleisch. Nur einen Katzensprung vom Dorf entfernt steht der Wald wie eine schützende Mauer. An den dichten

Pölstern im Unterholz reifen Unmengen von Heidelbeeren und Preiselbeeren. Ihre Ernte und Verarbeitung ist Kinder- und Frauenarbeit. Hochgeschätzt ist die wilde Stammform der schwarzen Johannisbeeren als Vitaminlieferant. Brenn- und Bauholz, Arbeitsschweiß vorausgesetzt, wächst unmittelbar vor der Haustüre. Nach dem Bedarf richtet sich der Bezug.

Die Menschen beenden ihre Arbeit im Garten, beim Reinigen der Melkeimer oder Flicken der Fischnetze. Sie verdrücken sich in ihre Blockhäuser. Die Neugier versteckt sich hinter den Fenstern. Bewegte Vorhänge lassen vermuten, dass wir beobachtet werden. Wenige mutige Kinder begleiten uns mit einem Sicherheitsabstand. Auf Zaunstangen abgelegte Kaugummistreifen finden flugs neue Besitzer. Die Bestechung erfüllt ihren Zweck, die Zahl der harmlosen Verfolger erhöht sich.

Das vertraglich zugesicherte Schnellboot, das uns im überschaubaren Zeitrahmen zu den taimenträchtigen Zubringern des Utschurs bringen soll, gibt es nicht. Angeblich, so wird uns treuherzig versichert, tragen wir auf Grund unserer enormen Verspätung selbst Schuld. Schwer vorstellbar, dass der Besitzer freiwillig auf das gute Geschäft mit dem einmaligen Transport verzichtet. Nahe liegt der Verdacht, dass es in dieser Region den Luxus dieses Bootstypus gar nicht gibt.

Auf der Pritsche eines geländetauglichen Lastkraftwagens karrt man uns wie Seuchenträger zu einer öden Flussbucht. Weit genug vom Dorf entfernt, um Kontakte zu vermeiden. Gefährlich scheint die Infektion durch Fremde.

Die Quellen des Utschur – er ist ein rechter Nebenfluss des mächtigen Aldan – liegen in den östlichen Ausläufern des Stanowoigebirges. Er frisst sich durch das Gestein und durchschneidet Kämme des Dschugdschurgebirges. Massive geologische Hindernisse lenken das Wasser in verschiedene Himmelsrichtungen. Kaum fünf Kilometer weit vom Holzfällerdorf Chagda, mit der erlebten rustikalen Naturpiste, mündet unser Fluss in den Aldan. Dem goldhaltigen Sediment verdankt dieser Fluss seinen Namen, der etwa 150 Kilometer nördlich von Yakutsk in den Mittellauf der Lena einmündet. Sie liegt auf der Liste der mächtigsten Flüsse der Erde an neunter Stelle. Zudem brüstet sich der Biologe unserer dreiköpfigen Begleitagentur damit, dass in diesem Gewässersystem fünfzig Fischarten ihren Lebensraum finden. Eine fürwahr prächtige Aussicht auf unsere abenteuerliche Flussbefahrung, mit dem noblen Zweck der Rekord- und Verpflegungsfischerei.

Unser Fluss, behäbig und breit, rinnt wie Honig. Mit dem beschaulichen Tempo von gut einem Meter pro Sekunde schieben sich die Wassermassen vorwärts. Trotz seiner Mündungsbreite von rund vierhundert Metern ist er auf Grund der zahlreichen Sandbänke schlecht schiffbar. Einheimische kennen die Untiefen.

Auf luftleeren Luftmatratzen, unmittelbar am funkensprühenden Lagerfeuer, richten es sich die drei studierten Jakuten gemütlich ein. Die Luft aus der Lunge entweicht durch die vielen mürben Löcher der Unterlage. Einfach im Gewand und zugedeckt mit dreckigen Planen, legen sie sich aufs Ohr. Hundemüde sind wir von der langen Anreise und die Männer unterhalten sich ausgelassen. Auch der mitgenommene Vierbeiner findet Gefallen am Abenteuer. Zum Halsumdrehen kläfft das Vieh in unregelmäßigen Abständen. Er ist als Schutz gegen unerwünschte Bärenbesuche gedacht. Freiwillig gestehe ich ein, dass ich die tierische Alarmanlage gerne nach Art der Chinesen kulinarisch verwertet hätte. Unglaublich nervt in der Einsamkeit das Gebell.

Das Warten auf wendige Ersatzboote, einige volle Benzinkanister sowie Zelte für alle und „Marschverpflegung" zieht sich in die Länge. Die schwammigen Auskünfte der Jakuten über den weiteren Ablauf stören nachhaltig die Gruppendynamik. Auch unsere Führer sind im Prinzip arme Schweine, denn sie hängen am Futtertrog der Waldmenschen. Angewiesen auf ihre Versprechungen, ihr Pflichtbewusstsein und die Möglichkeiten in der Einöde.

Insgesamt verstreichen drei Tage, ehe wir in Etappen und nach vielen Motorausfällen flussaufwärts die Reise starten. Schwer besoffen ist ein bedauernswerter Kerl. Er ist kaum fähig, den Motor anzuwerfen. Auf wackeligen Beinen steht sein Gleichgewicht. Es wäre für mich keine Überraschung, würde der Mann torkeln und über die niedrige Bordwand kippen. Arbeitslose und charakterschwache Zeitgenossen schlittern häufig in den Suff.

Die schweren Zeltmodelle sind ein Verhau. Zahlreiche Löcher in der Plane und Risse entlang der Nähte garantieren die unerwünschte Tropfbewässerung. Leicht verschaffen sich die Insekten den ungehinderten Zutritt. Der mangelnde Regenschutz ist der Antrieb, dass die Verantwortlichen die Jagdhütten der Zobeljäger und Fallensteller als Übernachtungsziel aufsuchen. Diese Katen sind im Sommer verwaist. Sie dienen uns, als winzige Quadrate in der Landkarte eingetragen, als willkommener Unterschlupf. Vorausgesetzt, das Dach ist auch rund um das Kaminrohr dicht.

Unglaublich rasch breitet sich die Dunkelheit in diesen Breiten aus. Stets behütet wie ein Kleinkind ist das Lagerfeuer, um nicht einen gefürchteten Waldbrand auszulösen. Sicher ist nur der Platz unmittelbar am Flussufer oder im Eisenofen der rustikalen Hütte. Löschwasser rinnt im Überfluss. Nicht ratsam ist es, die Kate ohne Taschenlampe für notwendige Austritte zu verlassen. Es gibt keine Lichtverschmutzung, stockdunkel ist die Umgebung. Wer nicht geeicht gegen die Schlafrituale im einzigen Raum der Hütte ist beziehungsweise nicht auf Erfahrung bezüglich Lagerleben auf Schutzhütten zurückgreifen kann, der wird unruhig den Tag herbeisehnen. Rücksichtslos fallen manche alsbald in eine entspannte Phase. Unerträglich wird das Flattern der lockeren Stimmbänder.

Ausdünstungen, Darmaktivitäten und Männerschweiß erleichtern den Auszug aus der Wohngemeinschaft. Die Flucht in die Freiheit unter den Bäumen und einer schützenden Plane empfinde ich als Erlösung. Die Fantasie verstärkt in der Dunkelheit die Geräusche aus der Wildnis. Eine milde Form von Angst lässt sich nicht unterdrücken. Schließlich streifen auch Bären durch dieses Land.

Längst sind die private Verpflegung aus Konservendosen sowie der Vorrat an Trockenfrüchten oder Nussvariationen aufgegessen. Trotz des mächtigen Wassers Utschurs können wir uns von frisch erbeuteten Fischen nicht ernähren. Es bräuchte ein Wunder nach biblischem Vorbild, um die selten erwischten Weichmaulforellen, die Lenoks, so zu vermehren, dass zumindest für jede Person ein halbes Filet zur Verfügung stünde. Es macht keinen Sinn, die vereinzelt erwischten Verwandten unserer Bachforelle mit der sanften Lippe als Kostbereicherung abzuschlagen, um den ohnehin belasteten Gruppengeist zu füttern.

Ein Taimen oder ein kleiner Stör, unehrenhaft mit dem Netz während der langen Nacht gefangen, am gebauten Grillspieß gebraten und als Festmahl zelebriert, hätte dem miesen Karma den Schwung genommen. Keinen einzigen Schuss riskieren die bewaffneten Führer zur Fleischbeschaffung. Offensichtlich sind die Studierten zu lange schon von dem Lebensraum der Taiga abgenabelt. Stadtmenschen halt, die sich den gut bezahlten Ferienjob nicht entgehen lassen. Flusswahl, Zeitmanagement und Ausrüstung sind, im Nachhinein bedacht, grob fahrlässige Entscheidungen. Schlecht erledigen sie ihren Auftrag. Wir, der Sprache nicht mächtig und fremd gegenüber den Sitten, hängen einem Klotz gleich an ihrer Unfähigkeit.

Kastenbrot mit Schimmelflecken sowie der berühmte Borschtsch, die Gemüse-Fleisch-Suppe, sind seit mehr als einer Woche schon unsere eintönige Hauptmahlzeit. Von der Ukraine aus hat sich der nahrhafte und vitaminreiche Eintopf über ganz Russland, in Rezeptabwandlungen, ausgebreitet.

Gott sei Dank fehlt unserem Waldkoch die rote Beete. Nicht ums Verrecken kann ich die Roten Rüben oder Ronen schlucken. Allein schon die Beobachtung der sehr gewöhnungsbedürftigen Zubereitung stößt nicht nur mir die Magensäure auf. Rindfleisch von alten Tieren, zäh wie Leder und mit ganzen Klumpen von purem Fett, schüttelt der Meister aus den geöffneten Dosen auf den Boden eines dreckigen Eimers. Das abgebildete Rindvieh auf der Etikette ist keine Garantie, dass der Inhalt dem Bild entspricht. Breiten Bandnudeln gleich verraten sich helle Stückchen als Sehnen. Beigemengte Innereien, da bin ich mir ganz sicher, hat der Fleischwolf zwecks Tarnung fein zerkleinert.

Schlampig kratzt der Mann mit einem Löffel die Reste aus den Konserven und überschüttet den Fleischhaufen wohl eine Hand breit mit Flusswasser. Über dem Höllenfeuer hängt an einer mäßig geneigten Stange der Kübel. Ein Steinbrocken und eine schwere Platte genügen, um den Winkel der zweckmä-

ßigen Erfindung einfach zu verändern. Zudem kann der Eimer, je nach Bedarf der Hitze, zur Glut praktisch verschoben werden. Überraschend schnell brodelt und wallt das Wasser. Schaum entwickelt sich im Überfluss. Seine Farbe entspricht dem Rind auf der Dose, das noch Hörner tragen darf. Bevor das Gemisch über den Rand kriecht, fischt sich der Koch mit einem kräftigen Stock die Ursuppe von der Aufhängung. Ungeschälte Karotten mit noch anhaftender Erde wandern grob in Scheiben geschnitten genauso in den Behälter wie halbe Zwiebeln und Kartoffeln. Wobei es mich schon verwundert, dass die Erdäpfel, fast mit Gewissenhaftigkeit in Würfelform geteilt, die Gemüsebeilagen ergänzen. Unmengen an Salz und grobem Pfeffer landen in der Brühe.

Nach meiner anfänglichen Verweigerung und schmatzenden Bemerkungen von mutigen Vorkostern wage auch ich mich über das Gericht. Unbegründet war meine Skepsis. Mit jedem Aufkochen, ähnlich dem Gulasch, wird der Eintopf dickflüssiger und gewinnt weiter an Geschmack. Nur Ekel erregend sind die fetten Ringe an der Kübelinnenseite, die uns bildhaft den Verbrauch unseres nicht gebuchten Hauptgerichtes vor Augen führen. Es gibt auch keinen Schöpfer, um die begehrten festen Suppenbestandteile in Bodennähe zu fischen. Ein rostiges Blechhäferl, eingeklemmt mit einem von der Rinde befreiten Ast am Griffteil, ersetzt das fehlende Feldküchengerät.

Und haben wir, ausgehungert wie Flüchtlinge, den Kübelinhalt bis auf die letzte Lache geleert, bereitet der Meister eine neue Mischung für weitere Tage wieder zu. Abwechslung bringen nur der Temperaturunterschied sowie die Konzentration der Beilagen in Bodennähe des Eimers. Im Prinzip essen wir sättigendes Brot und nährstoffreiches Wasser. Die fettlöslichen Vitamine gehen sicher nicht verloren, denn sie schwimmen geradezu in den Fettaugen des eingesetzten Butterbrockens. Unweigerlich tauchen bezüglich der einseitigen Verpflegung Gedanken an Menschen in Straflagern, Gefängnissen oder Flüchtlingslagern auf.

Regelmäßig wie Schiffbrüchige auf fischereiuntauglichen Schotterbänken ausgesetzt, erdulden wir die Zwangspausen, damit die Bootsführer und lebenspraktischen Bastler die technischen Probleme beheben können. Auf dem Rückweg, so heißt es allenthalben, werden wir in Muße an vorzüglichen Stellen unsere Leidenschaft ausleben können.

Mittig im Fluss knattern wir mit Getöse dem unbekannten Ziel entgegen. Oft ein Boot im Schlepp nach einem Motorschaden. Selten genug entdeckt ein Späher nach einer Flussschlinge aufgeregt flüchtende Wildenten. Zu groß ist die Schussdistanz, um mit Schrot ihren pfeilschnellen Flug zu unterbrechen. Die beobachtete, umständliche Handhabung der Büchsen – alle haben wir zum Zeitvertreib leere Konservendosen durchlöchert – durch die bewaffneten Führer sowie ihre dicken Brillengläser ersticken jede Hoffnung auf gegrillte Flugen-

tenbrust im Keim. Kein Anzeichen deutet darauf hin, dass diese Männer gewillt wären, mit den museumsreifen Jagdgewehren ein Hirschkalb oder ein verirrtes Rentier zu erlegen. Vielleicht stellen sie sich bewusst so umständlich bei der Wilderei an, um sich das Ausnehmen, Zerwirken und Zubereiten für uns launische Devisenbringer zu ersparen.

An ganz wenigen Stellen erweckt die Monotonie des Ufers den Verdacht auf Fangplätze. Ausgeprägte Felsnasen, Turbulenzen nach mächtigen Strömungsbrechern oder teilweise angeschwemmte Baumleichen sowie unterspülte Böschungen haben Seltenheitswert. Unsere Wünsche ersticken im Lärm der Außenbordmotoren. Unwillig stellen sich die Steuermänner taub und brettern mit Getöse einem unbekannten Ziel entgegen.

Reichlich billiger Fusel im Blut treibt einen Bootseigner zur aggressiven Fahrweise an. Immer wieder steigt dunkler Qualm in die Luft. Auf Grund seines rustikalen Umganges, technischer Probleme, Luft in den Benzinleitungen oder abrasierter Sicherungsbolzen vor der Antriebsschraube sind immer wieder Reparaturpausen notwendig. Ständig wechselt das Führungsboot. In wilder Jagd versucht jeder, die verlorene Zeit aufzuholen. Mit Vollgas setzt der Getriebene bis zur nächsten Panne zur Verfolgung an. Wir meutern. Hitzige Streitgespräche erzeugen mehr Wellen als der träge ziehende Strom.

In Jakutien ticken die Uhren scheinbar langsamer. Wir Westler, eingefangen durch den gebuchten Rückflug, begreifen das Trödeln nicht. Das Bitten, Verhandeln und Streiten fruchtet keinen Pfifferling. Am Zeitfaktor entzündet sich der wachsende Konflikt. Eigene Nervenkraft kostet der zunehmende Streit. Auch den drei Experten von der Universität Jakutsk vergeht zunehmend das Lachen. Unser gemeinsames Vorwärtskommen hängt allein von der Laune des Alkoholkranken ab. Er isst kaum, raucht wie ein Schlot und lässt sich weder bekehren noch vom Trinken abhalten. Der Typ ist ein Wrack. Er gelobt zwar ständig Besserung, aber vergisst nach ein paar Flussmeilen neuerlich sein Wort. Schmiergeld sowie die versprochenen vollen Wodkaflaschen am Ende der Flussfahrt machen dem Armen kurzzeitig Beine.

Oft werde ich den Verdacht nicht los, dass die Leute in geheimer Absprache Defekte der Außenbordmotoren verursachen, um in den Genuss langer Reparaturpausen zu kommen. Außerdem ist ihr Spritverbrauch geringer und die Rückfahrt ins Heimatdorf von der Strecke her weniger Aufwand. Im Prinzip sind wir alle den gewieften Einheimischen ausgeliefert.

Durch neue Versprechungen ziehen die Verantwortlichen ihren Kopf aus der symbolischen Schlinge. Noch eine allerletzte Tagesetappe weit – laut widerwillig genehmigter Einsicht in eine vergilbte Landkarte – und wir werden ein paar Blockhäuser als Außenposten erreichen. Mittels Funkkontakt wird ein Militärhubschrauber geordert. Der russische Lastenesel bringt uns im Handumdrehen

zu einem vorzüglichen Flusssystem und öffnet das Zeitfenster zum erträumten Taimenfischen. Barzahlung und spätere Regressforderungen an den Veranstalter regeln nach der Heimkehr das Finanzproblem.

Interessant ist – zumindest habe ich die Information von Nikolai so aufgefasst –, dass auf Grund des Austrittes von Thermalquellen eisfreie Flussabschnitte auch im härtesten Winter bleiben. Handproben bestätigen abschnittsweise den lauwarmen Charakter. Im Nachhinein fällt es mir wie Schuppen von den Augen. So blöd können die stärksten Räuber der Süßwasserfische gar nicht sein, um im warmen und sauerstoffarmen Wasser ihr Leben zu fristen. Sicher meiden sie diese Strecken wie der Teufel das Weihwasser. Die verlaufenden Wasserzonen, in der Zwickmühle der kompakten Eisdecken, müssen ein beeindruckendes Naturphänomen sein. Aus der Luft betrachtet wie ein gigantischer, gestreckter Zebrastreifen. Abschnitte mit dem gefrorenen Element und mit Schnee bedeckt wechseln sich mit dem offenen Wasser ab. Die klirrende Kälte der Umgebung verzaubert die warme Luft zum rauchenden Fluss. Vergleichbar mit Dampfwolken, die aus Kühltürmen der Kraftwerke entweichen. „Polynjas" heißt das Wunder, gespeist aus dem warmen Bauch der Erde.

Geschafft. Drei Blockhäuser thronen einer Wehranlage gleich auf einer vor Hochwasser sicheren Geländestufe. Die baumlose Lichtung vor der Haustüre ermöglicht den ungehinderten Einblick in die Flusslandschaft und in das gegenüberliegende Seitental.

Während unsere Reiseleiter zwecks Kontakte mit der Außenwelt und Verhandlungen in einem massiv gebauten Blockhaus mit einer am Dach montierten Antenne auf der anderen Flussseite verschwinden, stiefeln wir – des Fischens schon verdrossen – an der Einmündung des „Rentierbaches" umher.

Zufrieden und locker wirken die Gesichter der zurückkehrenden Männer. Offensichtlich haben sie den halben Tag bei ihren Landsleuten genossen. Ausgeblendet uns Nörgler und Besserwisser. Atmosphärische Störungen, so teilen sie uns im Stehen mit, erschweren den Funkkontakt mit der Basis. Das alte Weib am Gerät hat sich bemüht, aber schlecht verständlich sind die Wortfetzen aus dem Lautsprecher. Ein radikaler Wetterumschwung mit tiefhängender Nebeldecke würde den momentanen Sichtflug erschweren. Außerdem ist der Leiter des Institutes in Jakutsk nicht erreichbar und die Absegnung des Helikoptereinsatzes nicht gedeckt. Morgen, so orakeln die Planer, starten sie einen neuen Versuch. Der „Taigavogel" wird uns aus der Zeitfalle retten. Sie erfinden einfach einen Notfall mit einem verletzten Fischer und dann wird es schon klappen.

Einen weiteren Tag später lösen sich die Versprechungen in Luft auf. Aufgeteilt acht Mann auf zwei Blechschüsseln ohne Antrieb und einer kreisförmigen Überlebensinsel, ist unser einziger Lebenszweck, den Ausgangspunkt der Pleitereise rechtzeitig zu erreichen. Wie Sträflinge hängen sich unsere Freunde

abwechselnd in die Riemen, derweilen mein Partner Heribert und ich auf der kaum steuerbaren Gummiinsel mit Abstand nachdriften. Schlimm ist stets die rasch einbrechende Dunkelheit. In Ufernähe zieht die Strömung im Schneckentempo und wir schrammen laufend über die Hindernisse. Unangenehm sind die schabenden Geräusche. Treiben wir hingegen in der Hauptströmung und kentern in der Finsternis, dann ist es verdammt schwer, mit der abgesoffenen Kleidung das rettende Ufer schwimmend zu erreichen.

Der Blick zum Ufer bestätigt den Verdacht. Gering ist der Vortrieb trotz Krafteinsatz an den Ruderblättern. Der zunehmende Wind ist ein arger Spielverderber. Jede Böe bremst den Schwung der Bootsmasse. Arbeitslose Mitfahrer betteln um das Aussetzen an gangbarer Uferseite. Die Bewegung erhöht die Betriebstemperatur der Muskeln. Kälte und Regen sind im Gehen leichter zu ertragen als die sitzende Untätigkeit im Boot. Stumpfsinnig macht das Meilenfressen.

Mit gesenkten Köpfen trottet die halbe Mannschaft wie Verbannte auf dem Weg ins Straflager vorwärts. Ich kann nicht fremde Gedanken lesen. Aber sicher beschäftigt sich jeder mit der beschissenen Situation. Den Blick auf den rutschigen Boden geheftet und stumm wie ein Fisch. Immer wieder unterbricht ein deftiger Fluch die Stille. Die lauten Selbstgespräche beweisen, dass ein Partner gerade noch einen Sturz geschickt vermieden oder sich schon wieder vom Boden aufgerappelt hat. Aalglatt sind die regennassen Steine und Klippen entlang des Ufersaumes. Oft riskiert ein jeder Wanderer seine Knochen durch die schmierigen Sedimente und den glitschigen Algenbewuchs auf den Steinrundlingen.

Zum System entwickelt sich der Schichttausch. Gelegentlich erzwingt der Uferverlauf das Einsammeln der Fußgänger sowie den Wechsel auf die gegenüberliegende Seite. Die Breite des Flusses erschwert das Manöver. Trotzig und ausdauernd bekämpfen wir Bootsleute die widrigen Wetterelemente. Schließlich wird der Leidensdruck so stark, dass beschlossen wird, während der nächsten Zwangspause einen Regenschutz zu bauen. Ideen und Ratschläge bezüglich einer tragfähigen Konstruktion vermehren sich wie die Wasserlachen auf den Gepäckstücken im Boot. Längst steht der Pegel über dem groben Holzrost.

Walter, ein gelernter Zimmerer, ist kein Mann der Sprüche, sondern ein Praktiker mit gesundem Hausverstand. Sein Vorschlag über den zweckmäßigen Gerüstbau findet rasch Zustimmung. Zuhauf wachsen elastische Weiden in der Umgebung und reißfeste Leinen sind bei Flussbefahrungen ohnehin unerlässlicher Kleinkram im Gepäck. Wir Gehilfen und Handlanger genießen die Abwechslung. Das Skelett aus den armdicken Stämmen krümmt sich wie riesige Rippenbögen über den Rumpf des Bootes. Mit reichlich Schnur werden die Streben festgehalten und verbunden. Trefflich schützt die gespannte Plane als Regendach. Es ist steil genug, um Wasseransammlungen zu verhindern. Das Maß des Regenschutzes erlaubt leider kein Vordach. Weiterhin betroffen von der Nässe sind die Leute auf der Wetterseite. Großteils zufrieden mit dem Fetzendach über den Köpfen, stellt sich die Fahrgemeinschaft der sportlichen Dauerbelastung. Das flatternde Dach erfüllt seinen Zweck, bis die steife Brise sich zum Sturm entwickelt. Ohrenbetäubend knattert und schnalzt das Material. Zwischen der stabilen Holzauflage bauscht und bläht sich die Plane gleich einem Segel. Stellen wir das Rudern ein, vernichtet der heftige Sturm den Vorteil der sanften Strömung.

Wir können es uns zeitlich nicht leisten, auf bessere Verhältnisse zu warten. In unserer Not raffen wir die stolze Erfindung. Unablässig prasselt wieder der heftige Dauerregen auf unsere Köpfe nieder. Die gewaltigen Wassermassen löschen zwar die häufig von Blitzen entfachten Waldbrände in der Umgebung, aber uns zermürbt das grausliche Wetter. Miese Laune, verbale Grobheiten und Streitsucht begleiten uns als blinde Passagiere. Mit jedem Tag mehr auf dem Wasser wächst das Konfliktpotential.

Zum Frust über die total missglückte Organisation, die fast fischlose Reise und die mit Abstand übelste Verpflegung gesellt sich noch ein Temperatursturz dazu. Eiskalter Wind pfeift uns frontal entgegen. Die Graupeln in den Schneeschauern stechen auf Grund ihrer hohen Geschwindigkeit wie Nadeln im Gesicht. Nass bis auf die Haut und ausgekühlt, kann uns auch das Rudern kaum erwärmen. Steif und ungelenk machen die Kälte und das Sitzen. Eingehüllt in ein dichtes Schneegestöber und kompakte Wolken, verschwinden die Baumspitzen der Ufergalerie alsbald in ein schmutziges Weiß. Verborgen ist die Bergkulisse im diffusen Licht der Wetterküche. Die tanzenden Schneeflocken bleiben nach ihrer Landung auf der kalten Oberfläche der Blechboote liegen. Ineinander verhaken sich die Kristalle und bilden eine wachsende Decke. Lautlos und spurlos hingegen schluckt der uns umgebende Fluss den verwandten Aggregatzustand.

Ich bin kein Hellseher oder Gedankenleser. Aber vermutlich beschäftigen sich meine Partner mit demselben Problem. Geschätzt, gemessen und gestoppt, ist uns aus besseren Tagen die Durchschnittsgeschwindigkeit des Flusses kein Geheimnis mehr. Wir wissen Bescheid über das langsame Fließen der trägen Fluten. Pfeilgerade oder leicht von der Seite vernichtet der scharfe Gegenwind die Transportkraft des Wassers. Stellen die Ruderer ihre Arbeit ein, dann verpufft rasch die Trägheit der gleitenden Masse. Genug Angriffsflächen findet der Sturm. Allmählich dreht sich der Bug aus der Richtung. Nur die Ruderkraft bringt uns bescheiden vorwärts. Wir können die russischen Geheimzeichen auf der Karte nur mit Hilfe der Führer deuten. Grob bekannt ist die zu bewältigende Strecke. Leicht lässt sich errechnen, dass wir mindestens dreieinhalb Tage lang

wie die Sklaven schuften müssen, um den Ausgangspunkt der Pannenreise zu erreichen.

Die Verteilung der Jagdhütten entlang des Flusslaufes entspricht ganz und gar nicht unseren Wünschen und Bedürfnissen. Genötigt vom Termin des Rückfluges, passen sie nicht in unser Zeitfenster. Taucht eine Kate zu früh am Nachmittag auf, dann können wir den trockenen Unterschlupf nicht nutzen.

Weiter treibt uns der Zwang des Meilenfressens. Zum trostlosen Wetter gesellt sich der rasche Dämmerungswechsel in die stockdunkle Nacht. Nach der Knochenarbeit des langen Ruderdienstes, mit freiwilligen Erholungsphasen, freuen wir uns wie Kinder, wenn wir auf Befehl von Nikolai uns näher an eine Uferseite orientieren. Leicht sind in der Finsternis die Landmarken einmündender Gewässer zu übersehen. Trinkwasser sind die klaren Bäche und gleichzeitig Wegweiser zur Hütte.

Ein Dummkopf, wer sich gegen die extremen Elemente der Natur auflehnt. Aber wir können uns nicht in einer geschützten Zobeljägerhütte einquartieren, um auf erträglichere Bedingungen zu warten. Die gesamte Fehlplanung zwingt uns zum Durchhalten. Schließlich will keiner den Rückflug versäumen. Wir leiden unter den rauen Verhältnissen. Nass bis auf die Knochen wehren wir uns gegen Krankheiten. Schüttelfrost und Lungenentzündung drohen. Insgesamt quälen wir uns mit Blasen an den Händen eine halbe Woche lang auf dem Wasser ab, um den Ausgangspunkt der Yakutischen Pleitereise rechtzeitig zu erreichen. Schonzeit hat die Ausrüstung zum Fischen. Das gebuchte Taimenabenteuer entpuppte sich als Rudertraining auf einem asiatischen Fluss.

Rückblickend habe ich begriffen, dass das Leben auch ohne Fänge eine Fülle von Erfahrungen bietet, die ich trotz aller Widrigkeiten als Bereicherung annehmen muss.

FRAUENLEID – SCHLECHTE NACHRICHTEN

Unser Rückflug vom Holzfälleraußenposten nach Jakutsk zerschellt buchstäblich in der Taiga. Einem Blitz aus heiterem Himmel gleich schlägt die von einem Boten übermittelte Nachricht ein. Kein Mensch hat überlebt. Nur den einen Start später hätte es unsere Mannschaft erwischt. Die Vorurteile über den technischen Zustand der russischen Flieger und die schicksalhafte Ergebenheit der Piloten beschäftigen meine Fantasie. Fast Alltag sind in Russland Unglücke mit Luftfahrzeugen. Das gebrechliche Alter und die nachlässigen Wartungsarbeiten sind ein tödliches Paar. Meine Gedanken drehen sich im Kreis. Angst vor dem Flug macht sich breit.

Ablenkung ist ein erprobtes Mittel, um aus dem Kreisverkehr der tristen Gedanken auszubrechen. Gerne nehme ich den Hinweis auf den Wochenmarkt an. Ohne Aufwand ist der Platz zu erreichen, quasi ums Eck. Vorsorglich verstaue ich die Adresse unserer Hotels im Geldbeutel. Auf keinen Fall möchte ich das Abheben der Maschine nach Moskau versäumen.

Marktschreier sind zum hohen Prozentsatz Schlitzohren. Verlässlich wie das Amen im Gebet lockt ihr Lärm Neugierige an. Ihr Wortschwall schüttet mit Heimtücke die Qualität der feilgebotenen Waren zu. Aus dem Wirrwarr der unverständlichen Stimmen sticht mir der eigenartige Klang eines Instrumentes in die Ohren. Magisch zieht mich die Musik an. Sie ist mein akustischer Wegweiser.

Ähnlich den Blockflöten, jedoch mit reduzierter Anzahl der Bohrungen, liegt eine Auswahl von Modellen auf einem schäbigen Tischchen. Allein das trichterförmige Mundstück, nach Art der Trompeten gedrechselt, erzeugt den schärferen Ton. So ein Sammelstück bilde ich mir ein, zumal der Mann dem einfachen Gerät gekonnt Melodien entlockt.

Die Handhabung von Holzblasinstrumenten wie Klarinette, Fagott oder Schwegelpfeifen sind mir auf Grund meiner musikalischen Vergangenheit kein Geheimnis. Wobei, um bei der Wahrheit zu bleiben, ich trotz mäßigem Übungsfleiß im Mittelmaß stecken blieb. Zu gering ist mir die Ausprägung des Gens für das musikalische Talent vererbt worden.

Wahre Meister in Sachen Verkaufspsychologie sind die Straßenhändler. Der tägliche Überlebenskampf erweitert ihre Menschenkenntnis. Als vermögende Kundschaft fixiert mich der Typ. Mein gezeigtes Interesse regt den Mann zur Höchstform an. Wie ein Hexer spielt er auf dem einfachen Instrument und überschlägt sich während der kurzen Pausen mit der Lobpreisung seiner Handarbeit. Es gibt keine gemeinsamen Sprachwurzeln.

Das Feilschen entpuppt sich zum Stegreiftheater. Mein Begehren nach der simplen Holztrompete steht seiner horrenden Preisvorstellung gegenüber. Immer wieder kritzelt er Zahlen auf den Rand einer alten Zeitung. Streicht den Preis durch, gibt in kleinen Schritten nach und mimt gekonnt den Leidenden. Im Nu sammeln sich Schaulustige im Halbkreis. Diese Leute, zumindest ist es mein Eindruck, geben sicher keinen einzigen Rubel für so ein unnützes Ding aus. Ohnehin genug Sorgen hat das gemeine Volk, um zumindest die Grundbedürfnisse wie Nahrung, Kleidung oder ein trockenes Dach über dem Kopf zu befriedigen. Schwierig genug ist es für die meisten, täglich über die Runden zu kommen. Das ganze Theater mit der Geschäftsabwicklung erheitert die Menschen. Sie genießen die kostenlose Unterhaltung. Mein Abdrehen, Weggehen und die zögerliche Rückkehr zum Tatort gehören einfach zum Feilschen. Der Händler schreit, schimpft und flucht. Er läuft mir einige Schritte entgegen, fasst mich am Arm und zerrt mich in einer filmreifen Szene zu seinem Stand zurück.

Zusätzlich belustigen meine geschmetterten Probelaute das Publikum. Ich entscheide mich für eine Ausfertigung mit Zierrat und dunkler Holzart. Das Schmunzeln der Umstehenden deute ich im Sinne eines immer noch viel zu hohen Kaufpreises. Das Schnäppchen ist mir die paar Dollar wert. Zufrieden klemme ich mir das Sammelstück unter meine Achsel. Stunden später bin ich um Erfahrungen und um ein dreckiges Hemd reicher. Während der ganzen Zeit trug ich unbemerkt einen scheußlichen Fleck auf meinem T-Shirt spazieren. Nicht ein Instrument aus edlem Hartholz habe ich erworben, sondern eine ordinäre, helle Sibirische Birke. Schlicht getarnt mit billiger Beize und aufgetragener Schuhpaste. Trotz meines gesunden Gewichtes hat mich der Kerl symbolisch banal über den Tisch gezogen. Übermut tut selten gut. Aber auch geringfügige Basargeschäfte bringen Devisen ins Land. Außerdem ist es Christenpflicht, die armen Gauner unfreiwillig zu unterstützen.

Das Unglück hinterlässt Spuren. Unblutige Kratzer im Hirn. Unweigerlich kreisen die Gedanken um die Katastrophe. Verschwunden ist das euphorische Gefühl der Vogelschau auf die abwechslungsreiche Landschaft. Drei Starts und ein allerletztes Ausrollen belasten meinen Rückflug auf Raten. Einem Kleinkrämer gleich hake ich mit Genugtuung jede Flugetappe ab. Schrittweise steigt die Vorfreude auf das Wiedersehen mit meiner Familie und auf die prächtige Landschaft unmittelbar vor der Haustüre. Zuwider sind mir stets das Geklatsche und die vereinzelten Bravorufe der Passagiere, wenn die Maschine auf dem Boden aufsetzt. Schließlich gehört zum verantwortungsvollen Posten das Handwerk einer sicheren Landung dazu.

Tausende Flugmeilen entfernt, spielen Ängste die erste Geige.

„Sie brauchen die ganze Fahrspur", sagt der Inspektor vorwurfsvoll und richtet sich das Alkoholmessgerät her. Der zweite Mann in Uniform studiert derweilen die Angaben auf dem Führerschein und im verlangten Zulassungsschein. „Frau Eder", drängt er sich in das ohnehin einseitig verlaufende Gespräch, „was haben Sie getrunken? Sie fahren in Schlangenlinien. Sie gefährden sich sowie andere Verkehrsteilnehmer."

Eingeschüchtert von der erstmals erlebten Amtshaltung, verharrt unsere angegurtete Tochter steif wie ein Stock auf dem Sitz. Keinen Laut gibt sie von sich und spitzt ihre Ohren.

„Mir ist so schlecht!", wehrt sich meine Mutter gegen den Verdacht des übermäßigen Alkoholkonsums. „Ich habe mit meinem Enkelkind meine Tochter besucht. Mitten im Kaffeeklatsch schockt uns der Nachrichtensprecher. In Sibirien ist ein Unglück passiert. Südlich von Yakutsk stürzte ein Flugzeug in den Wald. Total ausgebrannt. Kein Mensch hat überlebt."

„Kein Wunder bei den russischen Schrottfliegern. Normalerweise verschweigen die Kommunisten Pannen im Inland. Nichts zählt ein Menschenleben. Einfach Pech gehabt. Schicksal. Die kehren alles unter den Teppich. Verordnen eine Nachrichtensperre, verdrehen die Tatsachen oder Lügen wie gedruckt. Wo liegt das Problem? Was regt Sie so auf?", fragt der Mann mit einem Achselzucken.

„Wissen Sie, die Katastrophe geht mir nahe. Es betrifft mich direkt. Mein Sohn ist genau in diesem Gebiet unterwegs. Der Zeitpunkt des Absturzes passt genau. Er fällt mit seinem Flussabenteuer zusammen. Wahrscheinlich ist er umgekommen", seufzt sie.

Der Verlustschmerz schlägt wie eine Welle über ihrem Kopf zusammen. Aufgewühlt – so hat sie es mir erzählt – steigt sie aus dem Auto, drängt sich schnurstracks zwischen den Beamten hindurch und würgt am Straßenrand mit einem Schwall den Mageninhalt heraus. Zum Kotzen ist die seelische Belastung.

Zum Freund und Helfer mutieren daraufhin die Polizisten. Sie beruhigen meine Mutter. Holen ihr gar von der nahegelegenen Tankstelle eine Flasche Mineralwasser und bieten quasi einen Begleitschutz in Form eines Fahrdienstes an.

Stark, wie Frauen halt so sind, reißt sie sich wieder zusammen. Schließlich trägt sie Verantwortung gegenüber ihrer Familie. Ohne weitere Unsicherheiten legt sie die rund zwanzig Kilometer bis zum Heimatort zurück.

Unsere Tochter Sigrun genießt im pubertären Teenageralter den bevorzugten Platz auf dem Beifahrersitz. Cool, wie Mädels in diesem Alter sind, nimmt sie die Meldung bezüglich Flugzeugabsturz nicht so dramatisch auf. Schließ-

lich gab es nur unklare Informationen und noch keine gesicherten Hinweise, ob Ausländer betroffen sind. Stolz erinnert sie sich rückblickend daran, dass ein Gendarm sie bereits als Führerscheinbesitzerin einstufte, als welche sie ja ihre Oma heimbringen könnte. „Shit", schoss es ihr damals durch den Kopf, „wenn es meinen Papa tatsächlich erwischt hat, dann sind mein Bruder und ich auf einen Schlag Halbwaisen."

Viel Zeit zum Sinnieren und Grübeln blieb unserer Tochter ohnehin nicht, denn drei Tage später bin ich, abgemagert, aber gesund und um viele schlechte Erfahrungen reicher, in der Heimat gelandet.

Sonnenschein beschwingt die Stimmung. Nur am Vierwaldstättersee, die Zeitverschiebung wohl eingerechnet, prasselte heftiger Regen aus den tief hängenden Wolken. Sturmböen peitschten die Bäume. Sie fetzten Blätter von den Zweigen und wirbelten sie durch die Lüfte. Die Wetterelemente tobten sich aus, als ob der Himmel ein Zeichen setzen würde. Dennoch glaube ich nicht an einen Zusammenhang zwischen dem hautnah erlebten Unglück in Jakutien und dem zeitgleichen Wetterunbill südlich der Alpen. Meine Ängste, meine gefühlsmäßige Not, die Gedanken an die Familie und mein stilles Gerede mit Gott lösen sicher im anderen Kontinent keine Naturereignisse aus. Er mischt sich nicht in die Belange der Menschen ein. Beten ist nur ein Trostpflaster für das Gemüt. Eine beruhigende Droge.

Am späten Nachmittag kehrten das befreundete Ehepaar und meine Frau von der Rundreise zurück. Vorwiegend auf der Schiene rollten sie durch einen Teil der Schweiz. Die Wahl des Verkehrsmittels ist durch den Beruf des Freundes begründet. Er verdient sein Geld als Bauingenieur der Österreichischen Bundesbahnen. In der alten Stube genießen die drei Heimgekehrten die Bewirtung durch meine Mutter. Sie schwelgen über die erlebnisreichen Tage. Die faszinierende Landschaft, Menschen und Kultur sowie das unausrottbare Klischee der Sauberkeit sind als bunte Bilder eingeprägt.

Mitten in die Freude platzt die Gastgeberin wie ein Trampeltier in den berühmten Porzellanladen:

„Vor ein paar Tagen ist in Russland ein Flugzeug abgestürzt. In der Taiga. Südlich von Jakutsk. Genau in der Gegend. Es besteht keine Hoffnung auf Überlebende, haben sie in den Nachrichten gesagt!"

Mit einem Schlag zerschellen Urlaubsstimmung und Lebensfreude zugleich. Die Gedanken schnüren die Kehle meiner Frau zu. Sprachlosigkeit und Trauer bleiben bis zu meinem Telefonanruf aus Moskau.

SAISSANSEE – SEERABEN

Im Osten Kasachstans – Russland und China sind quasi ums Eck – liegt der fischreiche Saissansee. Das ursprüngliche Gewässer ist durch den Aufstau des Schwarzen Irtysch zum gewaltigen Buchtarma-Stausee gewachsen. Im mongolischen Altai entspringt der Fluss. Ein halbes Jahr lang trägt der Wasserlauf eine dicke Eisdecke. Zudem wird er in den Rekordlisten als längster Nebenfluss der Welt geführt. Laut Einsicht in die Karten hat der See eine Ausdehnung von rund hundert Kilometern. Bodensee (63 km) und Neusiedlersee (36 km), theoretisch aneinandergereiht, vermitteln anschaulich einen Vergleich. Seine Breite beträgt durchschnittlich ein Drittel der Länge.

Reizen die Kraftwerksbetreiber den Vollstau aus, dann klettert der Pegelstand acht Meter höher. Auf kasachische Steppen drängt das Wasser. Wildkarpfen laichen zwischen dem zähen Gras. Im Geäst von ertrunkenen Bäumen hängen die Laichschnüre der Flussbarsche einem Schleier gleich. Verpackt sind ihre Eier in netzartige Gallertbänder. Durch das künstliche Hochwasser verlieren im Röhricht brütende Vögel häufig ihr erstes Gelege. Keine Lobby hat der Arten- und Naturschutz in den russischen Satellitenstaaten.

Geankert im Schlamm liegt der umgebaute Fischkutter. Das Oberdeck bietet einen faszinierenden Überblick über das brettflache Delta. Ausgedehnte Schilfbestände erobern die seichten Stellen und dazwischen glitzert das Wasser. Wie ein riesiger Fleckerlteppich wirkt die urtümliche Landschaft. Wechselnde Lichtverhältnisse zaubern unbeständige Grüntöne in das Meer aus Schilf. Vom Wind bewegte Halme täuschen Lebewesen vor. Dieser Lebensraum ist schlechthin ein Paradies für viele Insektenarten sowie zahlreiche Vögel, die von den Winzlingen satt werden. Ihre im Wasser lebenden Larven sind die Grundlage für verzweigte Nahrungsketten. Artenreich ist der ausgezeichnete Fischbestand.

Im rostigen Beiboot, auf Niveau des Wasserspiegels hingegen, baut sich das Schilfrohr zum Sichthindernis auf. Eine Wand aus Halmen mit violetten Blütenrispen am Kopf. Verblüffend ist der Augenschein von wenigen Metern Unterschied. Obwohl über dem abgetakelten Fischkutter und unserer Nussschale dieselben Wolken ziehen, beschränkt sich erheblich unser Horizont. Unmöglich ist es, das Mutterschiff als rettenden Hafen auszumachen. Nur freies Wasser da-

zwischen gestattet den Blickkontakt zur rechten Peilung. In der Not lotst uns die Schiffssirene nicht nur zum Abendessen aus dem grünen Irrgarten.

Egal, welchen Aufenthaltsort wir Fischer im Delta auch wählen, überall peinigen uns die Schwärme der Mücken. Ob im wackeligen Boot, auf dem Deck des Mutterschiffes, in der Kajüte oder gar in der Kombüse. Nirgends entgeht der Mensch der Plage. Ein Wahnsinn sind die lästigen Viecher. Erträglich ist es nur im Wasser. Ein altes T-Shirt schützt meinen Rücken vor einem Sonnenbrand. Nackt zu baden wäre ein Genuss, aber der Geschmack der kasachischen Riesenhechte lässt sich nicht sicher einordnen. Ich genieße schwimmend die Erforschung des Schilfgürtels. Mit List und Tücke ärgere ich die Haubentaucher, die vor dem Abtauchen mit dem Schnabel ihre Fluchtrichtung verraten. Blässhühner kennen keine Gefahr unter ihren lappenartig verbreiterten Krallen. Es macht mir kindischen Spaß, sie anzutauchen und zu erschrecken.

Ich pirsche mich entlang der Schilfkanten, um Gelege der Rohrdommel und anderen Schilfbrütern auszuforschen. Außerdem hoffe ich, beim Schnorcheln kapitale Hechte aufzustöbern und Wildkarpfen beim Wühlen am Grund zu überraschen. Wasser belebt nicht nur die Sinne. Es lindert das Jucken der vielen Stiche. Gar die wuchernden Quaddeln beruhigen sich durch die kühlende Frische.

Aufgescheucht durch mein Plätschern und Wasserauspusten, flüchtet ein Trupp Kormorane. Ihre scharfen Augen haben mich längst als Störenfried ausgemacht. Erst durch das Rauschen in der Luft gewahre ich die Spezialisten. Verräterische Fluggeräusche. Verärgert stoßen sie knarrende Laute aus. Pfeilgerade ziehen die Vögel über die Schilfmatten. Einem „Kreuzzug" in der Luft gleicht der Flug der „Schwarzfischer". Kontrastreich hebt sich ihre dunkle Silhouette vom Himmel ab. Widerwillig wechseln sie in ein menschenleeres, ruhiges Revier. Eilig haben die Vögel es nicht. Die Erfahrung hat sie gelehrt, dass der Zweibeiner nicht fliegen kann.

Die „Seeraben" halten nichts von einem Nickerchen auf dem Wasser. Nach dem Fischfang ziehen sie sich auf erhöhte Plätze zurück. Pfähle, Felsen oder Bäume sind begehrte Ruheplätze. Wie Hunde ihr nasses Fell schütteln sie ihr Gefieder und spreizen anschließend ihre Handschwingen zum Trocknen. Die große Oberfläche beschleunigt den Prozess. Natürlich fetten auch sie ihre Federn mit dem öligen Sekret aus ihrer Bürzeldrüse ein. Aber die Struktur des Federkleides lässt nicht wie bei den Enten das Wasser einfach abperlen. Trotzdem ist die Wasserdurchlässigkeit ihres Gefieders kein Irrweg der Evolution. Durch die Verdrängung der Luftbläschen nimmt der Auftrieb rasch ab und erleichtert die Unterwasserjagd nach flinken Fischen. Kormorane, die im Salzwasser fischen, sollen gar durch Schlucken von Ballaststeinchen den stärkeren Auftrieb ausgleichen.

Lässt es sich vom Fischangebot gut leben, dann vermehren sich die geselligen Vögel zu vielköpfigen Kolonien. Es schreckt die kraftvollen Flieger keinesfalls ab, wenn sie wie Pendler zwischen den Nahrungs- und Nistplätzen täglich viele Kilometer zurücklegen.

Innerhalb weniger Jahre verlieren die bevorzugten Nistbäume ihr Blattwerk durch den ätzenden Kot. Lautlos sterben die botanischen Quartiergeber ab. Nicht einmal mehr das Gewicht der Nester können sie tragen. Um das am Boden umherliegende Baumaterial wird lautstark gestritten. Möwen sitzen nicht gerne auf Bäumen. Aber auf Steinen unmittelbar am Wasser haben sie keine Einwände gegen die schwarze Nachbarschaft. In der Vogelwelt führt die Federnfarbe nicht zur Ausgrenzung. Während sie gelassen auf einem Bein stehend dösen, spreizen die Kormorane ihre Schwingen.

Gemeinsames Tauchen erleichtert das Jagdglück der gefiederten Fischjäger. Die kreisförmig vorgetragenen Attacken drängen die Beute im Zentrum zusammen. Der Trick verwirrt den Schwarm und kaum ein Schnabel bleibt leer. Wird eine anhaltende Bruthitze für die Küken zur Bedrohung, dann zeigen die Vögel ihre Cleverness. Zum Wasserflieger wird das Elternpaar. Im Kehlsack transportieren die Alten reichlich das Nass. Sie verteilen geschickt das Lebenselement über dem Nachwuchs. Aus der unmittelbaren Umgebung entzieht das Wasser Wärme zum Verdunsten. Erleichterung verschafft das Kühlwasser.

Zurück auf dem Hauptschiff, mutiere ich zum Vogelfreund. Das Verhalten der erfolgreichen „Schwarzfischer" fasziniert mich. Ihre Beobachtung im Stehen bereitet mir mehr Freude, als mein Sitzfleisch im Ruderboot zu peinigen. Mit eigenen Augen, so behauptete es der Kapitän im Beisein der Dolmetscherin, hat er gesehen, wie Kormorane Schilfrohre bewusst umknickten. Anschließend trennten sie den Blütenstand vom langen Halm, zogen das Büschel wie einen Schwamm durch das Wasser und lieferten es zur Linderung der Hitze im Nest ab.

Das aufgeregte Gekreische der Möwen muss sie angelockt haben. Kormorane verstehen es, die fliegenden Wegweiser für ihre Zwecke zu nutzen. Eine breite Schneise im Schilf ist ihr Revier. Ohne Radar oder Echolot wissen sie um aktuelle Futterplätze. Einem Fischschwarm geht es an die Schuppen. Strategisch bestens organisiert, rücken die Tauchjäger in Kettenformation vor. Soziales Jagen erhöht den Erfolg für den Einzelnen. Immer schneller verringert sich der Abstand zu einer Schilfkante. Wie auf ein geheimes Zeichen hin starten manche Mitglieder des Verbandes den Angriff. Mit einem regelrechten Kopfsprung verschwinden sie von der Bildfläche. Abtauchen und Auftauchen wechselt in rascher Folge. Längst habe ich den Überblick über die schwarze Vogelbande verloren. Wie einen Wasserball spuckt der Auftrieb die Nahrungsspezialisten wieder an die Luft.

Aber eines wird mir rasch bewusst: Nicht jeder Tauchgang ist von Erfolg gekrönt. Und kein Kormoran kann seinen Fang unter Wasser einfach schlucken. Unmöglich scheint das Entkommen für den zappelnden Fisch im Schnabel. Schraubzwingen gleich, halten kräftige Schließmuskeln das Opfer fest. Geschickt wirft, dreht und wendet der Erfolgreiche seine Lebendbeute, um sie mit dem Kopf voraus in den Schlund zu würgen. Die Erfahrung hat den Verwandten der Pelikane gelehrt, dass Barsche und Zander mit ihren stacheligen und geteilten Rückenflossen in die Weichteile piksen.

Faszinierend für mich bleibt die Tatsache, dass Kormorane auch in trüben Gewässern zielsicher die Fische verfolgen. Verhaltensforscher wissen, dass sich die Kormorane wie die Enten auf dem Wasser fortbewegen. Abwechselnd setzen sie ihre Füße zum Vortrieb ein. Stürzen sie sich kopfüber in die Unterwasserjagd, dann holen sie unbewusst zum Doppelschlag aus. Der ruckartige Schub liefert die notwendige Beschleunigung, um die flinke Beute zu erwischen.

Ist schließlich der Magen prall gestopft mit gesundem Fisch – Aas hat auf dem Speiseplan keinen Platz –, braucht der Kormoran Zeit zum Trocknen seiner Schwingen. Gleichzeitig nützt er diese Phase zum Verdauen seines Fanges. Verdauungssäfte spalten rasch die Eiweißkost. Nach dem Auswürgen von unverdaulichen Knochen, Gräten und Schuppen ziehen sich die Vögel zu ihren Kolonieplätzen zurück.

Vom Gewicht der Speiballen befreit, belastet der Flug nur gering die Energiebilanz. Werden die Tiere aufgeschreckt, dann tritt häufig der Fall ein, dass sie reflexartig ihren Ballast hervorwürgen oder ausscheiden. Das Startgewicht muss verringert werden. Auch Ballonfahrer haben sich in den Anfangszeiten von den Sandsäcken entledigt, um den Auftrieb zu erhöhen.

Experten schätzen während der Aufzucht den täglichen Nahrungsbedarf auf etwa ein halbes Kilogramm Fischfleisch. Allein fünfzig Kormoranpaare würden somit fünfzig Kilogramm Schuppenwild in den Schlund drücken. Verständlich ist es deshalb, dass Kormorane besonders die flachen, fischreichen Deltas, großräumige Seen oder Küstengewässer bevorzugen.

Der Saissansee verkraftet als intaktes Ökosystem leicht den Hunger der Kormorane. Die „Krähen des Meeres" sind intelligent genug, dass sie ihre eigene Lebensgrundlage nicht ausrotten. Kein Vogel hat letzten Endes Interesse daran, sich mit den Artgenossen um jede Flosse streiten zu müssen.

Uns selbsternannten Sportfischern steht es nicht an, sich über den erfolgreichen Konkurrenten das Maul zu zerreißen. Die reinen Lustfischer missbrauchen die schwimmende Artenvielfalt zur Befriedigung des eigenen Jagdtriebes. Sehr einseitig ist das Drillvergnügen. Bis zum Infarkt oft geschunden, landen die Kreaturen neuerlich im Wasser. Kormorane hingegen fliegen, schwimmen, tauchen und jagen nur, um zu überleben.

Vogelschutzrichtlinien, Kormoranverordnungen und Abschusspläne sind in dieser Gegend völlig überflüssiges Gedankengut. Es gibt weder Kläger noch eine Neidgesellschaft. Menschenleer, zumindest während des sommerlichen Treibhausklimas und der Mückenschwärme, ist das verzweigte Mündungssystem des Flusses. Nur wir schlecht beratenen und in die Irre gelockten Petrijünger erdulden unfreiwillig die Qualen.

Uralt und faszinierend gleichermaßen ist die Beziehung zwischen den Menschen und den abgerichteten Kormoranen. Unübertrefflich ist die Leistung der tierischen Fischereigehilfen. Eigene Zuchtanlagen in China fördern die Symbiose zwischen Tier und Mensch. Degeneriert ist leider das Gen zum braven Brüten. In Gefangenschaft haben es die Kormorane verlernt, sich um die notwendige Nestwärme des Geleges zu kümmern. Das Hirn eines Huhnes ist kaum größer als eine Erbse. Ein innerer Zwang lässt das Federvieh das Geschäft übernehmen. Geduldig sitzen Hennen auf den untergejubelten „Kuckuckseiern".

Aufgezogen und verwöhnt durch die Züchter, beginnt nach rund drei Monaten das Training. Die Bezugsperson gilt als Muttersatz. Geprägt und fixiert auf den Fischer, braucht es nicht einmal eine hinderliche Schnur, um die Vögel von einer Flucht abzuhalten. Natürlich taucht der Fischer nicht persönlich in die trüben Fluten, um seinen Schützlingen das Jagdverhalten beizubringen. Angeborene Verhaltensweisen gepaart mit Nachahmung führen rasch zum Erfolg.

Geduldig warten die Kormorane auf dem Floß oder auf Sitzstangen des Bootes, bis der Mann fischverdächtige Stellen erreicht. Auf sein Kommando hin starten die Vögel zur Unterwasserjagd. Ein Ring um den Hals oder eine Lederschlinge verhindert das Schlucken der Beute. Gelehrige Tiere würgen ihren Fisch auch ohne Zwang dem Meister vor die Füße. Garnelen als Leckerbissen halten die Kormorane bei Arbeitslaune.

Die Fischjäger verdienen sich Respekt. Im Durchschnitt erbeutet jeder Vogel pro Minute etwa zwei Fische. Vorausgesetzt, der aufgestöberte Fischschwarm kann nicht ins tiefe Wasser flüchten. Sogar Tierschützerinnen und Tierschützern fehlen Argumente zum Motzen. Trotz der aufgebürdeten Fangarbeit überleben die domestizierten Kormorane ihre wilden Verwandten beinahe um das Doppelte. Schwer vorstellbar ist es, dass auch in unserem Land die Kormoranfischerei betrieben wurde. Neben der geschätzten Beizjagd mit Falken pflegten die Adeligen diese lustvolle Beschäftigung.

Es fliegen die Federn. Die Fronten verhärten sich zwischen den Ornithologen, den Berufsfischern und den Teichwirten. Helle Empörung löste vor wenigen Jahren die Wahl des Kormorans zum Vogel des Jahres aus. Reflexartig, so vermitteln es zumindest die Diskussionen und Presseaussendungen, schalten die Gegner ihren Sachverstand aus. Untergriffig schütten sie sich mit Vorurteilen an. Der Zwist endet beständig in einer Sackgasse. Schwer scheint der Blick

über den Tellerrand der Fischsuppe zu sein. Die gegenseitigen Anschüttungen helfen aber weder Vogel noch Fisch. Nur fundierte Beweise können den unendlich scheinenden Streit auf eine sachliche Ebene bringen. Ökologinnen und Ökologen der Universität Innsbruck betreiben seit Jahren ein sinnvolles Projekt.

Wer frisst, der muss verdauen und ausscheiden. Im Vogeldreck steckt die Wahrheit. Unter den Bäumen der Brut- und Rastplätze fangen die Wissenschaftler den Kot der Kormorane auf. Die Exkremente und Speiballen sowie unverdauliches Material landen auf ausgelegten Planen und später im Labor zur Untersuchung.

DNA-Analysen des gesammelten Vogelmistes ermöglichen den Wissenschaftlern genaue Rückschlüsse auf die aktuelle Verpflegung. Kormorane sind wahre Opportunisten. Sie fressen jene Fischart, die in Massen vorkommt und leicht zu erbeuten ist. Die aktuellen Schwärme bestimmen ihren Speiseplan.

Neben dieser Untersuchung werden auch die Knochenreste der Beutefische auf ihre chemische Zusammensetzung bewertet. Durch die Einlagerung bestimmter Mineralien ist die Zuordnung der Beutegewässer gegeben. Einfach ausgedrückt: Die Forscher wissen, von welchem Gewässer die gefressene Fischart stammt.

TRAUMSCHIFF
– NÖTIGUNG

Zwischen den Schilfschneisen steht förmlich die schwüle Luft. Keiner wagt es, sich vom überflüssigen Gewand zu entledigen. Schuld sind die kleinen Biester. Stechmücken. Wenig scheinen die filigranen Insekten von den Giftstoffen auf unserer Haut und Kleidung beeindruckt. Ihr Zwang zum Blutsaugen ist stärker als die Geruchsbelästigung für die sensiblen Nasen auf ihren Antennen. Die hohe Zahl der erschlagenen Weibchen beeindruckt den Rest des Schwarmes nicht im Geringsten. Stur und erfolgreich ist seit Millionen von Jahren ihr genetisches Programm. Nur mit Mühe und Schmiergeld haben die Russen für uns Gäste überhaupt verbeulte Boote aufgetrieben. Der Zwang in der aufgeheizten Blechschüssel kann durch die schier grenzenlose Freiheit auf dem See nicht gelindert werden. Mit dem zunehmenden Druck auf die Sitzbeinhöcker wächst meine Unlust. Zum zweifelhaften Vergnügen wird das schweißtreibende Geschäft der Fischerei.

Seitens der Russen gibt es keine zweckdienlichen Hinweise. Sie halten sich bedeckt. Der See ist voller Fische, meinen sie mit einem Grinsen. Von der Reling aus, rund ums Boot, versuchen sie ihr eigenes Petri Heil. Ihre Bemühungen sind für die Fisch. Vermutlich vertreibt das stete Vibrieren des Notstromaggregates die Flossenträger mit Küchenmaß. Der Rumpf des Bootes schwingt als Resonanzkörper mit. Er versetzt das Seitenlinienorgan der Speisefische in Alarmbereitschaft. Im Zweifelsfalle reagiert ihr Instinkt mit Beißverweigerung und Flucht, statt sich selbstlos für die Bratpfanne zu opfern.

Leidenschaftliche Spinnangler sind meine beiden Bootspartner. Sie richten sich vermeintlich die besten Stellen, derweilen mir das offene Niemandswasser mit der Flugschnur übrigbleibt. Ich fühle mich meiner freien Entscheidung beraubt. Nervig ist der Zwang. Nach einer verbalen Meuterei gebe ich mich schließlich geschlagen. Leicht widerwillig rudere ich die Herrschaften zu ihren Wunschplätzen an verdächtige Schilfkanten. Zweifelsohne sind wir durch die Ausdehnung des Gürtels überfordert. Unendlich scheint der Wald aus verbleichten und saftig grünen Halmen. Ohne taugliche Seekarten und Echolot stehen wir auf verlorenem Posten. Vermutungen bezüglich Fischgründe sind keine Wegweiser zu den klassischen Barschbergen und den tiefen Löchern im Delta. Trotz schweißtreibender Arbeit und immenser Stechfliegenplage muss

ich öfter schmunzeln, weil sich die Meister uneinig sind. Selten erhalte ich eine klare Kursanweisung.

Im Zickzackkurs treibe ich das Boot durchs fremde Revier. Gemächlich ist mein Tempo. Keine Spur von Blasen auf dem Kielwasser. Bleiben die mit Ungeduld erwarten Bisse länger aus, dann fliegen nicht nur mit Rasanz die Metallköder in unnütze Weiten, sondern auch deftige Kommentare. Listig schüre ich das Verlangen nach einem Landgang. Ich träume laut von der Wegfreiheit auf einer schilfumzäunten Insel. Von der Lust, die mitgenommene Wurst über dem Lagerfeuer zu grillen. Reichlich Grünzeug ins Feuer geworfen, erzeugt es genügend Rauch. Der Qualm würde den kasachischen Moskitos das Blutzapfen verleiden. Vielleicht entdecken wir bei der Erforschung des Eilandes gar eine bewohnte Bruthöhle des Eisvogels oder andere Raritäten aus der Vogelwelt. Rohrsänger, Rohrweihen und Rohrdommeln.

Meine sanfte Gehirnwäsche trägt allmählich Früchte. Statt auf unser großes Mutterschiff zurückzukehren, schlagen wir uns zu einer leicht kupierten Stelle durch. Baumwipfel sind unsere Lotsen. Schwer ist es, in dem Irrgarten aus Schilf den rechten Weg zu finden. Für den Einsatz der langen Ruder bleibt kein Platz. Schlecht gelingt das Staken. Vorsichtig ziehen wir uns an den Halmen durch den Dschungel. Nicht ungefährlich sind die Blätter, denn durch die Einlagerung von Oxalsalzen schneidet das Grünzeug scharf wie Rasierklingen ins Fleisch. Jeder Griffverlust, jedes Ausrutschen hinterlässt feine Schnittwunden. Immer wieder knicken wir büschelweise Halme ab, um den Rückweg ins freie Wasser wieder zu finden. Uns fehlt der Überblick im Schilfmeer. Es gibt keinen Ausguck. Das Rohr überragt auch einen auf dem Sitzbrett stehenden Hünen um einen Kopf.

Während sich meine Helden am Lagerfeuer ausgestreckt unterhalten, lockt mich die Neugier zur Erforschung der Miniinsel. Kein Halten gibt es mehr, als ein Eisvogel pfeilschnell das Weite sucht. Der gefiederte Fischjäger ist mein Tierbote. An eine Art von Bucht führt mich der Zufall. Es lohnt sich zu fischen. Breit genug ist die Wassergasse, um beim Rückschwung die große Nassfliege nicht ständig an den Hindernissen zu verheddern. Tatsächlich vergreift sich ein Jungschwanz von einem Zander an der glitzernden Alexander. Im tieferen Wasser stehen sicher größere Geschwister der schmackhaften Fische, denke ich mir. Der intensive Flugverkehr – Stechmücken und Bremsen überbieten sich nahezu mit ihren Attacken – treibt mich schnurstracks barfuß ins Nass. Alsbald stehe ich mit der abgewetzten Hose bis zum Hintern im Kühlwasser, um tiefere Stellen zu befischen. Ich genieße die Frische. Sie lindert als Eisbeutelersatz das Brennen der zahlreichen Quaddeln.

Inzwischen verbeißen sich auch zwei unterarmlange Hechte an den gezupften Streamern. Der Erfolg verdrängt die zunehmende Kälte und das Zittern. Zu bescheiden ist die Reichweite meiner Flugschnur. Auch der Doppelzug macht das Kraut nicht fett. Stetig schiebe ich meine Füße wie eine Schnecke vorwärts, um das offene Wasser vor dem Schilfsaum zu erreichen. Bis zu den Knöcheln versinke ich im Schlamm. Das Wasser leckt bereits am Hosengürtel. Immer häufiger läuft mir ein Schauer über den Rücken. Zähneklappern überbrückt das Geduldspiel auf einen stärkeren Fisch.

Beim Wechsel auf ein künstliches Fischchen fällt zufällig mein Blick auf das Wasser vor meinem Bauch. Ein stattlicher, bunter Blutegel schlängelt sich durch die oberste Schicht. Argwöhnisch beobachte ich seinen Kurs. An meine nackten Waden braucht der Blutsauger nicht andocken. Wenn der Kerl eine Krampfader findet, dann rinne ich aus, rede ich mir ein. Auf einmal stelle ich mir bildhaft vor, dass ein anderer Egel sich bereits unbemerkt von mir an der Kniekehle zu schaffen macht. Abgelenkt durch die Fischerei, ist mir der Biss entgangen. Vielleicht hängen einige Egel schon an beiden Beinen und lassen sich das Menschenblut schmecken. Das ungute Bauchgefühl verstärkt sich. Zurück aufs Land treibt mich auch der auffrischende Wind.

Etappenweise verkürze ich wieder den Wasserstand an meinen klatschnassen Jeans. Ein paar Würfe noch und dann ist wirklich Schluss. Feierabend. Einige Male noch breche ich meine eigenen Abmachungen, ehe ich mich triefend vor Nässe zu meinen Partnern durchschlage. Man(n) soll nie den Tag vor der Nachtruhe loben. Meine Übertreibungen mit dem Kühleffekt entwickeln sich zum Bumerang. An Schlaf ist nicht zu denken, denn ein heftiger Schüttelfrost erfasst meinen ganzen Körper. Zudem verrät ein unangenehmes Kribbeln im Mundwinkel – das schlecht gereinigte Geschirr und Besteck ist auch eine Keimquelle – einen wachsenden Herpesherd. Ich spüre das Wachsen einer großflächigen Fieberblase.

Wer denkt schon beim Bestücken einer kleinen Reiseapotheke an Mittel zur Bekämpfung der Viren. Ich möchte in den nächsten Tagen nicht wie ein Zombie herumlaufen und trage dick Zahnpasta auf die Lippen auf. Mein gutes Verhältnis zur Dolmetscherin Nina weckt die Hoffnung, dass sie mir an Bord eine Wärmeflasche auftreiben kann. Nach einer Weile kehrt sie mit leeren Händen zurück. Vielleicht fühlt der Boss sich gekränkt und verweigert den Notdienst.

Der Kapitän des umgebauten Fischkutters ist in meinen Augen ein Schlitzohr. Ein Freibeuter. Seit Beginn der nicht gebuchten Kreuzfahrt hält er uns Touristen gewissermaßen in Geiselhaft. Tagelang steuern wir auf dem riesigen Stausee Häfen an, um seine Bekannten und Verwandten zu besuchen. Festessen mit reichlich Wodka in Wassergläsern sollen unsere Laune heben. Stundenlang hängen wir festgezurrt an Anlegestellen, derweilen die „Offiziere" im Dorf verschwinden. Ihre Pflicht ist das Auftreiben von Beibooten. Uns hingegen ist der Landgang untersagt. Seemannssitte sei es, meint er staubtrocken, dass jedes Ankerlichten, jeder Ortswechsel, mit einem kräftigen Manöverschluck begos-

sen werden muss. Umgehend fischt er eine Flasche Wodka aus seiner Bar. Der Umtrunk an Deck, selbstredend auf unsere Kosten, soll die bösen Wassergeister besänftigen. Übertrieben reichlich ist die Menge, die er über Bord schüttet. Jeder geopferte Tropfen bringt der Seefahrt Glück.

Ein kreativer Geschäftsmann ist der Kerl. Jegliches Pfeifen an Bord, der Ausdruck von guter Laune und persönlicher Zufriedenheit, wird mit einem Bußgeld geahndet. Fließen die Dollar in die Mannschaftskassa, dann wird das miese Karma abgewendet. Wie Spione werden wir beobachtet. Das Katz-und-Maus-Spiel ist ein sportlicher Zeitvertreib. Zu Wucherpreisen steht uns eine reiche Auswahl von Getränken zur Verfügung. Verglichen mit dem Monatslohn der Schiffsbesatzung ist es der pure Nepp. Rasch sind wir Gäste uns einig. Meuterei! Streik – der Verzicht auf die Spirituosen – scheint uns das beste Druckmittel zu sein.

Als einen der Anführer trifft mich der Bannstrahl des Kapitäns. In seinen Augen bin ich das Übel der Geschäftsstörung. Sein eingeplanter Gewinn zerrinnt zwischen den verschlossenen Flaschen. Sein zweibeiniger Sonderfang schlüpft ihm durch die Maschen.

Der Kapitän, so vermittelt mir Nina, würde mir zum Sonderpreis die Bootssauna einheizen lassen und mich in die Geheimnisse der kasachischen Schwitzkur einweihen. Nicht geheuer ist mir das schleimige Angebot. Aber in Anbetracht meiner über den Körper huschenden Kälteschauer willige ich ein. Mein Kojenpartner Heribert, ein Saunaliebhaber mit jahrzehntelanger Erfahrung, begleitet mich. Mir ist es recht. Schließlich halbieren sich die Kosten und der massige Typ steht bei seiner Behandlung zwei nackten Hintern gegenüber. Ein hoher Prozentsatz der Schiffsbesatzungen soll zu ihren schwulen Gefühlen stehen, behaupten altgediente Seebären.

Winzig ist der getäfelte Raum. Erdrückend niedrig. Ein richtiger Schwitzkasten. Kaum Platz bleibt in einer Ecke für den Ofen aus Gusseisen. Auf der Herdplatte steht eine rostige Metallschüssel, die mit würfeligen Pflastersteinen gefüllt ist. In einem krummen Winkel verschwindet das Kaminrohr durch die Außenwand. Befeuert wird der Ofen vom Achterdeck aus.

Mein Partner und ich schwitzen schon eine Weile. Plötzlich erscheint der Meister. Um den prallen Leib ein Handtuch als Lendenschurz gewickelt und zwei Bündel aus Birkenzweigen. Dürr ist das Geäst und wenige Blätter hängen daran. Wir verstehen kein einziges Wort, begreifen aber seine Gebärden. Umständlich wechseln wir auf unsere Knie und stützen unseren Kopf in die abgewinkelten Hände. Die Sitzgelegenheit wird zur Bank für die Demutshaltung. Mit einem Auge schiele ich unter der Achselhöhle durch. Er wischt und kratzt uns mit dem Besen den Schweiß von dem Rücken. Mit beiden Händen werkt er wie ein Schlagzeuger. Klopft und massiert im Rhythmus. Streichelt und peitscht. Steigert sich im Tempo und schlägt immer wilder auf unsere Haut ein. Die Blutzirkulation erhöht die Absonderung der Giftstoffe. Gleich einem Schamanen murmelt er dabei unverständliches Zeug.

Das Ritual des Aufgusses ist Sache des Schiffsherrn. Mit einer Kelle schöpft er literweise Wasser aus einem aus Birkenrinde gefertigten Eimer. Es zischt und dampft. In rasenden Achterschleifen drängt er den heißen Dampf in unsere Richtung. Wischt sich dabei geschickt mit den Unterarmen die eigenen Schweißrinnsale vom hochroten Kopf. Gekochten Krebsen ähnlich ist seine Farbe. Die Anstrengung ist dem Kerl regelrecht ins Gesicht gezeichnet, so trommelt er im Furioso auf unsere Körper ein. Er geißelt uns regelrecht und schlägt mir einmal gezielt zwischen die Beine. Misstrauisch äuge ich zurück und stelle fest, dass seine Männlichkeit weit das Handtuch vom Körper spreizt.

Ich pfeife auf die Austreibung meiner schweren Verkühlung. Schwitzkuren sind mir ohnehin kein Freizeitvergnügen. Überstürzt verlasse ich die „Banja", die russische Sauna, und springe über Bord.

Erwähnenswert ist allemal: An Heribert beißt sich der Kapitän die Zähne aus. Einem Herzinfarkt nahe verlässt er die Sauna und schickt für den dritten Durchgang seinen ersten Offizier ins „Feuer".

PFERDETRECKING – SCHMERZHAFTE ERFAHRUNG

Dünnhäutig ist unsere Zeltplane. Mitten im Sommerlager der Rentiernomaden ist unser Kuppelzelt aufgeschlagen. In der Provinz Khövsköl, einen Tagesritt von der sibirischen Grenze entfernt.

Keine Stimme verrät die Anwesenheit der sieben Familien in der Nachbarschaft. Weder Kinderweinen noch Streit unter den Geschwistern. Geruch prägt ein Leben lang. Eng ist die Bindung der Kälber zu ihren Muttertieren. Lautlos verhält sich die vielköpfige Herde. Blöken könnte den streunenden Wölfen den Standort der begehrten Beute verraten. Nur wie piano gespielte Kastagnetten klappern die Zehen der Hirschverwandten beim Gehen. Klaglos nehmen unsere Reit- und Tragtiere die Fußfessel im Kauf. Eingeschränkt ist die Futtersuche der Pferde in der Finsternis. Kauz und andere nachtaktive Vögel halten den Schnabel. Ringsum schlucken die prasselnden Regentropfen die Geräusche in der Wildnis.

Hundemüde bin ich von den Strapazen. Hellwach ist hingegen mein Geist. Der Einblick – einem Blitzlicht gleich – in die fremde Welt der Rentierzüchter beschäftigt meine Gedanken. Ein harter Menschenschlag sind die „Zaatan", die Nomaden. Keinen Platz findet das Wort Bequemlichkeit im Alltag. Wetter, die Ergiebigkeit der Weideflächen und das Setzen der Kälber bestimmen das Tagwerk. Das Ren braucht nicht den Menschen, um zu überleben, aber ohne diese Symbiose gäbe es diese Kultur nicht.

Wie die Spitzen von Eisbergen ragen die Zelte aus dem klatschnassen Grün. An die Außenhaut angelehnte massive Holzstangen beschweren die zusammengenähten Häute und zweckmäßigen Planen. Windböen richten keinen Schaden an. Leicht ist das Material im Vergleich zu den schweren Filzdecken der Steppennomaden. Stricke, rundum geführt, halten die Großfamilien-Einzimmerwohnung zusammen. Am schwellenlosen Eingang bildet eine schmale, klappbare Türe aus Fell den Zugang. Es ist das einzige Lichtfenster neben dem luftigen Loch um das hohe Kaminrohr. Unmittelbar dahinter liegt ein rauer Rindenfleck, Modell sibirische Lärche, als Stiefelabstreifer und Schmutzfänger am

Boden. Verschmiert mit Rentiermist ist der Vorleger. Nackt zeigt sich die übrige Erde rund um den Herd. Zusammengerollte Fellbündel lassen den täglichen Schlafkomfort auf dem Permafrostboden erahnen. Drei Schleifholzstangen, gefesselt am schlanken Ende, bilden das zentrale Dreiecksgerüst der mobilen Herberge. Angeordnet im Kreis zähle ich mehr als zwanzig krumme Stützen, die sich am Wipfel überkreuzen.

Einem wilden Haufen von Abwurfstangen ähneln die Enden des hölzernen Skelettes, die das lange Kaminrohr in den Luftraum begleiten. Eine bunte Vielfalt von Schnüren und Bändern zieht sich von einer Stange zur nächsten. Fleischstücke hängen über den Köpfen. Praktisch ist diese Arbeitshöhe. Noch blutig frisch ist ein Rückenteil mit den Wirbelkörpern. Überraschend wenige Schmeißfliegen laben sich am Saft, der auch tropfenweise im Erdreich versickert. Vermutlich verdirbt die herrschende Zugluft den Insekten die Kost. Daneben hängt ein schon fast mumifizierter Teil im unappetitlichen Grau.

Fetzen als Geschirrtücher, gemusterte Stofftaschen, kleine Bündel an getrockneten Kräutern und Unterwäsche schaukeln in der Luft. Ein knorriges Regal – die Querträger für die Auflagen der Holzbretter sind nicht vernagelt, sondern mit Leinen befestigt – beherbergt den ganzen Schatz an Geschirr. Bunt gemischtes Besteck und unförmige Schlachtmesser liegen nebeneinander. Verbeulte Milchflaschen, ein gestapelter Turm aus Porzellan- und Plastikschalen sowie in verschließbaren Gläsern Salz und Zucker. Sie ergänzen das Inventar. Pfeffer oder andere Gewürze reizen die Gaumen der Rentierzüchter nicht. Verborgen bleibt mir der Inhalt von handtellergroßen Dosen und kleinen Fläschchen. Es ist so Sitte bei den Nomaden, habe ich erfahren, dass Schnupftabak zum Riechen als Begrüßungsritual ausgetauscht wird. Höchst sparsam wird die Droge vom Hausherrn geschnupft.

Auf einem klappbaren Tischchen stehen ein altmodisches Radio und daneben ein Funkgerät. Dekorativ flankieren zwei unerwartete Elefantenskulpturen mit betont mächtigen Stoßzähnen den riesigen Wecker im Zentrum der Haustechnik. Zwei am Boden stehende Autobatterien versorgen die Verbraucher. Ein Solarpaneel vor dem Tipi liefert den Strom. Reine Energieverschwendung wäre der Betrieb auch nur einer einzigen Glühbirne. Das Naturlicht bestimmt den Alltag.

Absichtlich viel Zeit vertrödle ich im Tipi, um mir das ursprüngliche Innenleben nachhaltig einzuprägen. Wortlos, aber mit einem Verlegenheitslächeln ins Gesicht gezaubert, schlüpfen drei Mädchen ins Zelt. Sie strecken ihre Hände in Richtung heißer Herdplatte. Wohl suchen sie nicht die Ofenwärme, eher die Befriedigung der weiblichen Neugier. Erfrierungen im Gesicht lassen ihre Wangen wie gesunde Äpfel leuchten. Die Ruhe im Zelt nützen auch zwei Paarhufer, die geschickt mit ihrem Kopf das krönende Geweih durch den Eingang fädeln.

Ihr Besuch gilt nur der Hausfrau. Betteln ist ihr Zweck. Sanft spricht sie mit den Tieren. Aus einem Sack holt die Nomadin ein paar Kristalle Viehsalz. Sie hält das „Suchtmittel" den Hirschen unter das Maul. Mineralstoffe erhalten die Fruchtbarkeit der Säugetiere und fördern die Bindung zu den Besitzern. Jedes Wasserabschlagen wird scheinbar von den Herdentieren beobachtet. Gezielt suchen sie den mit Urin getränkten Platz auf. Begehrt als Salzersatz ist der Harnstoff. Aufgeleckt mit der rauen Zunge dringt alsbald das nackte Erdreich durch.

Erschöpft vom Nachtdienst, liegen tagsüber die Bewacher der Herde faul ausgestreckt auf dem mit Dauerfrost gekühlten Boden. Die tierische Antwort auf die Kälte ist das dichte Fell.

Jäh unterbrochen wird die friedliche Stimmung am scheinbaren Ende der Welt. Wie auf ein geheimes Zeichen hin zerreißt scharfes Hundegebell die Nachtruhe. Die übrige Meute versteht den Weckruf zum Dienstantritt. Allmählich mischen sich, verteilt auf das ganze Lager, die persönlichen Klangfarben in das Tierkonzert ein. Nicht herzzerreißend, aber eine ohrenbetäubende Kläfforgie. Jeder Köter gibt stimmlich sein Bestes. Solisten überschlagen sich schier mit ihrer Lautäußerung. Es scheint so, als ob die vierbeinigen Wachposten einen internen Wettbewerb ausbellen. Das Gekläffe, grimmige Murren und Knurren sowie das scharfe Gebell liegen weit über meiner Schmerzgrenze. Einer Folter gleich wirkt für mich die Geräuschkulisse. Wirkungslos verpuffen die in den Gehörgang gesteckten Pfropfen aus Taschentuchmaterial.

Die stattlichen Hunde erfüllen zum Wohle der Lebensgemeinschaft Ren und Nomaden ihre Pflicht. Ihre Aufgabe ist es, durch den Lärmpegel anschleichende Wölfe auf Distanz zu halten. Jeder Verlust eines Herdentieres ist ein erheblicher Schaden für diese „aussterbende" Volksgruppe. Sie schaffen ohnehin nur mit angepasster Genügsamkeit und unbändigem Überlebenswillen das Dasein.

Aufgewühlt vom Erlebten, dem Hundekonzert bis zum Morgengrauen, von der Enge im saukalten Kuppelzelt und dem zwanghaften Grübeln, finde ich keinen Schlaf mehr. Der Entzug dämpft die Laune. Immer noch schüttet es aus den tief hängenden Wolken.

Meniskus, mein Reitpferd, ignoriert mich! Verächtlich bläst es Luft aus den Nüstern. Während des Aufbruchs habe ich meinem Schimmel einen Blumenstrauß an gesammelten Pflanzen und Kräutern unter das samtige Maul gehalten. Genährt von der Hoffnung, dass er sich aus dem frischen Herbarium wohl ein paar Bissen knabbert. Meine Zuneigung schmecken soll der Wallach.

Nicht ohne Hintergedanken ist mein Bemühen um ein Vertrauensverhältnis. Vertuschen möchte ich meine Unsicherheit als Anfänger der Reiterei. Der Gaul soll mich sicher zum Fluss führen. Mein Gewicht auf der hindernisreichen Strecke ertragen und mich nicht durch bockiges Verhalten oder gar Durchgehen in Teufels Küche bringen.

Einem aufmerksamen Pferdeführer missfallen meine untauglichen Turnschuhe. Vorsorglich umwickelt er meine Unterschenkel mit Resten aus Kartonschachteln. Fixiert mit textilem Klebeband dienen sie mir nun als Reitstiefelersatz. Statt im Feuer zu enden, dient das Verpackungsmaterial zu meinem Schutz.

Nie verspürte ich das Bedürfnis, auf dem breiten Rücken der Pferde das Glück der Erde auszuloten. Und nun droht mir, freiwillig gezwungen, die Schinderei auf ungeübten Arschbacken. Die kurzen Beine der Pferderasse erleichtern das Aufsteigen. Kaum ziehe ich mich am Sattelbügel hoch, beschleunigt ein Helfer untergriffig meine Masse. Der Energieschub wirft mich beinahe aus dem Gleichgewicht. Mit Mühe kann ich den unrühmlichen Abgang auf der anderen Seite vermeiden. Heitere Beachtung findet unter den Pferdekennern mein gelenkiger Rettungsversuch.

In verkrampfter Haltung, eingezwängt in die Zwickmühle des schlichten mongolischen Sattels, erleide ich den Schritt des Pferdes. Schwierig ist der Lernprozess. Immer wieder versuche ich die Sitzhaltung zu verändern, die Druckstellen gerecht zu verteilen. Jede Gelegenheit nutze ich, um mich, in die Steigbügel gestemmt, aufzurichten. Die Freiheit, so meine ich gemartert, liegt nur im abwechselnd gestreckten Bein. Jedes Stolpern meines Tragtieres erschreckt mich heftig. Ausgleichend wirft das Pferd seinen groben Schädel zu Boden und reißt mir den ohnehin nur zaghaft gehaltenen Zügel aus der Hand. Schleunigst versuche ich wieder mit der Fußspitze den Steigbügel zu fischen, um beim nächsten Straucheln gewappnet zu sein.

Oft hänge ich, einem schwer verletzten Hunnenkrieger gleich, mit verdammt schlechten Haltungsnoten im Sattel. Nur der Verlust einiger Zotteln aus der struppigen Mähne rettet mich vor dem blamablen Abgang. Fortan bedanke ich mich bei meinem Schimmel durch sprachliche Liebkosung. Belangloses Zeug schwatze ich dem Pferd vor. Ständig, schon mutiger als Reiter, zerquetsche ich am Hals die gierig saugenden Pferdebremsen. In Wolken umschwirren die hummelgroßen Insekten die Tiere. Sie interessieren sich zunehmend auch für meine dünne Haut. Die Plagegeister drängen sich in den Augenwinkeln um das salzige Sekret der Tränenflüssigkeit. Gar frech krabbeln die Viecher in die Schleimhäute der Nüstern. Die hohe Frequenz reizt den empfindlichen Gehörsinn der Pferde. Unentwegt sind ihre Ohren in Bewegung. Ständig klatscht der Schweif als biologischer Bremsenwedel abwechselnd auf die Hinterhand. Muskelkontraktionen, von heftigem Zucken begleitet, verschieben nur das Andocken der Blutsauger.

Bei jeder Gelegenheit streift mein Wallach seinen Schädel mitten durch das Gestrüpp, um die Pein für kurze Zeit abzuschütteln. Oft fürchte ich um sein Augenlicht durch die holzigen Zweige. Ein froschgrüner Regenmantel schützt das

Beinkleid meines Vorreiters für die anstehende Härteprüfung. Praktisch teilt sich sein gewachstes Kleidungsstück – die untersten Knöpfe sind offen – am Sattelkopf. Hingegen staut sich meine untaugliche Pelerine am Rist des Tieres. Die elastischen Äste der fast in Monokultur stehenden Weiden klatschen ihre vor Nässe triefenden Blätter wie Waschlappen um meine Beine.

Aufgeweicht hängen bereits die Attrappen der Reiterstiefel wie schwammige Fetzen an meinen Unterschenkeln. Häufig queren wir Quellgewässer. Steigt mein Meniskus vom Ufer in das sichtige Bachbett, so spreize ich übertrieben stark meine Füße im Steigbügel. Mit Kraft kralle ich mich anschließend wie ein Affe an der Mähne fest, wenn das Tier die neue Böschung ruckartig erobert. In heiklen Situationen lasse ich einfach Zügel Zügel sein und vertraue dem Instinkt des Pferdes die Entscheidung der Geländewahl an.

Ein harter Hund ist mein Vorreiter. Am Handgelenk baumelt ein daumendicker Stock an einer Lederschlinge. In regelmäßigen Abständen schlägt er mit dem Treibstock auf die Hinterhand seines Pferdes, um auch im unwegsamen Gelände das Gangtempo vom Tier einzufordern. Nie habe ich das Straucheln seines Fuchses beobachtet. Hingegen rutscht mein Schimmel an kritischen Stellen wiederholt aus und versetzt mir als Anfänger einen gehörigen Schrecken.

Unablässig schüttet es wie aus Kübeln gegossen. Katz und Maus spielen die Elemente mit unserer Stimmungslage. Gering ist die Hoffnung auf Wetterbesserung. Im Schlepp hänge ich an der langen Leine, gleich einer Nabelschnur. Durchtauchen unter tief ausladenden Ästen, die wie Schlagbäume den Luftraum teilen. Gewichtsverlagerung als Dauerbeschäftigung. Die Füße abwechselnd flink aus den Steigbügeln ziehen, um sie vor dem Quetschen zu retten, wenn sich das Pferd wegen der Enge an festen Hindernissen reibt. Abenteuerliche Mutproben werden mir zugemutet. Dennoch möchte ich nur im Notfall absteigen. Mein Gesicht und Ansehen möchte ich vor den Mongolen nicht aufs Spiel setzen. Jeder Hufschritt führt uns, trotz vieler Umwege, immer tiefer in den Irrgarten der Schlüsselstelle. Meine Bewunderung über die Tauglichkeit der Geländemaschine auf Hufen wächst enorm.

Mein Wegsucher denkt weniger an meine Unerfahrenheit, vielmehr kümmert er sich um Schlupflöcher für die breit beladenen Packtiere. Er führt den Tross auf schmalen Wildwechseln in rutschige Gräben und weicht lockeren Steinplatten aus. Er treibt seinen trittsicheren Hengst zwischen dem Wirrwarr des Windwurfes hindurch und jagt ihn in wilden Sprüngen über steile Passagen. Anschließend sucht er im losen Geröll, fast in der Falllinie, ein Weiterkommen. Keine Zeit lässt mir der Höllenritt, um meinen Schutzengel um Beistand zu bitten. Mit aller Kraft und Aufmerksamkeit kämpfe ich um das Verbleiberecht im Sattel.

Eingeengt in der Schlucht, gurgelt der vom Dauerregen angeschwollene Wildbach. Spaltenfrost und Schwerkraft reißen aus einer Steilwand ständig mächtige Trümmer, die als Blockschutt den steilen Bergfuß säumen. Meterhohe Felswände, nackt von Bewuchs, begleiten den gefährlichen Abschnitt. Die Abschüssigkeit des Geländes nährt meine Fantasie mit schrecklichen Bildern. Keine Angst haben nur Idioten. Strauchelt mein Pferd, dann droht mir erhebliches Ungemach. Meine Gesundheit steht auf dem Spiel. Ein Absturz bricht mir mit Sicherheit einige Knochen oder gar das Genick. Ständig wechselt mein Blick in die Tiefe und unmittelbar vor den Hufen meines Pferdes. Bewusst ist mir die Gefahr. Ein paar Pferdelängen noch – und geschafft. Schlagartig senkt sich die Anspannung. Durchnässt bis auf die Haut, breitet sich trotzdem ein Wohlgefühl aus.

Plötzlich zerreißt ein gellender Schrei das schwere Schnauben der Tiere. Während ich mich entsetzt und steif gleichermaßen umdrehe, ist mein Führer schon blitzschnell aus dem Sattel gerutscht. Wortlos drückt er mir die Führungsleine seines Pferdes in die Hand. Wir, Ross und Reiter, blockieren den Weg. Unmöglich ist mir ein Ausweichen. Der Verantwortliche hastet zu Fuß, ohnehin schon ein Wunder, zurück zur Unfallstelle. Erheblich Mühe bereiten mir meine verkrampften Muskeln, um auf der ungeübten Bergseite aus dem Foltersitz zu steigen. Ich pfeife auf den niedrigen Dienst des Rosshüters. Mit übertrieben vielen Knoten knüpfe ich die Leinen der Pferde an einen starken Ast. Sorge und Neugier treiben mich an. Fatale Folgen hätte ein Stolpern auf diesem ausgesetzten Wegstück.

Mein Führer beruhigt schon das verletzte Tier. Ein langer, blutiger Kratzer schrammt durch das Fell. Aufgerissen ist die zähe Haut entlang des Bauches. Halb auf der Kruppe des Pferdes wackelt der schlichte Sattel. Schlapp schleift der Bauchgurt am Boden. Aufgefädelt baumt ein Tellerbügel von einem sperrigen Ast. Geschockt sitzt Ilja, der Betroffene, auf der durchnässten Böschung. Leichenblass ist sein Gesicht. Allmählich begreift der Mann, ein geübter Reiter, sein Glück im Unglück und findet seine Fassung wieder.

„Verdammte Scheiße", er schaut dabei in die Tiefe und schüttelt seinen Kopf, „das war knapp!"

„Was ist passiert?", frage ich betroffen.

„Eigentlich unvorstellbar. Ein spießiger Ast bohrte sich wie eine Lanze zwischen Schuh und Bügel. Den Gaul erwischte es am Bauch. Erschrocken sprang er einem gewaltigen Satz vorwärts. Ein lautes Schnalzen ... und schon riss das Leder. Der Schwung hebelte mich aus dem Sattel. Schwein gehabt. Den Sturz über die Felsen hätte ich nicht überlebt."

Nachdem der Pechvogel noch einmal ausgiebig den Tatort mustert, greift er sich ans Knie und meint:

„Wahrscheinlich habe ich mir das Knie verdreht, ein Seitenband beleidigt. Ich bin kein Weichei. Noch ist der Schmerz erträglich."

Die unfreiwillige Unterbrechung nützt der Chef zur Reparatur sowie zur Kontrolle sämtlicher Sättel. Bei Bedarf zieht er die Riemen um ein Loch enger. Er kümmert sich mit den Männern der Packtiere, die unglaublich rasch aufgeholt haben, gewissenhaft um den Sitz der verteilten Güter. Gemeinsam verlassen wir das unwirtliche Terrain und folgen dem erträglichen Gefälle eines Schuttkegels. Zierliche Tamarisken mischen zunehmend den Weidenbestand auf. Auf krummen Wegen sucht sich unser Guide spärliche Lücken durch die Hindernisse.

Sumpfige Löcher und dunkel gefärbte Kleinmoore behagen meinem Pferd nicht. Sein Instinkt warnt es vor dem Einsinken. Die Unsicherheit im Morast äußert sich durch Verweigerung. Dafür ist mein Mut während der Plackerei erheblich gewachsen. Ich genieße es, mein Pferd mit „Tschu – Tschu, Tschu!" anzutreiben. Spritzt das Wasser beim Durchschreiten flacher Bäche in platschenden Fontänen, so spüre ich mehr als eine Brise Lust. Naturräume auf dem Pferderücken zu erobern ist ein Privileg. Natürlich bei Sonnenschein und gemütlich kupiertem Steppenboden als Bedingung. Gestrichen voll habe ich momentan meine Schnauze, denn die auffrischenden Winde kühlen meinen zitternden Körper zusätzlich aus.

„Ein Reiter ohne Pferd ist nur ein Mensch. Ein Pferd ohne Reiter bleibt ein Pferd." Diese Weisheit im Lande der Nomaden zeigt ihre Wertschätzung gegenüber dem vierbeinigen Partner. Elegant wirkt diese Rasse nicht in meinen Augen. Der klobige Schädel steht mit dem kleinwüchsigen Rahmen in Widerspruch. Gering ist das Stockmaß. Glimpflicher fällt somit jeglicher unfreiwillige Abgang aus dem Sattel aus. Ein unglaublich zäher Ruf eilt den Rössern voraus. Kein Wunder, schließlich haben die Hunnen und später die Mongolen die halbe Welt mit diesen Tieren erobert.

Nachträglich sei erwähnt, dass ich wenige Tage später Ilja mit einem desinfizierenden Wund-Gel behandelt habe. Nein, nicht das lädierte Knie. Sondern den Abdruck des nackten Sattelbügels. Der hufeisenförmige Eisenbogen hat sich durch die Wucht in seinen Rücken gepresst. Eitrig entzündet durch den Schweiß und die ständig nassen Kleider.

MONGOLISCHES WASSER – EIN GEFÄHRLICHER SPASS

Die Saumtiere leisteten ohne Bocken ihre Arbeit. Eine Herausforderung war die Querung eines Steilhanges mit der zusätzlichen Schikane eines frischen Windwurfes. Spießen gleich drohte das aufgesplitterte Holz. Kreuz und quer liegende Bäume erforderten gefährliche Umgehungen. Gut überstanden haben die beiden Boote den Transport als zusammengelegtes Bündel. Prall erdulden nun der Kanadier und das Raftingboot den Lufttest im Trockenen.

Eine Nacht später – sintflutartige Niederschläge lassen Schlimmes befürchten – sind wir vier „Urlauber" auf unsere Fähigkeiten angewiesen. Aufgespalten hat sich der Tross. Die Pferdeführer sind mit ihren Packtieren auf dem Rückweg. Auch unsere wasserscheue Übersetzerin begleitet die Männer. Ohnehin hätten wir auch für eine hübsche Galionsfigur keinen Platz. Wir werden, meint sie zum Abschied, auf der Bootsfahrt sicher keine Menschenseele treffen. Der Verzicht auf ihre Dienste falle somit nicht ins Gewicht. Am ausgemachten Treffpunkt, nach gut einer Woche, werde sie uns am Ende der Wildwasserfahrt mit den Fahrern erwarten.

Bernd trägt die Verantwortung. Mit Recht besteht er darauf, dass wir im Stillwasser des buchtförmigen Seitenarmes ein paar Manöver unter seinem Kommando ausführen. Für den Kapitän im Boot ist das Heck bestimmt. Ich habe hingegen die Ehre, im Bug das Spritzwasser hoher Wellen zu schlucken. Galant hält er mir das schmale Gefährt mit dem kühnen Schriftzug „Outside", damit ich bequem im vorderen Bereich meine Position einnehmen kann. Abgestützt mit dem Paddel auf beide Wülste, steige ich in das Wasserfahrzeug. Rasch nimmt das labile Schaukeln ein Ende, nachdem ich den Schwerpunkt meiner Masse auf das Wasserniveau absenke. Beunruhigendes Gemurmel entschlüpft dem Meister hinter meinem Rücken. Die bullige, bauchige Form unseres Kanadiers erhöht wesentlich die Kippstabilität. Zudem verträgt das Boot reichlich Gewicht

an Zuladung. Natürlich mindert die Gesamtlast die Wendigkeit des Fahrzeuges. Aber wir wollen ohnehin nicht an Wettbewerben teilnehmen.

Der Vordermann ist trotz Krafteinsatz kaum in der Lage, das Boot wesentlich in der Richtung zu beeinflussen. Trägheit und Hebelwirkung sprechen dagegen. Der Chef im Heck löst die Kursänderung aus. Meine Hilfe dient zur Unterstützung. Bevor wir endgültig in die See – natürlich Fluss – stechen, fühlt sich Ingo als studierter Sportwissenschaftler dafür verantwortlich, nur mir Verhaltensregeln ins Gewissen zu drücken. Im Falle einer Kenterung oder bei „Mann über Bord" können Ratschläge Leben retten. Nicht wissen kann er, dass ich eine leidenschaftliche Wasserratte bin. Zudem eine Lizenz zum Flaschentauchen im Geldbeutel steckt. Außerdem habe ich auf fantastischen Flüssen in Alaska und Sibirien mir nicht nur nasse Füße geholt, sondern auch schmerzhaftes Lehrgeld bezahlt. Tückisch sind die abgesoffenen Baumleichen und Verklausungen am anderen Ende der Welt.

„Wenn du", meint er im mir bekannten schulmeisterlichen Ton, „ins Wasser fällst, dann strecke die Beine stromab, damit du mit dem Schädel nicht auf Felsen krachst!" Wohlerzogen nehme ich den Ratschlag zur Kenntnis, denn meine Fischerkappe scheint mir als Schutz wenig nützlich. „Vergiss den Kampf gegen die Strömung. Du bleibst immer zweiter Sieger. Die nassen Klamotten und die Kälte machen dich fertig. Behalte einen kühlen Kopf. Atme immer tief ein. Schneller als du denken kannst, zieht dich eine Walze unter Wasser."

Rauch folgt dem Feuer und Wellenberge verraten mächtige Felsen am Grund des Flussbettes. Sie bieten dem Druck die Stirn. Wie eine geöffnete Schere läuft das Nass auseinander. Das sanfte Plätschern wächst zum bedrohlichen Lärm an. Je näher sich die Felsbrocken zur Oberfläche drängen, desto heftiger wüten die Wassermassen. Gebremst der Elemente Schwung, umgelenkt und aufgeworfen, donnern schließlich die Fluten über das Hindernis hinweg. Aufgepeitscht dreht sich der Strudel einer Riesenwaschmaschine gleich im Rückwärtsgang. Angesaugt wird jeder Fremdkörper wie von einem Riesenschlund. Mit brutaler Kraft in die Tiefe gerissen, von der Strömung bodennah erfasst und alsbald wieder ausgespuckt. Weißwasser.

Ragen schroffe Klippen aus dem Fahrwasser, dann ist bei flotter Strömung die rasche Kursabsprache eine Lebensversicherung. Blindes Verstehen verlängert das Zeitfenster zur Umgehung der Gefahr. Wenig vermag der Mensch mit der schmalen Paddelfläche auszurichten, wenn die Urgewalt der flutenden Massen sich austobt. Ein Narr, wer sich gegen den Strom auflehnt. Den Schub der Strömung nutzen und sich an den kritischen Stellen geschickt vorbeischwindeln, das ist das bessere Rezept.

Durch den eiszeitlichen Zeitzeugen einer gewaltigen Stirnmoräne gräbt sich der Fluss. Er schneidet sich mit rascher Fahrt durch das abgelagerte Material der

Terrasse. Eng und tiefer wird das Wasser. Verblockungen in Form von bedrohlichen Findlingen nötigen uns zum flotten Kurswechsel quer durch das Wasser. Unmöglich ist es, den Bug des Bootes im rechten Winkel zu den Wellenbergen und Walzen auszurichten. Einem Wasserfall gleich klatschen mir als Frontmann in rascher Reihenfolge ganze Fontänen ins Gesicht. Für den Rest der Flussreise reichen mir die erfrischenden Duschen. Kein Auge bleibt trocken. Gar innerhalb der Wathose findet das Nass den Weg bis zu den Socken. Ein eng angelegter Brustgurt ist beim Waten im tiefen Wasser eine vernünftige Schutzmaßnahme. Die Fessel am Oberkörper mindert aber erheblich das Sitzvergnügen im Kanadier. Nachlässig gelockert erhöht er die Beweglichkeit, dafür büße ich mit getränkter Unterwäsche.

Angehoben vom Schaumberg, schneidet der Bug durch die Gischt, ehe er wieder mit einem harten Schlag auf das Element zurückklatscht. Oft sticht mein Paddelschlag fast ins Leere. Ein Luftzug ohne Nutzen. Wirkungslos verpufft der Einsatz für den Vortrieb. Literweise schöpfen wir unfreiwillig Wasser. Knöchelhoch schwabbelt bereits das Nass im Bauch des Kanadiers. Abgesoffen liegt das festgezurrte Gepäck in der Lache. In weiser Vorausahnung habe ich meinen Fotoapparat im wasserdichten Beutel zusätzlich im schützenden Rucksack verstaut. Eingepackt wie ein kostbares Geschenk und zusätzlich mit der Pelerine als Schutzhaut abgeschirmt. Nicht geeignet ist meine Kamera für Tauchgänge.

Schlagartig ändert sich der Charakter des Flusses. Gerade noch wild und ungestüm wie ein Przewalskipferd und nun behäbig breit, einem lahmen Esel gleich. Übersehen haben wir einfach das zusammenlaufende Wasser. Wir schrammen, trotz geringem Tiefgang des Bootes, über die seichte Schotterbank. Jäh stoppt das Auflaufen die Fahrt. Wir sitzen fest.

Bevor einer von uns aussteigt, um durch die Gewichtsentlastung das Kielwasser zu erhöhen, müht sich jeder redlich. Mit der missbräuchlichen Verwendung der Paddelblätter als Stakhilfe graben wir schier den Kies im flachen Bett um. Der Aufwand zahlt sich aus. Die Breitseite des Bootes nimmt allmählich die Schubkraft des Flusses auf. Erbärmlich knirscht und quietscht es unter dem Rumpf. Langsam driftet das Heck des Bootes wieder ins freie Fahrwasser. Ohne Aussteigen genießen wir letztlich das anmutige Wasserballett und winden uns im Walzersinn über die Flachstelle der Furt. Noch verkehrt ausgerichtet, steigert sich die Geschwindigkeit. Abgelenkt durch das Spiel mit den Kräften, sehen wir beide reichlich spät ein paar mächtige Felsbrocken.

Dieser Abschnitt der Strecke verursacht urplötzlich Stress. Verdammt rasch nähert sich die Gefahr. Wir können nicht mehr ans Ufer flüchten. Lauter und gefährlicher rauscht der Fluss. Die Zwickmühle spitzt sich zu. Offenen Auges driften wir einer Kenterung entgegen. Der Hauch einer leichten Panik liegt in der Stimme meines Partners Bernd. „Zieh!", schreit er mir ins Genick. Ich habe

nicht die geringste Lust, mit erhöhtem Tempo gleich den ersten Klotz zu rammen. Ich verweigere den Dienst. Bewusst stelle ich mich taub, denn nach meiner Erfahrung – die mit Baumleichen gespickten Flüsse in Alaska sind beinharte Lehrmeister – zielt der Bug direkt auf die Blockade.

Einem Sturm gleich hebt sich sein Befehlston: „Zieh, zieh, verdammt, zieh doch!" – „Wir haben keine Richtung! Links oder rechts?", reagiere ich verärgert. Auf eine Antwort kann ich nicht mehr warten. Spontan entscheide ich mich für meine Seite. Hektisch drehen wir das Boot auf einen neuen Kurs und treiben es mit langen Zügen aus der unmittelbaren Gefahrenzone. Wahrlich in letzter Sekunde gelingt es uns, das Boot wieder halbwegs in die Strömung auszurichten und die Wucht des Aufpralls abzufedern. Einem Riesenradiergummi gleich schleift die Haut am nackten Felsen entlang. Wie eine Nussschale versetzt wird unser Fahrzeug. Abgewendet ist der Schiffbruch. Mit dem Spritzwasser vermischt sich der Schweiß auf meiner Stirn. Das tiefe Loch abrupt hinter dem mächtigen Hindernis wäre eine äußerst unangenehme Stelle für ein Bad. Nicht auszuschließen die Katastrophe, wenn durch den enormen Wasserdruck das Gefährt mittig an den Felsen gepresst würde. Es bräuchte schon die Hilfe der im Lastkahn mitgereisten Freunde, um mit langen Seilen das Boot vom Unfallort zu befreien.

Ab einem gewissen Schwierigkeitsgrad ist es mehr als ratsam, die Mischung aus hohen Wellen, eventuellen Schwemmholzansammlungen und markanten Felsen vom Land aus einzusehen. Eher schlüpft ein zweihöckriges Kamel durch ein Nadelöhr als wir mit unserer Nussschale durch den Blockschlag der rauschenden Stromschnelle, denke ich während der Begutachtung vom Ufer aus. Es zahlt sich aus, von einem erhöhten Standpunkt sich einen Überblick zu schaffen. Harmlos erscheinende Stromschnellen mit schmalen Durchfahrten verlangen genaues Manövrieren. Es ist kein Spaß, als menschliches Treibgut, mit der Lebensversicherung Paddel in der Hand, dem gekenterten Boot nachzutreiben. Tritt tatsächlich der unkontrollierbare Fall ein, dann gerät das Fahrzeug zur Rettungsinsel. Nicht zu verachten ist der Puffer zwischen steinigen Hindernissen und den Schiffbrüchigen. Driftet das Boot außer Reichweite, dann platzt der Traum vom Abenteuer schneller, als die stressausschüttenden Hormone sich beruhigen. Hilfe ist im Notfall vom Partner kaum zu erwarten, denn er hat alle Hände voll zu tun, um sich über Wasser zu halten. Verlässt nur ein Mann unfreiwillig das Boot, so ist er allein für seine Gesundheit verantwortlich. Der noch im Trockenen sitzende Ruderer ist beschäftigt genug, das Fahrzeug heil durch die Wirbel zu bringen.

Parallel zum heiklen Abschnitt spazieren wir auf dem Landweg die Strecke ab. Wir beraten, streiten und verwerfen Wasserwege. Geradezu gespickt mit Steinen ist die Gefällestufe. Wie Panzer von Riesenschildkröten ragen die

Rücken der Felsen aus dem Weißwasser. Die heftigen Niederschläge im Einzugsbereich unseres Flusses halten schon seit Tagen den Wasserstand hoch. Beträchtlich flotter schießt somit der Fluss durch Engstellen. Knapper wird der Zeitpolster, um richtige Entscheidungen zu treffen. Das Hochwasser bringt auch Vorteile. Zahlreiche geologische Prellböcke liegen so tief, dass sie uns nicht vom geplanten Kurs abschütteln. Zudem bleiben die beunruhigenden Schleifgeräusche am Bootsbauch aus. Ein langer Riss ist das Ende der nassen Reise. Selten reichen vom Format her die mitgeführten Flicken für die taugliche Reparatur der Bootswunden.

Ausgiebig besprechen wir die Passage, aber letzten Endes fehlt die notwendige Tiefenschärfe. Zu flach ist der Betrachtungswinkel von der Böschung aus. Einmal abgestoßen vom Ufersaum, gibt es kein Zurück mehr. Die ausgemachten Überlegungen verändern sich spontan durch die Realität.

Nachträglich betrachtet wäre oft das Sichern des Bootes mit einer langen Bug- und Heckleine die vernünftigste Möglichkeit. Unausbleiblich ist auch das Umgehen von Wasserfällen. Aber die Dynamik der Kleingruppe trägt häufig Schuld daran, dass durch beschämendes Unterdrücken der Angst fataler Leichtsinn heraufbeschworen wird. Wenige Menschen stehen mutig zu ihren Schwächen. Wenn es aber die Weisen nicht mehr wagen, ihre Besorgnis mitzuteilen, dann erhalten die Narren Oberwasser. Jeder ertrunkene Wassersportler ist zweifelsohne einer zu viel. Ich möchte nicht der Nächste sein.

Normal ist der Schwund an Besitz. Nicht nur zerstört die Feuchtigkeit die Elektronik der Kameras, auch verschwinden unrettbar wichtige Dinge in den Fluten. Gar teure Fliegenruten verleibt sich der Flussgott ein. Verluste und Risiko sind der Preis für die Sehnsucht nach Freiheit.

Zweckmäßig und elegant gleichermaßen ist die Nutzung der Strömungslehre. Vor dem ins Auge gefassten Landgang richten wir das Boot in einen geschätzten 45-Grad-Winkel zum Ufer aus. Die Kraft der Strömung und unser Vortrieb paaren sich zum Nutzen. Je nach Motivation zwecks vermuteter Fischstandplätzen hält sich auch das Versetzen zur angepeilten Ausstiegsstelle in Grenzen. Es ist fast ein Kinderspiel, den kleinsten Hafen zu nutzen, wenn das Boot rechtzeitig mit der Nase flussaufwärts geführt wird. Auch mein Boss freundet sich mit der vorteilhaften Technik an. Wir zwei wachsen als voneinander abhängiges Duo zusammen.

Bernd ist von meiner Krisenbewältigung beeindruckt. Fortan überlässt er mir den Wahlvorschlag für nötige Kursänderungen. Trotzdem müssen wir in unregelmäßigen Abständen zum Ufer paddeln, um das unfreiwillig „geschöpfte" Wasser wieder zu entleeren. Wird das Fahrzeug entladen und auf den Kopf gestellt, ergießt sich in kleinen Sturzbächen die angesammelte Menge neuerlich ins angestammte Flussbett.

Zwischenmenschliche Beziehungen zeigen ihr wahres Gesicht, wenn Gefahren auftauchen. Nackt wird der Mensch in der Not. Gefährliche Situationen während der Wasserreise beuteln das Gefühlskorsett gehörig durcheinander. Krusten brechen auf. Aber die gemeinsam bewältigten Etappen öffnen den Zugang zur Seele. Die großartige Naturkulisse bildet dazu den Rahmen.

GELBSCHWANZÄSCHEN – FLIEGENFISCHERS TRAUM

Zur Begutachtung verführt mich das regelmäßige Platschen und Klatschen. Vorsichtig umgehe ich die Stelle, um nicht mit meinem Schatten die Fische bei ihren akrobatischen Sprüngen nach den tanzenden Mücken zu verscheuchen. Schleichen und tarnen ist mein Ziel. Gebückt wie ein Heuchler pirsche ich zur Uferböschung. Der Bodendreck kann mir die Bauchlage nicht vermiesen. Getrieben von der Neugier, schiebe ich meinen Kopf über die Kante. Der Blick in ein Aquarium könnte nicht schöner sein. Ich genieße den Nahrungserwerb der Schuppenträger unmittelbar vor meinen Augen. Müßiggang ist nicht aller Laster Anfang, sondern schafft Freiraum für Beobachtung.

Der Schatten eines knorrigen Astes, armdick und saftlos, zittert einen Scherenschnitt auf die glitzernde Spiegelfläche. Jedes zarte Absaugen der Insekten von der Oberfläche oder durch die Sprünge der hungrigen Fische führt zur Beunruhigung des Stillwassers. Die Wellenringe verlaufen vom Zentrum aus mit wachsendem Abstand. Der Schattenarm verzerrt sich scheinbar zu einer zunehmend gestreckten Spiralfeder. Bilder laufen, überlappen sich und dämpfen. Ein spannender Zeitvertreib ist mir das Schauspiel des Naturkinos.

Fische sind fantastische Geschöpfe der Evolution. Großartig ist ihre Artenvielfalt. Unbändig ihre Lebensenergie. Hochsensible Sinnesorgane erleichtern den Kreaturen weltweit bewundernswerte Anpassung. Kiemenatmer sind keine stumpfen Lebewesen und verdienen Respekt. Das Fischen bis zur Erlahmung der eigenen Kräfte auszureizen ist bereits ein Zeichen einer gestörten Grundeinstellung. Misshandlungen des Schuppenträgers während absichtlich verlängerter Drillphasen mit ultraleichten Schnüren oder Vorfächern sind nachweislich eine Tierschinderei. Langatmiges und umständliches Posen mit dem Traumfisch zur Beweissicherung im Fotoalbum, das unweidmännische Herausoperieren der Haken und das rohe Zurückwerfen leiten oft genug einen späteren Tod ein. Die geschundenen Kreaturen verenden auf Raten.

Das Fangen und Zurücksetzen – modern als „Catch and Release" bezeichnet – vermehrt sich wie eine Fischseuche unter den Anglerinnen und Anglern. Aber

diese Methode stößt nicht nur bei streitbaren Tierschützerinnen und Tierschützern auf Ablehnung. Das Geschöpf Fisch wird zum Spielzeug entwertet. Zur persönlichen Lustgewinnung ausgenutzt. Wir Fischer plustern uns über Leben und Tod auf. Zurückgesetzte Speisefische, die das Brittelmaß treffen, heiligen als Mitleidsgeste nicht den Zweck. Das Vergnügen der eigenen Freizeitgestaltung bleibt, überspitzt ausgedrückt, eine Quälerei zu Lasten der Tiere.

Zieht der Landwirt ein klagendes Schwein mit der Schlinge um den Hals hinter seinem Traktor durch den Weiler, dann steht der Bauer mit der groben Sitte vermutlich schon in der nächsten Ausgabe der lokalen Presse. Üble Nachrede ist ihm gewiss. Die Anzeige seitens der Tierschützer, auch sie tragen häufig Schuhe aus Leder, landet alsbald auf dem Schreibtisch der zuständigen Behörden.

Eine schwache Lobby haben hingegen die stummen Fische. Die Gesetzgebung sorgt für Verwirrung. Es herrscht ein regional unterschiedlicher Paragraphendschungel. Das Leid von Tieren endet aber nicht an politischen Grenzen. Die Vielfältigkeit der Fischerei, der Umgang mit diesen Lebewesen, kann nicht stur nur von einem Blickwinkel aus beleuchtet werden, es bedarf der ausgewogenen Zusammenschau!

Unsere Geisteshaltung und die Naturliebe drücken sich am Fischwasser dadurch aus, dass im Sinne der Nachhaltigkeit unser drängender Beutetrieb unter Kontrolle gehalten wird. Nicht verleugnen lassen sich die Gene unserer Urahnen. Trotzdem bleibt genug Platz für die freie Entscheidung. Der Wille ist kein Sklave der Erbanlagen. Der „Wilde", so sagt man, fährt täglich mit seinem Boot zum Fischfang. Für jeden Kopf seiner Familie fängt er nur einen Fisch. Zum Überleben reicht das Fleisch. Und morgen versucht er neuerlich sein Glück. Alle seine Register zieht hingegen der „Weiße", um bis zum letzten Lichtschimmer unzählige Tiere auf die Schuppen zu legen. Zum Laster wird der Fangrausch.

Wir Petrijünger und besonders die Zunft der Fliegenfischer mit den getürkten Insekten haben es in der eigenen Hand, Fischen die gebührende Achtung zu erweisen. Erlaubt es die Jugend des Fisches, ihn ohne Verletzung schonend zurückzusetzen, dann macht es Sinn.

Meine Lieblingsgerte hat sich auf Grund der unpraktischen Transportlänge die Anreise erspart, dafür findet die vierteilige „Travellerrute" ihren ersten Einsatz am einsamen Fluss. Eine Strömungskante lotst nicht nur das antreibende Lebendfutter aus der Welt der Sechsbeiner, sie versichert auch das Vorhandensein von Fischen einen Wasserstock tiefer. Nach Alter und Lebenserfahrung stehen sie als Schatten wie aufgefädelt im Zug. Sie lauern auf den kleinen Schmaus der driftenden Proteine.

Zart zerfließen die Ringe, wenn die Äschen winzige Happen von der Grenzschicht saugen. Ich entscheide mich für Trockenfliegen mit hellen Flügeln, denn die Belästigung durch die Blutsauger ist leidvoll spürbar.

Der Durchmesser des winzigen Öhrs reizt den befürchteten Augentest. Mit über den Kopf gestreckten Händen soll mir der helle Hintergrund das Einfädeln des Vorfaches erleichtern. Abgestützt mit den nicht benötigten Fingern hilft mir meine Feinmotorik nach lästigen Blindversuchen schließlich zum Erfolg.

Das baumlose Ufer am Tengis verlangt absolut keine Beherrschung von Kunstwürfen. Zudem kennt der unglaubliche Äschenbestand keine schlechte Erfahrung durch uns Menschen. Unmittelbar vor meiner Nase steigen die Fische. Im Vergleich zur launischen Forelle leben die Äschen gerne gesellig im Revier. Die lächerlich geringe Wurfdistanz ließe auch einen blutigen Anfänger jubeln. Nur eine Frage von wenigen Versuchen scheint die erste zappelnde Gelbschwanzäsche am bartlosen Haken zu sein.

Verflixt und zugenäht, ich versäume um Bruchteile eines Wimpernschlages das Zuschnappen der Mäuler. Hat mir der mit fremden Kulturen verseuchte Darm nicht nur den Wasserhaushalt aus den Fugen geworfen, sondern auch den Augendruck nachhaltig verändert? Die Gedanken beunruhigen mich. Ich verliere meine Trockenfliegen nach dem federleichten Aufsetzen viel zu rasch aus der scharfen Kontrolle. Ich fühle mich als Blindfischer. Oft verpufft der Anschlag ins Leere. Heikel ist das treibende Planquadrat mit dem Imitat. Steigen Fische im Verdachtsbereich, dann lösen sie einen Anschlagsreflex aus. Beschämend hoch ist die Quote meiner Versager. Andere Äschen wundern sich, dass der wandernde Bissen urplötzlich aus ihrem Sichtfenster verschwindet. Erstaunt streben sie auf kurzen Umwegen wieder ihrem ursprünglichen Standplatz zu. Eingeordnet in die Reihe warten sie neuerlich auf verwertbares Treibgut.

Würgt eine Forelle kannibalisch einen jüngeren Artgenossen in den Magen und kann sich anschließend gelassen dem Verdauungsgeschäft widmen, so sind die Äschen stets zur lebhaften Aktivität gezwungen. Die kleinen Portionen ihrer Beute stillen kaum den Hunger. Unermüdlich lauern sie auf Futter, um sich am aktuellen Nahrungsangebot schadlos zu halten. Zum Wachsen und für den Aufbau der Geschlechtszellen brauchen die Fische das verdaute Eiweiß. Berühren sich Strömungen mit unterschiedlicher Geschwindigkeit und beruhigt sich das verwirbelte Wasser nach dem Zusammenfluss, dann fühlen sich die Äschen wohl. Oft bildet sich an der Grenzzone ein schlanker Blasenteppich, der die Futterdrift andeutet. Kleiden Steine als Bremsblöcke der Strömung noch das Flussbett aus, sparen die Fische Kraft hinter der Deckung. Begehrt sind die Strömungsschatten. Die Tiere nützen die Vorteile.

Unzufrieden mit der Reizwirkung meines Eigenbaumusters kurble ich die ausgelegte Länge der Flugschnur wieder auf den Kern der Spule zurück. Nur der Spitzenteil und das konische Vorfach mit dem verschmähten Kunstobjekt flattern im Wind. Für einen entfernten und unkundigen Betrachter mag es komisch aussehen, wenn ich einige Male mit der Greifhand durch die Luft fuchtle,

um die widerspenstige Schnur zu bändigen. Der haardünne Strich ist aus der Weite unsichtbar. Ein Verrückter scheint sich gegen die Attacken der Insekten mit irren Bewegungen zu wehren.

Meine Schneidezähne sind zum Abbeißen der Schnur nicht geeignet. Aber der an einem Kettchen baumelnde Nagelzwicker schafft es rasch und sauber. Eingeklemmt den Griffteil samt Rolle zwischen den Oberschenkeln, fische ich mir mit den freien Händen die Dose mit den Trockenfliegen aus einer Westentasche. Offen liegt die bunte Welt der künstlichen Nachahmungen vor mir. Sie erleichtert die Lust am Experimentieren. Leider verkürzt sich erschreckend schnell durch meine „Blindversuche" und den geringen Erfolg die Spitze des Vorfaches. Im Klartext ausgedrückt heißt es: Die mongolischen Äschen reagieren auf mein Angebot äußerst heikel.

Ein Schatten, unmittelbar vor meinen Füßen, lässt mich über den mit Fliegen gefüllten Dosenrand blicken. Ich stehe mit der Wathose bis zu den Hüften im Fluss. Der Druck presst mir das dichte Gewebe auf der Strömungsseite kalt an die Beine und im beruhigten Kielwasser haben sich keck einige Gelbschwänzige eingestellt. Kein feines Sediment trübt das Wasser, steinig ist der Untergrund. Allmählich schieben sich immer mehr Äschen ohne Scheu vor die Stiefelspitzen. Ihr Instinkt warnt nicht vor Zweibeinern. Sie fühlen sich in Sicherheit. Erst meine spielerische Berührung mit der Rutenspitze lässt die Tiere seitlich ausscheren.

„Mosquito", „Brown Sedge" und „Tricolore Palmer" sowie „Red Tag" und „Hexe" fische ich mir in immer größeren Mustern aus den Boxen. Mein Vertrauen in klassische Standardfliegen schwindet erheblich. Immer kürzer ist die Einsatzdauer der heimischen Versager. Unauffällig verfolge ich aus den Augenwinkeln heraus meine Partner in der Nachbarschaft. Unüberhörbar sind das Plätschern der verzweifelt kämpfenden Fische und die zufriedenen Bemerkungen der Männer. Immer wieder verdrehe ich scheinbar gelassen meinen Kopf, um die Leute bei ihrem erfolgreichen Freizeitvergnügen zu beobachten. Ohne Unterbrechung fassen sich die Weichmäuler gerade ihre angebotenen Leckerbissen, um nach heftiger Gegenwehr – die Fische können es nicht wissen, dass sie nicht für das Abendessen bestimmt sind – wieder in die Freiheit entlassen zu werden.

Ich hingegen kämpfe mit meinem inneren Schweinehund. Im dummen Stolz verschiebe ich die längst fällige Begutachtung ihrer Wunderwaffe. Im ersten Moment traue ich meinen Augen nicht. Dicht gepresster Schaumstoff bildet den Körper. Zwei Lagen in verschiedenen Farben und aufgepfropft ein Köpfchen mit Kontrast. Die typische Dreiteilung des Insektenkörpers, Kopf, Rumpf und Hinterleib, ergibt sich durch das Einbinden von Rundgummi. Bei geringster Bewegung wackeln bereits die Beinchen. Ihr Spiel verführt die Gelbschwanzäschen zum gierigen Steigen. Das poppige Ungetüm reizt nicht nur die Fische zum Angriff, sondern erleichtert auch einem Einäugigen die sichere Kontrolle am Ende des Vorfaches. Geschätzte vier Zentimeter misst der Köder. Gebunden ist das simple Kunstwerk auf einem schlanken Streamerhaken. Trotz der ungewöhnlichen Machart und Länge sind die Äschen ganz verrückt auf die schlichte Kopie der Schnarrschrecken. Einer kleinen Signalboje gleich schwimmt unsinkbar die berühmte Riesenfliege auf dem Wasser. „Tschernobyl" ist ihr makabrer Name.

Bestens angepasst an das verdorrte Steppengras sind die fleckigen Beine der Heupferde. Nur blutrot leuchten ihre Hinterflügel während des torkelnden Fluges. Typisch, halt den Frauen oft arteigen, schnarrt das weibliche Geschlecht nicht nur im Sitzen, sondern auch während der eher kurzen Flugphasen. Diese Schnarrschrecken sind keine gewandten Flieger. Geringe Windböen versetzen sie unfreiwillig vom Kurs. Es ist für mich ein Leichtes, die flatternde Schallquelle mit der Signalfarbe im Luftraum zu verfolgen. Schwierigkeiten bereiten die aufgescheuchten Hüpfer nur, wenn sie nach der unbeholfenen Landung in der Vegetation wieder schweigen.

Wissenschaftlerinnen und Wissenschaftler erklären das Knattern als Drohgebärde gegenüber Fressfeinden und als Balzgesang zur Anlockung der flügellahmeren Partner. Im Wasser bruchgelandeten Schrecken bleibt keine Frist, um sich mit ihren kräftigen Sprungbeinen ans Ufer zu strampeln. Zu dicht ist der Bestand an hungrigen Gelbschwanzäschen. Es lohnt sich für die Fische, diese fetten Portionen von der Grenzschicht zu schnappen. Ein einziger Schreck liefert die Energie von etwa hundert Moskitos oder einiger Pferdebremsen. Verständlich wird somit der Futterneid unter den Äschen.

Bernd, ein erfahrener Murfischer und Mongoleiexperte, erträgt mein Auf-den-Pelz-Rücken mit Gelassenheit. Geiz ist ihm fremd. Er schenkt mir einige Muster aus der bunten Palette. Aus meiner Sicht ein gerechter Ausgleich. Schließlich wurde ich vom zugesagten Hilfsarbeiter zum Steppenkoch genötigt. Bezüglich Gesamtkosten ist auch von christlicher Nächstenliebe nicht die Rede.

Nebenbei nützt er quasi als Guide die Gelegenheit, um mir die Fängigkeit der Spezialfliege vorzuführen. Eher plump landet der hakenbewehrte Schreck auf dem Wasser. Kontur, Farbe und die schlappen Beinchen reizen unwiderstehlich. Kurz ist die Drift des Köders. Gleich mehrere Äschen interessieren sich für die Kalorienbombe und steigen. Unvermeidlich scheint der Zusammenstoß. Das hochempfindliche Seitenorgan meldet die rasche Druckveränderung und überrascht tauchen die Fische wieder ab. Oder ist es ein Reflex aus der Jugendzeit, um sich vor der Fleischeslust kapitaler Verwandter zu retten? Kaum legt sich der Wirbel um die fette Beute, stürzt sich schon die nächste Äsche als „lachende Dritte" auf das Gummipferd.

„Ein Zwerg", meint der Meister ganz trocken und zupft blitzschnell den Kunstschreck aus dem hellen Maul. Ehe die spitzen Zähnchen sich in den Gummi graben, ist die Beute spurlos entschlüpft. Katz und Maus spielt Bernd mit den Gelbschwanzäschen. Immer wieder narrt er die Fische. Verblüfft und hektisch gleichermaßen suchen die Tiere wenige Augenblicke lang nach dem Festschmaus.

Ist die überschaubare Schnurlänge abgefischt, dann wiederholt sich nach einem eleganten Rollwurf flussaufwärts neuerlich das Spiel. Unglaublich dicht ist der Bestand an Äschen. Wie aufgefädelte Perlen einer Gebetsschnur reihen sich die Ringe der beißwütigen Tiere.

Einsömmrige Brut tummelt sich in Schwärmen in den Flachzonen. Sicher sind sie im Seichten vor den Räubern. Mittlere Semester bevölkern die gesamte Flussbreite. Die geschlechtsreifen Fische, leicht erkennbar am satten Orangegelb der Schwanzwurzel, bevorzugen standesgemäß die besten Plätze.

Erfahrene Äschen wissen, dass mit der Drift treibende Nahrung kein Eigenleben hat. Nicht möglich ist der toten Beute ein plötzliches Verlassen der Strömungsbahn, einem Wirbel oder dem Kehrwasser. Als warnendes Signal aufgefasst, wird schlagartig der Zugriff abgebrochen. Zupft Bernd hingegen die einfache Kopie der Schnarrschrecke mit kleinen Rucken an der Schwimmschnur Richtung Ufer, dann verleitet die scheinbare Flucht zum Angriff. Auf keinen Fall soll sich der fette Hüpfer aufs Land retten. Wild entschlossen versuchen die Äschen in der Nachbarschaft das zappelnde Heupferd gar im Sprung zu packen. Heftig sind ihre Attacken. Das zahlreiche Schuppenwild, das sich um den getürkten Köder rauft, ist auch von einem Profi nicht vom Haken fernzuhalten. Unausweichlich sind Fänge. Es liegt letzten Endes wieder am Geschick und an der Konzentration des Fischers, die Kapitalen zu erwischen.

Statt in den Magen zu gleiten, hängt das geschmacklose Ding im Mauleck. Kurz währt die Lähmung der Reflexe. Verärgert über die unbekannte Macht und Fremdbestimmung, strebt der Fisch in das rasche Wasser. Instinktiv nützt er seine Breitseite zur Druckerhöhung. Außerdem fächert sich im erregten Zustand seine Rückenflosse zur vollen Größe auf. Einem Segel im Wind gleich nimmt seine „Fahne" die Kraft des strömenden Wassers auf. Enorm wächst die Belastung auf das Vorfach.

Zieht der Fischermann während der Drillphase seinen bereits erschöpften Fang über den Standort von Kapitalen, dann ist es normal, dass die Gelbschwanzäschen ihren Platz verteidigen. Aggressiv rücken sie dem bedauernswerten Opfer auf die Schuppen. Mit unbändiger Lebensenergie kämpft der Fisch gegen die Federkraft der Rute und die Bremswirkung der Rolle an. Einige Male gelingt es ihm, im Flachwasser neuerlich auszubrechen. Die übersäuerten Muskeln brechen schließlich seinen Kampfgeist. Dem Fisch fällt es schwer, das

Gleichgewicht zu halten. Immer öfter kippt er in Seitenlage. Schlapp wird er wie ein nasser Fetzen eingeholt. Keine Schuppe wird dem Tier gekrümmt. Noch im Wasser hebelt Bernd den bartlosen Haken aus dem Fischmaul. Erschöpft und verwirrt durch die unglaubliche Lebenserfahrung, taumelt die Äsche zwischen den Stiefeln hindurch und strandet schier. Mit letzter Kraft wirft sie ihren Körper herum. Mehr von der Strömung erfasst als selbst geschwommen, trudelt sie flussabwärts. Nach wenigen Metern zieht sie eine enge Wende und tankt Energie, quasi neues Leben, in Form von Sauerstoff.

Beim kraftvollen Nacken des Fisches braucht es schon langgliedrige Finger, um ihn sicher zu fixieren. Der Übergang zur gefleckten Rückenflosse erinnert an die bulligen Kampfstiere mit ihrer ausgeprägten Muskelpartie. Häufig im gediegenen Rosa zeigen sich die wunderschönen Fleckenreihen zwischen den Flossenstrahlen der Fahne. Vom Rumpf her noch kreisförmig ausgeprägt, dehnt sich die Form allmählich zu wurmähnlichen Gebilden. Im warmen Kupferrot leuchtet der gekerbte Saum am Ende der Fahne. Wenige schwarze Flecken hinter dem glatten Kiemendeckel motzen die wie Perlenketten verlaufenden Schuppen auf. Metallisch schillert der stromlinienförmige Körper. Schlagartig ändert sich das Schuppenkleid auf Höhe der Fett- und Afterflosse.

Goldgelb wie die Zungenblätter einer Sonnenblume oder das Rot der Flügelunterseite der Schnarrschrecken läuft der Schwanzstiel im prächtigen Farbkontrast aus. Auf den großen, stabilisierenden Bauchflossen heben sich die Flossenversteifungen im zarten Farbton harmonisch ab. Schlicht zusammengefasst: Mongolische Gelbschwanzäschen sind unschlagbare Schönheiten. Ein kreativer Meisterwurf der Evolution. Gäbe es eine Parade der Süßwasserfische, dann müsste ein geschlechtsreifer Milchner mit seiner Fahne den Zug anführen. Unglaublich mächtig ist seine Rückenflosse ausgebildet. Ausgestattet mit dem augenfälligen Wedel, ist es den Fischmännern eine Kleinigkeit, ihre Auserwählten um die Flossen zu wickeln.

Zurzeit ist das überlappende Verbreitungsgebiet der Gelbschwanzäschen sowie der Arktischen Äsche, der ich bereits vor vielen Jahren im Einzugsgebiet des mittleren Jenissei nachgestellt habe, völlig unbekannt. Auch der Lebensraum der jungen Brut gilt noch als ungelöstes Fischereigeheimnis. Selten vergreifen sich jüngere Semester an den erfolgreichen Kopien der Heupferde. Den Fischen fehlt noch der goldene Schwanz, obwohl sie schon eine stattliche Länge von geschätzten fünfundzwanzig Zentimetern aufweisen. Noch nicht ausgeprägt ist der farbliche Aufputz ihres Schuppenkleides als erotisches Signal der Geschlechtsreife.

IMODIUM –
PFIFFIGE IDEE

Pfeilschnell strebt er in den Strömungsschatten eines mächtigen Steinblockes. Er kennt sich aus in seinem Revier. Das dunkle Loch verspricht Sicherheit.

Unerwartet schnellt sich der Lenok aus dem Weißwasser. Heftiges Kopfschütteln begleitet seinen hohen Sprung. Anstatt elegant wieder in sein Element einzutauchen, klatscht er nach einem halben Überschlag wie ein Brett auf die Oberfläche. Quasi ein tierischer Bauchfleck. Seine schlechten Haltungsnoten sind letzten Endes die Rettung. Mit seiner beachtlichen Masse fällt er auf meine zu nachlässig gespannte Flugleine. Zu seinem Vorteil hebelt sich das Tier die feine Stahlspitze aus dem weichen Maul.

Schneefelder bedecken die Grenzberge zu Sibirien. Eiskalt gurgelt der Bach in unseren Fluss. Glasklar und gesättigt ist das Wasser mit Sauerstoff. Einmündungen versprechen stets Glück. Der helle Körper eines Brutfischchens als Attrappe, mit glitzerndem Effektmaterial an den Flanken und einem Kopf aus Blei, scheint mir die richtige Wahl der Verführung. Rasch sinkt nach dem eher plumpen Wurf der Köder in Grundnähe.

Leicht gezupft, huscht die geschmacklose Kopie in der Höhe der Mäuler. Ein paar Schwanzschläge und den Kiefer aufreißen genügt, um den scheinbaren Happen zu fassen. Jedes ruckartige Straffen der Schnur streckt den künstlichen Lockfisch. Durch die bewussten kurzen Pausen dehnt sich das Körpermaterial rundherum wieder in die Breite. Lebendigkeit vermittelt das scheinbare Atmen. Unmittelbar über den Boden huscht der Streamer und führt zwangsweise zu unfreiwilligen Kontakten mit dem Flussbeet. Lebenserfahrung macht vorsichtig. Jede Veränderung am Vorfach nötigt mich nur zum halbherzigen Krafteinsatz. Haushalten muss ich mit den wenigen gesponserten Topködern. Rasche Verluste sind mir auf Dauer peinlich. Vorräte zu hamstern wie eine mongolische Rennmaus und fieses Betteln liegt mir nicht.

Plötzlich spüre ich Gegenwehr am Ende meines Fischzeuges. Statt einem trägen Schwemmholzteil hängt ein stattlicher Fisch am Haken. Völlig aus der Fassung wirft ihn das eigenartige Verhalten des Leckerbissens. Fremd ist ihm der unglaubliche Zug an der Lippe. Tief sitzt der Schock. Erst ein paar Flossenschläge später bricht sein genetisch festgelegtes Überlebensprogramm durch.

Ungestüm zieht der Fisch ins rasche Wasser. Augenblicklich löst sich der kurze Kontakt mit meinem Traumfisch in Luft auf. Wunderschön blitzte einen Moment lang sein Schuppenkleid im Bronzeton. Verschlafen habe ich es, noch vor seinem Luftsprung den bartlosen Haken tiefer in sein Kieferfleisch zu treiben. Auf keinen Fall wird der feine Schlitz die weitere Nahrungsaufnahme des Fisches behindern.

Meine kurze Jubelstimmung schwenkt rasch in deftige Bemerkungen um, die ich mir während des Einholens der ausgelegten Schnur zumute. Rasch verfliegt der Ärger, denn das Erlebnis überwiegt. Keine Narben hinterlässt das kurze Vergnügen in meiner Fischerseele, denn der Weichmaulvertreter wäre ohnehin für die Bratpfanne viel zu schade. Zudem sprechen die vielen Lebensjahre des Tieres nicht für die feinste Fleischqualität. Aber mit Wehmut gestehe ich ein, dass die verhinderte Beweissicherung mittels einiger Fotos schmerzt.

Wenige Flussmeilen weiter lockt ein Mäander. Die Vielfalt der Uferstruktur bietet den Lenoks und Taimen ausgezeichnete Einstände. Voreilig treffen wir eine schlechte Entscheidung für den Landgang. Wie die süßen Kirschen in Nachbars Garten reizen gerade die dunklen Gumpen am gegenüberliegenden Ufer. Vorbeugende Vernunft lässt mich auf die Mitnahme der Kamera verzichten. Nicht ausgeschlossen ist das Risiko eines unfreiwilligen Badevergnügens. Abgelagerte Sedimente wirken wie Treibsand. Nur durch einen Kniefall kann ich mein Gewicht auf eine größere Fläche verteilen und mich aus dem Schlamassel rappeln. Rutschiger Algenaufwuchs besiedelt die Köpfe bestimmter Gesteine. Wenig Halt bieten die Rundlinge unter den Sohlen.

Neuerlich ist mir die Glücksgöttin Fortuna hold. Heftig kämpft ein ausgewachsener Lenok um sein Leben. Ich führe den Fisch mit Hilfe der Federkraft der Rute in eine Flachwasserzone. Das Tier spürt die glatten Kiesel am Bauch und den raschen Abfall des Wasserdruckes. Ungemach meldet sein Seitenlinienorgan. In Alarmbereitschaft sind seine Sinne. Nur ein Wildfang gebärdet sich so leidenschaftlich und ringt um seine Freiheit. Besatzfische aus Zuchtanstalten sind im Vergleich dazu wahre Waschlappen. Mit jeder Muskelfaser wehrt er sich gegen den Ortswechsel. Keine Sorge bereitet mir das Vorfach. Kräftig genug ist der Durchmesser gewählt, es könnte sich ja auch ein Jungtaimen für den Köder interessieren. Diese asiatischen Verwandten unseres heimischen Huchens oder Donaulachses stehen an der Spitze der Nahrungspyramide.

Alsbald erlahmt – wie bei Forellen oft erlebt – sein Widerstand. Halb von mir gezogen und durch seine wütenden Schwanzschläge geschoben, treibt sich der Fisch in die eigene Sackgasse. Er schlittert über eine flache Rieselstrecke in eine Art begrenztes Auffangbecken. Reichlich Wasser zum Atmen bietet das Naturaquarium dem prächtigen Tier. Das umgebende Geröll erschwert jeglichen Fluchtversuch. Mit ein paar Rundlingen erhöhe ich

flink den Wall. Rasch ergreift die Begeisterung von mir Besitz. Ich habe einen kapitalen Spitznasen-Lenok erwischt! Ganz sicher bin ich mir, denn der zurückweichende Unterkiefer, das unterständige Maul, ist auffällig genug. Diese „Sibirische Forelle" geizt nicht mit einer ausgeprägten Fettflosse. Ein Schimmer von einem hellen Kupferton überzieht das feine Schuppenkleid. Vernetzt ist der ganze Körper bis auf die weiße Bauchseite mit zahlreichen schwarzen Flecken. Von einem europäischen Huchen könnte das Muster stammen. Einige Handteller große rosa Flächen verleihen dem Fisch zusätzlich optischen Aufputz. Sie verteilen sich entlang der Flanke. Nicht schämen braucht sich das altehrwürdige Geschlecht der Salmoniden für diesen hübschen Weichmaulvertreter.

Lenoks fühlen sich hier buchstäblich wohl wie der oft zitierte Fisch im Wasser. Im gesamten Einzugsbereich des Flusses gibt es keinerlei Belastung durch Menschen und Zivilisationsfolgen. Naturbelassen fließt der Tengis. Ein bevorzugter Lebensraum der urtümlichen Forellenart. Nur jüngere Weichmäuler finden Gefallen an der Futterergänzung durch fliegende Insekten. Im Prinzip lohnt es sich nicht für die Tiere, an die Oberfläche zu steigen, um die eierlegenden Moskitos zu haschen. Kleinvieh macht auch Mist, aber die Plagegeister bringen kaum Kalorien. Lieber schlürfen die mittleren Lenoks verunglückte Pferdebremsen von der Wasserhaut. Zappeln hingegen nach einer Bruchlandung fette Schnarrschrecken oder Schmetterlinge ums Überleben, dann zahlt sich der Happen aus.

Die betonte Oberlippe verrät die bevorzugte Nische der Nahrungsaufnahme. Vom steinigen Grund kann der schmucke Fisch die großen Larven der Steinfliegen leicht aufsaugen. Zudem braucht er sich nicht dem Strömungsdruck im Mittelwasser aussetzen. Ab dem gesetzten Alter der Laichreife vergreifen sich die Fische kaum mehr an der Flugnahrung. Sie decken ihren Energieumsatz mit zunehmender Räubernatur durch Jungfische. Auch verunglückte Mäuse landen mit Sicherheit im Magen der Kapitalen. Die tiefe Maulspalte erleichtert den Fang der Nager.

Momentan fehlt mir der Blick ringsherum für die Urlandschaft. Ungeteilt ist meine Aufmerksamkeit dem edlen Flossenträger gewidmet. Das Tier hat leider den Stress und ich genieße das nasse Weidwerk. Ich gewahre nicht, dass mich Ilja beobachtet und sich über meine erfolgreiche Aktion freut.

„Petri Heil!", hallt es auf Rufweite. Der Himmel schickt mir den Partner vom Lastenboot. Die zwei Männer haben unseren Kanadier erblickt und sind gleich am anderen Ufer ausgestiegen. Ilja kommt wie gerufen und darf meinen schwimmenden Schatz hüten. Ein ehrenvoller Freundschaftsdienst. Im Nacken steckt mir der zeitliche Druck. Einerseits möchte ich dem Fisch die Leidenszeit in der Enge des umwallten Steinquartieres verkürzen, andererseits ist mein Aufpasser für eine gewisse Zeit zur Untätigkeit gebunden.

Auf dem Landweg schneide ich die Flussschlinge. Quer durch verkohlte Stauden hetze ich. Beißender Geruch des verbrannten Gestrüpps liegt in der Luft. Blattloses Geäst der ehemals geschmeidigen Weidenruten klatscht mir lineare Muster auf die beige Wathose. Kohlestiftzeichnungen der ungewöhnlichen Art auf wasserdichtem Gewebe. Kreative Kunst im Niemandsland.

Eile ist stets ein schlechter Ratgeber. Ein rutschiger Stein, rund wie ein Kugellager, wirft mich aus dem Gleichgewicht. Zum Torkeln zwingt mich die Strömung. Gnädig ist der Wasserstand, nur eine Handbreite fehlt zur Flutung der Unterwäsche. Völlig außer Atem platsche ich, mit der Kamera bewaffnet, auf die Schotterzunge zurück. Nicht das Wunder der biblischen Fischvermehrung überrascht mich, sondern das schlichte Gegenteil. Mit einem breiten Grinsen berichtet mir der Wachtposten, dass vor einem Augenzwinkern sich der Fisch verabschiedet hat. Der Lenok pfeift auf den Fototermin. Während des Wartens auf die Portraits haben sich die Kräfte des Tieres erholt und es ist ausgebrochen. Mit Theatergebärden deutet Ilja mir die Fluchtrichtung des Fisches an. In die Luft zeichnet er mit der freien Hand den schlangenförmigen Weg.

Ungläubig blockiert mein Hirn den Schwall seiner Worte. Nicht geheuer ist mir seine Geschichte. Mein Verdacht bleibt: Absichtlich hat der Kerl den Fisch vom Haken befreit, damit er sich nicht die Füße in den Bauch steht. Dass der verhinderte Tierbändiger sich immer noch in unmittelbarer Nähe zum Tatort aufhält, lege ich als Verschleierungstaktik aus. Auf wackeligen Beinen steht die Unschuldsvermutung.

Christian Morgenstern soll einmal geschrieben haben, dass jene Blumen am schönsten sind, die nicht gepflückt worden sind. Auch ich habe dem urigen Lenok keine Schuppe gekrümmt. Aber momentan fehlt mir die Einsicht in diese umgelegte Weisheit. Gott sei Dank habe ich vor der Übergabe meiner Rute samt widerwilliger Weichmaulforelle grob Maß genommen. Schlicht und einfach das Arbeitsgerät parallel zum Fisch ausgerichtet. Der Abschluss des Griffknopfes bis etwa zur Textmitte der Rutenklassifizierung ist mein provisorischer Maßstab. Laut Volksmund haben Angeber mehr vom Leben. Das spätere Nachmessen mit dem ausgeborgten Rollmaßband übertrifft die sechzig Zentimetermarke. Ein Traumfisch für mich. Unverletzt darf er weiterwachsen und nimmt in der Erinnerung stetig an Länge zu.

Spartanisch bescheiden ist üblicherweise unsere Verpflegung während der nomadischen Flussreise. Fasten oder geringe Gaumenfreuden aus dem dürftigen Angebot des Süßwarenlagers überbrücken die Esslust um die Mittagszeit. Dauernd wird der aktuelle Vorrat durch die noch verbleibenden Wassertage geteilt und als geistige Inventarliste gehortet. Oft ersetzen ein paar Scheiben schales Brot sowie ein karg bemessenes Stück Jausenwurst die verpufften Kräfte. Rar ist außerdem das Heizmaterial auf den Schotterzungen. Der Bergstep-

pencharakter prägt das Land und nicht der Wald. Zu erheblich streckt sich der Zeitaufwand der Brennholzbeschaffung. Der Hunger wächst bis zum abendlichen Kochfeuer.

Meine Vorschläge über Abänderungen der Fischzubereitung wischen die Partner stets vom nicht vorhandenen Tisch. Die Männer genießen die Freuden des nassen Weidwerks. Wenig Geschmack finden sie aber an der Auseinandersetzung mit den feinen Gräten. Die zerkratzten Plastikteller erhöhen die Tarnung der Fremdkörper. Gegenüber der Mehrheit der Fischverächter stehe ich auf verlorenem Posten. Nur wenn ich den Leuten die Äschen filetiere, dann steht gesunder Fisch auf der Speisekarte. Für mich ein Galadinner mit Seltenheitswert.

Leider sitze ich in der klassischen Zwickmühle. Einerseits stiehlt mir der Mehraufwand eigene Freizeit, anderseits fühle ich mich über das gezeigte Lob über meine Steppenküche geehrt. Oder sind ihre Schmeicheleien gar ein fieser Trick, um mich bei Laune zu halten? Gerechterweise muss ich erwähnen, dass mein inzwischen zum Gesellen abgestufter Chef seine Dienste wie Kartoffelschälen, Zwiebelschneiden und Umrühren mit meinem geschnitzten Kochlöffel hervorragend erledigt.

Endlich, nach hartnäckiger Überzeugungsarbeit, fällt mein Vorschlag auf hungrige Mägen. Jammerschade wäre es, auf das schwimmende Eiweiß unmittelbar vor dem Kochfeuer zu verzichten. Es ist so Sitte, dass ich mich nach dem noblen Fang um das Säubern und Zubereiten der Äschen kümmern darf. Sogar das Servieren erwarten die Herrschaften. Keine Last bedeutet mir diese Arbeit. Sie befriedigt viele Facetten der immer noch in meinen Genen schlummernden Jagdmentalität. Ich bin glücklich. Denn die edelste Form der Fliegenfischerei besteht für mich in der Verwertung der gefangenen Beute. Berechtigt ist die sinnvolle Entnahme. Ihr haftet nicht der üble Geruch des sogenannten Sportfischens auf Kosten des Tierleides an. Maßvolles Gewicht erhält somit mein freiwilliges Amt zur Essensbeschaffung.

Kopfgroße Flusssteine sind ein praktisches Dreibein zur Auflage der Kochpfanne. Zwischen den Steinen sorgt die Glut der Holzkohle üblicherweise für genügend Temperatur zum Braten, würde nicht der geringe Durchmesser der Pfanne den Platz einengen. Die billig erworbene Grundausstattung des Kochgeschirrs ist eine zusätzliche Erschwernis.

Wir haben weder gewürzte Steaks in verschweißten Vakuumbeuteln noch Konserven für den Notfall. Als kühner Planungsposten steckt dafür eine Packung Grilltassen in der wasserdichten Transporttonne. Widerwillig beuge ich mich der Nötigung. Um den völlig unnützen Platzräuber auf seine Tauglichkeit hin zu testen, wage ich einen Versuch. Kläglich scheitern meine Bemühungen, mit einem gezielten Steinwurf eine Ente zu erschlagen. Zum Auskundschaften von Wildwechseln, Schlagfallenbauen und Schlingenlegen fehlt mir die Zeit. Schwemmholzskulpturen, verfaulte Wurzelteller und armdicke Stammleichen haben einen relativ geringen Heizwert. Stets getränkt wie ein Schwamm ist das liegende Holz.

Es mangelt an der notwendigen Hitze zum Garen der Fische. Ein Schwachsinn ist das Experiment mit der isolierenden Grilltasse. Gepinselt mit reichlich Öl aus Baumwollkapseln liegen die geschuppten, gewürzten und mit in den Bauch gestopften Wildkräutern behandelten Äschen auf ihrer nackten Haut. Nur langsam gerinnt das Eiweiß an der Oberfläche der Fische. Glasig bleibt das Fleisch zwischen der Wirbelsäule und dem muskelreichen Rücken. Das gelobte Thymianaroma der Äschen leidet.

Stellenweise tropft das ranzige Speiseöl durch das löchrige Profil der Alutassen. In die Höhe lodern die Flammenzungen. Verstümmelt wird der Fischkörper durch das notwendige Wenden. Unappetitliche Hautfetzen mit Fleischresten kleben schier an der Unterlage. Noch ehe sich die lange Rückenflosse – als Beweis der fertigen Garzeit – aus dem Fleisch ziehen lässt, gleicht der Fisch einem Fleckerlteppich. Ein Augenschmaus ist das Gericht nicht. Schade um den Aufwand. Nichts vorzuwerfen habe ich mir hinsichtlich des Geschmackes. Aber trotz der mit Geduld ertragenen Garzeit mäßig warmer Fisch ist nicht wirklich jedermanns Sache. Die genötigten Fischesser werfen – symbolisch betrachtet – relativ rasch die Plastikgabel über die linke Schulter. Nur mein Handlanger Bernd unterstützt mich moralisch mit längerer Nahrungsaufnahme. Die Leute brauchen sich nicht um fadenscheinige Ausreden bemühen. Die Mimik der Mitesser, zumindest des halben Personalstandes, lege ich als Beleidigung aus.

Für die „Fisch" war der Versuch. Nicht gelohnt hat sich der Aufwand. Altbewährtes wird zum Brauch. Neuerlich, jeder Mensch steckt irgendwie in einer sozialen Zwangsjacke, koche ich für die Truppe die sättigenden Spaghetti, quasi als Nachspeise. Mein Helfersyndrom ist der Antrieb. Die Gewohnheitsesser gehen bis zum nächsten Essensruf ihrem Trieb nach, und zwar Fischen. Inzwischen erhitze ich mit Unlust, ich will es nicht vertuschen, das Flusswasser im einzigen Kochtopf. Feuer schüren, auf den knackigen Biss der Teigwaren achten und die Zutaten für die scharfe Soße abstimmen, das beschäftigt mich. Während mein geschnitztes Rührwerk die Nudeln im Topf in Bewegung hält, kreisen meine Gedanken.

Ein spontanes Unlustgefühl überfällt mich wie eine Horde von Räubern. Nach süßer Rache gelüstet mir. Ich bin der einzige Gast, der ohne Abstriche den vollen Preis für die abenteuerliche Reise berappen darf. Kameradschaftlich beteilige ich mich an den täglichen Arbeiten während der nomadischen Flussreise. Brennholzsammeln, kreative Notunterstände gegen die heftigen Niederschläge bauen und anderer Kleinkram sind mein Pflichtanteil. Aber als

genötigter Bergsteppenkoch trage ich alleine die Hauptverantwortung für die Zubereitung der Speisen.

Unser Kochgeschirr ist ein grober Fehleinkauf. Transportfreundlich ist der geringe Durchmesser der Bratpfanne, aber unpraktisch im Einsatz. Kaum knusprig braun wird das Gröstl, weil die Kartoffelscheiben in viele Lagen aufgehäuft übereinanderliegen. Die Zubereitung von gesundem Fisch ist ein Abspeisen auf Raten, weil vier Filets zur selben Zeit keinen Platz finden.

Während die Männer ihrer Lust am Fischwasser frönen oder Siesta halten, sitze ich am Kochfeuer und mühe mich redlich um Essbares. Rebellisch meldet sich das Unterbewusstsein. Es sühnt nach angemessenem Ausgleich für die eingebildete Kränkung. Lob verlange ich ohnehin nicht. Weder ein bösartiger Übergriff steht mir in den Sinn noch ein fruchtloses Streitgespräch. Einfach ein pfiffiger Geniestreich. Hinterfotzig und meuchlings zu agieren, das steckt nicht in meinem Charakter. Streiche auszuhecken befriedigt wohl den Schelm in mir. Plaudertaschen einen Bären aufbinden, sodass sie in das eigene Fettnäpfchen tappen, das macht mir gelegentlich Freude. Vom Hafer gestochen, treibt mich ein innerer Zwang zur Ausführung eines Schabernacks.

Nicht Auge um Auge oder Zahn um Zahn als Kriegserklärung, sondern eine ausgleichende Tücke. Die spätere Offenbarung des Scherzes am Lagerfeuer soll für allgemeine Heiterkeit sorgen und auf keinen Fall das kostbare Porzellan aufkeimender Männerfreundschaft zerschlagen. Zu dumm erscheint mir der Versuch, einfach die Watschuhe zu vertauschen und umständlich mit bewährten Fischerknoten die Senkel zu verknüpfen. Biedere Schülerstreiche sind nicht nach dem Geschmack der Erwachsenen. Das vergnügliche Spiel des Abwägens der zumutbaren Schikane samt ihrer Folgewirkung findet urplötzlich ein Ende, als ein Geistesblitz mich erleuchtet.

Pillen sind die Idee. Unauffällig eingeschleust als Nahrungsergänzung zur ohnehin einseitigen Kost. Gering ist der Aufwand und nachhaltig die Wirkung. Den Inhalt einiger Imodium-Kapseln gewissenhaft in die Soße verrührt, bringt mir eine weitere Beruhigung der verseuchten Darmflora. Bereits mehr als zwei Wochen lang leide ich an einem heftigen Durchfall. Nicht zu beruhigen scheint der enorme Wasserverlust.

Vermutlich fällt dem Trio die Trägheit ihrer Verdauung kaum auf. Ihre Störung, mit verkehrtem Vorzeichen, hat keinen Bezug zur üblichen Zivilisationskrankheit. Denn über mangelnde Bewegung und unzureichender Zufuhr an Flüssigkeit braucht keiner jammern. Mit Sicherheit kann ein Mangel an Ballaststoffen die Darmzotten ermüden. Gänzlich fehlen Obst und Gemüse während unserer Nomadenzeit am Fluss.

Meine Begleiter werden sich allenfalls über den verringerten Bedarf an Taschentüchern oder Klopapier wundern. Mir hingegen ist es recht und billig. Die

Vorfreude auf die Veränderung der Sitzungen im Busch zaubert ein Schmunzeln in mein Gesicht.

Der Blick in die wasserdichte Box meiner kleinen, aber fein abgestimmten Reiseapotheke ernüchtert. Jäh wirft mir die noch vorhandene Stückzahl der Verstopfungstabletten den ausgetüftelten Plan über den Haufen. Seit meiner kalten Hammelfleischverkostung in der Jurte eines Nomaden ist der Vorrat erheblich geschrumpft. Voll in die Hose ging die gutgemeinte Bewirtung. Ich bin ein unfreiwilliges Opfer der landesüblichen Gastfreundschaft. Die Infektion meines Darmes bekomme ich einfach nicht in den Griff. Ungewiss ist die weitere Entwicklung meines Wasserverlustes.

Ich bin kein Prophet, aber ich habe schon so manches Ungemach auf meinen abenteuerlichen Exkursionen erlebt. Den Luxus der allgemeinen Verschwendung wage ich nicht. Göttervater Zeus muss mir wohl seine schützende Hand gereicht haben, um mich vor dem spitzbübisch erdachten Unsinn zu bewahren.

LITERATURLISTE

Meissner, H. O. (1963). Bezaubernde Wildnis. Cotta'sche Buchhandlung: Stuttgart.

Nehberg, R. (1981). Die Kunst zum Überleben. Kabel Verlag GmbH: Hamburg.

Lahnsteiner, J. (1965). Oberpinzgau. Selbstverlag: Hollersbach, Salzburg.

Smith, H. (1976). Die Russen. Scherz Verlag: Bern.

Schicker, D. (1979). Barschangeln. Parey Verlag: Hamburg, Berlin.

Tichy, H. (2012). Das Leben als Reise. Tyrolia-Verlag: Innsbruck-Wien.

NOCH MEHR BUNTE NATUR VON SIGRUN UND GOTTLIEB EDER

Alle Malvorlagen zusätzlich in groß mit leerer Rückseite!

In diesem Malbuch steckt neben jeder Menge Naturwissen auch viel Ausmalspaß: Wenn die Tiere auf einmal so aussehen, wie sie heißen, kommen FANTATIERE dabei heraus! Waschbär, Brillenkaiman, Blindschleiche, Ohrenqualle, Hufeisenfledermaus, Fischreiher, Ringelrobbe, Gänseblümchengans und über 50 weitere Weltbewohner sowie 11 FANTAPFLANZEN (Fliegenpilz, Frauenschuh, Glockenblume und andere) erzählen in bebilderten Steckbriefen über sich. Auf diese Weise wird die ganze Familie zum Experten für Aussehen, Lebensraum, Lieblingsfutter, Freunde und Feinde der fantastisch gezeichneten Flora und Fauna. Umweltschutz, Artenschutz und Klimaschutz bekommen durch die FANTATIERE und FANTAPFLANZEN ein Gesicht. Witzig geschriebenes Fachwissen für lebendige Biologie.

Ein Hornhecht in der Bermuda verstaut statt im Fangnetz? Blutgierige Stechmücken in der Tundra, die sogar richtige Männer in den Wahnsinn treiben? Eine in der Mongolei langsam kultivierte Darminfektion, die drastische Mittel erfordert? Ach du dickes Ei! Eigentlich hatte Gottlieb Eder nur den Fisch im Sinn und wie man ihn am besten überlisten kann. Doch die vielen abenteuerlichen Reisen über den Oberpinzgau hinaus machen das Zielobjekt immer wieder zum Nebendarsteller. Trotzdem lässt der Angel-Profi auch Nicht-Fischer und Naturliebhaber daran teilhaben, wie man mit List und Tücke Aal, die Vielfalt der Salmoniden und Zander an den Haken bringt. Denn eines ist klar: Das Privileg zu fischen ist ein Geschenk! Und der Traumfisch muss jeden Tag aufs Neue verführt werden, egal ob in der Heimat oder ganz weit weg.

Mongolei! Reiseprospekte und Internet-Recherchen versprachen unglaubliche Eindrücke in den endlosen Weiten der zentralasiatischen Steppe. Doch die Realität sieht anders aus: Das Hotel ist verwahrlost, und die stille Idylle der Jurtensiedlung außerhalb des Speckgürtels von Ulan Bator wird von penetrant stinkenden Plumpsklos ohne fließend Wasser geprägt. Auf den Kulturschock im Moloch der Hauptstadt folgt das ersehnte Naturerlebnis, denn Gottlieb Eder macht sich gemeinsam mit seinen Reisegefährten auf den Weg Richtung sibirische Grenze. Rentiernomaden und unbegradigte Flüsse sind das Ziel für den passionierten Fliegenfischer. Dann jedoch geht es rasant bergab. Und zwar nicht nur im Landcruiser, sondern auch mit seinen Eingeweiden. Bis Gottlieb Eder eines Tages mutterseelenallein durch die Landschaft irrt und seine Körperfunktionen kaum noch aufrechterhalten kann.

Im (Internet-)Buchhandel und auf editionriedenburg.at